JN025235

虹の悲劇
霧の悲劇

皆川博子
日下三蔵 編

皆川博子
長篇推理
コレクション
1

柏書房

目次

虹の悲劇――3
霧の悲劇――219
あとがき　449
編者解説／日下三蔵　453

装丁　柳川貴代
装画　合田ノブヨ

虹の悲劇

赤の章

1

惨事は、一瞬に起こった。

黄金色に煌めきたつ秋の陽が招き寄せたように。

――一つの手違いから、それは生じた……。

十月七日。

くんち祭の名で親しまれる長崎諏訪神社の大祭。

境内を埋めた奉納舞い見物の人垣が、熱気を噴きあげる。

甃の上で、男たちにかつがれた華やかな檀尻が舞い、唐服の楽人たちの銅鑼、太鼓が、熱気を煽る。


こっこでしょ、こっこでしょ。


掛け声と歓声が渦巻く。

東栄ツーリストのコンダクター、原倫介は、ようやく額にふき出る汗を拭いた。

彼のまわりの団体客たちは、夢中になって、こっこでしょ、と地元の人々の掛声に声をあわせている。

檀尻とは、関東の言葉で言えば、楽車である。

数多い奉納踊の出し物のなかで、とりわけ有名なのは龍踊りだが、『こっこでしょ』も、華やかさと勇壮なことでは、ひけをとらない。

曳檀尻とも、堺檀尻とも呼ばれる。

寛政期、長崎の樺島町界隈に大規模な定宿を持っていた堺船の船頭、水夫衆がはじめた出し物だという。

　朱(しゅ)、青、紫、黄、白、五彩の大座蒲団(ざぶとん)を積み上げて屋根とした輿(こし)のなかに、朱(あか)い投げ頭巾(ずきん)、白装束に猩々緋(しょうじょうひ)の襷(たすき)、浅葱(あさぎ)色の肌着の袖(そで)をのぞかせた四人の少年が、掛声にあわせ、五色の幣(ぬさ)を振り、身をそらす。

　烈(はげ)しく揉(も)まれる輿の外枠の上に、これは精悍(せいかん)な若者が四人、両脚を踏んばって仁王立ちになり、反りかえる。背に大きく結んだ緋の襷が、牡丹(ぼたん)の大花のように風に舞う。

　彼の引率した客たちが、不平不満を忘れて熱狂していることに、原倫介は、ほっとしていた。

　前日、

「東栄ツーリストさんですね」

　ホテルのロビーで、三十名のメンバーの部屋割りを終え、それぞれの部屋にひきとらせ、一息ついたとき、原倫介は、呼びかけられたのであった。

　呼びとめた方は三人連れで、いずれも見知らぬ顔ばかりであった。

「実は、困ったことが……」

　諏訪神社神事の委員だと、三人は名刺を出した。

　何か手違いがあったのだと、とっさに、原倫介はさとった。男たちの表情から、それは明らかだった。

　三人の態度は、丁重だった。ロビーの隅のソファに彼を招じ、ホテルの従業員に命じて、コーヒーをはこばせた。

　桝(ます)席が二重に売られていた、と、委員は頭をさげた。

「こんなことは、これまで一度もなかったことで、まったく、お詫(わ)びのしようもなかとですが」

　こらえてつかあさりませ、と、相手も困惑しきっていた。

「こらえてくれと言われても、私の方も、お客さんに言いわけのしようがないですよ」

　原は、二十五という血気ざかりの年齢のわりには、おだやかな性質(たち)であった。そのかわり、自分の納得のいかないことは、なかなか受け入れない粘り強さがあった。静かな口調で、事情を問いただした。

原が勤務する東栄ツーリストは、業界ではごく小規模な方で、大手のように各地に支社や営業所を持っているわけではない。おくんち見物のツアーを募集したのは、今回がはじめてであった。

奉納踊は、諏訪神社にまず納められ、それから、定められたコースにしたがって、市内をまわる。見物人のために、竹で仕切った桟敷(さじき)が設けられるが、これは有料である。一桝四人掛けで二万円。数がかぎられているから、入手しにくい。

これまでに実績のある大手の観光会社は、毎年、定席を予約して確保しておく。

東栄ツーリストは、関係のできた旅館を通じて、桟敷を八つ予約した。

その桟敷が、他のツアーに二重に売られていたというのである。

もう一方の旅行社『ワールド観光』は、毎年、くんち見物のツアーを組んでいる大手の一つであった。

そちらは、すでに到着している。

解決策を二つ考えた、と、相手は言った。

一つは、八日、各踊町が市内を踊り歩き、祝儀(はな)をもらってまわるのだが、当ホテルの前でも踊るようにする、そのとき、東栄のメンバーにもっとも見やすい場所を提供する。

「しかし、私のお客さんは、七日のお諏訪さんでの見物をたのしみに、来ているのですからね。それに、八日は佐世保(させぼ)に行き、九十九島(くじゅうくしま)めぐりの観光船で平戸(ひらど)に渡る予定になっていますから、これは変更できません」

もう一つの案は、と、委員は、

「お諏訪さんの七十三段の石段は、市民にとって、最高の見物席になっとります。ここは無料ですので、皆、前の晩から寝袋持参でつめかけて席をとっとります。ここを、一部、お宅さんに提供いたします。もちろん、前にいただいとる桟敷の席料はお返し申しますし、えらい御迷惑をかけたお詫びに、今夜なり明晩なり、夕食のときに酒をつけさせてもらいます。そういうことで、こらえてもらえんでしょうか」

「なぜ、うちが、かぶるんですか。ワールド観光さんに、その提案はしなかったんですか」

「ワールドさんは、毎年、くんちのツアーを募集されとって、ですね、祭りが終わると、すぐ、翌年の分を予約されとるんです。でありますから、お宅の方があとから申しこまれたとでして。たまたま、受けた者が不馴れだったちゅうか……まっこと、申しわけなかです」

「そんなに、一年も前から、予約ができるんですか。うちで問いあわせたときは、予約の受付開始は半年前といわれましたが」

「それはまあ、そういう取り決めではありますが、何せワールドさんはつきあいが長かですもんね。市の行事には、いつもたいそうな寄附を受けとりますし」

原としては、ひかざるを得なかった。

石段を利用した観覧席は、思ったより具合がよかった。東栄の客のため、特別に、小学生が椅子にくくりつけるような小さい座蒲団を集めて敷き、ロープで囲って東栄ツーリストの印札を立て、一般客が入らないようにした。

原は、費用に含まれてあった桟敷料一人あたり五千円をメンバーに返却し、事情を簡単に説明しておいた。六日の夕食の席に委員が酒を持参で来て、不手ぎわを詫びたこともあり、メンバーは一応納得した。

不満はむしろ、貴重な無料観覧席をせばめられた一般市民の側にあった。席をとるために、前の晩から徹夜で坐りこむという委員の言葉は、誇張ではなかった。

奉納踊が、傘鉾、川船、龍船、阿蘭陀万才、と番をすすめるにつれて、群集は、次第に数を増し、ふくれあがった。ロープはいつのまにか、たわみ、垂れて用をなさなくなり、東栄のメンバーの席に一般客がじわじわ混りこんできた。

原倫介は、奉納踊に目を奪われながら、時折、彼のグループに注意をむけるのを怠らなかった。

彼は、特に、メンバーの最年長者である斎田栄吉を目で探した。今年還暦をむかえたという斎田栄吉の貧弱な軀は、石段の下の方で、人波に埋まっていた。

斎田栄吉が老齢で虚弱にみえるためばかりでなく、昨夜来、原倫介の心にかかっていることがあったのである。

四人の若者が、檀尻から地にとび下りる。こっこでしょ、の掛声は、最高潮に達する。

三度めの〝こっこでしょ〟を合図に、檀尻は、少年たちを乗せたまま、高々と宙に放り上げられた。投げ頭巾の朱が、空になびく。

落下してきた檀尻を、男たちが、いっせいに腕をのばし、片手で受けとめ、ささえる。

歓声が湧いた。

もってこい。もってこい。

群集が叫ぶ。もう一度やれ、アンコール、の意である。

石段の下、桟敷の前には、白一色の装束の『白とっぽ組』が、ひときわ熱狂的な声をあげる。江戸期のいなせな無頼集団が、その元祖である。もちろん、今は、やくざとは関係ない。風習だけを伝統的に伝えている。

再び、五彩繚乱、檀尻が宙に舞った。

そのとき、たてつづけに、爆発音がとどろき、石段を埋めた群集の一部が、崖くずれのように、なだれ落ちた。

2

「危険を予知できなかったのかね、客の安全対策はどうなっとったんだ」

威丈高にどなる男がいる。

「こんなことなら、旅行になんか行かせるんじゃなかった」

女が泣きくどく。

知らせを受けて東京からかけつけてきた、ツアーのメンバーの家族たちであった。

惨事の被害者は、東栄ツーリストの客が大半をしめていた。

事故の引き金となった爆発音は、長崎の祭り、精霊流しや中国盆に盛んにもちいられる爆竹であったことが、調査で判明した。

子供のいたずらではないか、という説が大勢をしめた。観光客のために、貴重な無料観覧席を追われた地元の子供が、腹いせに、ごく軽い気持から――ちょっと驚かしてやれというくらいの――彼らにとっては手馴れた爆竹を投げこんだ。

ちょうど、檀尻が宙に投げ上げられ、群集の注意は空の一点に集中した瞬間であった。

誰のしわざと見とがめようもない。

ひとりが足を踏みはずせば、将棋倒しになるのは目にみえている。好意の座蒲団が、裏目に出た。滑りやすさを増したのである。

大人なら、このような悪戯がどれほどの惨事をひき起こすか、わきまえているから、考えつきもしまいが、子供は、時に、突拍子もないことをやってのける。疾走する列車の線路に石を置くとき、何百人もの乗客の生命が失なわれることまでは考えない。

警察によって、一通りの事情聴取は行なわれたが、その瞬間の様子を正確に述べられる者は、誰ひとりとしていなかったのである。

誰もが、目は、空を舞う檀尻の、五色の華麗な輝きにみとれていたし、気づかうとすれば、檀尻上の、白衣に緋の襷の四人の少年の無事であった。

「大部屋はいやなんですよ。個室にかえてやってくれと言ってるじゃありませんか」

「知らない先生にかかるのは心配ですからね、何とか東京にはこんでくださいよ」

負傷者は、三つの病院にわけて収容された。東栄ツーリストの社長、重役たちが、頭をさげながらベッドの間を縫い、付添いの家族に見舞いの言葉をかける。すみません、という言葉を口にしないのは、旅行社には非がないという立場を守るためであった。

桟敷二重売りの手違いが問題にされ、石段の観客席にうつる提案をのんだ添乗員、原倫介の弱腰が、非難の的となった。

「添乗員は無傷だというじゃないか。どういうことだ。客を危い場所に置いて、自分だけ安全なところで見物していたのか。添乗員はどいつだ。顔をみせろ」

人なだれは、彼のいた場所より下の方で生じたので、原倫介は、擦り傷も負わなかった。

きみ、せめて脚の一本も折っていれば、客に申しわけがたったものを。上司にも苦々しげに言われたのだった。

「私です」

皆の視線を浴びながら、原倫介は頭をさげた。

あの瞬間、きらびやかに翼をひろげた鳳凰のような檀尻に、目も心も奪われた自分を、心のなかで、原倫介はくり返し罵っていた。添乗員は、旅を自ら楽しむために来たのではない。ひたすら、客の安全と快さを守るのが、彼の役目であった。

ことに、東栄が弱小会社であることを、原倫介は、充分に心にとめていた。強力な大手とはりあうためには、まず、料金を安くせねばならぬ。しかし、必要経費はきまっているし、顔のきく大手より、旅館の割引率その他では不利になるのだから、どこかに皺寄せがくる。食事の質の低下、部屋の条件の悪さ。眺望が悪いとか、風呂がつかないとか。

当然、客の不満が生じる。客は、低料金でも最高のサービスを要求する。

添乗員の誠意が、いくらかでも補いになれば、と、原倫介は、いつも心がけてきた。

しかし、東京からかけつけた家族たちは、客に重傷者を出しながら、自分はぬけぬけと無傷でいる、桟敷席を獲得する努力もしなかった、まるで役立たずの、あつかましい、だめな添乗員、という目でしか彼を見ない。

罵声が彼に集中した。一言も弁解せず、頭を下げて立ちつくしている彼は、人々にとって、もっとも憤懣をぶつけやすい対象であった。

上司の方が気を揉んだ。東栄ツーリストの責任を少しでも軽くせねばならなかった。

桟敷がダブったのは、旅行社のあずかり知らぬところであること、石段上を観覧席としたのは、万やむを得ぬ次善の策であったことなどを、諄々と説明しようとするのだが、激昂した人々の耳にはとどきにくかった。

「責任をとれ、責任を」

「静かにしてください」

看護婦が、強い声を出した。

「騒々しい人は、御家族でも、外に出てもらいます」

「なまいきだな、きみは」

看護婦は、どなる男のそばに近寄ると、

「危篤の方がおるとですから」

と、ささやいた。

十人部屋の隅のベッドが一つ、酸素テントでかこわれ、医師が二人かがみこんでいた。

その一画だけが、何か異様に静かであった。

やがて、二人の医師は、枕頭に付き添っている若い男に目礼し、部屋を出て行った。

白い布をかけられた斎田栄吉の遺体は、ストレッチャーではこび出され、若い男はその後に従った。

3

「斎田さん、失礼してよろしいですか」

十一時をまわっていた。原倫介は、霊安室の扉をノックした。

「どうぞ」

正面に柩を安置した部屋は、むき出しのコンクリート壁が寒々しかった。

柩の前にあぐらをかいた若い男は、缶ビールを飲んでいた。

「添乗員の原です。このたびは、どうも……」

あ、と、若い男は軽く頭をさげた。原より少し年下、二十二、三にみえた。

食パンの皮のように浅黒く、大きな目、厚いくちびるがちょっとふてくされた印象を与える。すり切れて糸目のほつれたジーンズにこれも洗いざらしたタオル地のダーク・グリーンのシャツ、その上からジーンの上衣をひっかけている。

「お焼香をさせていただきます」

若い男は、どうでもいいというふうに、曖昧にうなずいた。

「斎田さんの息子さんですか」

「そうです」

「申しわけないことになりました」

「べつに、お宅の責任じゃないんでしょ」

「それはそうですが、やはり……」

「不可抗力だったんでしょう」

「……そう思います」

歯ぎれの悪い口調で、原は言った。

「それなら、もういいじゃないですか。飲みますか」

斎田の息子は、栓を開けてないビールの缶をさし出した。

「いや、けっこうです」

「ぬるくてまずいから、無理にはすすめないけどね」

「斎田さんは、御家族は……」

「俺ひとりです」

「本当に……」申しわけないと言いかけるのを、斎田栄吉の息子は、手でおしとめた。

「やめましょうよ。同じことのくり返しだ。申しわけないと言った方が、お宅が気が楽になるのなら、別だけれど、それより、いろいろいそがしいんでしょ」

「いや、お通夜をつきあわせていただきます」

「宿に帰って眠った方がいいですよ」

「いえ、大丈夫です」

「添乗さんてのも大変だな。何か事故が起これば、天変地異から何から、全部責任がかぶさってくるんだから」

「寒くないですか。毛布でも借りてきましょうか」

「そんな、ヤワじゃないから」

沈黙がつづいた。斎田の息子がポケットから煙草を出したので、原もつられて、ハイライトを一本くわえた。

「もっと若くて頑健なら助かったかもしれないと、医者が言っていたな。何しろ、親父の軀は、すっかりガタがきていたからね」取乱したりすまいと、つとめてさりげなく話しているように、原は感じた。

「下敷きになったら、ひとたまりもない。肋骨が折れて肺に突き刺さっていたと、医者が言っていた」

いたましいです、と、原は小声で言った。

「おとなしい方でした。お客さんのなかには、いろいろ無理な注文を出したり……その点、斎田さんは……」

「こっちで火葬にできるんですよね」

斎田の息子は、しめっぽい気分に落ちこむまいとするように、しいて冷静な声を出した。

「御遺族の御希望にしたがいます。こちらにみえてない方が、火葬の前に御遺骸に対面なさりたいという希望があれば、このまま空輪させていただきます」

「いや、いいですよ。家族といっても、俺ひとりなんだから」

実は……と言いかけて、原倫介は口をつぐんだ。言おうか言うまいか、迷っていた。いずれは言わねばなるまい。しかし、会社の上層部は、問題がこれ以上厄介になるのを好まないだろうし、原自身も、敢えて口にするだけの重要性のあることかどうか、見当がつきかねていた。これといって、確実な話ではない。多分に、原自身の受けた心証によるもので、思いすごしなのかもしれなかった。

「ついてないんだな、親父も」

斎田の息子は、少しずつ原に気を許し、口がほぐれてくるようすであった。

「めったに旅行なんてしたことがなくてね。そんな、かねの余裕もなかったんだけれど。今度は、還暦の記念に一度ぐらい出かけてみるかなというから、そうしろ、そうしろと俺もけしかけて」

「長崎を選ばれたのは、何か特に?」

「いや、旅行社に行ったら、たまたまおくんちのポスターが貼ってあったんでね。ちょっとおもしろそうだと思ったらしいんです」

「斎田さんは、奥さんはおられないんですか」

「おふくろはずっと以前に死にました」

「それは、どうも……」

　実は、と、原は、胸にわだかまっていることを、洩らした。

「斎田さんは昨日、急に、東京に帰ると言い出されて……」

「昨日？　だって、こっちに着いたばかりでしょ？　それが、もう帰るなんて、ホームシックって年でもないだろうに、はじめて乗った飛行機が怕かったのかな」

「いえ、飛行機ではお元気でした。私と席が並んでいて、たのしんでおられました」

「我儘をいう親父ではないんだけどな。団体行動の最中に、ひとり帰るなんて言い出されたら、困るでしょ？」

「海外旅行ではありませんから、どうしてもということなら手は打てますが、払込みずみの費用はお返しできない規則ですし……」

「軀のぐあいでも悪くなったのかな」

「長崎には、お知りあいは？」

「誰も」

　これ以上のことは、今は話さないでおこうと、原倫介は思った。うかつなことを喋っては、彼の疑心暗鬼にすぎないことから、ツアーの他のメンバーや旅行社に迷惑をかけることになるかもしれないと思ったのである。

4

　死亡者は、斎田栄吉のほかに、もうひとりいた。斎田に次ぐ高齢の女で、圧死であった。事故の翌日、息をひきとった。

　重軽傷者は十六人。

　旅行社としては、重大な事故であった。

　見舞金が、それぞれの被害の程度に応じて支払われた。

原倫介は、警察で事情を聴取され、社の上司からも質問を浴びた。

法的な責任を問われることは、もちろんなかったが、予約してあった桟敷席の権利を放棄したことを遺憾とされ、減俸処分となった。

合同慰霊祭を、東栄ツーリストの主催で行なうことになった。

それに先き立ち、原は上司と連れ立って、死傷者の家を一軒一軒まわって歩き、社からの見舞金を届けた。

上司は何人かで交替したが、原は、全部訪れた。

重傷者のなかには、長崎の病院にまだ入院中の者もあり、それは長崎を発つ前に、見舞ってあらためて詫びた。無傷だったメンバーの家へも足をはこんで、その後の無事をたしかめ、せっかくの旅に不愉快な思いをさせたことをあやまった。

斎田栄吉の家には、営業部長と二人で訪れた。

三軒茶屋の、露地奥にひっこんだラーメン屋であった。十人も坐れば満席になるカウンターのむこうで、三十代の女が麵をゆで、初老の男が野菜を炒めていた。

原が来意を告げ、斎田栄吉さんの息子さんに会いたいというと、玉雄はいま仕事で外に出ているので、ちょっと上がって待っていてくれと、男は二人を二階に招じ上げた。

脂のしみこんだ急な階段をのぼり、殺風景な六畳間にとおされた。天井が低く、へりのない畳は赤茶け、けばだっていた。

家具らしいものもろくにないが、ステレオのセットだけが目についた。

壁には、四つ切にのばした写真のパネルが数点かかっている。玉雄はフリーのカメラマンなのだと、男は言った。道具にかねがかかるばかりで、入るかねはろくにない、割りにあわない仕事だ、と男は言い、

「私は死んだ斎田の女房の義弟にあたるもので、石光忠市といいます」と自己紹介した。

「つまり、私の女房の姉が、斎田と結婚していたん

でさ」

「店にいた方が、石光さんの奥さんですか」

女の方が若すぎるなと思いながら原が訊くと、

「そうだがね、あれは二度めで、斎田の女房の妹にあたるのとは、別れたんでさね」

「斉田さんの奥さんは、なくなられたんだそうですね」

「そうですよ」

「すると、斎田栄吉さんの御遺族は、長崎の病院にみえた息子さんお一人ですね」

「そういうことです。私もまあ、親戚ということにはなるんだが」

石光忠市は、見舞金のわけ前にあずかる権利を、それとなく主張しているようだった。

見舞金の袋は、息子に直接渡した方がよさそうだと、原は思った。

「ちょっとおききしてえんだが」石光忠市は、上目づかいになった。「こういう事故のときは賠償金だの何だので、そうとうもらえるってきいたんですがね」

「今度の場合は不可抗力によるものですから、賠償金というようなものは……。ただ、私どもの気持といたしまして、御見舞金はさし上げるようにしております」部長は、言葉はていねいだが、早くこの会見を切り上げたがっている様子が、そっけない調子にあらわれていた。「そのほかに、旅行傷害保険が、保険会社から支払われることになると思います」

「斎田は保険に加入していたのかね」石光忠市は、のり出した。

部長は目顔で原に説明をまかせた。

「ツアーに申し込まれる方は、必ず保険に加入していただくことになっています。保険の払い込み金は、ツアーの費用に最初から含まれています。後で、保険会社から、調査にくるはずです」

「金額にして、どれくれえですか」

死亡だから、全額支払われれば、たぶん一口百万円、と原は思ったが、

「私どもには正確なところはわかりかねます」と言

明を避けた。

「実は、ちょっと事情があるもんでね。いや、何も、私が横から保険金をどうこうするというんじゃねえですよ。誤解しないでくださいよ。玉雄のことなんで。玉雄ってのは、あの斎田の息子の名なんですがね。あれは、まちがいなく、斎田栄吉と私の前の女房の姉とのあいだにできた子供なんだが、その……籍だけが、私んとこに入っているんですよ」

「養子になさったんですか」

「いやいや」石光忠市は、大きく手をふった。

「斎田と義姉がきちんと夫婦の籍を入れてなかったもんだから、生まれた玉雄を、私んとこに入れたんですよ」

「お子さんができたときに、斎田さん御夫婦も籍を入れられれば」

「いや、それがいろいろ事情があってね、私も詳しいことは知らねえんだが、斎田が、どういうわけか籍がねえとかいうんでね」

「無籍……ですか」

「ああ、それで、私んとこの子ということにして届けたんですわ。子供まで戸籍なしだの、私生児みてえになってはかわいそうだからね。しかし、まちがいなく、石光玉雄は斎田栄吉の実子ですよ。こういう場合、保険金は、もちろんもらえるんでしょうね」

「それは、保険会社の方で決めることですので、私どもには何とも申せませんが」

「近所の人に聞いてもらえばわかるからよ」石光忠市は、なおも言いはった。

「ここで長くやってるからね。この店は、斎田と私らが共同でやってたんです。玉雄は、斎田とこの店の二階に住んでいて、私らは、この裏に住んでます。玉雄は両方の家を行ったり来たりして、もう、父親が二人母親が二人いるような暮らしだったな。籍は私んとこにあっても、斎田の方を父ちゃんと呼んでいましたよ。私は叔父(おじ)ちゃんですよ。私はまあ、斎田とは別れた女房の縁というだけのことだけどね。玉雄は、ほんとに斎田の実子なんだから、これで保険金がもらえねえんじゃ、ちょっとかわいそうですよ」

「そのお話は、保険会社のほうに相談なさってください。たぶん、何とかなると思いますよ」

玉雄がなかなか戻ってこないので、その日はそのまま引きあげた。見舞金は次の機会に玉雄に直接手渡すことにした。石光忠市はいささか不愉快そうだったが、こういう金銭の受け渡しは相手を慎重に選ばないと、後でとかくごたごたが生じる。


合同慰霊祭の数日後、原はひとりで石光の店を訪れた。

前もって電話で連絡しておいたのだが、石光玉雄は留守であった。店はたてこんでいた。石光忠市の後妻が、ひとりで気ぜわしく立働いていた。

「急に仕事が入ったと言って、朝から出かけたんですよ。不規則な仕事でねえ。でも原さんがみえるのは承知しているから、そのうち戻るでしょ。二階で待っていてやってください」

机の上の斎田の写真に、原はちょっと合掌した。皺の深い、哀しそうな顔、顎がすぼまり、両耳が茸のように突き出している。石光玉雄は、死んだ母親に似ているのだろう。

手持ちぶさたなまま、原は、壁にかかった石光玉雄の作品を眺めた。

明暗のコントラストのはっきりしたもの、わざと粒子を荒くしたもの、硬質な風景の写真が多かった。抒情性を強引にそぎ落とした印象を受ける。机のわきには、カメラ誌や週刊誌が積まれていた。

一時間半ほど待ち、そろそろひきあげようかと思いはじめたとき、「や、どうも」と、石光玉雄が階段をきしませてあがってきた。機材の入ったバッグを置くと、すぐ階下に下り、次に上がってきたときは、ビールとコップを持っていた。

「日曜でも仕事ですか」

「今日は日曜だったっけ。宮仕えじゃないから、曜日と時間の感覚がなくてね。原さんは添乗の仕事は?」

「ぼくは、正式のポストは、本社の営業一課なんです。ときどき、社員が交替で添乗につきます。そのほかに、嘱託で添乗ガイドだけを専門にしている者もいるけど」

　この前はお留守だったので、と、原は、あらためて見舞金の入った袋をさし出した。

　いくぶん、とまどったような顔で、石光玉雄は袋をポケットにつっこんだ。

「もっと充分なことができるといいんですが、何分、会社の規定で」

　袋のなかは二十万円である。ふつう、社に全く責任のない場合は、十万円を規準にしているので、今回は、桟敷席をとれなかったことが考慮に入っている。しかし、被害者やその家族の間には、誠意が足りぬ、もっと責任をとれと、東栄を相手に訴訟を起こす動きがはじまっていた。

「そのほか、保険が下りるんですが、叔父さんの話だと、籍が何か厄介なことになっているんだそうですね」

「厄介ってこともないけど、つまり、叔父の籍に入ってるってだけのことでね」

「それだと、あなたが正当な受取人かどうかということで、少しもめるかもしれないな」

「面倒だな。もらえるものは、もらっときたいけどね」

「それから……実はもうひとつ話があるんです」原は声を低くした。「ここで喋っても、階下へはきこえませんね?」

「大声を出せば、きこえますよ。階下がこううるさいときは、たいがい大丈夫だけれど。他人にきかれてはやばい話ですか」

　それじゃ、念のため、と石光玉雄はＦＭのスイッチをいれた。

「非常につかぬことを聞きますが」

「つかぬこと?」

　あらたまった口調がおかしかったのか、石光玉雄は少し笑った。

「お父さんは――斎田栄吉さんは――誰か他人に恨まれていたというようなことはなかったですか」

「親父が？」石光玉雄は、机の上の写真に目をやり、笑顔が苦笑にかわった。

「恨まれるような、そんな甲斐性のあるほうじゃなかったと思いますよ。でも、どうして？」

　泡の盛り上がったビールを、石光玉雄は口にはこんだ。

「おくんち見物の、あの大事故があった日の前日……斎田さんが、急に東京に帰ると言い出されたことは、言いましたね」

「ええ」

　それで？　と、口ごもる原を、石光玉雄はうながした。

「これは、ぼくの感じだけで、客観的に正確かどうかは、わからないんです。たぶん、ぼくの思い過しでしょうが……、斎田さんは、ひどく怯えておられる印象を受けたんです」

「怯えていたんですか、親父が？　それで帰ると言いだしたんですか」

「そうです。もう少し詳しく言うと」

　そのとき、足音が階段の途中まで上がってきて、

「玉ちゃん、ラーメン、ここにおくよ」

　忠市の後妻の声がした。

「その日は十一時半に空港に着き、午後半日、市内観光をしました。それからホテルにチェック・インして、夕食まで少し休憩をとったんですが、そのとき斎田さんがぼくの部屋にみえて、帰りたいと言われたんです」

　理由をたずねると、急用を思い出したと斎田は言った。

「正確に思い出すと、そのとき即座に、怯えているという印象を持ったわけではないんです。ひどく顔色が悪くて、そわそわしておられた。帰りたいから切符の手配をしてくれ、飛行機の便がなければ夜行列車でもいい、そうして、誰か東京まで同行してほしい。そう言われて、ぼくも何かおかしい、まるで怕がっているみたいだという気がしてきたんです」

　同行してくれといわれても、それは無理な話である。原は団体を離れられない。

いったい、何故、東京に帰るのに付添いが必要なのか。そう原が問いただそうとすると、斎田も自分の希望の身勝手なことにあらためて気づいたのか、帰京はとりやめると言い、おさわがせしてすまなかった、ところで、部屋まで連れていってくれないか、年寄りで頭が鈍くなっているので、この広いホテルの中をひとりで歩くと迷ってしまうと言った。部屋はツインで、もうひとりの単独参加者と同室である。原は、部屋まで送りとどけた。

　それだけですめば、どうということはなかったのだが、翌日、あの事故が起き、斎田は群集の下敷きになって死亡した。

「どうしてそれを」と、石光玉雄は目を険しくした。

「あのとき、すぐに、警察なり俺なりに言わなかったんですか」

「ぼくとしても迷いました。これが、斎田さんが誰かに殺されたということであれば、ぼくももちろん警察に話しましたよ。しかし、斎田さんの死は、不測の事故によるものだった。そして、斎田さんが、誰かに殺されそうだとぼくに言ったわけでもない。怯えているようだというのは、ぼくの漠然とした印象ですからね。こんな曖昧な話を今持ち出すと、ぼくの責任逃れととられかねない。あの事故が、斎田さん一人を殺すために、人為的に起こされたものだったなんて、信じられますか。巻き添えにされた人たちが騒ぎ出して大変なことになりそうだ。もっと、はっきりしたことでないと……」

「不測の事故って言ったけれど、誰か、爆竹を放りこんだやつがいるわけでしょう」

「しかし……こんな無差別大量の被害者の出る事故を……」

「一人を殺すために、列車爆破を企む者だっている」

「もし、あれが故意に起こされた事故だとしても、狙われたのは斎田さんとはかぎらない」

「でも、前日、急に怯えたのは、親父だけなんでしょう？」

「何か心あたりがありますか。斎田さんが殺されるような」

「いや……」

「やはり、事故ですよね。ぼくの思いすごしでしょう。だから、あのとき、公にしなかったんです。ただでさえ混乱し、皆昂奮しているときによけいなことを言い出したら、どんな騒ぎになるかしれない。ただ、どうも気になるので、一応心あたりをたずねてみようと思ったんです。そちらに思いあたることがないのなら、やはり、あれはただの事故ですね」

　そう言いながら、原は、斎田栄吉のおどおどと怯えた顔を消し去ることができなかった。

「今ごろ、そんなことを……。もし、殺人者がいたとしても、今になっては調べる手がかりは消えてしまっているんじゃないか」

「いや、状況はそうかわらないと思うな。調べるのなら、ぼくもできるかぎり手伝うけど」

　原倫介は言った。原もまた事情を明らかにさせずにはいられない気持であった。ただ、斎田栄吉の何か秘密の部分にかかわることかもしれず、彼の口からは言い出しかねていたのであった。

「そりゃあ、親父が単なる事故の犠牲者か、殺されたのか、はっきりさせなくては、気持がおさまらない」

　石光玉雄は言った。

「殺人事件であるという前提に立って、話をすすめようよ。親父が急に怯えて帰京する気になった。――ツアーを離れようとした。それは、団体のメンバーの中に、親父を怯えさせた者がいたということになるよね」

「いや、そうじゃないと思うな」原倫介は、即座に否定した。これまでに、彼はさんざんこの問題について考えてきていたのである。

「メンバーの誰かから脅されたのなら、斎田さんは強引に帰京したと思う。それが思い直して、翌日もいっしょに行動していたんだから。思い出してみると、斎田さんは、あのあと、たえずメンバーの誰かれと行動をともにしていたようだな。ことに、ホテルで同室の植木さんとは、離れないようにしていた。ホテルは原則として、ツインです。特別希望があれば、割増料金をいただいて、シングルかあるいはツインのシングル・ユースにするけれど。斎田さんも植木さんも単独参加なので、おふたりを組みあわせ、一部屋を使っていただくようにしてあった」

「植木さんというのは、どういう……?」

「自営の土建業者だという五十年輩の人だった。体格がよくて、斎田さんとしては、屈強なボディガードに思えたかもしれない」

「その人にきいたら、何かもう少しわかるかな」

「植木さんは、事故のとき斎田さんのそばにいてね、ひどい下敷きになって腰をいため、長崎の病院に入院したままなんだ。ギブスを嵌めていて、動かすことができない」

「面会はできるね」

「できると思う」

「犯人がメンバー以外の人間となると、お手あげだな。範囲がひろすぎる」

石光玉雄は、考えこむときの無意識な癖なのか、FMの音楽にあわせて、指の関節を交互に鳴らしていた。

「メンバーの中には偽名を使ったり、住所をいつわったりしている人はひとりもいませんよ」と原は言った。

「名簿の住所をたよりに、一人一人、ぼくがたずねてまわったのだから、確かだ」

「これが計画的な殺人だとすると、桟敷の二重売りが、まず、問題になるな」

「いや、ぼくはそうは思わない」原倫介は言った。

「なぜって、半年前の桟敷予約の段階では、まだ、メンバーの募集はしてなかったんですよ。斎田さんが申し込まれたのは、八月の末でしょう。それも、偶然店頭でおくんちのポスターを見て、ということだった。誰かにすすめられたわけでもない。となると、二重売りは、まったくの手違いから生じたことだ。犯人は、この偶然を利用したんだと思うな」

「石段を東栄のメンバーに使用させる案を出した人間は、どうだろう」

「祭りの委員の人たち、ね。それは一応、検討する必要があるな。事故を人為的に起こさせるのに適した場所としてね」

「そいつが、爆竹を投げて、人なだれを起こさせた。爆竹を投げると同時に、前の人を突きとばすとか押すとかしたのかもしれない。その方が、確実に人なだれが起きる」

「犯人は情況をうまく利用しただけってことも考えられる」

「でも……考えてみると、あのやり方は、確実に殺せるとはかぎらないね。怪我(けが)だけですむ可能性もある」

「そのときは、また他の方法を考えるだろう。失敗してもともと、ということで、たまたま恵まれたチャンスをつかんだだけかもしれない」

「失敗したら、親父の口から犯人の名前が洩れるという心配はしなかったんだろうか」

「斎田さんは、その犯人の名を公にできない立場にあった」原は、ちょっと言いにくそうに、「たとえば……犯人の名を出すことで、斎田さん自身の、何か……致命的な秘密が暴露されてしまう、斎田さんとしてはそれだけは避けたかったというような……」

「すると、昔、親父が何か人に恨まれるようなことをして、……その復讐(ふくしゅう)を受けた……。考えたくないけれどな、そんなこと」

石光玉雄は、ふいに、のどをくっと鳴らすような音をたて、

「これ、何か言葉にきこえませんか」

「え？」

「親父がね……、ただ、苦しくてのどを鳴らしただけなのかもしれないけれど……無声音で、カングか、クングか、カガか……何かそんなふうに、きこえないこともなかった……。あのときは聞きすごしたけれど、もしかしたら……。何度かくりかえしていたっけ」

「犯人の名前？」

「犯人かどうかはともかくとして、親父を怯えさせた人間、あるいは、怯えさせたことに、関係がある

言葉かもしれない」

「カガなら、加賀と字をあてれば、加賀百万石、加賀市、人の苗字にも加賀というのはあるな。カング、クングとなると……官軍……。クングというのは、ないな。クグなら、傀儡、潜る……」

「カンガかもしれない。とにかく、もう声にならなかった。のどにからまった痰を切ろうとしていただけかもしれないんだけれど……」

「カンガ……カンガルー……、灌漑、寒害……」原倫介は、思いつくままに並べたてた。

「管楽器、宦官……そういえば、唐人館というのが長崎にあるけれど。宦官と唐人。関係がなくはない」

「宦官か。あれは、昔の中国の何かでしょ」

「そう、去勢された役人ね。もう少し正確に言うと、中国だけじゃなくて、西アジアの古代帝国にもあった。中国の王朝のが、一番有名だけどね」

「くわしいな」

「添乗をしていると、お客さんにいろいろ訊かれるから、広く浅く知識を仕入れとかないとね。宦官についてもう少し学のあるところを披露すると、寺人とか閹人ともいわれた。はじめは辺境の異人種捕虜とか外国から貢物としておくられた奴隷や、罪人を羅切して使ったんだけれど、子供ができる心配がない、権力を世襲できない、って点が重宝がられて、大奥や天子の側近に登用されるようになった。そのうち、自分から志願したり親の命令で去勢して宮仕えする者まであらわれて」

「自分から去勢？　いやだね、いくら金や権力に恵まれるからって」

「権勢欲と物欲から、ちょん切るんだからね、凄まじい話だ」

「だけど、まさか現代の日本の長崎に宦官が……」

「いるわけないよね」

「長崎に着いた日は、どういう所を見物したの。その唐人館というところも？」

「ああ、寄った。たいしておもしろいところじゃない。孔子廟をまねた建物で、明治二十六年の建造だけれど、戦争で破損されて、現在のは新しいんです。再建は昭和四十一年だったかな。中はみやげ物屋ですよ。だから、団体客のルートに必ずいれることになっている。でも、宦官とは関係ないな」

「そのほか、どこへ?」

「グラバー園。これは唐人館の近くです。丘の上で見晴らしはいいけど、これも観光用に手を入れすぎちゃっていてね」

「カンガもクングも関係ない?」

「ないな。グラバーは知っているでしょう? トーマス・グラバー。長崎で貿易商をやっていたイギリス人。その屋敷と、ほかにリンガー邸とかオルト邸とか、明治初期の貿易商の洋館がここに集められている」

「それから?」

「バスで丸山町を通って、浜の町のアーケード、これは商店街だけど、ここは歩いて通り抜けて、あとはバスで筑後町のホテルに直行した」

「俺は、親父と同室だった人、何て名前だっけ、植木か、その人に会ってきますよ」石光玉雄は言った。

「原さんは、東京でほかの人たちに一応会って、話をきき出してくれませんか。親父が怯えていたということについて、何か気づいたことはないか。それから、事故の模様についても」

「できるだけやってみます」原はうなずいた。

「原さんは、わりあい慎重な人だな。俺と反対だね。俺はがむしゃらに突っこむ方だけれど」石光玉雄は、ようやく表情を和らげた。それから、唇を結んで指の関節を鳴らしていたが、「親父が怯えたことについて、俺は心あたりがないと言ったけれど……もしかしたら……、まるっきりないわけじゃない」

「どういうことですか」

「いや……。まだ何ともいえないけれど……」

石光玉雄は、大きな眼を机の上の父親の写真にむけた。その眼がうるみかけたように、原倫介は思った。

「心あたりというのは、斎田さんに籍がないこと?」

石光玉雄はうなずいた。

「立ちいったことをきくようだけれど、どういう事情なんですか。さしつかえなかったら」

「それがね……俺は、親父が勘当されて籍をぬかれたのだと、教えられていたんですよ。子供のころ、なぜ親と苗字が違うのかと思って、きいたわけ。はじめのうちは、ごまかしたり、子供は知らなくていいことだとどなられたり。そのうち、勘当されたからだって言うので、そういうものかなと納得していたんだけれど、よく考えるとおかしいよね。江戸の人別帳じゃあるまいし、勘当して籍をぬくなんて、できないことでしょ」

「今は、そんなの、ないですね」

「問いつめようとしたら、ふだんおとなしい親父が、ものすごく怕い顔をした。それで、俺は、聞くのをやめちゃったんですよ。どうも、ろくなことじゃなさそうなのでね」

　籍がない場合を、原倫介は考えてみた。

　過去に犯罪をおかし、偽名を使っている。

　脱獄者である場合も、これに含まれる。

　石光玉雄も、当然、それを考えたのだろう。

――密入国ということも考えられるな。その場合、斎田栄吉は日本人ではない……。

「もし、俺の親父がターゲットだったとすると、他の人には、まったくひどい巻き添えをくわせたことになるな」石光玉雄は、無意識に指を鳴らしていた。

　やがて、原が帰ろうと立ち上がると、

「どっちへ出るんです。渋谷？」

「下高井戸です。会社の独身寮にいるんだ」

「それじゃ、バスで下北沢まで出て、井の頭線だな。停留所まで送るよ」

　指を鳴らしながら石光玉雄は先に立って部屋を出た。低い鴨居に頭がとどきそうな長身であった。狭い階段を下りはじめた石光玉雄は、原が注意する暇もなく、階段の途中に置きっ放しになっていたラーメンの丼を、踏んづけた。前にのめった石光玉雄は、両側の壁に手をつき腕をつっぱって、敏捷に軀をささえたが、丼はころげ落ち、汁を充分に吸いこんでふくれたラーメンが散乱した。

なるほど、一つのことに夢中になると、まわりが見えなくなるたちだな、と原倫介は思った。

5

「東栄ツーリストは、見舞金いくらよこした」

叔父が聞いた。

「店のヒーター、買いかえないとね」叔父の後妻が言った。「石油くさくて、お客から苦情が出ているからね」

「俺は長崎に行ってくるから、見舞金は旅費につかうよ」石光玉雄は言った。

「長崎まで何しに行くんだ」

「親父の死んだところを見てくる」

「今さら見たって、生きかえるわけじゃあるめえし」

忠市は顔をしかめた。

「親父は、どうして籍がなかったのかな」

「知らねえよ」

「親父かおふくろから、ほんとに何も聞いてないのか」

「くどいな」

おまえは、なぜ、ちゃんと聞いておかなかったんだ、と叔父は逆襲した。

「聞いたら、なぐられた」

「おまえも知らねえことを、なぜ、他人の俺が知ってなくちゃならねえんだ」

保険金が下りるってよ、と、石光玉雄は話をかえた。叔父の口をひらかせるには、欲でつるのが一番だ。

「籍のことがはっきりしないと、もらえないかもしれないってさ。事情がわかれば、保険会社も納得する。たとえば、親父が犯罪者だったとしてもさ、そのために保険金が下りなくなるってことはないそうだぜ」

「保険金て、いくらなの」叔父の後妻のたね子が訊いた。「店、もう少しきれいにしないとね」

「いずれは、お前のものになる店なんだからな」叔父は、まるめこもうとした。「そのつもりで、俺は志津からとりあげておいたんだから。金が入ったら、改築しよう」

「籍のことがわからないと、だめなんだよ」

「そんなものかな」叔父は残念でたまらぬように、

「しかし、俺は実際、何も聞いてねえんだよ」

　石光忠市は、三軒茶屋の古アパートの一室に志津と所帯を持ち、ミシンのセールスをしていた。セールスマンは俺にはむいていないと思っていた。いっこう契約がとれなかったからだ。志津の姉の幸子がたずねてきて、この近くにラーメン屋の店をもつことになったと告げた。男と屋台のラーメン屋をやっていたが、いくらか小金がたまったので、それを頭金に店を持つのだという。幸子は大きな腹をしていた。そうして、子供が生まれたら、石光の籍に入れてくれ、と頭をさげたのである。

　そんなことを言われても、困る。籍ってのは重大な問題だよ。早い話が、俺が死んだとするね、俺の財産の半分は、あんたの子供のところへいくことになるんだから。

　財産なんてありもしないくせに、とは幸子は言わなかった。将来、面倒が起きないように、念書をいれておいてもいいと申し出、子供は便宜上石光の籍に入れるが、斎田栄吉の実子なのだから、石光の遺産には何の権利も持たない、という意味の一筆をしたためた。

「そうだ、あの念書があった。栄さんと幸ちゃんが判をついているよ。あれを保険会社にみせりゃいいだろう」

「俺が知りたいのは、親父が籍がない理由だよ」

「だから、それは知らねえって言ってるじゃねえか」

　斎田夫婦のラーメン屋がけっこううまくいっているので、石光忠市はセールスマンをやめ、斎田の店の経理をみてやるといって、仕事に割りこんだ。志津にも店を手伝わせた。

　幸子が肺炎をこじらせて死んだ。斎田の落胆はひどかった。店の名義は、幸子から法定相続人である妹の志津にうつった。斎田は権利を主張しなかった。無籍が公になることをおそれていた。

名前だけのことだから、と志津は斎田を安心させた。義兄さんと玉雄ちゃんの店だってことは、ちゃんと心得ているからね。

　やがて、志津は、店によく来る客と惚れあった。二人とも真剣であった。志津は夫に別れてくれと言い、忠市は志津に暴力をふるった。それから、別れる代償に店の名義を忠市のものに書きかえさせた。斎田はそれを知らなかった。玉雄も、父が死んではじめて、店が叔父のものになっているのを知ったのである。つい先日のことだ。

「幸ちゃんなら――おまえのおふくろなら、もちろん、栄さんの事情は知っていたんだろうが。おまえが早いとこ、おふくろから聞き出しておかねえから悪いんだよ」

「志津叔母さんなら、知っているかな」

「どうだかな」

「志津叔母さんは、今、どこにいるんだ」

「知るか、あんなすべた」

　翌日、石光玉雄は、長崎にとんだ。

6

「先日来らした、斎田さんの息子さんではなかね」

　病院の受付係は、石光玉雄をおぼえていた。三十前後の、気のよさそうな女である。

「お父さん、災難やったねえ」

「あのとき怪我して入院した植木さん、まだ、こっちですか」石光玉雄は、肩にかけたフォトバッグをゆすりあげた。メモがわりに、写真を撮ってまわるつもりで、カメラと用具を持ってきた。作品を目的とはしていないから、カメラは一台、用具も最小限にとどめた。

「ええ、まだおられますよ。ギブスがまだとれんの」

「病室教えてください」

「わざわざ、植木さんの見舞いに来らしたと？」

「ええ」

「植木さん、喜ばれっとやろねえ。何日ぐらい、こっちにおられるの？」

「きめてないですよ。ゆきあたりばったりです」

「宿はどこね」

「それも未定です。今日のうちに帰るかもしれないし」

「せからしかねえ。ゆっくりして行きんしゃいよ。せっかく来よらしたとでしょう」

植木の部屋は二〇三号と教えられ、石光玉雄は階段をのぼった。

「痒いんだ。馬鹿。ギブスの上から掻いたって、しようがないだろう。手ェ突っこんで掻け」

「だって、あんた……」

「ギブスはずせってんだ。うゥ、痒い、痒い、痒い。馬鹿、何ぼけーっとしてやがんだ。看護婦呼んでこい。ブスはだめだぞ。あのべっぴんの姉ちゃんの方だ」

すみませんねえ、と、植木の女房は、目で石光玉雄に詫びた。

部屋は個室で、一隅に洗面台が作りつけられ、冷蔵庫とカラーテレビも備えてある。テレビは化粧品のコマーシャルを流していた。

「あんたが斎田さんの息子ねえ」ベッドに仰向けになった植木は、石光玉雄の方に太い首をねじ曲げた。

「お気の毒なことでしたねえ」

女房が言った。

「阿呆らしくて話にならねえ。これが女の盛大な裸道中でも見物中というのならともかく、たかが野郎がみこしをかついで騒いでるだけのことに、何千人だか知らねえが押しあいへしあいして、そのあげく、このざまだ」

ギブスの下の痒みがよみがえったのか、植木は顔をしかめた。

「親父がホテルで同室で、お世話になったそうで」

「いや、お互いさまさね、それに、たった一晩だった」

「旅なれないので、御迷惑をかけたんじゃないですか」

「遠出ははじめてだって言ってなさったな。私はすっかり頼りにされちまってね。まあ、かけなさいよ」

馬鹿、と植木は女房をどなった。椅子をすすめろというのである。

「はんちくで、気がきかねえ。冷蔵庫に、ネーブルか何かあるだろう」

植木はネーブルと言った。ネーブルだね、と女房は言いなおし、冷蔵庫を開けた。

「東京からはるばる見舞いに来てくれるなんざ、嬉しいじゃねえか。親父さんと一晩いっしょだっただけの縁でよ。動けねえってのは退屈だねえ。テレビも朝から晩まで見ているとうんざりしてくる。こいつの面と同じだ」

「長崎に着いたそうそうに、親父、東京に帰るなんて言い出して御迷惑をかけたそうですね」

「よく知ってなさるね。誰から聞きなさった」

「添乗員の原さんが、困ったと言っていました。ホームシックになる年でもないのに、恥ずかしくなる」

「いやあ、あんたの前だが、実はちょっと手古ずったね、あれは。私に、いっしょに帰ってくれないかと言うんだからね。頭がおかしくなったかと思ったくらいだったよ。いっしょに帰ってくれたら礼金を払うなんて言われてもね、こっちは、年に一度のおくんちを見るために、わざわざ来ているんだから」

「酔っぱらって里心がついたのかな」

「いや、ホテルの部屋に入って早々だから、飲んではいなかった」

「どうして急に帰りたくなったのか、理由は言わなかったですか」

「今から思うと、虫の知らせってやつじゃないかねえ。斎田さんは、何か特別そういうカンが働く人だったのかね。私も斎田さんの言うとおり東京に引返していれば、こんな目にあわないですんだんだが」

「植木さんにことわられたので、それから原さんに頼みに行ったのかな」

「それも私に原さんの部屋までいっしょに来てくれ、こんな広いホテルははじめてだから、迷子になると言うんで、三つ四つの子供じゃあるまいし、こっちは飯の前に一風呂浴びたいところだから、ひとりで行ってきなさいと突っ放した。原さんにたしなめられたんだろうね。戻ってきてからは、もう、そんな馬鹿なことは言わなくなったがね」

「翌日も、植木さんについて歩いていたそうですね」

「方向音痴だから、知らない土地は心細いってね。いやあ、あの〝東京に帰りたい〟にはまいったよ。虫の知らせというのは、あるもんだね」

「何かを見て急に帰ると言いだしたとか、誰かに会ったとか、そんなきっかけはなかったですか」

「さあ、気がつかなかったな」

カンガとクングとかいう言葉から何か思いあたらないかと、石光玉雄は訊いた。

植木は、きょとんとして首を振った。

「夜、私が飲みに行った銅座のスナックは、『シェスタ二世』と『和姫』だった。どっちも、カンガだのクングだのとは関係ないね。斎田さんは夜は出かけなかったな」

「あら、あら、ひどいこと」ふいに、植木の女房が頓狂な声をあげた。

「何がひどい」

「いえ、テレビよ。ニュース、ほら、窓があんなに割られて」

テレビの画面には、ガラスの割れくだけた窓がクローズアップされていた。それからカメラがひき、建物の全景になった。

「何だ、これは？」

「佐世保で、何か騒ぎがあったらしいわよ。わたしもよく見ていなかったんだけど、このビューティ・トキという美容院が、何かあくどいことをして、投石のいやがらせをされたとかいうことよ」

「佐世保か。こっちの事件はどうなんだ。もうニュースにはとりあげねえのか。石光さん、この事件のおかげで俺もテレビニュースに出たよ。アナウンサーがインタビューに来た」

親父は、誰かに行き会ったのだ。グラバー園か、唐人館か、浜の町アーケードで。そいつは親父に殺意を持っていた。親父もそれを知っていた。でも、親父は人には告げられない弱みがあった。

石光玉雄は、頭のなかを整理した。原倫介と話しあったことから、少しも進展していなかった。

相手が観光客か土地の人間かもわからない。

警察にはまだ話せない。何か親父の秘密にかかわることにちがいないからだ。

7

入江を抱きこみ、周囲をなだらかな低い山地にかこまれた長崎の街は、やわらかい光のなかにあった。石光玉雄は、父の足跡をたどり歩きはじめた。

病院から歩いて十分とかからぬ諏訪神社を、まず、訪れた。

石の大鳥居をくぐり、石段をのぼり、甃の広場に立つ。七十三段の大階段が、拝殿にむかってまっすぐのび、両側の斜面は、四層の段を作ってせりあがっている。

左手に樟の大樹が太い枝、細い枝をからみあわせてひろげ、その影を落とすあたりに並ぶ三本の竹は、白い蝶の群れにおおわれたようにみえた。結びつけられた神籤であった。

閑散とした境内であった。祭りの日の、殺気立つばかりの熱狂は、消え失せていた。

大階段をのぼり、拝殿の前に立って、見下ろした。

急勾配の石段を、想像のなかで、群集で埋めてみた。突然、爆ぜる爆竹、なだれ落ち、重なりあって倒れた人々。悲鳴。呻き。叫び。泣き声。

背後で物音がした。赤ん坊を抱いた初老の女と、二十五、六の女が、拝殿の中から出て来て、履物をはき、階を下り立った。社殿にむかって軽く頭を下げると、石段の方に歩いてくる。

「かわいいですね」

石光玉雄は、ふだん口にしなれないお愛想を言った。

二人の女は、笑いのこぼれる顔になった。

「宮参りですか」

「百日ですけんね。この子の」

「写真をとってあげましょうか」

「このひと、本職のごたるね」

石光玉雄の肩からさげたニコンF2に目をむけ、若い方が連れにむかって言う。

母娘か、姑（しゅうとめ）と嫁か。

「住所と名前教えてもらえたら、送りますよ」

「お願いしようかねえ」

女は二人とも人なつっこかった。

写真は話をかわすきっかけにすぎない。

拝殿を背景に二枚撮ったあと、

「ここで、ひどい事故があったそうですね、おくんちのとき」

「へえ、めったにないことですばってねえ」

母親の方が答えた。

「巻き添えをくわなくてよかったですね、あなたがた」

「わたしら、うちでテレビ見てましたもんね。こぎゃん混むところへ来る気せんですもんね」

「テレビでは、事故の起きた瞬間はうつったんですか」

「いえ、〝こっこでしょ〟うつしとったわね。それから、カメラ切りかえて、人の落ちるところになったわね」

「誰か爆竹放りこんだってね。ひどいことをするやつがいるんだな」

「はあ、もう、ねえ」

「子供の悪戯ですって？」

「そがん言いよらす人もおっとじゃけどね」

「子供だって、そんなひどいことはせんとですよ」

若い方が口をはさんだ。「皆、おくんちをたのしみにしとりますもの。それに、お諏訪さんを汚（けが）すようなこと、長崎のものはしませんよ」

「それじゃ、よそから来た観光客？　だって、高い金をつかってわざわざ見物に来て、そのおくんちをだいなしにするようなことを、観光客がするかな」

「そがん言われても、わたしらには何もわからんとじゃけどね」

「ここからグラバー園に行くには、どう行ったらいいんですか」石光玉雄は地図をひろげた。

「これから観光ね」

「ええ、まあ、ね。グラバー園と唐人館と、それから浜の町アーケードをまわりたいんだけれど」

二人の女は地図をのぞきこみ、「市電かバスで行かれたらよかですよ」と道すじをたどってみせた。

長崎駅から東のシーボルト邸跡までと、南のグラバー園まで、どちらもほぼ二キロ。その三点を結ぶ倒立した三角形の地域の中に、めぼしい観光ポイントは、ほとんど含まれる。小さい街なのだなと、地図を見ながら、あらためて彼は思った。浦上と稲佐山だけが、少し離れているが。

諏訪神社前から青い小さい市電に乗る。公会堂、賑橋、西浜町、と、市電はのんびり走る。

グラバー園は、入江を見下ろす、約三万平方メートルの丘陵公園である。

動く歩道で頂上にのぼる。ベルトレーンは、トンネル状の掩蓋をかぶせられていて、彼を不愉快がらせた。だいたいが、名所見物には興味がないたちで、まして、小ぎれいに観光用にととのえられた場所はやりきれない。気ままに歩かせてくれるのならまだしものこと、ベルトレーンではこばれるとは、何というざまだ。しかし、父親の足跡をそのままたどるには、このようにコースが一定の枠におさめられている方が好都合だと思い直した。旅をたのしむために来たのではない。

頂上には、かつて船がドック入りしているあいだ船員の宿舎にあてられたという旧三菱ドックハウスが移築されている。内部は造船関係の資料館になっているが、興味をもって眺める気持の余裕はなかった。何か手がかりになるものはと、それしか念頭にない。オルト邸、リンガー邸と、矢印どおりにたどりながら、だらだらと坂を下り、最後がグラバー邸で、出たところにみやげもの屋が軒を並べていた。

8

「それから、唐人館、浜の町とまわったけれど、収穫ゼロだ。カンガもクングも、まるで関係なしだ」

帰京してすぐ原に連絡した。

「ただ、親父が急に帰ると言い出したのは、植木さんからも裏付けがとれた。植木さんは、親父、虫が知らせたんだろうなんて言っていた」

「こっちも、まだ収穫はないよ。全員にあたる暇はなくて、五人か六人、訊いてみただけだけれど」

「ありがたいことに軍資金が入るんだ。親父が保険金をかけていた」

「旅行の傷害保険、下りることになったのかい?」

「いや、そっちはまだなんだけど、親父が俺を受取人に、自分で月掛けで入っていたんだ。百万円。そこからまた税金をひかれるんだろうけれど。当分、仕事をしないで親父のことに専念できる」


叔父の後妻のたね子が、実はね……と言い出したのは、石光玉雄が原倫介とそんな会話をかわした翌日であった。


店を閉めてから、たね子は二階にあがってきたのである。叔父の忠市は深夜二時ごろまで開けているスナックに飲みに出かけ、まだ帰ってこない。

「栄吉さんの籍のことがはっきりすれば、旅行の保険の方ももらえるのかしらね」

「俺が受け取る資格があるって証明されればいいんだろ」

「実はね……」たね子は、また言いづらそうに口ごもった。

「玉雄ちゃん、あんたカメラマンで立っていくつもりなんだろ。ラーメン屋を継ぐ気なんて、ないよね」

「ああ」

「わたしね」横坐りになったたね子は、目を落とした。視線は、自分の腹のあたりにあった。「子供ができてね」

「へえ、御苦労さん」

「あら、いやだ。おめでとうぐらい、言ってよ」

「叔父さんもがんばるな、いい年して」

「前の志津さんにはできなかったからね」

「それで?」石光玉雄はうながした。

「わたし、うちのといっしょになるとき、複雑なことは何も知らなかったのよね。小さくたって汚なくたって、三軒茶屋に店を一軒持ってるって、ずいぶん安心だと思ったのよ。あのひと、自分の店だって言ったからね。たしかに、登記はあのひとの名前なんだから。土地は借地だけど、その借地権だって、たいしたもんだしね」

「何を言いたいんだよ」

薄々察しがつかないでもなかったが、石光玉雄は、じれったがって声を荒らげた。

「栄吉さんが、突然、あんなことだったでしょ。人の命なんてあてにならないものだと、心細くなっちまってさ。うちのだって、いつ交通事故だなんだって……」

「そんな取越苦労をしていたら、白髪か禿の赤ん坊が生まれるぜ」

「おお、いやだ。変なこと言わないでよ」

「いったい、何を心配してるんだよ」

「この店、もともとは栄吉さんと死んだ幸子さんのもので、栄吉さんは無籍だから幸子さんの名義になっていたでしょ」

「ああ」

「幸子さんが死んで、玉雄ちゃんは実子なのに戸籍の上では甥だから、妹の志津さんが相続した。だけど、志津さんは、あんなふしだらがあって、好きな男といっしょになるかわりに、店の名義をうちの人に書きかえた。ああ、ややこしい。簡単に、あっさり言っちまえば、今は、うちの人のものってことだよね」

「だけどさ」石光玉雄が言いかけると、

「ああ、怒らないでよ、わかってるんだから。でもさ、とにかく、うちの人とわたしだって、この店、もりたてやっているんだし……」

「権利があるってことかい」

「権利だのなんだのって、むずかしいことは、わたしわからないけどさ」

「じれったいな」

「実はね……」

「三度めだぜ、その、実はっての」

たね子は、もじもじと肥(ふと)った軀をよじった。

「玉雄ちゃん、怒らないって約束してくれるね」

「聞いてみなくちゃわからない」

「約束してくれなくちゃ、おっかなくて話せないよ」

「そんなひどいことか?」

「あんた、まだ若いからさ、女の気持なんてわからないだろうけど、別れた前のおかみさんから亭主に手紙がきたら、気になるものなのよ」

「そりゃ、そうだろうさ」と言ってから、気がついた。「志津叔母さんから、手紙がきたことがあるのか」

「ほんとに怒らないでよね。ああ、やっぱり言うんじゃなかった。でも、保険金もらうのに、志津さんから話をきかないとならないみたいに、あんたが言うからさ」

「その手紙、どうした」

「うちのにみせるとさァ、また、会いに行ったりして縒(よ)りがもどりかねないから……みせなかったのよ」

「志津叔母(おば)さん、何の用事で」

男に捨てられたとか、そんな話だろうか。

たとえ捨てられても、志津は忠市に手紙で許しを乞(こ)うようなことはすまい。

「どうせ、あんたが志津さんに会えばわかることだから言うけど、店の名義をうちの人のにしたことを、気にかけていたのね。別れて好きな男といっしょになりたい一心でしたことだったけれど。前に、あんたの籍をいれるとき、実子ではないから石光忠市の遺産には権利がないって念書をいれてるんだって? それを、あのときはうっかりしていた。店はいずれは玉雄にゆずるという念書を書いてほしい、その相談のために一度会いたいという手紙だったの」

たね子は、それを握りつぶした。夫と志津を会わせたくなかった。忠市が志津にみれんを持っているのを知っていた。

「気がとがめてはいたんだけれど」

たね子は、口で言うほどに重大には思っていないようだった。目先の欲には簡単に動かされるが、深い思慮はない。傷害保険がおりたら店の改造に使いたい、そのことで頭がいっぱいになっている。

「うちのに、黙っていてよね。今ごろばれたら、わたし、ひどいめに会うよ。子供がおなかにいるんだから、暴力は困るのよ」

かってなことばかり言っているが、自分では、いっこう、かってだと気づかないらしい。

これなのよ、と、たね子はポケットから縦長の封筒を出した。

封は指でちぎり開けてあった。

表書きを見、裏をかえした。住所は、川崎市高津区久地、志津の苗字は荒畑となっている。男は、店に通ってきていたころは、三軒茶屋の近辺のアパートに住んでいたのだから、いっしょになってから越したのだろう。

便箋に認められた内容は、たね子が語ったとおりであった。かなりそっけない、用件のみを簡明に記したもので、情感はそぎ落とされていた。

「玉雄ちゃん、店はわたしたちにまかせといてよね」

たね子の気がかりは、そのこと一つであった。

9

石光玉雄は、まず、電話局の番号案内に、川崎市久地の、荒畑の電話番号を問いあわせた。

幼いころから、志津にはかわいがられた。母の幸子より、若いだけに活発で、幼い玉雄が軀ごとぶつかるのを受けとめて、とっくみあってじゃれる相手をしてくれた。

電話口に出た女の声に、

「玉雄です」と言うと、相手は絶句した。

「玉雄ちゃん……」

「会いに行っていい？」

「いいよ。もちろんよ。どうしてる？　お父さん、大変だったねえ。テレビのニュースで知って、玉雄に電話しようかと思ったんだけれど、たね子さんが電話口に出ると……と思うと、ちょっと気重くてね。

気にかかっていたんだけれど」

　川崎というから、工場街かと思ったが、多摩川に沿って南北に細長い川崎市の、中ほどの地区で、まだ鄙びていた。

　国電が一本、都下の『立川』から『川崎』まで縦走しているが、その電車は、山手、京浜など主要な線の老朽車を集めて連結しているのか、車体の色が、黄、ピンク、ブルーと、とりどりであった。

　駅の改札口を出ると、志津が迎えに出ていた。なんとなくてれくさく、や、と笑うと、志津も、つい二、三日前別れたばかりというようなさりげなさで、先に立って歩き出した。

「こっち、まだ、田舎でね」

　志津が忠市と別れたのは、玉雄が高校に入った年だった。

「今、何してるの、つとめてるの？　豪勢なカメラ持ってるね」

「これが商売道具だよ。叔母ちゃんの旦那は？」

「車ころがしてるよ。タクシー」

「あのひと、タクシーの運転手なのか」

「三軒茶屋の店に来ていたころは、つとめ人だったけどね、わたしといっしょになるんで、つとめをやめたの」

「ラブ・ストーリーだな」

「ばか。そんな年じゃないよ」

　叔母は四十代の半ばのはずだ。男といっしょになって忠市と別れたとき、すでに四十近かった。男の方が年下ときいていた。

　玉雄のこと、気がかりだったんだけどね、と志津の声が心もち湿った。

「俺の方が気にしていたよ。叔母ちゃん、うまくやってるのかなって」

「連絡しようと思えばできたんだけどね、一度あのひとに手紙を出したら、たね子さんから、うちの平和をかき乱さないでくれって、怒られた。そりゃ、そうだわね。自分から出てった前女房が、手紙なんか出しちゃ悪いよね。ただ、わたしは、店の名義のことが気になったもんだから、それで、将来は玉雄にかえすという念書を入れてほしいと書いたんだけど、疑っているのか、失礼だって。それでまあ、ひきさがったんだけど」

「その手紙を、おたねさん、俺にみせてくれなかったので、叔母ちゃんの住所が今までわからなかったんだ」

平和をかき乱すな、か。凄いね。石光玉雄は笑った。「おたねさん、どこでそんなせりふ、おぼえたかな」

ここだよ、と志津が立ち止まったのは、『木犀荘』と記した木の札を入口に打ちつけた、安普請の二階建のアパートだった。

「玉雄が来るっていうから、今日はパート休んだんだよ。溝の口のスーパーで働いているの」

インスタント・コーヒーを淹れながら、志津は言った。六畳と四畳半に、二畳ほどの台所と便所がついた作りである。窓の外にはり渡したロープに、男物の肌着と、子供のパンツが干してあった。

「子供がいるのよ。四つ。いい年して、ちょっと恥ずかしい。わたしはパートがあるんで保育園にあずけているの」ほんとに、ごめんよ、と志津はふいに頭をさげた。

「俺は、あの店、俺のものだなんて気持、起きないんだよ。俺が稼いで手に入れたものじゃないからね」

「玉雄はまだ若いから、そんな欲のないこと言っているのよ」

「親が稼いで残してくれたもので楽したいなんて、情けない年じゃないよ。それよりね、そういう面倒なことが起きるのも、もとはといえば、親父の籍がなかったためなんだろ。そのことを叔母ちゃんに聞きたくて、来たんだ。親父もおふくろも、教えてくれなかった。親父って、どういう人だったんだろう。いっしょに暮しているときは、たいして気にならなかったんだけど」

志津の様子から、何か知っているなと、彼は感じた。

「考えてみると、俺、おふくろのことも叔母ちゃんのことも、何も知らないねえ。毎日のさ、今のことだけ知ってりゃいいってふうで、郷里がどこかとか、屋台のラーメンはじめる前は何をしていたかとか、何もきいたことがない。話題にのぼったことがなかった。それから、親父のあの軀の傷」

　見なれていたから、背から脇腹を抱きこむように走る瘢痕を、ぶきみともおぞましいとも思わなかった。

　風呂場など作るゆとりのない狭い店の裏、台所の一部を三和土にして風呂桶が据えてあった。大鍋で湯をわかしては汲み入れた。銭湯に行かずにすますためであった。

　傷についてたずねてはいけないと、物心ついたときには、すでにわきまえていた。

　父が湯をつかうと、母が背を流してやっていた。彼が立ち入れない領域だと、石光玉雄は漠然と感じていたのだった。

「北海道だよ」志津は言った。

「え、北海道がどうしたんだい」

北海道――。

　あの土地を、妙に毛嫌いしていたな、と、石光玉雄は思った。

　テレビで、北海道の美しい風物をうつし、雄大な景色を讃えるナレーションが流れたとき、斎田栄吉は、スイッチを切った。そのとき、石光玉雄は、父親の表情が、何か言いようのない陰鬱な翳りで一変するのを見たような気がした。

　石光玉雄が写真に興味を持つようになったのは、高校のころ六本木のビル清掃のアルバイトをしたのがきっかけだった。それ以前にも、たいがいの男の子が興味を持つ程度には、カメラやそのほかのメカにも関心はあった。

　そのビルに、名の通ったカメラマンのスタジオと事務所が入っていた。

　彼のカメラマン志望を知ると、父親は、それを何かすばらしく現代的で他人に尊敬される職業のように思ったらしかった。

ゆとりのあるわけではない暮らしのうちから、できるだけの援助はしてくれようとした。

その父親が、写真の専門学校に入った彼が、バイトで貯めた金で、夏休み、北海道に行くと言ったとき、「写真で景色のうわっつらを撮って、何がわかる」と、苦々しく言い捨てた。彼は、むっとして言い返し、口論になりかけた。途中で父親の方が黙りこみ、そのまま外へ飲みに出ていって、けりがついたのだった。

――親父は、写真を撮るということを、何か贅沢な遊びのように思いこんでいて、それが、ふとしたときに言葉のはしに出ると、そう、俺は思っていたのだけれど……。

彼が入学したのは各種学校で、そこを卒業したからといって、即座に一人前のカメラマンとして独立できるわけではなかった。

「まさか……」

親父、脱獄囚だったなんてわけでは。

心にちらりと浮かんだだけで、彼はすぐ打ち消した。陰気で口数の少い父親と、脱獄囚という言葉が呼び起こす兇暴なイメージは重ならなかった。

「わたしは、姉さん――つまり、玉雄の母ちゃんから、いくらかきいてはいるんだけどね……」

「教えてくれよ」石光玉雄は、のり出した。

「あんたの父ちゃんも母ちゃんも、あんたには、いやなことはいっさい、耳に入れないで、好きなことをさせて、気楽な坊ちゃんみたいに暮らさせたがっていたんだけどね」

「俺の親父は、犯罪者か」

「とんでもない」志津は、強く首を振った。

「いい人だったよ。少し陰気だったけれど、でも、陰気くさくなるのも、無理もないよね」

幸子と志津は、私生児であった。年は八歳離れている。母親は、漁港焼津で酌婦をしているときに幸子を生み、横浜にうつってから志津を生んだ。父親は違っている。志津の父親にあたる男の世話で、母は横浜に小さい飲み屋を開いていた。

母の店の手伝いをしていた幸子は、志津が女学校にあがる年、いなくなった。北海道にわたったのである。

「何をしに」

「わたしは子供だったから、その辺の事情はよく知らないよ」志津は口をにごした。

幸子からは志津にあてて、よく絵葉書がきた。元気ですか、わたしも元気です、というような、簡単な文面ばかりであった。

戦時統制で店を閉め、そのころはもう男と別れていた母は、軍需工場の賄婦（まかないふ）になった。志津たち女学生も勤労動員で、工場で働いた。空襲を受け、母は爆死した。

志津は女学校を中退し、元担任教師に身許保証人になってもらって、働いた。敗戦前後から、姉とは音信がとだえた。姉に送る手紙は、付箋（ふせん）つきでもどってくるようになったのである。しかし、志津は、つとめ先をかえ、居所をうつるたびに、元担任教師に連絡はしておいた。忠市と結婚し三軒茶屋に世帯を持った志津を、幸子が探しあてることができたのは、そのおかげであった。

「そうして、生まれる子供、つまりあんたの籍をわたしたちのところに入れることを頼まれたのだけれどね」

戦時中、朝鮮人が日本に強制的に連れてこられて、ひどいめにあいながら鉱山などで働かされていたの、玉雄たちは、よく知らないだろうね。志津は言った。

「何か、聞いたことはあるな」

「栄吉さんの傷を見たら、どんな目にあわされたか、察しがつくだろう」

「それじゃ、親父は……強制連行された……」

強い衝撃が石光玉雄の声を奪った。

「本当の名前は、チェ」志津は言った。

「チェ？」

「チェ・ヨンナム。日本ふうに読めば、サイ・エイナン」と、志津はありあわせの紙片に崔栄南という字を書いた。

「でも、それなら何も、こんなに秘密にしとくことはないだろう」語気が荒くなった。「戦争が終わって、もう三十何年たつし、朝鮮は、独立国家だし、堂々とやりゃあいいじゃないか」

「戦前から戦争中にかけて、朝鮮人が日本人にどういう目にあわされたか知らないから、そんなふうに言えるんだよ。――もっとも、わたしだってよくは知らないけれどね。

姉さんが、一度だけ、わたしに言ったことがあるよ。栄吉さんは、あんたの名前、チェ・ジョンオクと、心のなかでは呼んでいるって」

崔正玉、と、志津は書いた。サイセイギョクと、彼は目で読み、それから、しばらく無言でいて、

「俺は……俺だよ」彼は言った。

「栄吉さんが過去を秘密にしていたのは、たぶん、鉱山を途中で脱走したからじゃないかって、わたしは思うのだけれど」

「大脱走は、今じゃ、英雄的行動だぜ、犯罪者が脱獄したのとはわけが違うだろ」

「補償金もらったっていいくらいだと、わたしも思うんだけれどね」

「どこの鉱山？」

「北海道の北見市の奥の武華(むか)鉱山ってきいたよ。東亜鉱業っていったかね、会社の名前は。わたしが知っているのは、そのくらい。でも、そっとしておきよ。今さら、いろいろ調べたって、玉雄が辛い思いをするばかりだよ」

叔母が推察しながら口には出さないのであろうことを、玉雄も想像した。

鉱山を逃れ、潜行中に、父は、心ならずも犯罪をおかさざるを得なかったのではないだろうか。そのために、籍もなく、生きながら幽霊のように、ひっそり息をつめて暮らさざるを得なかった……。

父を仇(かたき)と思っているものがいた。その人物と、たまたま、長崎で行きあった。

あの人なだれは、父への報復か。

しかし、あまりに犠牲が大きすぎるではないか。

その人物は、私怨をはらすために、どれほどの大量虐殺(ぎゃくさつ)も辞さなかったというのか。

子供を保育園に迎えに行くという叔母といっしょにアパートを出た。

子供と三人で、蕎麦屋に入り、「俺がおごるよ」と玉雄は言った。

橙の章

1

十一月六日。

佐世保市の、佐世保川を背にした五階建てのビル、〝セントラル・ビル〟の前に、華奢な軀つきの少年が立った。

ジーンズに青いダウン・ジャケット。スニーカー。キャップの下からブリーチして紅く染めた髪がはみ出し、メタルフレームのファッション・グラスが顔の半分をかくしている。持物は布製の大きいショルダー・バッグ一つ。

このセントラル・ビルは、一階と二階が〝エデン美容室〟、三、四階が、このビルをはじめ幾つかのビル、地所など、不動産の経営、売買、及び駐車場の運営などを手がけるサセボ・セントラル興産の事務所、そうして最上階は、エデン美容室のオーナーであり、セントラル興産の代表取締役の肩書を持つ古鳥利恵(ふるとりとしえ)の住まいになっている。

少年が立ったのは、〝エデン美容室〟の入口の前であった。

カーテンをひいたウインドウに、外から白いスプレーが吹きつけられ、こすったりひっかいたりして消そうとしたため、だいぶ読みづらくなっているが、注意深い目には、ヒトゴロシと読みとれる。

少年は、バッグから手袋をとり出してはめると、一応念のためというように、ドアのノブに手をかけてひねった。ドアはロックされていた。彼は、さりげなく、あたりをうかがった。繁華街をややはずれ、表通りからはひっこんだところにあるので、通行人の姿はない。

影が長い。初冬の陽(ひ)が落ちかかっている。

隣接した倉庫とのあいだの細い露地を抜け、裏口にまわった。

右手に階段とエレヴェーターが一基並んでいる。


彼はエレヴェーターの上昇ボタンを押した。電源を切ってあるとみえ、指針は1をさしているにもかかわらず、始動しない。

ビルは、機能を停止している。日曜日なので、三、四階をしめるセントラル興産は休んでいるし、美容院は、このところずっと休業している。

少年は階段をのぼった。上部のすりガラスに『サセボ・セントラル興産』の文字を金色で記した三階のドアも、鍵がかかっている。

彼はその前を素通りして更に階段をのぼり、四階とのあいだの踊り場にあるトイレットに入った。外来の客用で、男女両用の狭い場所である。

内側から施錠し、彼は、小さい吐息をついた。バッグを、蓋(ふた)を閉めた洋式便器の上に置き、なかからスカートを出した。ダウン・ジャケットを脱ぐと、胸のふくらみがあらわになった。小さい花柄のブラウスにベージュのカーディガン。ジーンズをスカートにはきかえる。堅実でいささか野暮(やぼ)ったい、平凡な服装である。最後に、ウィッグとファッション・

グラスをはずした。二十三、四にみえる女の顔があらわれた。

　もっとも、近づいてよく見るものがいれば、もう少し年がいっていることがわかるかもしれない。それとて、腰のひきしまったしなやかなからだつきから、三十にとどいているとは、とうてい思えまい。

　白坂蓉子（しらさかようこ）は、脱いだものをバッグにつめ、ファスナーをしめた。

　靴も、タウン・シューズを持ってきているが、スニーカーのままでも大丈夫だろうと、白坂蓉子は思った。これから、叔母（おば）の古鳥利恵を車で長崎空港まで送るということになっている。車の運転にスニーカーは、むしろ似つかわしい。ここに来るまでのあいだ、他人の目に男とみせかけるため、スニーカーは大きめのものを用いた。敷皮を入れ、爪先（つまさき）につめものをした。ダウン・ジャケットは軀の輪郭をかくしてくれるが、男女の区別は、手足の大きさでみわけがつくことが多い。叔母は、スニーカーが大きすぎることなど、気づきはしないだろう。

壁つきの鏡をのぞいた。

化粧をしていない。不自然だろうか。

あやしまれもすまいと、白坂蓉子は思い、バッグを肩にかけると、トイレットを出て、更に階段をのぼった。

五階。鉄扉（てっぴ）のわきのドア・フォーンを押した。

「はい」ひそめた声がきこえた。

「蓉子です」いそいで手袋をはずし、バッグに突っこみながら答える。

「ちょっと待って」

ドアが開いた。濃厚な香りが鼻孔をかすめた。利恵が愛用しているミツコの香りだ。

「少し早すぎるんじゃないの」

古鳥利恵は言い、蓉子が中に入ると、利恵はノブのボタンを押してドアを閉めた。これで鍵のかかった状態になる。

「飛行機は十八時すぎよ。早く着きすぎて、空港で長時間待つのはいやだわ。あがってちょうだい」

　古鳥利恵は、先に立って居間に行きながら、

「空港で、人に顔をじろじろ見られるの、いやなのよ。古鳥利恵も、いまや、ちょっとしたタレントなみの有名人だわ、少くとも、このあたりではね」

自嘲ぎみに苦笑した。

「誰もかれもが叔母さまの顔を知っているわけじゃないでしょう。大丈夫だと思うけれど」蓉子は、バッグを居間のドアの外に置いた。

「大荷物ね」

利恵に言われ、蓉子は、そうね、と軽く言った。幸い、利恵はそれ以上好奇心を持たなかった。

ソファにくつろぐよう利恵はすすめた。

「蓉ちゃんも飲む?」

テーブルの上には、ブランデーのびんとグラス。煙草の吸いがらが灰皿にあふれている。利恵の苛立たしい気分をそのままに、フィルターが紅く染まったラークの吸いがらは、ねじつけられ、折れ曲がっていた。

「飲酒運転でつかまったりしたら、飛行機に乗りおくれてしまうわ、叔母さま」

「そうね。そりゃ大変だ。すすめないでおくわ」

雑然とした部屋である。十五畳ぐらいの広さはある。毛足の深い濃青の絨緞は、食事用の椅子テーブルのまわりに、食物をこぼした痕がしみになって残り、革張りのソファには煙草の焼け焦げの穴、備品も調度も上等なのだが、その持主の不注意なだらしない気質がよくわかる。

この部屋を見ると、蓉子はいつも腹立たしくなる。高価なものの貴重なものが、その値打ちどおりに扱われていないからだ。

腹立たしい不快さは、義母のアイ子に対したときに感じる気分と共通している。

しかし、不愉快な顔を、蓉子は、利恵にむけたことはない。

「自殺までしてくれなくたってよかったんだわ。あのひと。太田登喜子……」

古鳥利恵は、荒い手つきでブランデーをあおった。出発の準備はととのっている。スーツ・ケースが二個。スポーティーな旅装。紺地に赤の細いストライプが入ったシャツ・ブラウスに、赤いパンタロン・スーツ。咽喉(のど)の皮膚のたるみを見逃がせば、四十という年齢より四つ五つ若くみえる。しかし、あまりに濃い化粧のため、頬(ほお)は艶(つや)を失ない、唇の紅、瞼(まぶた)のふちのアイ・ラインが、けばだった和紙の上に描いたようになじまない。

「そうね。叔母さま」

あいづちを打ちながら、白坂蓉子は、さりげなく窓をみた。カーテンがひいてある。

薄暗い。古鳥利恵は、電灯もつけず、ひとりブランデーをあおりながら、姪(めい)がむかえにくるのを、薄(うす)闇(やみ)のなかにうずくまって待っていたのだ。

「蓉ちゃんが空港まで車で送ってくれるの、ほんとにありがたいわ。タクシーを拾うつもりだったのよ。でも、タクシーの運転手だって、私を古鳥利恵と気づくかもしれないし……そうしたら、何を言われるか、何をされるか、わかったものじゃないわ。蓉ちゃんがさっき電話をかけてきて、送ってくれるって言ってくれたとき、正直、助かったと思った」利恵は、からになったグラスにまたブランデーを注いだ。

「新聞が悪いのよ。私の名前から顔写真まで地方版にのせるんだから。法律に触れるようなことをしたわけじゃないのに。私が太田登喜子を殺した? 冗談じゃないわ。あのひとたちじゃないの、殺したのは。今、私を、太田登喜子を殺したと言って責めたてる、その同じ世間のひとたちが、太田登喜子を責め殺したんじゃないの」

「大丈夫よ、叔母さま。一月(ひとつき)もここを離れていれば、帰ってきたときに風むきはかわっているわよ。誰も、ビューティー・トキのマダムが死んだことなんて、思い出しもしないわ」

蓉子は叔母のグラスにブランデーを注ぎ足した。

――解剖したときに、アルコールが検出されるだろう。自殺を決意した人間は、その決行直前に、酒を飲むだろうか。……飲むだろう、もし、自殺者が酒好きなら。

叔母は、毎日、アルコールっ気なしではいられないくらい酒好きだ。自殺の前に酒を飲んでいるのは、当然のことだ。

　酒の好きな人間は、強そうにみえても、ひどくもろいところを持っている。鼻っ柱は強くても、根は淋しがりのかわいそうな叔母さん。辣腕の女事業家。男をとりかえひきかえ、捨てているのか、捨てられるのか。

　静かだ。ついこのあいだまでの、街じゅうの殺気が、嘘のように消失した。

　いや、まったく消え去ったのではない。太田登喜子にむけられていた怒りは、矛先をかえて、叔母に、古鳥利恵に、むけられている。しかし、太田登喜子のときのような、不安と焦燥はふくまれていない。人びとは、安全地帯に立って、正義を行使する快い気分さえ味わいながら、叔母を糾弾する。

「いつまでも、忘れない人間が、ひとりいるわ」

　利恵は、ブランデーを、涸いたものがビールを飲むように一気に飲み、

「怕いわ」とつぶやいた。

　そのとき、突然、電話のベルが鳴った。

　グラスを持った利恵の手が、びくっとふるえた。

「太田登喜子の息子？　例の……」

　蓉子は、鳴りつづける電話機をさして、たずねた。

　太田登喜子の死を、いつまでも忘れない、ただひとりの人間。

「違うでしょう」

　利恵は、ひきつった声で、

「太田新樹は、このごろでは、電話もかけてこない。だから、なおのこと怕い。匿名の、街の誰かよ。夜昼なしに、しょっちゅう、かかってくる。そりゃあ、しつっこいんだから」

「おまえが、〝ビューティー・トキ〟の太田登喜子を殺したといって？」と言ってから、蓉子は、悪意と嘲りが声の裏にひそんだのを利恵に気づかれはしなかったかと、内心、少しうろたえた。気づかれてはならない。

　蓉子と利恵は、仲が好かった。

　蓉子ちゃんは、明るくて素直で、ほんとに気立てがいい。思いやりがあって、よく気がついて。

利恵ばかりではない。周囲のほとんどのものが、蓉子をそう見ている。蓉子のもう一つの顔を知っているのは、継母のアイ子、そして、夫の藤一。この二人ぐらいのものだろうと、蓉子は思う。

「卑怯よね、電話って」蓉子は、利恵の意をむかえるように、憤ってみせる。「こっちには、相手が誰なのか、まるでわからないんですものね」

「そうなのよ。わからないのをいいことに、むこうは言いたい放題よ。〝人殺し〟だの、〝人非人〟だの。その上、匿名の手紙でしょう。〝死んで詫びろ〟だって。もう、いいかげん神経がまいってしまう」

ベルは執拗に鳴りつづける。

「ほんとに、世間の人って、どうしてこうおせっかいなのよ。太田登喜子にも私にも何の関係もない、どこの誰だかわからない人たちが、いれかわりたちかわり、電話や手紙で攻撃してくる」

利恵の声は、次第にヒステリックにうわずる。

しびれを切らしたのか、ベルは止んだ。

「こっちへ来てよ、蓉ちゃん」

利恵は手をのべた。

蓉子は、スカートのポケットに右手をさしこんだ。麻酔薬に浸した布片をいれたビニール袋が指にふれる。クロロフォルムは効果が不確実である。蓉子はフローセンを選んだ。この薬品は、強力で、しかも即効性がある。そのかわり、効力の持続時間が短い。

「叔母さまらしくないわ、おどかしの電話や手紙におびえるなんて」

やさしく、からかうように言いながら、蓉子は利恵の右脇に腰を下ろし、左手を利恵の肩にまわした。

「ほんと、私らしくないわよねえ。さあ、行こう。早く、ここを離れてしまえばいいんだわ」と言いながら、「疲れたわ」

と、利恵は蓉子の胸に頭をもたせかけた。

肩を抱いた手に少しずつ力をこめ、蓉子はポケットのなかのビニール袋を指先でさぐり、開けようとした。

利恵が前かがみになり、ブランデーのびんに手をのばした。

蓉子はいそいでビニール袋の口を閉じた。薬剤は揮発性である。

「だらしないわね、私も」

「さあ、しっかりして、叔母さま。それひとつあけたら、出かけましょう」

「ありがとう。蓉ちゃんも一口ぐらい飲めばいいのに。最後の乾盃（ラスト・チアーズ）よ」

「さっきも言ったでしょ。これから運転しようというのに、お酒をすすめてはだめよ」

「そうだった。私、酔ったのかな。車、私がいないあいだ、蓉ちゃんが乗りまわしていいわよ。キーをあずけていくわ。蓉ちゃんのセリカより、乗心地ははるかにいいわよ。外車だからね」

「傷つけないように、大事に乗るわ」

「蓉ちゃんだけね、最後まで私の味方をしてくれるのは。恩に着るわ」

親父（おやじ）にまで、私、見放されたらしいわ。冷たいよね、肉親といったって。

酔いがまわったのか、利恵は饒舌（じょうぜつ）になった。

「私、一家の恥さらしなんだって。大げさな。何が、家の名誉よ。たいした家柄でもあるまいに。一時、佐世保を離れると言ったら、ああ、そうしろ、って、それだけよ」

「空港に見送りに行こうって、誰も言ってくれなかったの？」

蓉子はさぐりをいれた。

「私が車で送るってこと、お祖父（じい）さまたちには……」

「言ってないわよ、あっちには。今日、昼前に父がここにちょっと来たんだけど、大喧嘩（おおげんか）になって、帰っていったわ。頭から私を人非人扱いにしたことを言うんだから。ああ、そうだ、電話をかけて知らせてやろうかしら、蓉ちゃんだけはやさしくしてくれるって」

「おやめなさいよ、あとで、私がお祖父さまに報告しておくわ」

「そうね。実のところ、あっちとは話もしたくないのよ。どうせ、お互い、不愉快な思いをするだけなんだから。

親父も兄さんも、前っから、私が離婚したことや、結婚しないで男とつきあって子供を堕ろしたりしたのが、気にいらんのよ。兄貴なんて、ビューティー・トキに負けるな、客をとられるなと、さんざんハッパをかけておいて、今になったら私を責めるんだから」

古鳥利恵が代表取締役の地位にあるサセボ・セントラル興産は、同族会社で、実質は、利恵の父、蓉子には祖父にあたる、総合病院長古鳥敬吾の個人財産にひとしい。利恵の兄恭吉は、父の病院の副院長をつとめていた。

もっとも、利恵と恭吉は、敬吾の後妻の連れ子である。母親が再婚したとき、二人の子供も養子縁組したから、親子の関係にあるが、血はつながっていない。

敬吾の実子は、蓉子の生母で今は他界している芙佐江ひとりである。

気をとりなおしたように、

「乾盃」

少しおどけて利恵はグラスをあげた。

その声にかぶせて、再び電話のベル。利恵の空元気は、たちまち消え失せた。

唇のわきが痙攣し、悪酔いでもしたように目がすわった。

いきなり受話器をとると、

「いいかげんにしてよ！」

どなりつけ、荒々しく切った。

切ったとたんに、鳴り出した。

利恵は、けたたましく騒ぐ電話をみつめた。上唇のはしがひきつってめくれた。

放っておいて、さっさと出かけてしまえばすむものを、蛇にみこまれた蛙か何かのように、身をすくませ、電話機から目を離せないでいる。

かなり錯乱している、と、蓉子は冷静に観察する。

利恵が分別を失なって、ベルの音に縛られているのは、蓉子にとってこの上なく好都合なことだ。

やり直しはきかない、一度で確実に、と思うから、つい慎重になり、さっきから何度かチャンスを逃している。

　部屋を出てしまってからでは、睡らせるのは厄介だ。睡らせるのに成功しても、浴室まではこぶのは不可能に近い。蓉子は、利恵の肉づきのいい軀を、見る。

　背丈は、蓉子とほとんど同じ。おそらく、百六十二、三センチ。腕の太さ、一倍半はある。腰まわりも。

　唇のわきの痙攣がひどくなり、歯が鳴っている。電話のコードをつかむと、力まかせにひきちぎろうとする。蓉子は抱きとめ、片手はポケットをさぐる。声だけはやさしく、

「叔母さま、落ちついて」

　となだめる。自分でも意外なほど冷静でいられる。しかし、布をひき出そうとする指が、機敏に動かない。

「その音をとめなくては……とめなくては」

　弱々しく言って、利恵は受話器をとりあげた。ベルの音はやんだが、かわりに、罵声が利恵の耳に突き刺さる。相手の言葉の内容までは蓉子の耳にとどかないが、およその察しはつく。

　利恵は何か言おうとして、しゃっくりのような音をたてた。あとは、ほとんど反論せず、相手の罵りを受け入れている。

　やがて受話器を置くと、

「すべてのものは吾にむかいて死ねという」とつぶやき、伊東静雄の詩よ、と言った。

「さあ、叔母さま、それをあけてしまって。そうして、でかけましょう」

　蓉子は、利恵の隣りに坐りなおし、やさしく肩に手をかけ、

「ずいぶん、つらい思いをなさったわね」

と、なぐさめた。

　十も年下の姪に、甘えるように利恵は軀を寄せる。蓉子は、いきなり全身の重みをかけて、相手をソファの隅に押し倒し、動きを封じるとともに、フローセンを浸した布で利恵の鼻孔と口を押さえた。

　利恵の頭は、背もたれと腕木が作る隅にはまりこ

み、自由を失なった。

　しかし、ソファのスプリングが、利恵に味方した。蓉子の重量をスプリングが吸収し、はねかえした。椅子の上で、二人は重なりあったまま、はずんだ。その、はずみは、わずかなものだったが、蓉子は、弾力のあるぬめぬめした大魚を押さえているように感じた。

　両脚を相手の脚にからめ、しぼりあげた。利恵の肉の感触が、服の布をとおして不愉快につたわる。ゼリーをつめたゴム袋だ。蓉子の軀の下からはみ出した利恵の肉が、とほうもなく盛り上がる。顔を押さえた手のひらは、利恵の唾液で濡れた。

　睡れ、早く、早く。うわ言のように、蓉子は口走る。睡れ、睡れったら。早く。畜生、なんてしぶといんだよ。蓉子はうめき、うめきながら力をこめる。しゃにむに、押さえつける。

　布からたちのぼる気体を自分まで嗅がないよう、顔をそむけた。少しずつのし上がり、顔を押さえた手を、更に、胸で圧迫した。

　完了した。

　相手は動かなくなったが、蓉子は、軀をどかすのが怖ろしい。力をゆるめたら、起き上がりそうだ。薬が効いたのが、何か信じられない。奇蹟のようだ。

　睡れ、睡れ、と口走ってしまったから、相手はそれを察して、油断させるために睡ったふりをしているのではないか。

　愕然として、蓉子は軀を起こした。

　窒息死させてしまったら、大変なことになる。圧迫されて窒息死する自殺などは、考えられない。

　布を少しめくってみた。歯ぐきをのぞかせた口。蓉子はいそいで布をかぶせてかくそうとしたが、念のため、フローセンの小びんを出し、蓋を開け、充分に嗅がせた。

　立とうとすると足がふるえ、床に膝をついた。そのまま這って、浴室に行った。

　足はあいかわらずしびれて感覚がもどらない。そのくせ、軀のあちらこちらが痛い。ことに、右の二の腕が痛んだ。利恵が死にもの狂いで摑んだ指の痕が、痣になっているかもしれない。

浴室は、洗面台と浴槽と便器が一箇所にまとめられた洋式のユニットである。浴槽も横たわって入る洋式のものだが、日本人むきに外で軀を洗えるよう、浴槽を嵌めこんだきわに溝と排水孔が設けられ、排水口には金網をはめ、更に、幅十センチほどの溝にはプラスティックのすのこをかぶせてある。

浴槽のへりにつかまって底に栓をし、水道のコックをひねった。蛇口は一つで、湯と水、二つのコックがついている。湯の方を全開し、水の方も少しひらいた。あとで冷水と置換するのだから、最初から水だけでもかまわないのかもしれないが、万全を期し、適温の湯をまずみたすことにしたのである。

ところが、蛇口から流れ出る水は、いっこう温度があがらない。

ガスの元栓をとめてあるのだと、思いあたった。長期間家をあけようというのだから、元栓をとめてあるのは当然だ。それに気づかなかったのは、落ちついているつもりでも、やはり、かなり動揺している。

元栓を開き、湯沸器に点火し、湯が出るよう操作した。

五階建てのビルに、蓉子と、睡っている利恵の二人だけしかいないのだと、急に意識した。空間の重みに、恐怖をおぼえた。

実際は、誰か他人がビルに入ってくることこそ危険なのだ。にもかかわらず、蓉子は、ひとりでこの仕事をやりおおせねばならぬ孤独に、おびえた。

背中が不安だ。背後に利恵が立っているような気がして、蓉子は幾度となくふりかえった。

——何でもない、たいしたことじゃない。

居間に戻ると、利恵の軀は、さっきと少し位置がちがっているような気がした。

錯覚だった。

蓉子はバッグから注射器とアンプルを出した。アンプルはケタラールという麻酔薬で、これは効くまでに少し時間がかかるが睡りは深く、長く持続する。

上衣の片袖を脱がせ——何という重い醜い腕だ……ブラウスの袖をまくりあげ、二の腕に注射器の針をたてた。軀は動かなかった。

睡眠剤を用いることができれば、ことははるかに簡単なのだった。しかし、利恵は平生不眠症で、睡眠剤を常用している。耐性ができているから、少量では効くまい。そうかといって、量が多すぎれば嘔吐して覚醒することがあるという。適量が蓉子にはわからなかった。

前のときは、睡眠剤に耐性のない相手だから、安心して用いることができたのだった。

居間につづく部屋は、利恵の寝室である。ベッドは寝乱れたままであった。蓉子は毛布をはぎとり、居間にはこんだ。

ソファの脚もとの床に毛布を敷き、利恵の軀をひきずり起こし、毛布の上に横たえた。それから、軀を布で巻きこんだ。

これも寝室にあった利恵のガウンのベルトで毛布の両端をしぼってくくり、さらにそれをつないで結びつけた。

毛布の折目に腕をかけ、力をこめて引きずった。動かしやすいことと、軀に傷がつかないことを考慮して、この方法をとった。

意識を失なった軀の重量は、蓉子の力にあまった。力いっぱい引いても、数センチしか動かない。浴室にはこびこむまで、どれほど時間がかかることか。

息を切らせながら、蓉子は重い包みをひきずった。コツがわかると、動かしやすくなった。

浴室をのぞくと湯が浴槽のへり近くまでみちてきていた。

ドアを開け放した浴室の前で、毛布をひらき、不愉快な作業にとりかかった。ぐにゃりとした軀から服を脱がせたのである。

蓉子は寝室に戻り、利恵のワードローブのなかから、オレンジ色のジョーゼットのパーティー・ドレスをえらび出し、下着一枚になった利恵の軀に着せた。

不愉快な作業のあいだじゅう、蓉子は小声でののしりつづけた。他人の前では口に出せないような言葉を吐きつづけることは、作業をいくらか楽にした。

浴室にひきずりこんだ。

湯は溢れそうになっていた。

二つのコックをしめた。湯舟に重い軀をいれるのは、とほうもなく困難だ。蓉子は、服をぬぎ、素裸になって、浴槽のなかに入った。利恵の両脇に腕をさしこみ、ひきずりあげ、一気にひきいれた。

湯のしぶきが蓉子の顔にかかり、髪をぬらした。狭い浴槽のなかで、利恵の軀は蓉子を押しつけ、ふわりと浮いたオレンジ色のジョーゼットが、蓉子の軀にからまりながら、次第に水をふくみ沈みはじめた。

蓉子は外に出、利恵の軀の位置をととのえた。

頭を浴槽のへりにもたせかけ、仰向けに軀をのばし、片手をへりから外に垂らした。

水のコックをひねった。水は静かに溢れだした。

湯は次第に水に転換され、冷水中に放置された軀は、やがて体温が低下し、数時間で死につながるだろう。

ひと思いに頭を水中に押し沈めたくなるのを、こらえた。

睡眠剤をのんで湯に入り、水を出しておくのが、もっとも楽な自殺の手段の一つだと、蓉子はきいたことがある。

利恵は、安楽で失敗の怖れのない方法による自殺を決意し、浴槽に湯をみたし、横たわった。水を出し、腕に麻酔剤を注射した。睡っているあいだに、湯は水にかわり、体温が低下し、数時間で死がやってくる。……少しも不自然なところはない、と、蓉子は思った。

もう、血を流すのはいやだ。

注射器！　と気がついた。居間に置いたままだ。

これは、浴室内の利恵の手のとどくところ、浴槽のわきの石鹸箱の中にでも置いておかなくてはいけない。

ほかに、見落としはないだろうか。

居間にとってかえし、ソファの上に置いたままの注射器とアンプルをとった。切りとったアンプルの首。ハート型の小さなやすり。手に握りこんだ。

絨緞の上に、濡れた足跡。

――私のだ！

乾く。乾く。乾く。乾くにちがいない。利恵の骸が発見されるまでには。蓉子はバッグからタオルを出し、ずぶ濡れの軀を拭き、それから、絨緞を力をこめて拭いた。

利恵が街の人の敵意をさけ家をあけることは、周囲の者は皆知っている。利恵の不在をあやしむものはいないし、留守とわかっている利恵の住居に、鍵をこじあけて入るものもいないだろう。

東京にしばらくいて、その後、伊豆の旅館にうつると利恵は言っていた。東京のホテル暮らしは金がかかりすぎる。

利恵は美容師の免状を持っているわけではないので、実際の仕事は、専門の技術者を主任においている。不動産事務は事務員が出社する。どちらも、利恵は落ちつき先を知らせ、たびたび電話連絡することになっている。美容主任や事務員が、利恵と連絡がつかないのを不審に思いはじめるまでに、どのぐらい日数がかかるだろうか。

突然、電話が騒ぎ出した。けたたましくせきたてる。

びくっとしたはずみに、注射器とアンプルを握りこんだ手に力が入った。薄いガラスの破片が皮膚を切った。

蓉子は受話器をとって耳にあてた。

「おい、古鳥。おまえ、古鳥利恵だろう」

相手の声は酔っているらしい。

「おい、人殺し。まだ、のめのめと生きているのか。おまえ、汚ねえ野郎だな。何とか言えよ、おい。ビユーティー・トキの幽霊は出ないか。おい、人殺し」

「許してください。私、死んでお詫びをしますから」

蓉子はささやいた。そうして、電話を切った。

オレンジ色の薄衣をまとった利恵は眼を閉じて仰のき、湯舟から少しずつ溢れた水は排水口にむかって小さい流れを作っていた。注射器とアンプルについた自分の指紋をぬぐうと、不快さをこらえ、利恵の手をとって、指紋をつけた。

バーにかけてある利恵のバスタオルで手を拭こうとして、あわててやめた。居間に戻り、自分のタオルでぬぐった。

毛布を寝室にもどし利恵の旅行用の服もワードローブにおさめた。スーツ・ケースのなかみも戻そうと思ったが、なかみを、よりわけて整理する心のゆとりがなかった。そのまま、部屋の隅に置いた。ホテルの予約をし飛行機の切符をとったほどだから、旅に出る心づもりはあったのだが、責め立てられ厭世的になり、片道だけの旅を選んだのだ。

それから、服を着ようとしたとき、またも電話のベルに妨げられた。まったく、これでは叔母もたまらなかっただろう。かけてくる方は、一度だけ、悪しざまに罵って胸が晴れるだろうが、受け手は一人である。無視しようかと思ったが、けたたましい音にせきたてられ、受話器をとった。〝死んでお詫びをします〟という言葉を耳に入れておくのは悪くあるまい。利恵の自殺が公になったとき、電話の相手は納得するだろう。

「利恵さん」

電話の声に、聞きおぼえがあった。蓉子の義母のアイ子の声だ。うわずって哀しそうだ。

「利恵さん、あんた本当に東京に行かすとね」

蓉子は、声の質のちがいをさとられぬよう、ささやき声で、「そうたい」と答えた。

「利恵さん? あんた、どげんしても行きよらすとね。行かんといて。あんたがおらんようになったら、私、心細うてもう、どうもならんよ。あんたに会えんとやったら、生きておれんよ。私のまわりは、皆、私ば嫌うとるもんね。やさしか人は利恵さんだけよ。何で私もいっしょに連れて行ってくれんね」アイ子は泣いていた。「私、辛かよ。あんたも辛かろうばって、あんたは強かもんね。私はぐずで役立たずで、皆に嫌われて邪魔にされとるもんね。でも、あんたの役にだけは、たっとるでしょう。私、あんたのためなら何でもするけんね。あんたの言いよらすとおりにしとるもんね。利恵さん、私も連れて行ってくれんね」

蓉子は、思わず小さく舌打ちし、受話器を荒々しく下ろした。卑屈なアイ子の声を聞くと、どうしようもなく腹が立つ。

アイ子は、ひどく利恵になついていた。年下のものになつくというのもおかしいけれど、アイ子は年のわりに感情が未成熟で、ことに強度のノイローゼをわずらってからはいっそう子供っぽくなり、てきぱきした利恵にたよりきっていた。利恵のスキャンダルはアイ子にとってひどい打撃になった。

あんたからも利恵さんに東京行きを思いとどまるよう説得してほしいと、珍しく蓉子にまで頼んだほどであった。

蓉子は、服を着、ジーンズをはき、鳥の羽毛でふくらんだダウン・パーカーにやわらかい軀の輪郭をかくした。ウィッグをつけ、キャップをかぶり、ファッション・グラスで顔をかくした。それから、もう一度、浴室をのぞいた。

静かだ。静かなはずだ。ここは墓場なのだ。蛇口の水は、流れつづけている。利恵の姿勢は、さっきと変わっていない。蓉子は一歩中に入りこんだ。早くここを立ち去らなくてはと思う一方で、この場を離れるのが不安でならない。この前のときは、刃物を用いた。しかし、手首に刃物をいれるときの感触のぶきみさ、そうして、切ったとたんに相手が苦痛の叫びをあげるのではないかという恐怖、あれをくり返すことは、もう、できない。

洗面台の上の鏡にちらりと目をむけた。こんなとき自分の顔を見るなど、とんでもないと思う一方、平静な表情をしているかどうか、たしかめたくもあった。

洗面台の上は、きれいにかたづいていた。ふだんは乱雑なのだ。髪の毛のからまったブラシが放り出され、乳液のびんの蓋が開けっ放しになっていたりする。旅行に出る前だから、さすがに整理したのだろう。もっとも、ブラシだけは髪がからまり汚れたままだった。

鏡の中の顔を、他人を見るように見た。

手落ちがないことを見届けてから、廊下に出た。室内に指紋は残っていてかまわない。私はしじゅうここに来ているのだから。それでも、最後にドアを閉めるときは、手袋をはめた。利恵の指紋の上に自分のが重なってはまずいだろうと思ったのである。ドアはノブの中央のボタンを押せば自動的にロックされるから、鍵はいらない。手袋をはめた指でボタンを押した。

表通りに出て、タクシーを拾った。声であやしまれないよう、「山県町（やまがたちょう）」と、低く短かく告げた。

山県町、塩浜町のあたりは、飲食店がひしめく繁華街である。行きかう若い男や娘は、蓉子と似たりよったりの、ダウン・ジャケット、ジーンズが多い。

いきなり、『殺人』の二文字が視野に入った。幻覚のような気がした。今見たのは、何だったろう。足がすくんだ。

電柱に貼（は）られたポスターであった。素人（しろうと）劇団の広告で、手描きのものだった。黒地に蛍光カラーで〝黒念仏殺人事件〟と記してある。その殺人の二文字だけが、特別目立つ黄色なので、目にとびこんだのだ。

目をそむけようとし、スタッフの名前のなかに、太田とあるのに気づいた。太田新樹。太田登喜子の息子、太田新樹が、演劇に関係していることは知っていた。太田登喜子の死がマスコミに報じられたとき、息子のことも話題にとりあげられた。高校卒業後、大学にはすすまず、アルバイトをしながら演劇活動をしている。素人の集まりのような小さい劇団で、太田新樹はそのリーダーということだ。

母親が死んでまもないのに、もう芝居をやるのかと、ポスターを見ると、それは古いもので、上に貼られたポスターがはがれ、下のものが半分以上のぞいているのだった。

蓉子が若い男の服装をかくれ蓑（みの）に選んだのは、万一ビルへの出入りを目撃されたとき、太田新樹の方に連想がゆくことを期待したからでもあった。もちろん、相手にアリバイがあれば、どうしようもないのだが。

塩浜町を抜け、『中高層ビル』に入った。『中高層ビル』は、普通名詞ではなく、この四階建てのビルの名称である。二階から上は公団住宅だが、一階は、迷路のように細い通路がいりくみ、小さい飲み屋がぎっしり並んでいる。みみ、粋月、あすか、小梅、姫、入船、のぶ、白砂、シルバーベル、涼、蜜蜂……。どれもまだ灯が入っていない。無人の倉庫のなかを歩くようだ。湿ったコンクリートのにおいがただよう。この一帯が賑(にぎ)わうまでには、まだ、だいぶ時間がある。

白砂と防犯連絡所にはさまれた公衆便所のなかで、蓉子は再び服を着かえた。男物はバッグにつっこみ、別のサングラスをかけ、肩まで垂れる長いウィッグをかぶり、薄手のジャケットを羽織った。ウィッグ、サングラス、コート、バッグ、すべて大阪に出たときに買ったもので、今日まで人目にふれさせていない。蓉子が住んでいるのは、佐世保から列車で三時間ほどの長崎だが、佐世保には叔母の利恵のほか、白南風(しらはえ)町で病院を開いている祖父とその家族もおり、顔見知りが多い。

再びタクシーで佐世保駅にむかった。

駅前のとんねる横丁は、夕食の買物をする主婦たちで賑やかだ。豚足、軟骨、豚の腸、蜂の巣状をした粘土色の牛腎などを扱う臓物屋、八百屋、魚屋、一膳飯屋(いちぜんめしや)、飛魚(アゴ)の干物をひろげた乾物屋、それらが、崖下(がけした)に掘られたかつての防空壕(ぼうくうごう)のあとを利用して小さい店を並べている。祖父の病院のある白南風町はこの崖の上から更に奥まった一帯で、高級住宅地になっている。

駅のホームには、ちょうど、佐世保発の長崎行きが入りこんできたところであった。どれほど服装をかえ、顔をかくそうと、知人に近々と出あえば正体が知れる。遠目であれば、ごまかしきれる。通勤帰りの客に混って、列車に乗りこむと、蓉子はすぐ便所に入り、ふだんの服装にもどった。

早岐(はいき)で、列車を下りた。駐車場に彼女の車をとめておいたのである。

運転席に着くと、急に虚脱感をおぼえた。

国道二〇六号線を、西海橋を渡り、大村湾沿いに長崎へむかう。ほぼ五十キロ、夫の帰宅までには充分まにあう。

一時間あまりで浦上に入った。

長崎駅前から諏訪神社を過ぎる。一月ほど前のおくんち祭で、見物客が石段をなだれ落ちる事故があった。

ここから蓉子の家のある桜馬場町までは、あと五百メートルほど。シーボルト邸のある鳴滝町に隣接した、坂の多い閑静な住宅地である。

2

家に帰り着いて、蓉子は、ドアの鍵を開けるのを一瞬ためらった。夫が帰宅しているはずはなかった。

白坂藤一は、スーパーマーケット〝旭ストア〟の精肉部門担当主任の役職にある。主任といっても、店員の数は少いから、売場に立っている。閉店が九時、早番と遅番があり、早番の日は六時にあがるが、それでも帰宅は七時を過ぎる。日曜日は遅番だから、急病というような不測の事態が生じないかぎり、十時前に家に着くことはない。

たとえ夫が先に帰宅していても、買物に出ていたと言えばすむことで、危険はなかった。最も危いのは、セントラル・ビルの出入りを知人に見とがめられることであった。一、二階の美容室、三、四階のセントラル興産、ともに閉まっていて従業員も客も立ち寄らないとわかってはいても、ずいぶん、きわどい橋を渡ったものだ。この次は、もっと精密な計画をたてねばならぬ。

この次は……という言葉が浮かんだことに、蓉子は驚いた。

――二度、成功した。

半日閉めきってあった家のなかは、冷え冷えとしていた。

建売りを買った三部屋ほどの小さい家である。ダイニング・キチンと八畳の洋室と、和室が二間。六畳を夫婦の寝室、四畳半はかつては子供の部屋にあててあった。今は、その部屋を蓉子が自室にしている。

蓉子は四畳半に入り、砂袋を投げ出すように坐りこんだ。

バッグのなかみを早く始末してしまわなくては。

そう思いながら、激しい労働のあとのように軀が痛く、壁ぎわの姫鏡台の前にいざってゆき、化粧台の上に肘をついて軀をささえた。

鏡にうつった顔に、みとれた。

頬に血がさし、目がうるんで光り、精悍ともいえる表情であった。

微笑を作ってみた。

二人、殺して、これほど美しい。

もう一人、殺せる。

殺そう、と、精悍な微笑が誘った。

鏡のわきの小机の上には、子供を抱いた蓉子の写真が飾ってある。子供が死ぬ一週間前に撮ったものだ。男の子は、蓉子によく似た黒々と大きな眸を蓉子の方にむけ、笑っている。

蓉子が子供を失ってから、半年近くたつ。

結婚後七年めにようやく生まれた三歳になる男の子を、天使のようにきれいだと、蓉子は誇っていた。

その日、五月の第三水曜日、夫は公休で家にいた。

夫の店は年中無休だが、従業員は交替で休みをとる。

子供を夫にあずけ、蓉子は車で浜の町の繁華街まで買物に出た。

家にむかって車を走らせていたとき、交叉点で、一旦停止したクリーム色のボルボが、左折して走り去った。

運転席にいたのは、叔母の利恵であった。

家に帰り着くと、ドアには鍵がかかっていた。蓉子は、ブザーは押さず、鍵を開けて中に入った。

とたんに、わあっという歓声。

「立ち上がりました。立ち上がりました」

大袈裟に昂奮したアナウンサーの声。

夫は、居間のソファにくつろいでいた。

歓声が絶叫にかわった。

「番狂わせだ」

藤一は、TVに眼をむけたまま言った。それから、

「お帰り。早かったな」

と、ひどく平静な声で言った。

「早く帰ってきて、悪かったみたい」

藤一は、蓉子の声の棘(とげ)を無視した。

「アキラは?」

「向かいの女の子、何ていったっけ。チャコちゃんか、あの子が誘いに来て、遊びに出ていった」

「チャコちゃんて、四つよ。二人だけで? 危いじゃありませんか」

「いや、もっと大きい子もいた。名前は知らない。小学生ぐらいの子だ」

「どこで遊んでいるって?」

「さあ、知らないよ」

「無責任だわ。ちゃんとみていてくださらなくちゃ」

「一々、監視していなくてもいいだろう」

「監視だって」

蓉子は、テーブルの上の灰皿を、それとなく見た。吸殻が一本捨ててあるだけだった。そのわきにあるチェリーのパックには、二、三本しか残っていない。

蓉子はダイニング・キチンに行った。きみの留守中に利恵さんが来たよ、ついさっき、帰った。そう夫が言うのを心待ちにした。

「この一番、どうでしょうね」

アナウンサーと解説者のやりとりばかりが耳につく。

流しは、きれいにかたづいていた。紅茶のカップも湯呑(ゆのみ)もでていない。ごみ捨て籠(かご)も厨芥(ちゅうかい)がたまってはいなかった。蓉子は、流しのわきに置いたポリバケツの蓋をそっと開けた。茶色に染まったレモンの薄切二枚、使用ずみのティー・バッグ二個。フィルターに薄紅い痕の残るラークと夫のチェリーの吸殻が数本。それらが、蓉子が朝捨てた茶がらや野菜屑(くず)に混っていた。

「時間いっぱいです」

「立ち上がりました」

ダイニング・キチンの隣りの六畳間が、二人の寝

室にあてられている。

　蓉子は押入れを開け、蒲団のたたみぐあいを見、手をいれてぬくもりを調べた。ミツコの香りを嗅いだ。

　細かい証拠が、少しずつ、集まってくる。

　何かとりかえしのつかない方向に、自分が歩み出している気がした。

　洗面所に行った。ブラシに、染めた硬い毛が数本からまっていた。私のブラシを使ったのだ。私の夫の指が乱した髪をととのえるために。

　そのブラシを、二度と使うまいと、蓉子は思った。

「米をといでやろうか」

　藤一が声をかけた。彼が台所に立つのを苦にしないのは、いつものことだった。休日には台所仕事に気軽に手を貸す。それも、蓉子は好んでいなかった。

　ブラシを使われたことは、許せない。蓉子は、夫と利恵が軀をかわすさまを想像するより、その後、蓉子のブラシを我がもののように平然と使ったことに、この上ない侮辱を感じていた。

　夫と利恵の情事は、どこか滑稽ですらあった。人目をしのんで、みじめったらしい。しかし、ブラシは、許せない。

「アキラを呼んできてよ」

　蓉子は夫に言った。

「どこにいるのか、わからない」

「わからないでは、困るわ」

「そのうち帰ってくるだろう」

「帰ってきやしませんよ、放っておいたら。三つの子を、付添いもなしに外に出すなんて、非常識だわ」

「大きい子がいっしょだった。いつも、アキラが友達と外に遊びに行くときは、付き添っているのか。子供だけで遊ぶってことはさせないのかい」

「あなたは、一週間のうち、一日しかうちにいないんだから、子供のことなんて、何もわからないでしょ」

　口争いになれば、藤一が、どう答えようもない方に話がねじ曲っていくのを承知しているから、彼は、いつも沈黙のなかに逃げこみ、妻の激昂がおさまるのを待つ。

「呼んできてよ、アキラ」

「ああ」

「テレビ、消してよ。もうお相撲は終わったんでしょ」

「ああ」

藤一が立ち上がりかけると、蓉子は、入ってきて、荒々しくスイッチを切った。

「いいわ、私が呼んでくる。チャコちゃんと、それから、誰？　いっしょだった小学生って」

「名前は知らない。ときどきみかける子だ」

「この近所の子？」、

「たぶん、そうだろう」

「小学校の何年生ぐらい」

「さあ、二年か三年かな」

「ほんとに、冗談じゃないわ」

蓉子は、サンダルをつっかけ外に出た。

利恵さんが来たことを、どうして黙っているのよ。

そう詰問するかわりに、腹立たしさを、子供を放任したことへの怒りにすりかえていた。利恵のことは、もっとも効果的に使わねばならなかった。油断させておいて、決定的な証拠をつきつけてやる。

他人には人あたりのいい蓉子だが、どうしようもなく、かさにかかっていたぶりたくなる相手が、二人いた。義母のアイ子と、夫である。

義母の鈍重さは、がまんできない。鈍重な人間すべてに対して、蓉子が忍耐しているそのたわめられた力が、義母のアイ子にぶちまけられる。

利恵を、蓉子は内心軽蔑しきっていた。男狂い。女実業家と、たてられてはいるけれど、まともな男からまともに愛されたことのないひとだ。

私のブラシを、私の夫と性戯を持ったあとで使った神経の鈍さ。

子供が四、五人いた。そのなかに、アキラを誘いに来たというチャコちゃんと呼ばれる子もいたが、アキラの姿はなかった。

「チャコちゃん、うちのアキラくんどうしたの？」

蓉子はしゃがみこんでたずねた。

チャコちゃんは首をふった。

「アキラ、どこへ行った？」

「知らない」

「だって、いっしょだったんでしょ」

「うん」

「どこへ行ったの？」

「知らない」

「ほかのお姉ちゃんも、いっしょだったでしょ」

「うん」

「だれ」

「吉田さんちのお姉ちゃん」

「ああ、ユミちゃんね」

「うん」

「ユミちゃんは、どこへ行ったの」

「知らない」

「アキラはユミちゃんといっしょ？」

「知らない」

「いっしょに遊んでいたんでしょ」

「うん」

「誰か、うちのアキラ、どこへ行ったか知らない？」

蓉子は、ほかの子供たちに問いかけた。誰も、自分には関係ないという顔で、きょとんとしていた。

あきらめて蓉子は立ち上がり、近所を探し歩いた。

チャコちゃんといっしょにアキラを誘いにきたという吉田ユミコが、同い年ぐらいの仲間と縄とびをしているのをみかけた。

「ユミちゃん、うちのアキラ、どこへ行ったかしら」

「おうちに帰ったわ」と、吉田ユミコは、縄をふりまわしながら言った。

「いつごろ？」

「さっき」

「さっきって、どのくらい前かしら」

行きちがいになったのかと思いながら、訊いた。

「チャコちゃんが石をぶつけたの。それで、アキラくん、怒っておうちに帰りました」

「ひとりで？」

「うん」

おそらく、アキラは、家に帰ってきて、ドアをたたいたのだ。ブザーには手がとどかない。アキラの力いっぱいのノックを夫の耳はとらえなかった。夫の耳は、あの女の舌でふさがれていたのかもしれない。

夜になってもアキラは帰らず、蓉子は、近所をたずねまわり、交番に迷子のとどけを出した。翌日の昼ごろ、一キロあまり離れた空地に死体が放置されてあるのが発見された。

自動車にはねられたものらしい。はねた自動車の運転手は、人目のないのを幸い、離れたところに運んで捨て去ったものと思われた。警察では目撃者をつのったが、申し出たものはなかった。

アキラの告別式には、利恵も列席したが、アキラの死んだ日、藤一とともにいたことは、ついに口にしなかった。かわいそうにね、かわいそうにね、と、利恵は焼香しながら泣きくずれたが、それだけだった。

私はあの女に、どのような刑罰を与えてもいいのだ、と蓉子は思った。藤一には、二人の情事に気づいていたことを悟(さと)られないようにふるまった。

アキラがよその子供に石をぶつけられ、父親に訴えに戻ってきたとき、藤一は扉を閉ざしていた。利恵の手と足が巨大な蜘蛛(くも)のように藤一にからみつき、藤一を牡(お)の山羊(すやぎ)にかえていた……。

3

夫の帰宅を、蓉子は冷静に出むかえた。夕食も、いつもよりこまめに仕度しておいた。遅番のときは、藤一は店で食事は軽くすませてくるが、帰宅すると何かしら口に入れたがるのが常であった。こまごまとした料理に専念することは、蓉子を、殺人の記憶を反芻(はんすう)することからひき離した。

ふだんと変らないつもりであったが、食事を終わった藤一に茶を淹(い)れているとき、ふいに電話のベルがけたたましく鳴ったので、手が大きくふるえ、急(きゅう)須(す)の茶が湯呑の外にこぼれた。

「ぼくが出よう」藤一が受話器に手をのばしたのを、蓉子はいそいで奪いとった。

一瞬のあいだに、ビルに出入りするところを誰かにみられたのではないか、脅迫(きょうはく)電話ではないか、と想像が先走った。

「蓉子か」

声は、同じ長崎市内の風頭(かざがしら)町に住む父、白坂秀(しゅう)であった。

「アイ子はそっちには行っとらんだろうな」

「お養母(かあ)さん？　いいえ」

義母がたずねてくるはずがないのは、父も承知だろうに。

蓉子の生母芙佐江は、蓉子が六歳のとき病没した。結核であった。実家である佐世保の古島病院で療養していた。アイ子は芙佐江の付添い看護婦であった。生母は美しく気品があり、荒い声をたてたことがなかった。首すじがいたいたしいほど細く、華やかさと淋(さび)しさが一つになった顔だちであった。

母の座についたアイ子は、がさつで、鈍重だった。蓉子に好かれようと、しつっこく愛情を示した。むやみに洋服や玩具を買いあたえ、抱きしめたり頬ずりしたりし、蓉子が敵意と軽蔑を露骨に示すと、苛立ち、白坂に泣いて訴えた。アイ子が泣くと、蓉子は内心勝ち誇り、いっそう軽蔑した。

年齢がすすむにつれ、蓉子は、いっそう陰険にアイ子をいじめるようになった。父の前ではにこやかにふるまい、陰で、反抗した。どうにも性のあわない相手であった。

母が死んでまもなく、白坂の後妻となったばかりのアイ子が母の着物を身につけているのを見たときの怒りと衝撃は、その後、ずっと蓉子をとらえて離さなかった。

アイ子をノイローゼに追いつめたのは、蓉子の力が大きかったにちがいない。

「来ていませんよ。利恵叔母さんのところじゃないの？」

利恵のところにかかってきたアイ子の電話を、蓉子は思い出した。しかし、父にそれを告げることはできない。佐世保に行ったことを露ほどもけどられてはならなかった。

「いや、さっき電話してみたが、誰も出なかった。それに、利恵さんはもう東京だろう。今日発ったはずだ」

「そうですか」

「アイ子が言うっとった。蓉子は知らなかったのか」

「しばらく佐世保を離れたいというのはきいたけれど、今日とは知らなかったわ」

「もし、そっちへ行ったら連絡してくれ」

蓉子は茶を淹れなおした。もう、手はふるえなかった。冷水となった浴槽の中に利恵は手足をのばして安楽に死んでいるだろうと思った。

ブラウスの右袖のボタンがとれているのに気づいたのは、夜ネグリジェに着かえようとカーディガンをぬいだときである。

顔色がかわったのだろうか。

「どうしたんだ」

風呂から出てきた藤一が声をかけた。

「気分が悪いんじゃないのか。唇がまっ白だ」

「いいえ、何ともないわ」

「風邪かな。風呂はやめておくか」

スカートとジーンズは、何度かはきかえた。コートとダウン・ジャケットを着かえもした。しかし、ブラウスとセーターは、ずっと、着たままだった……と、蓉子は、必死に思い出そうとした。

着かえた場所は、セントラル・ビルのトイレ、中高層ビルのトイレ、列車のトイレ。

直径一センチほどの金属のボタンである。小さい薔薇のデザインで、特徴のあるものだ。もっとありきたりのボタンのついた服を、いや、ボタンなどない服を着るべきだった。

中高層ビルや列車のトイレで落としたのなら大丈夫だ。

セントラル・ビルのトイレは、少し危険だが、そのブラウスを着て、おとずれたことは何度かあるから、まあ、問題はあるまい。

蓉子は、もっとも致命的な場所を考えるのをあとまわしにした。

叔母の部屋で、叔母にフローセンをかがせようと揉みあっていたとき。

可能性は一番高い。叔母の死にもの狂いの力に、糸が切れたのだ。

更に、蓉子はおそろしいことを思い出した。

浴槽に利恵の軀をひきずりこむため、一度、服をぬぎすてている。あのとき、落ちたとしたら、ボタンは、浴室か洗面所のあたりにころがっているはずだ……。

黄の章

1

翌日、夫を送り出して、家のなかに、蓉子はひとりになった。

押入れの奥につっこんであった昨日のバッグをひっぱり出し、なかみを一つ一つしらべた。小さいボタンがそのなかに落ちていることを願った。

脂肪をつめたゴム袋のような軀を押し倒し圧しつけた感触がよみがえる。

必死に相手を押さえつけ、相手の軀はべろべろとひろがり、逆に蓉子を包みこもうとする。

寝る前に脱いだブラウスも調べなおした。ボタンがとれたと思ったのが思いちがいで、きちんとついていてくれたらと思ったが、そんな奇蹟は起りようもない。

利恵の部屋に戻ることはできぬ。ノブのボタンを押してドアを閉めたから、鍵がなくては外から開けられない。

いつまでも利恵から連絡のないのに不審を持って誰かがドアをこわして開けるまで、叔母は冷たい浴槽に横たわり、ボタンはあの部屋のどこかにひそみつづける。

蓉子は、服にはさみを入れようとして思いなおした。切り刻んで燃すというのは、実際にやろうとすると、なかなか厄介だった。ウィッグなどは妙なにおいをたてるかもしれない。重石といっしょにバッグにつめ、海に投じた方がいい。野母崎の断崖から海中に沈めれば、発見されることはあるまい。

バッグを押し入れの奥にしまいなおしたとき、電話が鳴った。

「お義母さんがみつかった」

父の声であった。

「そうですか」

冷淡に蓉子は応じた。

「それはよかったわね」

「アイ子は死んだそうだ」

「えっ」

さすがに、蓉子は声をあげた。

「白南風町の良子叔母さんから知らせがきた」

『白南風町』というのは、佐世保の古鳥の家をさす。病院と住まいがそこにある。市内の高級住宅街である。

「どうして。お義母さん、白南風町に行ってたんですか」

「いや、利恵さんの部屋でみつかったそうだ。風呂場で、浴槽につかって睡眠剤をのみ手首を切って……自殺しとった」

蓉子は悲鳴をあげた。軀がすうっと床に沈みこみ、周囲がみえなくなった。

「院長がそれを発見して……ひどいショックから……」

かつての舅、古鳥敬吾を、白坂秀は、院長と呼ぶ。

「狭心症の発作で……なくなられたそうだ」

父の声は、ひどく遠いところから、かすかにきこえる。

「蓉子もいっしょに行きなさい。行きがけに、私の車で迎えに寄るから」

意識がもうろうとしたのは、ごく短い時間であった。

「誰が……自殺？」

聞きちがえたのではないか。あの浴槽で発見されるのは、利恵の自殺死体のはずだ。

「だって……利恵叔母さんは……」

「利恵さんは東京だろう。留守にアイ子は入りこんだらしい」

「そんな……」

「すぐ行くから、仕度をして待っていなさい」

興福寺、長照寺、皓台寺と、寺院の並ぶ寺町の裏手、風頭町にある父の家は、蓉子の家のある桜馬場から一キロ半ほど離れている。

――あの部屋に足を踏み入れるのはおそろしい。

二人で行くこともないでしょう、と言いかけたが、様子がわからぬままに孤りで待つのは、いっそう恐ろしい。

はい、と答え、電話が切れたとたん、蓉子は床に突っ伏した。

利恵は出て行った、出て行った。突っ伏したまま、つぶやいた。

浴槽の中でゆっくり瞼を開き、ぐっしょり濡れた薄いジョーゼットのパーティー・ドレスを軀にまといつかせ、立ち上がり、浴槽のふちをまたいで外に出た。そうして、服を着替えて――たぶんあの旅行用の服に……あの脱がせた紺地に赤のストライプの入ったブラウスと赤いパンタロン・スーツを、私はどう始末したのだったかしら。ワードローブにもどしたのだったか。スーツ・ケースはどうしたか。おぼえがなかった。落ちついて事をはこんだようで、やはり逆上していた。記憶がない。

叔母は、出て行った。

あとに、義母の骸が残っている。

義母は、どうやって入ったのか。利恵が鍵を開けてやらなくては、入ることができない。アイ子が到着する前に叔母は醒めていたか、あるいは、義母の押したブザーの音で醒めたのだ。そうして、義母を招じ入れた。

あの薬、ケタラールは、手術の前措置に使われる強力なものだ。一定時間が過ぎるまで醒めはしない。だからこそ、安心して用いた。

薬をまちがえた？　そんなはずはない。ラベルを何度もたしかめた。

叔母が、予想もつかぬ特異体質だったのだ。大の男を、開腹されても気づかぬほどに長時間の昏睡させる薬を化物のようなあの女の軀は、受けつけなかったのだ。

もしかしたら、まるで睡っていなかったのか。睡ったふりをして、私が服を脱がせ、オレンジ色のジョーゼットのドレスを着せ、苦心して浴槽のなかに入れるのにまかせ、腹のなかで嘲笑い、私が立ち去ると同時に起き上がった……。そうして、たずねてきたアイ子を殺し……父は何と言ったっけ、浴槽のなかで睡眠剤をのみ、手首を切って……。

私が太田登喜子を殺したやり方だ。

利恵は、私が登喜子を殺したことまで見抜いていたのだ。

利恵が自殺にまで追いつめられる状況を強力に作りあげるため、私は、太田登喜子を殺した。

計画は綿密に練りあげたつもりであった。

たまたま目にした一冊の書物、『オルレアンのうわさ』が、蓉子にこの計画を思いつかせた。

利恵を殺すにしても、一目で殺人とわかり警察が介入してくるのを蓉子は避けたかった。

警察の調べによって、利恵が藤一と情事を持っていたこと、まして、二人が情事をたのしんでいるあいだにアキラが轢き逃げにあい死亡したことが明らかになれば、蓉子に殺人の動機があるとみなされ追及が厳しくなるかもしれぬ。

そうかといって、利恵には自殺せねばならぬような事情はないし、事故死にみせかけるのもむずかしかった。

考えあぐねているとき、この書物をみかけたのである。

蓉子はあまり読書に親しむ方ではなかった。古本屋をのぞくことなど、めったにないことであったが、何か殺人の手段のヒントを本から得られないかと思った。過去の犯罪の実例集でも読んでみよう、それも新刊書では多くの人の目にふれているかもしれないから、もう忘れられているような古い本、そうして、長崎の古本屋であさったのでは後日あやしまれるといけないからと、わざわざ大阪まで行ったのである。大阪には、中学時代の友人が結婚して住んでいて、二度ほど遊びに行ったことがある。その友人に会いに行くと、夫には言った。

何げなく手にとったのが、『オルレアンのうわさ』であった。数ページ斜め読むうちに、これだ、と啓示を得たように思った。

買いとると、すぐ少し離れた喫茶店に入り、包み紙で表紙にカヴァーをし、読みふけった。

一九六九年、五月、フランスのオルレアンで実際に起こった事件の記録と、それに関する著者の考察をまとめたものであった。

オルレアンの中心街で婦人服店を経営している商人たちが、女性誘拐をやっているという噂が、突然生まれ、広まっていった。若い女性たちが試着室に入ると、催眠剤をうたれ眠らされる。地下室にはこばれ、夜の間にどこか外国の売春街にむけ運び出された。

女性誘拐を行なったとして告発された洋服店は、すべてユダヤ人の商人の所有し経営するものだった点を、著者は強調している。

噂は、加速がついてひろまった。この都市で行方不明となった人物は一人もいなかったし、噂の火種となるような、いかなる事実もなかった。新聞などマスコミによって報じられたこともないのに、口から耳へと、ひろまるにつれ、激しさを増した。

噂のもととなったのは、あるいは、雑誌『白と黒』にのせられた次のような記事ではないかと、著者は推測している。

……ごく最近、グルノーブルで女性誘拐事件が起きた。ある実業家が若い妻といっしょに自動車で、この都市にあるエレガントな洋服店に行った。実業家は車のなかで待っていたが、一時間近く待っても妻は出てこない。待ちきれなくなって店に入ってたずねると、「私どもではおみうけしませんでした」と言われた。実業家は警察に届け、捜査が行なわれた。捜査官たちは、薬物をうたれ眠っている若い妻を、裏部屋に見出した。

オルレアンの噂は、まず少女たちのあいだでひろまり、さらに、大人たちにも浸透する。教師や母親は、娘たちに、噂の店に出入りすることを厳禁する。

警察が誘拐者を逮捕せず、新聞も沈黙していることは、噂の否定にはならず、警察も市長も新聞も、誘拐組織に買収されているからだというふうに、噂は説明する。公権力は売られた。行政機関は、地下の世界を支配する秘密権力の手先となった。もう、頼りにはできない。市民は、自衛せねばならない。

ついに、パニックが起きる。噂の店は、激昂した市民に包囲される。

架空の噂が、一つの街をパニックにおとしいれる。

——つまり、私が、何万という佐世保の市民を、ひそかにかげであやつるのだ。そうして、究極的に利恵を死に追いつめる。

この構図は、蓉子をわくわくさせた。

たとえ利恵を殺すという目的がなくても、この本を目にしたら、蓉子は実験したい誘惑を抑えきれなかったかもしれない。

人間の愚かさが証明されることに、驕慢な喜びをおぼえる。

おあつらえむきの状況が、佐世保にはあった。

かつて、朝鮮戦争の最中、若い女がひそかに誘拐され、麻薬をうたれて中毒患者にされた上で、売春婦として東南アジアに売りとばされた。今また、暴力団がらみで同様なことが行なわれているという噂が流れても、そう突拍子もないこととは思われまい。

利恵の店をその窓口とするのは、いささか無理だ。しかし、同業の『ビューティー・トキ』、これなら、申しぶんない。

ビューティー・トキは、利恵の店『エデン美容室』の強力なライヴァルであった。

どちらも、新たに全身美容室を新設した。

全身美容は設備投資に大金がかかる。低周波、フェイシャル、その他器具だけで七百万円はするし、改装費、什器、宣伝費も馬鹿にならない。客は贅沢な雰囲気を求めてくるのだから、実用一点ばりというわけにはいかない。銀行だけでは足りず、ビューティー・トキもエデンも、高利の金もつぎこんで、資金ぐりが大変なところであった。

その上、大都会ならいざ知らず、人口二十五万の佐世保では、ワンコース二十万円もかかる全身美容の顧客ともなれば数がかぎられ、両方で客の奪いあいをやっている。

ビューティー・トキの太田登喜子は、日本姓を名のっているが、韓国人であった。日本人は、戦前、朝鮮人を誘拐同様にして強制連行し、鉱山などで酷使している。そのうしろめたさと、かつて植民地であったときの理不尽な偏見が、年輩の日本人には根強く残っている。蓉子は、そこに、『オルレアンのうわさ』を重ねあわせた。

利恵に、それとなくふきこんだ。噂を流すことによって、ライヴァル店を叩きつぶすことができると。

蓉子に使嗾されたと意識させないよう気をつけた。

ビューティー・トキの全身美容室に入った客が、ときどき行方不明になるそうだ。

麻薬で眠らされ、裏口からはこび出され、監禁され、東南アジアに売られるそうだ。

佐世保に身寄りのないホステスなどが狙われるらしい。

冷静に考えれば、起りようもない事であった。

しかし、いったん人の口で生命を吹きこまれた噂は、めぐりめぐるうちに巨大に強力に生長する。

人々の事あれかしと刺激を求める心が噂に栄養を与える。

テレビの暴力活劇じみた事件が、現実に起こっている！　自分たちで肥大させた影に、人々は怯えはじめる。ビューティ・トキは客足が絶えた。

太田登喜子は潔白を主張したが、それはかえって、噂をいっそうふとらせ、強固にする役にしかたたなかった。

警察は噂を真剣にとりあげなかった。なぜ誘拐組織を放っておくのかという市民からの抗議が警察にとどいたが、簡単な調査で根も葉もないことと判明した警察は、たいしたことに思わず、放っておいた。

投石騒ぎが起きるまで、マスコミも、底流に充満した力に気づかなかった。

そうして、太田登喜子の、抗議の〝自殺〟。

登喜子が死ぬと、悪質な噂を流したのはライヴァル店エデン美容室の古鳥利恵だ、と、人々の力は利恵にむかって逆流しはじめた。

ビューティー・トキが非難されている最中にも、エデンの陰謀ではないかと疑う声はあったのだから、蓉子がほんのちょっとつつくだけで、噂の流れはたやすくかわった。

死んだ者に対して世論は寛大だ。その分、利恵への風当たりは強くなる。しかも、警察から事情を聴取された利恵は、噂の火元であったことを認めてしまった。

登喜子の死が、利恵が手を下したものではないかという線も、追及された。噂をまいただけでは足りず、自殺してもおかしくない情況になったのを利用して、ライヴァルを消滅させたのではないか。

これは、太田登喜子の息子、新樹が強硬に主張したことであった。

ほとんど素人の集まりのような小劇団を友人たちと作っている太田新樹は、噂の騒ぎのとき、神戸に行っていた。神戸に彼の友人がやっているスナックがある。その一部を舞台にして、公演した。噂は佐世保近辺にとどまり、投石事件さえ、神戸まではつたわらなかった。

帰宅して母の骸を目にした新樹は、自殺するほど追いつめられた気持になっていたのなら、死ぬ前に、自分に連絡するはずだ、一人息子の自分に会いもしないで自殺することはあり得ない、他殺にきまっている、そうして、他殺であれば加害者は、古鳥利恵以外にはない、と言いはってゆずらなかった。

これに対して、利恵は、ライヴァル店に打撃を与えるため噂を流したことは認めたが、登喜子の死んだと推定される日は、白坂アイ子といっしょにいたと、アリバイを主張した。アイ子も、それを裏づける証言をした。

太田登喜子の死は自殺と警察は発表したが、街の人々は、気持がおさまらず、利恵を責めたてる。蓉子のひいた青写真は、みごとに完成した。共犯者は、〝正義感〟に燃えた二十五万の市民であった。

利恵の自殺へのルートは一直線にのびた。

だが、利恵は蓉子の裏をかいた。

蓉子は、気をとり直し、外出の仕度にかかった。父の前では、蓉子はあからさまにアイ子に意地の悪い仕打ちはみせなかったけれど、仲の好くなかったことは父も知っている。あまりに取乱しては、かえって変に思われよう。

旭ストアに電話をかけ、藤一を電話口によんでもらった。

「お義母さんが……死んだの」

「交通事故か」

「いいえ……。自殺なの」

「何だって！ 落ちついて話してくれ。どういうことだ」

「利恵叔母さんの部屋で……お風呂のなかで睡眠剤をのんで手首を切って……」

「それじゃ……あの、太田登喜子さんと……同じだな」

それで、利恵さんは？ と、藤一はせきこんだ。

「利恵叔母さんは、もう出発したあとよ」

「どうして、また……。お義母さん、よほど病気がひどくなっていたのだろうか」

「たぶん……そうね」

「すぐ、帰る」

「お父さんが車で迎えに来てくれるから、私、いっしょに佐世保に行ってくるわ」

「ぼくも行こう」

2

若かったころ、父は、美しい青年だったのではないかと、蓉子は思うことがある。

半ば白くなった髪は、書斎にこもって思索にふけるのにふさわしい秀でた額をふちどっている。

小学生相手の学習塾を、白坂秀は経営している。教えるのは彼ひとりの、ごく小規模な塾である。住まいに隣接した、五坪ほどの板の間にトイレをつけたプレハブの離れを教室にしている。

蓉子が幼いころ、父はやさしかった。母が死んでからアイ子をむかえいれたのも、蓉子の世話をさせるためであった。

その父が、ふいに冷ややかな目を蓉子にむけるようになったのは、いつごろからだったろうか。

中学を卒業するころだったように思う。

藤一の帰宅とほぼ同時に、父の車が着いた。運転は藤一がひきうけ、佐世保にむかう。

——わたしは平静だろうか。顔色から、父や夫に怪しまれはしないだろうか。

「できれば病死ということにでもして、警察沙汰にはしたくなかったのだが……」

大村湾に沿って、国道二〇六号を北上しながら、白坂秀は、アイ子の死体が発見された事情を説明した。

今朝、セントラル興産の事務員が出勤してきたところ、階段に湯が流れていた。階段をのぼって湯の出所を調べると、五階の利恵の住居のドアの下から流れ出していた。ドアは鍵がかかっている。驚いて、古鳥に連絡した。

病院の診療は、近ごろは副院長の恭吉がもっぱら行ない、敬吾院長は手がすいているところから、院長が出むき、事務員を指図して、蝶番をはずさせてドアを開けた。

部屋の中は水浸しで、しかもその水が紅かった。

階段のあたりは薄暗いので湯の色まではわからなかった。湯は浴室から溢れ出していた。

浴室をのぞき、古鳥院長は、胸をおさえ、うずくまった。

院長が冠動脈硬化で狭心症の発作を起こすようになったのは、ここ二、三箇月のことである。そのたびに、ニトログリセリンの舌下錠を服用して冠動脈をひろげ発作を押さえる。このときも、すぐに応急薬を舌下にいれたのだが、効果がなかった。衝撃は、錆びついた鉄管のようになった冠動脈にとって、あまりに大きすぎたのだろう。

事務員がおろおろと病院に電話し、副院長に助けを求めているあいだに絶命した。

それらのことを白坂秀に電話で知らせて来たのは、副院長恭吉の妻の良子であった。

警察にも電話した。

「どうして警察に……」

「自殺は変死だから、届けがいる。病死の扱いにしてほしかったのだが……恭吉さんに死亡診断書を書いてもらえばいいのだから……なにしろ、セントラル興産の事務員がアイ子の自殺死体を発見しているのだから、公にせざるを得なかった」

「お湯が……どうして、浴室から溢れていたのでしょうね」藤一がいった。

「私もそれをたずねたのだが、良子さんではくわしいことはわからなかった」

——たぶん、風呂場の排水口がつまっていたのだ。だらしない利恵のことだから、浴室の掃除など、ろくにしていなかったにちがいない。女の髪は、洗うたびに驚くほど抜けるものだ。排水口の金網には、利恵の髪が藻のようにびっしりとからみつき、水の流れをはばんでいたのだ。まるで、骸を早く発見しろという利恵の意志をあらわすように。

「利恵さんが東京に行ってしまったのが、アイ子にはよほどひどい打撃だったのだろうな。しかし、だからといって自殺するというのは……。早く入院させるべきだった」

——そうよ。私は、前からそう言っていたじゃないの。お義母さんは、ノイローゼどころか、完全な被害妄想患者よ。

アイ子を被害妄想の檻に閉ざされた病人にしたのは、私かもしれない。父の目につかぬところで、アイ子を嫌いぬいた。アイ子は父に訴えたらしいけれど、父は、義理の母娘がうまくいかないのは、よくあることだ、賢い女なら、うまくやれるはずだと、とりあわなかったようだ。アイ子の方でも、はじめのうちは私の機嫌をとろうとしていたけれど、そのうち、敵意をみせつけるようになった。

アイ子の方がやり方が下手なのだ。父の前でも、私への嫌悪と敵意をみせてしまうから、父はアイ子を叱る。アイ子は孤立していると思いこみ、利恵にばかりなつくようになった。

二つの岬に抱き込まれた穏やかな形上湾は、小型の漁船が舫い綱でつながれ、息をひそめていた。

「酔った？」

黙りこんだ蓉子に、藤一は訊いた。

「あと四、五十分。一時間はかからない。大丈夫だな？」

形上は、長崎から佐世保まで七十キロの、ほぼまんなかにあたる。

あと五十分……。利恵が、待ち受けているのではないか。そう思ったとたん、鳥肌がたった。

これは、罠だ。アイ子の死体が発見されたなどというのも、祖父が狭心症の発作を起こして死んだというのも、警察の仕組んだ罠にちがいない。

浴槽の中に横たわっているのは、やはり利恵なのだ。私がはこび入れたままの姿で。部屋を開けてみることになったのは、排水口がつまって水が溢れ、不審をかったからだろうが、血など流れ混っていはしない。

利恵が佐世保を離れるのをひきとめようとセントラル・ビルに行ったアイ子は、浴槽から利恵を救い出した。そうして二人は、古鳥家の人たちとも相談して、利恵は出かけアイ子が自殺したなどというでたらめをでっちあげたのだ。

私を錯乱させるためだ。

あと四十分……。

私があの部屋のドアを開けたとたん、ずぶ濡れの利恵が私に指をつきつけ、お前が殺した、と叫ぶのだ……。

そんな馬鹿なことはない、と蓉子は打ち消した。手間のかかる嘘をつかなくても、生きているのなら、利恵が私を告発すればすむことではないか。

——私は、あの部屋の鍵をしめて出たはずだ……。

蓉子は思い出した。

ノブのボタンを押して出た。部屋に指紋が残ってもかまわないけれど、ノブの指紋には気をつかって手袋をはめたこともおぼえている。利恵の指紋の上に自分のがあっては、最後に出入りしたことがわかるからだ。

——やはり、フローセンもケタラールも効果がなかったのだわ。

利恵が開けてやらなくては、アイ子は中に入れない。利恵は生きている……。

蓉子は車の窓を開けた。汐のにおいの混る風が頬を打った。

喰場、大串と過ぎ、小迎から西海橋を渡る。外海の潮が流れ込み、激しい渦を巻いていた。投身防止のため、欄干の外側には鉄柵が突き出し、金網がはってある。しかし、とびこむ気になれば、このくらいの障害は何の役にもたつまい。

利恵に殺人未遂を糾弾されたら、どう言い逃がれたらいいのだ。

利恵が気が狂っているとでも言いくるめるほかはない。

そうだ。利恵は自殺をはかり、失敗した。利恵はノイローゼなのだ。それで、自殺に失敗して覚醒したとき、私に殺されかけたなどと、とんでもない妄想を持ってしまったのだ。

私は、どれほど利恵が責めたてようと、あっけにとられた顔で、知らないと言いはらねばならない。そうして、少し気の毒そうに、叔母さま、何か夢でもごらんになったのでは、と、暗に、叔母が錯乱していることをにおわせよう。

利恵は、私のボタンをみつけただろうか。あの服は、まだ押入れのなかだ。でも、私はしじゅう、あそこに遊びに行っていたのだから、私のボタンがあっても、殺人未遂の証拠にはならないはずだ。

アリバイは作っておかなかった。自殺にみせかける自信があったからだ。太田登喜子の場合もそれで成功している。

自殺の方法にも流行がある。衝撃的な死は、模倣(もほう)者を生む。昔、火口への投身者があいついだ。高層の公団アパートから一人が投身すると、他に高層ビルはいくらもあるのに、同じ場所が選ばれる。

太田登喜子の自殺、似かよった方法による古鳥利恵の自殺、構図は完全だったはずなのに。

道路が混みはじめ、あたりの気配が荒っぽく雑然とし、蓉子は車が佐世保市内に入ったのに気づいた。

3

セントラル・ビルの階段は、まだ濡れていた。

五階の利恵の住まいのドアの前に三人は立った。

ドア・フォーンのボタンも、ドアのノブも、指紋検出を試みた痕(あと)が残っていた。

白坂がドア・フォーンのボタンを押すと、

「はい、誰?」聞きなれない声が答えた。

「白坂です」

ドアを開けたのは、見知らぬ男であった。

「白坂アイ子さんの御主人ですね」

「そうです」

「そちらは」

「娘と婿(むこ)です」

男は、警察官であった。

蓉子の目には、室内に無数の男がつめかけているように、一瞬うつったが、実際は、警察関係者が数人いるだけであった。

居間のソファに、顔に白い布をかけた軀(からだ)が横たえられてあり、

「奥さんですね」

係官は白布をはいだ。

「そうです」

「お気の毒でした」

「義父は……」

「院長の御遺体は、副院長が、車で御自宅にはこばれました」

答えたのは、死体の発見者であるセントラル興産の事務員であった。

「家内は自殺と知らされましたが、遺書があったのでしょうか」白坂の問いに、

「それは、こちらがお聞きしたい。お宅に、遺書らしいものは残されていませんでしたか」

「気がつきませんでした」

「奥さんが、なぜ、自殺をはかったのか、心あたりはありませんか」

「家内は、病気でした」白坂は言った。

「心の病気です。ノイローゼと他人には言ってありますが、専門医の診断では、鬱病ということでした。しかし、関係妄想もあり、不定型の分裂症とも考えられるという話でした」

「精神医にかかるほど病状が悪かったのですか」

「はあ。しじゅう具合が悪いわけではなく、病状のおさまっているときは健康人とかわりません」

「病院はどこですか。担当医の名は？」

裏付けをとるつもりらしく、係官はたずねた。

「諫早の黒川病院、神経科の専門病院です。院長の黒川先生に診てもらいました。入院するほどのことはなく、自宅で服薬していればよいとのことでした」

「それにしても、わざわざ古鳥利恵さんの留守宅で自殺するというのは、どういうことかな」

「利恵叔母が東京へ行ってしまったから、見捨てられたように感じたのだと思いますわ」

目立たぬように黙っていた方がいいと思いながら、蓉子はつい口をはさんだ。声は落ちついていると思った。

「義母は、病気のせいでまわりの人間が自分に悪意を持っているという妄想にとりつかれていたのですけれど、なぜか、利恵叔母だけは唯一の味方だとい

うふうに思いこんでいました」
「鬱病患者は自殺念慮があるから気をつけるように、黒川先生にも言われておったのですが……」

――利恵はいない。利恵がいれば、アイ子は自殺をはかったりはしない。アイ子が自殺したということは、利恵はひとりでここを出て行ったのだ。そうして、私の行為を、少くとも警察には告げていない。

それとも、利恵は、この家のどこかにかくれていて、もっとも効果的なときにあらわれ、私にショックを与え、自白させるつもりか。

いや、利恵は出て行ったのだ。そのとき、部屋の鍵をかけ忘れたので、アイ子は誰もいない部屋に入りこむことができた。ドアを閉めるとき、アイ子はノブのボタンを押したので、鍵がかかった……。

「アイ子さんは、よくこちらにみえましたです」と、事務員が言った。「社長と、たいそう仲が好かったです。というより、アイ子さんがうちの社長を頼りきっとられるというふうでした。社長が下の事務所で執務中でも、この部屋でテレビを見ながら待っとられました。御主人の前ですが、何だか少し……いま御病気だったときいて、なるほどと思ったんですが……」

「奥さんが家を出られたのは、何時ごろですか」刑事は白坂に訊いた。

「正確にはわかりません。出て行くところを見ませんでしたから。たぶん、二時から五時のあいだだろうと思いますが……」

「なぜ？」

「私は小さい学習塾を開いています。自宅の隣りに建てたプレハブの教室で、二時から三時まで小学校低学年、その後五時まで中学年、一時間私の夕食のための休憩をとり、六時から九時まで高学年の受験クラスを教えます。

昨日、五時に夕食に戻ったとき、家内の姿がみえませんでした。たぶん、利恵さんを見送りに佐世保に行ったのだろうと思いました。利恵さんが東京に行くのを知って、たいそう悲しがっておりましたから」

「そういうふうに、奥さんが御主人に黙って遠出されることは、しじゅうあったんですか」

「時々、気がむくと、利恵さんに会いにふらりと佐世保にでかけとりました」

「それじゃ、困りはしませんか」

「感心に、食事ごしらえだけはして出て行くので、私も大目にみておったのです。かわいそうに、病気のせいで、しじゅう気が晴れない、それが利恵さんに会えば心が慰められるというのなら、けっこうなことだ、利恵さんとしては、しつっこくまといつかれて愚痴ばかりきかされたら、うっとうしいのではないかとは思ったんですが」

「すると、昨日、奥さんが夕食を何時ごろ、どんなものを食べたか、御主人にはわかりませんな。たちいったことを訊くようだが、死亡時刻の推定に必要なので」

「ちょっと、わかりかねますな」

「それで、白坂さんが、九時にまた自宅に戻られたときも、まだ帰宅しておられなかった」

「そうです。正確に言うと、私が授業を終えて戻ったのは、九時半ごろでした。いつものことですが、熱心な生徒が九時に終了した後も質問を持ってくるので、なかなか時間どおりには終わりません」

「そのまま、今朝まで、奥さんを放っておいたのですか」

「いや、十時を過ぎても戻って来んので、念のため利恵さんのところに電話してみました。誰も出よらん。それから、この娘のところとか、古鳥の方とか黒川病院など、心あたりのところに、電話で問いあわせました。

　今朝になっても戻ってこないので警察に届けようと思っているところへ、ここでみつかったと知らせが来ました」

「昨夜のうちに届けなかったのですか」

「よほど、届けようかと思ったのですが……。小さい子供が行方不明になったのとは違いますから……。もしかしたら、利恵さんが東京へ行くのに、いっしょについて行ったのではないかとも思い、古鳥さんに利恵さんの止宿先を問いあわせ、ホテルに連絡してみました」

「それで?」

「利恵さんはまだチェック・インしていないというので、そっちに着いたら私のところに電話をくれるように伝言をたのんでおきました」

「社長は、まだ東京のホテルにチェック・インしておられんのですよ」事務員が心細そうに割りこんだ。

蓉子は目を伏せ、それとなく室内を見まわした。

利恵のスーツケースは二箇とも消えている。

「しかし、アイ子はどうやってこの部屋に入ったのか……」白坂がつぶやくと、そのひとりごとを耳にとめ、係員のひとりが、二つの鍵をみせた。

「奥さんのバッグを調べさせてもらいました。ひとつは、お宅の鍵でしょうな。もうひとつが——こちらの方が、ここのドアの鍵でした」

「もしかすると、合鍵を作っとられたのかも」事務員が言った。「社長が仕事中、アイ子さんはこの部屋で待っとられるために、社長から鍵を借りることがよくありましたから」

「一々、鍵を貸すのがめんどうだからと、古鳥利恵さんが合鍵を白坂アイ子さんに渡したんですか。それは、ずいぶん……」

「いえ……」事務員は言いづらそうに、「社長は……」

「家内が、利恵さんに無断で作ったということでしょう」

白坂が、事務員の言いたいことを察して代弁した。

「ちょっと非常識な気がしますがね」係官は言った。

「いくら親しいからといって、ひとの家の合鍵を作るというのは」

「恥ずかしい話ですが」白坂は低い声で、「家内は、思いつめると、少々とっぴなことも……。それもこれも、病気のせいだとは思いますが」

「奥さんは睡眠剤を常用しておられましたか」

「黒川先生の処方のものをのんでおりました。精神安定剤のようなものかもしれません」

「この薬ですね」

係官のみせた薬用袋には黒川病院の名が印刷されていた。中に、錠剤をぬきとったあとの台紙が入っていた。

「このテーブルの上にありました。解剖の結果をみなくては正確なことは言えんのですが、たぶん、手首を切る前にこれをのんだのだと思います」

テーブルの上に一つ置かれたコップにも指紋を検出した痕があるのを、蓉子は目にとめた。

「痛かですもんねえ、手首を切るのは」事務員が、さも痛そうに顔をしかめた。「薬でもうろうとなってからでのうては、切れんでしょうな。そういえば、あの、自殺したビューティー・トキの太田何とかというひとも、薬をのんで手首を切ったんでしたなあ、風呂場で。はやりますなあ、こういうことは」

アイ子の遺体は解剖に付すということで警察の車に乗せられ、白坂と蓉子と藤一は、古鳥病院に車をむけた。

「こんなことなら、私が行けばよかったのだけれど」

副院長恭吉の妻の良子は何度も泪声(なみだごえ)でくり返した。

「まさか、風呂場でアイ子さんが死んでいるなんて。丈夫なものだって、いきなり死体をみたら卒倒してしまうわ。お舅(とう)さんに行ってもらうなんて、何て馬鹿なことをしたんだろう。だってねえ、水が溢れているときいただけでは、利恵さんが水道を出しっ放しにして出かけたぐらいにしか思えんでしょうが。私は美容院の予約をしてあったものだから、つい、お舅さんにたのんでしまって」

そういう良子は、美容院で髪を染めてもらっている最中に凶事を知らされ、慌(あわ)てて帰宅したので、染めかけの髪がごわごわと突っ立っていた。

「今夜、こっちは通夜だけれど、あんたたちも、アイ子さんの通夜があるわね。ああ、解剖？　いやだわねえ、解剖なんて。むごたらしい。自殺でも解剖せんならんの？　それでも、家をあけとくわけにもいかんでしょう。こっちはいいわよ。告別式のときに来てくれれば」

「利恵は、まっすぐホテルへも行かんで、こんなときにどこを遊び歩いとるのか」恭吉副院長が舌打ちをせんばかりに、「連絡のとりようもない」

「友だちの家にでも泊ったんとちがうかしらね」良子がとりなした。

「蓉子さん、知らん？　利恵さんは東京に友だちがおったかしら」

　知らないと、蓉子は言った。

　風頭町の父の家に着いてから、蓉子は夕食の仕度をする気にはなれず、寿司をとった。藤一が利恵の動静を知っているのではないかと、蓉子はたえず、夫の様子をうかがっていた。

　色白で、おっとりした顔立ちの藤一が、何も知らぬふうで寿司をつまんでいるのをみると、蓉子はむしょうに苛立(いらだ)った。

　短大を卒業して地元の銀行に就職した蓉子は、閉店後仲間とときどき立ち寄るスナックで藤一と知りあった。藤一は、そのころ衣料品メーカーの社員で、本社は東京にあった。藤一も出身は東京で、本社採用され、転勤で長崎の営業所に来ていた。

　無口でおとなしい藤一だが、蓉子に対しては積極的になった。蓉子が一人娘なので、白坂姓になることを、藤一の方から申し出た。

　結婚し、アキラが生まれてまもなく、藤一の会社が経営不振で業務を縮小することになった。成績の芳しくない長崎営業所は閉鎖され、人員整理が行なわれた。希望退職者がつのられた。

　蓉子は、東京に行けるのではないかという期待を持った。東京出身の藤一は、本社に戻るのではないかと思ったのである。

　しかし、藤一は、本社が倒産の危機にあることを知っていたので、転職先さえあれば退職した方が有利だと考えた。

　そのとき、スーパーマーケットの幹部社員募集の話が持ちこまれたのである。北九州一帯にチェーン店をひろげつつあるその店は、急速に発展中で、中堅どころの人材を外部に求めていた。

夫に頼っていたのでは、夫の人生の変転に巻きこまれ、流されてゆくほかはない。

そう思ったとき、蓉子は、自分にも、いや、自分にこそ、相続権があるはずの祖父の財産に関心が強まった。

蓉子が藤一と結婚したとき、祖父は、祝いとして桜馬場の小さい建売住宅を買う頭金を出してくれた。遺産の生前贈与だと祖父は言った。

しかし、母が生きていたら、母の取得分はもっと莫大なはずだ。

祖父の二人の養子、恭吉と利恵は、祖父の財産の名義を少しずつ書きかえ、祖父もそれを承知している。祖父の名義のままにしておくと、いずれ相続税で大半をもってゆかれてしまうからだ。

病院はすでに、恭吉がゆずり受けているかもしれない。セントラル興産に関しては、おそらく、利恵がいっさいを相続するだろう。残る動産の名義も、どうなっているかわからない。遺産の整理がなされるとき、亡母の権利をひきつぐ蓉子にわたる分が、どのくらいあるか、心もとない。

ことに、利恵は、身のまわりのことはルーズで不精だが、金銭に関しては欲望が強い。経営の才能がどこまであるのか、セントラル興産の財政状態を蓉子は気づかった。セントラル興産がひどい赤字を出せば、私にわたる遺産は、いっそう乏しくなるだろう。利恵は気分にむらがあり、しゃにむに仕事に打ちこんで規模をひろげたと思うと、男にのめりこんで、そのあいだは仕事に手がつかなくなるというふうだった。

利恵の死は、復讐だけではなく、もう一つの利点を生じるはずであった。

「お義父さん、淋しくなりますね」藤一は言った。「しばらく、蓉子がここにいた方がよくはないですか」

そうして桜馬場の家に利恵をかくまうつもりなのだ、と蓉子は疑った。

4

翌日、二人の刑事が白坂をたずねてきた。

アイ子の遺体はまだ戻ってきていない。塾の生徒に、一週間授業を休むと電話連絡している最中であった。

座敷に案内し、茶を出したあと、蓉子は隣りの茶の間にひっこんだ。刑事の前に長時間顔をさらし平然としているのは、困難である。昨日は、死体発見直後だから、顔色が悪くても言葉がもつれても、疑われることは少かっただろうが、今日は危険だ。生徒の家に電話連絡をつづけるという口実があった。

少々取りこみごとがありまして、と言うと、母親のなかには、しつっこく立ちいって問いただす者もいる。どうなさったのですか。まあ、先生の奥様がおなくなりに。御病気だったのですか。少しも知りませんで。アイ子が神経科の病院に通っていたことは、母親たちも知っている。自殺、とすぐに察したカンのいいものもいた。

「閑静(かんせい)なお住いですな」

刑事は、のんきに、雑談めいたことを口にした。父と藤一が応対している。

「隣りが寺と墓地ですから、いささか閑静すぎます」

「生徒は、こわがりませんか。今どきの子供は、幽霊など平気なのかな」

「いや、夜は怕(こわ)いらしく、みな連れ立って帰ります。私もなるべく表通りまで送るようにしていますが」

電話の応対をしながら、蓉子は座敷の声に耳をすます。境は紙の襖(ふすま)一つだから、その場にいるように、はっきり聞こえる。

「奥さんの解剖の結果がわかりましたので」

死因は失血、催眠剤も検出されたが、これは手首を切るとき苦痛を少くするためにのんだらしい、致死量ではないようだ、死亡推定時刻は十九時から二十時のあいだ、と告げた後、刑事たちは、もっぱら、太田登喜子の自殺を話題にしはじめた。

「太田登喜子さんが自殺したとき、奥さんは、古鳥利恵さんといっしょにいたと証言しとられましたな」

「そう言っておりました」

「この際、率直な感想をきかせてほしいんですが、奥さんが嘘をついておるというふうには思わなかったですか」

白坂は、すぐには答えなかった。

「白坂さんは、あの日は塾は休みで、生徒の家に招ばれ、家をあけとられた、ということでしたな」

「そうです。あのとき、申しのべたとおりですが」

「夜、帰宅したとき、奥さんは家におった。そのとき、奥さんはあなたの留守中佐世保に行ったとは言わなんだ。あとになって、古鳥利恵のアリバイが問題になったとき、自分がいっしょにいたと証言した」

「そうです」

太田登喜子が死んだ日は、日曜で、セントラル興産の事務所は閉まっていた。アイ子は、午後古鳥利恵の住まいに遊びに行き、喋(しゃべ)ったりテレビを見たりして過し、五時三十一分の列車に乗って帰宅した。夫の帰宅の直前だったというふうに言った。二人がいるところを目撃したものはないのだから、あやふやな証言だが、登喜子の死が他殺とみなされたわけではないので、それ以上は追及されなかった。

「太田登喜子さんは自殺だったのでしょう。なぜ、今ごろ利恵さんのアリバイが、また……?」藤一の声である。

「古鳥利恵は、予約したホテルにいまだにチェック・インしとらんばかりではなく、予約した飛行機にも乗っとらんのですよ」

「予定を変更して他の便に乗ったんじゃありませんか。早く着きすぎたとき、前の便に空席があれば、そっちに乗ることもあるのとちがいますか」

「もちろん、他の便も全部調べたんですが、どれにも乗っとらん。昼前に古鳥院長が利恵に会いに行ったと、これは院長の家族が言っとるから、午前の便は関係ないんだが、ついでに全部調べた。今日も、もしカウンターに手続きにあらわれれば、すぐに連絡がくることになっておる。ホテルにチェック・インした場合も同様です」

「まるで……」と、藤一が、「容疑者扱いですね」

「いや、容疑者というわけではないが、居場所がわからんというのは、おかしいからね」

「アイ子が偽証したのではないかと、今あらためて問題になったということは」これは白坂の声である。

「警察では、ひょっとして、利恵さんがアイ子を殺して逃亡したと疑っとるんでしょうか。利恵さんが太田登喜子を殺し、アイ子にアリバイを偽証させたが、アイ子が口を割りそうで不安になった。それで……」

「そういう線も考えられないではないでしょう。それで、白坂さんにぜひ、腹蔵ないところをお聞きしたい。どうです」

「いや、それは、おかしいですよ」藤一がさえぎった。

「せっかく、自殺を偽装したんでしょう。それなら、堂々と予約した飛行機に乗り、予約したホテルにチェック・インすべきじゃないですか。逃げかくれしたのでは、偽装自殺が何の役にもたたんことになってしまう。それに、義母の死亡時刻が、十九時から二十時ということでしたね。十九時に殺したのでは、最終便にまにあわないことは最初からわかっているじゃないですか。偽装自殺というような計画性のある殺人なら、乗れるはずのない飛行機の予約をしますか」

「何も、古鳥利恵さんを加害者ときめつけとるわけではないし、他殺ときまったわけでもなかですよ」刑事は急に訛をまじえた。「しかし、少しでもおかしげな点は、ぴしっと押さえとかんとね。こうも考えられるんじゃなかかね。これは、あくまで、仮にこういう場合も考えられるということだから、腹かかんと聞いてやりなさい」

「利恵はもっと早い時刻にアイ子を呼び寄せる計画だった」と、もうひとりの刑事が、「ところが、アイ子の方で、何か都合ができたかして、約束の時間よりずっと遅れてあらわれた。偽装自殺には成功したが、飛行機は当然まにあわん。それで、列車を利用した。殺人が完了すると、急に恐ろしゅうなったんだな。何か疑われるような証拠を残してきたと気づいたのかもしれん。偽装自殺に、何か手落ちがあり、他殺の証拠を残してしまった」

「何か、残っていましたか」藤一が訊く。

「いや、今のところみつからんがね。こちらがわからんだけで、利恵は気づいた。それでホテルに姿をあらわすわけにはいかんようになり、逃亡した」

「単純に蒸発しただけじゃないですか」

藤一は、利恵をかばっている、と蓉子は思う。電話の相手にはうわの空で同じ伝言をくり返し、耳はひたすら、座敷の会話にむけられる。

――ふだん無口な藤一が、よく喋ること……。

「何しろ、利恵さんに対する世間の風当たりは、このところ凄いらしいですからね。当分蒸発していようという心境になったんじゃないかな。東京へ行くつもりだったけれど、何もかもわずらわしくなって、どこかまるで違うところへ……会社から連絡の電話も入りようのない、誰も知らないところへ、ふっと行きたくなった。新聞もテレビも見なければ、院長の急死も義母の自殺も耳に入らない。そのうち、ほとぼりのさめたころ連絡してくる。どうです、お義父さん、そうは思いませんか。その方が自然ですよ」

白坂に同意を求めたが、刑事の方が先に答えた。

「それは、われわれも当然考えておることですよ。単純な蒸発ということは、もちろん、まっ先に考えた。ただ、あらゆる可能性を検討せんならんからね、われわれとしては」

太田登喜子の死については、と刑事はつづけた。

「署内でも自殺説が優勢だったんでね、古鳥利恵のアリバイも徹底的に追及することはなかったんだが、事態がこうなると、あらためて検討せんならん」

「たとえ、アリバイを偽証させたとしてもですよ、今になって口をふさぐために殺すなんて、乱暴すぎますよ。かえって疑惑を招く結果になったじゃないですか」

「脅迫(きょうはく)されとったかもしれんよ」

「義母が利恵さんを脅迫していたというんですか。考えられませんね」

「どうですかな白坂さん」刑事は質問を、無言をつづけている白坂にむけた。「奥さんは、ふだん、あんたの留守中に佐世保などに遠出しても、一々報告はせんかったのですか」

白坂は口ごもり、お嬢さん、と、刑事は褻越しに蓉子に呼びかけた。

「すまんが、ちょっとこっちへ来てもらえませんか」

受話器をおき、蓉子が座敷へ行くと、

「お義母さんは、どうでした。お父さんの留守中、よそへ出かけても黙っとったひとですか」

「私は、結婚して別居していますから」

「しかし、その前はずっといっしょだったんだから、わかるでしょうが」

白坂がはかばかしく返答しないところから、刑事は自信を持ったらしく、「さあ、白坂さん、どうですな」とたたみかけてきた。

「おかしいとは思わんかったですか」

白坂は太い息をついた。

刑事たちは軀をのり出した。

「実は……」

容疑者を問いつめ、自白に追いこむとき、刑事というものはこういうふうなのか、と、蓉子は目を伏せたまま、父と刑事たちをうかがった。ひとりが鋭く突っこみ、もうひとりは、ときどき、なだめすかしたりする。

「アイ子は、利恵さんは絶対人殺しなどしとらんと言いましたし……」白坂が言いかけると、「あんた、知っとったのかね、アイ子の偽証を」

刑事の一方が声を荒らげ、もうひとりが、

「いや、今さらあんたを責めることはせんから、安心して喋りなさい。アイ子は、偽証したんじゃね」

白坂は、わずかにうなずいた。

「本当ですか、お義父さん。なぜ、黙っとられたんですか。それは、重大な……」

「私も、ずいぶん迷ったんだが……」

「いつ、わかったんかね」刑事は威丈高になった。

「あの日、私が帰宅したときは何も言わなかったし、外出したふうでもなかった。それが、利恵さんのアリバイが問題になると、急に、佐世保に行っていたと言いだした。利恵さんのところへは、ときどき、ふらりと出かけますから、そのときも、私が留守なのをいいことに、遊びにいったのだなと思った。ところが、少し後になって思い出したのですが、あの日、私は、出先から電話をいれています。正確な時刻はおぼえていないが、五時前後です。そのとき、アイ子は電話口に出たのです」

「何の用で電話を?」

「生徒の家に招ばれたとき、はじめは、夕食までご馳走になる予定ではなかったのです。私が碁を少したしなむので、生徒の親父さんに一局手合わせをと前々から誘われておりました。食事どきにかかる前にひきあげるつもりだったんですが、奥さんが用意してくれた。それで、アイ子に夕食の仕度はせんでいいと、電話をいれたんでした。それを思い出し、問いつめたところ……」

「なんで、そのときすぐに届けなかったね」

「なにしろ、身内のことですから……。利恵は、死んだ家内の義妹ですし……それを私の口から告発するような結果になることは……。利恵が太田登喜子さんを殺した犯人だということであれば、私も黙ってはおられませんが、アイ子は、利恵さんは潔白だが、その日ひとりでおったからアリバイがない、警察でうるさく調べられるのはかなわんから、偽証してくれとたのまれたと言う。私もそんなことだろうと思った。それでも、私は、古鳥の義父には打ち明けたのです。院長も驚いて、実は……院長からも固く口止めされてしまったんです」

「奥さんが生きとるうちに、それを言うてくれんでは……」

白坂は、部屋を出て行った。戻ってきたときは小型のテープレコーダーと、カセットを一つ持っていた。

「黙っていることは、私は気が重かった。……利恵さんは潔白だとは思いましたが、万一の場合を考え……」

　カセットをレコーダーにセットし、スイッチを入れると、

「すみません。私は偽証しました」

「これは、白坂アイ子の声だね」

　刑事は、藤一と蓉子にたしかめた。

「太田登喜子さんが死んだとき、利恵さんが私といっしょにいたというのは、嘘です。利恵さんに頼まれたので、そう言いました。私……」アイ子の声は、泪声（なみだごえ）になった。「利恵さんは、私にやさしかもん。頼まれたら、私、いやとは言えんもん……」

「何ということだ、今ごろまで」

　電話を借りる、と刑事は立ち上がった。

「待ってください」藤一が押さえた。

「お義父さん、お義母さんは外出するとき、いつも催眠剤をバッグの中に持ち歩いていたんですか」

「さあ……どうかね。私は知らん」

「酔い止めや痛み止めの薬とはちがいます。泊まりがけの旅行でもなければ、催眠剤を持ち歩くということは、しないと思いますよ。お義母さんは、別に旅行仕度ではなかったでしょう。催眠薬を持参したということは、やはり、あの方法で自殺するつもりだったのですよ。偽証までして、一心同体のつもりだった利恵さんが、ひとりで東京にいってしまう。お義母さんは、孤独感にたえきれなくて……病的な孤独感だったろうけれど……利恵さんの部屋で自殺した。利恵さんはおそらく、新聞も見ず、テレビも見ず、どこか静かな温泉などでのんびりしているんですよ」

「そうかもしれんね」白坂はさからわなかった。

「私も、利恵さんがアイ子を殺したなどとは思わない。……思いたくない」

「それは、これからこっちで調べることだ」

　刑事は、おそろしく腹をたてていた。

——利恵には、アイ子を殺す理由はない。

蓉子は、目を伏せて、思った。

——アイ子の偽証がばれても、利恵は実際は太田登喜子を殺してはいないのだから。


噂を流す前から、蓉子は時折ビューティー・トキに行き、登喜子にセットをたのんでいる。噂がひどくなってからも店を訪れ、私はあんな噂は信じないわ、と登喜子をはげました。投石事件のあと、登喜子に電話をかけた。噂の出所について、わかったことがある、その話をしに、これからそちらに行きます、でも、私が行くことは誰にも秘密にしておいてください。街の人に、私まで誘拐組織の仲間のように疑われては困るので、こっそり行きますから。


太田登喜子を殺したのは、私だ。それに、おととい、利恵はアイ子が来ることなど予想していなかった。私の車に乗って飛行場に行くつもりでいた。

藤一の言葉は、半分は正しいが、半分はちがっている。利恵は、静かな温泉でのんびりしているどころではない、この近辺にひそみ、私を監視しているのだ。それを藤一が知らないはずがない……。

上司に電話を入れた刑事は、カセットを持って署に同行するよう、白坂に命じた。

私もいっしょに行きます、と蓉子は思わず言った。藤一と二人だけであとに残ることはたえがたかった。

「いいでしょう、来てください」刑事は言った。

「それじゃ、ぼくは留守番している」

「生徒の父兄が弔問に来ても、よけいなことは言わないで」蓉子が言うと、わかっている、と藤一はうなずいた。

留守中に、利恵を呼びいれるつもりか。蓉子は思った。

5

アイ子の告白をかくしていたことで、白坂は警察でひどく責められたが、その日のうちに帰宅を許された。

噂の流布と市民の煽動、太田登喜子の殺害。古鳥利恵を自殺とみせかけるための蓉子の大がかりな布石は、すべて徒労に終わった。

前段階ばかりが大袈裟で、肝腎の点で失敗した。

確実な方法をとるべきだった。太田登喜子のように、手首を切ればよかったのだ。刃物が皮膚を裂き肉を裂くあの感触を嫌ったばかりに、窮地に追いこまれる羽目になった。おろかなことをした。しかしケタラールが効かないなど、考えられないことだったのだ。

アイ子の葬儀は、古鳥院長の葬儀の翌日行なわれた。その翌日、藤一は、今日から店に出るといって白坂の家から直接出勤した。父のもとに当分いようかと、蓉子は思った。その方が安全だ。しかし、それにしても、いったんは帰宅して持物を整理しなくてはならない。

いや、利恵が人前にあらわれて、私を公に難詰する前に、一対一で対決した方がいいのだ。攻撃は先にしかけた方が有利だ。

幸い、利恵は警察から疑われている。私は利恵を殺しても正当防衛が成り立つかもしれない。

外出していた父が帰宅するのを待って、午後、蓉子は自宅に帰った。

家に足を踏み入れたとたん、かすかではあるが濃密な香りをかいだように思った。

居間のドアを開け、立ちすくんだ。棚の抽出しが抜き出され、床にひっくり返り、中みが散乱していた。境の仕切りが開け放されているので、隣りの和室のありさまも目に入る。ここもひどい荒らされようであった。

空巣、と一瞬思ったが、濃密な残り香が、それを打ち消した。しかも、居間のテーブルの灰皿に、これみよがしに残された、吸口が薄紅く染まったラークの吸殻。二本。

ダイニング・キチンの庭に面したガラス戸に小さい穴があり、鍵がはずされている。外からガラスを割り、手をさしこんで鍵を開けたのだ。床に破片が落ちていた。

蓉子は床に坐りこんだ。それから壁ぎわに這い寄り、壁に背をつけた。背後に利恵がすうっとあらわれそうな気がしたのである。

壁に背をつけたまま立ち上がり、横這いに動いて、ダイニング・キチンをのぞいた。

誰もいない。

香水のにおいは、ここにも残っていた。

蓉子は耳をすませ、それから、流しの下の戸を開けた。扉の裏に、庖丁が三本かけてある。数は不足していない。蓉子は鋭利な刺身庖丁を抜いて右手に握った。

この部屋の戸棚の抽出しも、抜き出されてあった。整理して小箱におさめてある領収書の束が床に散っていた。

刺身庖丁をかまえ、蓉子は廊下に出、引戸のかげに身をかくすようにして、洗面所の戸をひきあけた。

正面に洗面台。ブラシに髪の毛はからまっていない。右側は浴室の戸、左の戸は便所である。その一方を開けるためには、もう一方の戸に対して背中が無防備になる。

蓉子は息を殺し、閉ざされた二つの戸の内側の気配を感じとろうとした。喘鳴をきいた。蓉子自身の荒い呼吸であった。

洗面台に背を押しつけ、手をのばして、まず便所の戸を開け放った。白い陶器の洋式便器。

浴室の戸を思いきって開けた。

浴槽は空であった。

蓉子は吐息をついた。もう一部屋、しらべ残したところがあるのに気づいた。庖丁をかまえなおし、四畳半の襖を開けた。

ここは荒らされていない。

蓉子は居間に戻り、ソファに軀を投げ出した。

利恵は、いったい、何の理由があって空巣にみせかけて入りこんだのだ。

藤一と連絡をとっていたのではないか。藤一が味方なら、窓ガラスを破る必要はないのだ。

それとも、二人が手を結んではいないと私に思わせるため、わざと、利恵はガラスを破ったのか。侵入口がなくて利恵の痕跡だけが残っていれば、藤一の手引きが歴然としてしまう。それにしても、空巣をよそおう必要はない。ガラスを割って窓の鍵を開けるだけでいいではないか。

煙草の吸殻、ミツコの残り香、利恵は、露骨に自分の痕跡を私にみせつけている。

香水のにおいがこれほど強く残るというのは不自然だ。私を脅すために、ことさらふりまいたのだ。

蓉子は押入れの奥を、まず探った。

バッグは、ぶじだった。

なかを調べたが、手をつけられた様子はない。一日も早く処分しなくてはならないのだが、この一週間あまり、そんな時間はなかった。

蓉子は気を鎮め、更に、盗まれたものの点検にかかった。

ふつう空巣がまっさきに狙うのは、現金だ。しかし、サラリーマンの家に、ふだん、まとまった大金があるわけはない。蓉子は、藤一の月給を受けとるとまず銀行に入れ、カードで入用分を引き出して使うようにしている。余分な金は家に置いてなかった。銀行の通帖は、そっくり放り出してあった。印鑑を蓉子が身につけていたので、盗んでも役にたたない。

宝石も、たいしたものは持っていない。祖父に成人式の祝いに買ってもらったルビーと、自分で買ったパールのネックレス、これは人造の安物である。そのほかのこまごましたアクセサリーは、値打ちものは一つもない。

パールのネックレスだけが、なくなっていた。

奇妙なことだ。利恵は、宝石やアクセサリーには不自由していないはずだ。彼女の目には、あのネックレスが安物であることなど明らかだろうに、なぜ、あれを一つ盗っていったのか。

どこにひそんでいるにせよ、金に困っているはずはない。利恵もキャッシュ・カードを持っている。

蓉子は、慎重に、かたづけにかかった。

警察に知らせることはできない。藤一にも告げられない。私がひとりで、姿を見せぬ利恵に立ちむかうほかはない。

利恵は私を脅し、錯乱させ、自殺に追いつめ――いや、それどころか、私が利恵にそうしたように、自殺をよそおわせて殺し、アイ子殺害まで私の犯行にみせかけ、そのあとで、落ちついて姿をあらわすつもりなのだ。

パールのネックレスは、何か私を脅迫する材料にするつもりか。

荒らされた室内をかたづけ終わり、盗られたものはネックレス一つだけであることを確認すると、蓉子は割れた窓ガラスにタオルを当て、スツールの脚をぶっつけた。それから、窓の寸法をはかり硝子屋に電話をかけた。

「ダイニング・キチンのガラスを割ってしまったので、入れかえに来てください。寸法は縦百八十センチ、幅九十センチです。今日中に来ていただける？不用心だから、ぜひ今日中にお願いしたいわ。ええ、うっかりして、椅子をはこぼうとして転んで、椅子の脚をぶつけてしまったの。お願いしますね」

それから、夫に電話した。

「蓉子か、お義父さんの方は、どうだ」

「今、うちに帰ってきているの」

「お義父さんの傍にいてあげなくていいのか」

「今日、うちに、お客さん来なかった？」

「知らんよ。ぼくはお義父さんのところから直接店に出たから。なぜ？」

「いいえ。あなた今日、お帰りは」

「早番であがる。しかし、蓉子が風頭町に泊まるのなら、外で夕飯を食って帰ろうと思ったんだが」

「今夜は、うちにいるわ」

「それなら、なるべく早く帰る。うちは、べつに変ったことはなかったか」

ないわ、と、蓉子は答えた。

電話を切ってから、藤一の最後の言葉が、気にかかった。

なにげない質問かもしれなかった。

やがてガラス屋が来て、

「危かったね、奥さん、怪我せんかったかね」いたわるように言い、手早くガラスを嵌めかえた。

藤一が帰宅したときは、家のなかはすっかりかたづいていた。残り香も消えていた。

敵と二人きりでいるのだ、と、蓉子は夕食をとりながら思った。

電話のベルが鳴った。蓉子はどきっとしたが、父からであった。

「疲れただろう」と、父はねぎらった。

「また近いうち手伝いに行きます」

「留守中、変ったことはなかったかな。利恵さんから、もちろん連絡はないだろうな」

「ありません」蓉子は、言った。

流しの前で食器を洗っていると、あ、と藤一が小さい声をあげた。

「どうしたの」

「足の裏に何かささった」

これだ、危いな、と、藤一は小さいガラスの破片をみせた。

「今日、コップを割ったんだわ。かけらはよく始末したつもりだったんだけれど」

かけらをしげしげと藤一はみつめ、「どのコップだ?」と訊き、目を食器棚にむけた。

「酒屋から景品にもらった安物よ。そこにあるセットの分ではないわ」

藤一は、かけらをティッシュ・ペーパーにくるんだ。

「ちょうだい、捨てるわ」

「ああ、ぼくがあとで捨てておく」

さりげなく、藤一はポケットにつっこんだ。

「ちょうだい、それ」

蓉子の語気の強さに、藤一はちょっと眉をひそめ、それでも逆らわず、渡した。蓉子はそれをエプロンのポケットに入れ、濡れ雑巾を持ってきてかがみこみ、ガラスの落ちていたあたりをぬぐった。

顔を床に近づけ、部屋の隅々をしらべた。コップの破片と見まちがえようもない平らな破片が残っていたりしたら、ごまかせない。夫より先に、みつけて捨てなくてはならない。

奇妙なものが目にとまった。

食卓の裏に、黒いマッチ箱のようなものがとりつけられてあった。

「何かしら」

ひきはがすと、たやすくとれた。両面接着テープで貼(は)りつけてあったのである。

金属製で、細い針金が箱の隅からのびていた。

「どれ」藤一が受けとった。

「むやみにいじらないで!」蓉子は叫んだ。「爆発物じゃないの。時限爆弾!」

「ちがう。盗聴器だ」

「まさか!」

藤一が、小さい箱をいじると、一箇所蓋(ふた)がはずれた。藤一は、乾電池をぬきとった。

――利恵のしわざだ。夫は、ぐるなのか。小さい箱を手のひらにのせ、みつめている夫の顔を、盗み見た。

「蓉子、きみは何か、警察に疑われてはいないか」

「どうして。どうしてそんなことを聞くのよ。私が何を疑われているっていうの」

「警察が、捜査のためにとりつけたのかと思ったんだ」

「何の捜査」

「警察は、利恵さんがお義母(かあ)さんを殺して姿をかくしたという疑惑を持っているだろう」

「私たちが――私やあなたが、その共犯だと思っているの? 警察は」

「あらゆる場合を考えるだろうさ」

「だって……こんなこと、許されているの、ひとの家に盗聴器を無断でとりつけるなんて」

「もちろん、違法だろうな。……そうだな、警察は、こんなやり方はしないだろうな」

「それじゃ、誰。誰がこんなことをしたっていうの」

「わからないな。とにかく、明日にでも警察に届けよう」

「やめてよ!」

「どうして」

「だって、警察がやったことかもしれないって言ったじゃないの」

「ああ、ひょっと思いついて言ったんだが、たしかに、そんなことはあり得ないよ。万一、警察がやったことだとしたら、なおのこと、早く届けた方がいい。発見したのに黙っていたら、疚しいことがあると思われる」

「利恵叔母さんのしわざじゃないの、これ」

「利恵さん？　なぜ、利恵さんが……」

――しらばっくれているのか、それとも、利恵を藤一がたすけていると思ったのは、私の疑心暗鬼か。

「警察が疑っているように、利恵叔母さんがお義母さんを殺してどこかにかくれているとしたら、捜査の状況などを知るために、とりつけたのかもしれないじゃない」

――私の様子をさぐるために、とりつけたのにちがいないけれど……。

「もしそうだとしたら、警察に知らせたら、利恵叔母さんがつかまるわ」

「きみは、利恵さんがお義母さんを殺した殺人犯でも、味方をするというの」

「そうよ。身内ですもの」

「叔母さんがお義母さんを殺したということは、太田登喜子さんもまた、叔母さんが殺したということになるんだよ。登喜子殺害のときのアリバイをお義母さんに偽証させた。そうして、お義母さんの口をふさぐために、偽装自殺で殺した。警察の考えている線は、そういうことだったろ？　それでも、叔母さんをかばうのかい」

「そうよ。私は、自分の手で叔母さんを警察に渡すなんて、できないわ」

「蓉子、きみは、利恵さんの……」

蓉子は軀をこわばらせた。腋の下が汗で濡れた。

蓉子、きみは利恵さんを、殺そうとした。藤一が、指をつきつける……。

「居場所を知っているんじゃないのか」

軀から力がぬけた。

「どうして」吐息が洩れた。

「叔母さんは、きみと連絡をとっているんじゃないのか」

このひとは、本当に、何も知らないのか。

「だったら、盗聴器なんて、いらないことでしょ。電話ですむわ」

「利恵さんだとしたら、いつ、どうやって入りこんだのか、それが不思議だ」

「盗聴器って、どのくらい離れたところまできこえるのかしら」

「機械の性能の良し悪しでずいぶん違うだろうけれど、五百メートルぐらいじゃないかな」

警察に届けたら、どういうことになるだろう。

盗聴可能な範囲を、徹底的に捜査するのだろう。

利恵は、犯罪者ではないのだから、警察にみつけだされたからといって、痛痒は感じまい。私に、自分の手で復讐する、ただその目的のためにだけ、かくれているのだから。

利恵の犯罪は、せいぜい、家宅侵入と、空巣にみせかけるため安物のネックレスを奪ったくらいのものだ。

父が、アイ子が偽証を告白したテープを持っている。

利恵はそのことを知っていて、姿をみせないのだろうか。登喜子殺害の犯人とされることを恐れて。

姿をあらわさなければ、いっそう疑いが強まるばかりなのに。

利恵は、本当にアイ子を殺したのかもしれない。

そう、蓉子は思いついた。

私に殺されかけた利恵は、私へのもっとも効果的な復讐について、考えをめぐらしている。

そこに、アイ子が来る。自殺するつもりで来たのかもしれない。利恵に置き去りにされたと思って。

合鍵で扉を開ける。利恵は、ぎょっとしただろう。入ってきたのは、アイ子だった。

アイ子は利恵に会えたのを喜び、いっしょに連れていってくれと、まつわりつく。

連れていってくれないのなら、偽証したことを警察に話すと言う。

利恵は私に復讐するつもりだから、登喜子のことでまた警察に調べられたりするのは困る。

いくら口どめをしておいても、アイ子は利恵に不利なことを喋るかもしれない。

アイ子は、バッグの中の睡眠剤を利恵にみせ、あんたに置いていかれたら、私はこれをのんで自殺するつもりだったのだと話す。

利恵は、うるさくまつわりつくアイ子を切り捨てる決心がつく。

偽装自殺。

堂々と東京のホテルにチェック・インするつもりだったのだが、手違いが生じた。

それは、刑事が言っていたことだ、何か他殺の証拠になるものを残してしまったのではないかと。そのために、姿をあらわすことができなくなったのだ、と。

利恵がアイ子を殺したのであれば、私の立場は強くなる。利恵は私を訴えることはできない。

それとも、警察は、あのボタンをみつけ、私に目をつけたのか……。

「届けるのは、みあわせておくか」藤一が言った。

――届けようと言ったのは、私が反対するのを見越したポーズだったのだろうか。

本心は、届け出ては困るのだ、藤一にとっても。利恵と藤一は、やはりぐるなのだ。……ということは、彼は、私の殺人未遂を知っているのだ。ひょっとしたら、太田登喜子殺害も疑っているのでは……。

電池をぬかれた盗聴器は、甲虫の骸のように、彼の手のなかにある。

緑の章

1

十一月九日。

空路、女満別(めまんべつ)に飛び、石北本線に乗り継いで、石光玉雄(いしみつたまお)は北見の駅に下り立った。日は落ちかかり、駅舎の中は簿暗かった。

外に出ると、雨が地を打っていた。

傘を持ち歩かぬ石光玉雄は、三百メートルほど離れた市役所に走りこんだ。

閉まる寸前であった。

広報の窓口で、東亜鉱業の武華(むか)鉱山跡の場所をたずねた。すでに閉山され、東亜鉱業そのものがもはや存在しないことは、原倫介(はらともすけ)が調べてあった。

係の男は、わからない、と、そっけなかった。

かたづけをはじめていた若い吏員が横から口を出し、地図をひろげ、ここだろう、そこだろうと、探した。

「鉱山といっても、広いだからね」

「この辺一帯の山が」と、指でたどった。「全部鉱山だったらしい。だが、今は何もないよ」

衝立(ついたて)の奥から出てきた、年輩の男が寄ってきて、かなり尊大に、「鉱山跡を探しとるんか」と顎(あご)をしゃくるようにした。

「何(な)して今ごろ鉱山跡など探すのかね」

「いろいろ調べたいことがあって」

「何を調べるのだね」

「目的を言わないと、場所を教えてもらえないんですか」

「そったらことはない。しかし、きみは、何か人に言えんような目的で、行くのかね」

「まさか。ちょっと興味を持ったんですよ」

「何(な)して？　物好きだねや。何もねえでや」

「かまいませんよ、何もなくたって」

「武華温泉行きのバスで終点まで行ったらいい」若

い吏員がとりなすように言った。「湯治場になってるで、宿もあるし、宿の人にきけば、わかるだろうから」

「昔、鉱山で働いていたなんて人、いませんかね」

「知らねなあ」年輩の男は突き放した。はなから相手にしないというふうだった。


一時間ほど、バスで奥に入った。

湯けむりのたちのぼるなかに、宿は三軒あった。石光玉雄は、崖を背負ったどんづまりの『吉田館』を選んだ。

手前の二軒は、モルタル塗りの新館を建て増し、その安っぽいピンク色の壁があたりの鄙びた雰囲気をこわしているので敬遠した。

吉田館は木造の二階建て、木肌は黒ずみ、二階の手摺はいくらか傾いていた。建物全体が、大きな空間を柱が支えきれないというふうにゆがんでいた。

リューマチに効くという湯の効能を記した板が、帳場の壁にかけてあった。治療のために自炊で長逗留する近在の者が多いという。あらかじめ食券を買って予約すれば食事つきでも引き受けるということであった。

鉱山の跡はここから近いのかと訊くと、帳場の係は、自分は数年前からここで働くようになったので、知らないと言った。

一人だというと、裏手の四畳半に通された。納戸のような作りだった。

部屋は川の上に突き出していた。小さい窓から顔を出すと、部屋ごと小舟のように流されていくような気がした。

食事は自炊でないものは食堂でセルフサービスになっている。

配膳台上のアルミ盆に、丼飯と魚の煮つけ、山菜のひたし、漬物の小皿などが並んでいる。テーブルに運ぼうとすると、賄婦が椀に味噌汁をついだ。

食堂はすいていて、話をきき出せそうな相手がいない。食事をすませ、すぐに風呂場に行った。

浴室は天井が高く、木製の湯舟のへりは、つぎめが腐っていた。

　ぬるくて肌にねばりつくような湯に浸っているのは、老人ばかりであった。彼のような若い男が訪れるのはよほど珍しいらしく、視線が集まった。

「今晩は」と、彼は気さくに声をかけた。

　お晩で、と返事がかえった。

「静かでいいところですね」

　躯を流しながら、隣りの蛇口で洗っている老人に話しかけた。

「どこから来らんした?」

「東京です」

「へえ、東京からわざわざ、こんな辺鄙なとこさ?」

「のんびりしていいですよ」

　彼の明るい口調は老人たちに気にいられ、風呂をあがったら部屋に遊びにこいと口々に誘われるほどになった。

　売店の自動販売機で缶ビールを一ダース買い、老人たちの部屋をたずねた。

　襖で仕切った六畳間が並んでいて、廊下の反対側に炊事場がしつらえてあり、腰の曲がった女が食器を洗っていた。

「お晩です」彼はおぼえた土地の言葉で声をかけた。

　部屋の主だけでなく、他の部屋の男や女も集まってきた。みな退屈していた。

　若い男が仲間に入りこむなど、めったにないことなので、彼はやたらにもてた。残念なことに、相手はみな皺ばんでいた。

　しかし、彼の目的のためには、十代二十代のいきのよい娘より、この、歳月が皮膚に刻みこまれた老人、老婆の方が好都合なのであった。

「この奥に、もと鉱山があったんだそうですね」

　皆の口がほぐれ、お喋りが活溌になったところで、彼はさりげなく訊いた。

「とうにつぶれちまっただよ」

「今、どうなっているんだろう」

「何もないよ、兄ちゃん、草ばかりだで」

「昔は鉱山のえらいさんたちは羽振りがよかったども」

「えらいさん専用の女郎屋がこの近くにあっただけど」

「労務者のなかには、朝鮮から強制的に連れてこられた人たちがいたそうですね」

「そりゃあ、まあ、ここかぎらず、どこの鉱山でもいただべさ」

「ひどい扱いをされたって?」

「戦争中は、どこでもそうだっただからね」

老人たちが、その話題を避けたがっているのを彼は感じた。

「もう、そたら昔のことを掘りかえしても、しかたねえんでねえの」

「国の命令だっただからね」

「兄ちゃん、何かうたってけらんしょ」

あいだの襖をとり払い、六畳を二間ぶっつづけにし、十人近い老人が集まっていた。皆の口から、鉱山に関する思い出話が次々に語られることを期待したのだが、思うようにはいかなかった。彼は、ときどき話題をそっちの方にもっていこうとするのだが、すぐ、猥雑な笑い声に消されてしまうのだった。

老人たちは、彼には関係のない話に打ち興じはじめた。

彼は、話の輪からはじき出されたかっこうになった。

「何か鉱山のことを調べてなさるのかね」

男のひとりが寄ってきて、訊いた。

「そうだべね。何も用がなくて、こたら田舎に若い人が来るはずがねえさね」

「大学の卒論かね」

男は、一座の中では若い方だった。六十前にみえた。大部分が七十前後の、骨に皮膚がからまって揺れているような老人たちのあいだで、彼はまだ精気が残っていた。『卒論』などという言葉を、老人たちにいくぶんみせびらかすように使った。

「いえ。もう学生じゃないですよ」

「あんなつぶれた鉱山を、若い人が何で調べるだかね」

「本にまとめようと思ってね。戦時中から敗戦時の鉱山の状況、特に、強制連行された朝鮮人について知りたいんですよ」

「やめれ、やめれ」女が手を振った。

男たちは皆痩せているのに、女は肉が腹の方にずり落ちたように腰まわりが太かった。

「兄ちゃん、もう、朝鮮人も日本人もないの。やめらんしょ」

「佐藤先生のように、なぐられて怪我しても知らねすけ」

「小母さん、この地元のひと？」

「んだ」

「佐藤先生って、どういう人なんですか」

「北新中学の先生だ」

「そのひと、どうしてなぐられたの」

「兄ちゃんのように、人がそっとしといてほしいことを掘っくりかえしたからだべ」

「紹介してもらえないかな、その佐藤先生に」

「だめだ」

強硬に反対するのは、三人であった。

たぶん、この三人が地元の人間で、事情にくわしく、その事情は、今さらあばきたててほしくない類のものなのだ。そうして、ほかの者たちは、よその土地から湯治に来ているので、鉱山に関してはあまり知識を持っていないのだろう。そう、石光玉雄は見当をつけた。

老人たちは酔って浮かれ、誰もが彼に身の上話をしたがった。しかし、彼が知りたいことに答えてくれるものはいなかった。

翌日、食堂で味噌汁と漬物、赤茶けた海苔に丼飯の朝食をとっていると、老人が隣りに腰をおろした。昨夜のひとりであった。

「兄ちゃん、ほんとうに本を書くだかね」

「そのつもりですよ」

「俺は、佐藤先生にも話してやっただがね」

「小父さん、くわしいんですか」

「くわしいこともねえが、まあ、よく知ってるほうだべね。佐藤先生を沈澱池の跡さ案内してやったこともあるだからね」

老人は、自分の名を、小川(おがわ)だと言った。

「佐藤先生を案内してやったときは、たいそう喜んで、俺はいらねえいらねえと言うのに、礼までくれただがね。もう何もねえところだから、よその衆がひとりで行っても、何もわからねえがね」

「ぼくももちろんお礼しますよ」

「俺はリューマチで足腰が痛えだから、案内などしたくねえがね。礼だって、俺はいらねえいらねえというのに、佐藤先生がむりやり押しつけていっただから」

「でも、案内してもらうんだから、お礼はしなけりゃね」

石光玉雄は、ガイドというのは一つの職業でもあるのだから、それに等しいことをしてもらった場合は礼をするのが当然なのだ、と、相手が言わせたがっていることを、のべたててやった。

「そんなもんだかね」

老人は、説得されたような顔をした。

めんどうだな、と石光玉雄は思ったが、このまわりくどいやりとりを、いくぶん面白がりもした。

「しかし、学生さんじゃ、なんぼも出せめえしね」

「そのつもりで準備してきているから、大丈夫だよ、小父さん。だけど、歩けるのかな」

「そりゃあ、タクシーよんでもらわねばなんね。帳場で無線さ呼んでくれるだから」、
帳場に行き、無線をたのむついでに、あずけてあったカメラを受け取った。

「佐藤先生というひとにも紹介してもらえるかな」

「なに、俺が口きかねえでも、北新中に行けばいいだから」

「佐藤……名前は何というの?」

「知らね」

ありふれた姓だから、北新中学に同姓の教師がいるかもしれない。

「お客さん、どこへ行くだかね」

帳場にいるのは、昨日とは違う、かっぷくのいい女だった。他の従業員に指図しているところをみる

と、宿のおかみかもしれない。

「鉱山の跡を見に」

「何もねえのよ。おもしろくもねえだろうにねえ」

「場所、知っていますか」

「わからねわねえ、もう。誰もそたらとこ行かねえからね」

「戦争中は朝鮮人がずいぶん働いていたってね」

「そうかねえ。そたらこともあったかもしんねけどねえ」

反応は、昨夜の老人たちと誰も似たりよったりであった。

タクシーに乗り込むと、老人は道を指図した。

いったんバス通りに出、十分ほど走った後、右折して山道に入った。のぼるにつれて道は細くなり、雑木の梢が視界をふさいだ。

前夜の雨はあがっていたが、道はぬかるみ、くぼみにたまった泥水が窓ガラスにはねあがった。

「こたら方さ行っても、何もねえがね」

運転手が言う。

老人は話し好きで、自分の生いたち、家族のことと、とめどなく喋った。

石光玉雄は、話題を鉱山のことにもっていこうとするのだが、そのたびに、そらされた。

佐藤という教師についてくわしく知ろうと思っても、老人は話をにごし、自分の身の上ばかり喋りたがった。

鉱山のことも佐藤のことも、ろくに知りはしないのだと、石光玉雄は気がついた。礼金が、いやそれよりもいっそう切実に、話し相手が、この老人は、欲しいだけのことなのだ。

そう思ったが、腹は立たなかった。

最初からとんとん拍子にうまくいかないのはあたりまえだ。父親を死なせた辛さが、老人にやさしい感情を持たせていた。

道が二筋にわかれたところで、「どっちさ行く」

運転手がたずねた。

老人は、曖昧な表情で黙っていたが、すぐ、「右」

と、きっぱり命じた。

「右さ行ってくれ」

梢がトンネルのように頭上をおおう道を通りぬけると、視界がひらけ、右手は道路より一メートルほど高い台地になった。

「ここだ」老人は言い、車を停めさせた。「ここに沈澱地があっただが、もう埋めてしまっただよ」

何のへんてつもない空地であった。石光玉雄は車を下りた。老人は足が痛むといい、下りてはこなかった。空地のはずれは急な斜面で、その底を川が流れていた。宿のそばを流れる川の上流にあたるらしい。

車に戻ると、老人は居眠りしていた。

石光玉雄は、札をティッシュペーパーにくるみ、老人の服のポケットにいれた。老人は身動きして薄目を開け、すぐうとうと眠った。

車は先に進んだ。やがて道は草のなかに消えた。起伏をもった荒涼とした草地であった。

「爺っちゃ、行きどまりだ」

運転手が言うと、

「ここが製錬所のあったとこだ。飯場も、この辺にあっただよ」

老人は半ば口のなかで言った。

「何もないな」

「んだ。もう、何もねえだ」

石光玉雄は、再び車を下り、草地に立った。濡れた草が脚にからまった。空を仰いだとき、眼の錯覚かと思った。淡い虹を見たように思ったのだ。それは、中空から地平に雄大な弧を描いていたが、いかにも淡かった。彼が歩き出すと、それは消えた。

車に戻ると、

「これから、どこさ行くね」運転手がたずねた。

「北新中学校に行こうと思うんだけど」

「俺は宿さ帰るでよ」小川老人は弱々しく言った。

「くたびれたでよ。この車、揺れるすけ」

「揺れるのは道のせいだよ、爺っちゃ」運転手が言った。

「小父さんは、昔鉱山に関係していた人?」

「いやあ、そうでねえ」

「よく場所を知っているね」

「若えもんは知らねべけどね。わしらの年なら」

老人は暇つぶし小づかい欲しさに案内をかってでただけで、それ以上のくわしいことは、何も知っていなかった。

崔(さい)という名に聞きおぼえはないかという質問も、からぶりした。

老人を宿の前で下ろすとき、「ポケットにお礼入れといたよ、落とすなよ、小父さん」石光玉雄が言うと、老人は、聞こえない顔で下りていった。見送ると、歩きながらポケットをさぐっていた。

2

北新中学は、北見市の西のはずれにあると運転手は言った。約六十キロを、全部タクシーに乗ったのでは金がかかりすぎる。軍資金はたっぷりあるとはいえ、この先どのくらい必要になるかわからないから、途中からバスに乗りかえた。寸秒を争うわけではなかった。

最近改築したのか、鉄筋コンクリートの、なかなか立派な校舎であった。

「佐藤先生は二人おるだがね、どっちの佐藤先生だね」

教員室をのぞいて、入口に近い席にいた教師らしい男にたずねると、そう問い返された。

「どっちかわからないんですが」

「そりゃ困ったな」

冷淡につきはなされた。

ちょうど昼食時で、教師たちは弁当を食べていた。店屋物(てんやもの)の丼ですませている者もいる。

石光玉雄が話しかけた相手は、親子丼をかっこんでいた。アフロヘアによれよれのジーンズの石光玉雄の風態(ふうてい)に、その教師は反感を持ったらしく、ひどく横柄(おうへい)だった。

「この辺りの鉱山のことを調べておられる佐藤先生ですが」

窓ぎわの席でアルミの弁当箱をひろげていた男が顔をあげた。

「そんなら、社会科の佐藤先生だ」

「佐藤先生、あんたに用だと」

石光玉雄がその教師の方に行き、用件を話しはじめると、佐藤は、手でおしとどめるようにした。周囲にきこえるように、ことさら大きな声で、

「何かしらんが、きみ、私は鉱山の調査というようなことは、しておらんよ」

「でも……」

「困るね、そんな誤解を招くようなことを言われては。誰にきいたね」

「昨夜泊った宿の客が」

「佐藤先生、ずいぶん評判になってるんでねえの」声がとんだ。

「いや、やめましたよ。とっくにやめていますよ、皆知ってるじゃないですか」佐藤は笑ってみせた。

「あんた、それで、佐藤先生に何の用ね」

隣りの席の女教師が訊いた。

「鉱山のこと、特に、強制連行された朝鮮人労務者についてうかがいたいと思いまして」

「そんなら、佐藤先生、話してやったらいいんでねえですか」

奥の席の教師が言った。

「しかし、教頭先生」

「せっかく、来たのだから。今は中止しとっても、これまでに調査したことがあるでしょう。それを話してやったらええでしょう」

「はあ、それじゃ」と、佐藤は「食べながらでいいね、きみ。昼休みは短いのでね、食いはぐれると困る」

「どうぞ、どうぞ」

さっそくですがと、石光玉雄は地図をひろげた。

「ちょっと、あんた」と教頭が、「どういう目的で、鉱山のことを知りたいのかね」

「ルポルタージュをまとめようと思っています」

とっさに、彼は言った。

「まとめて、本にするのかね」

佐藤が訊いた。

「そのつもりです」

「出版社はどこだね」

「まだ、そこまで話はすすんでいません。一応まとまったら、知りあいの編集者に目を通してもらいます。出版するかどうかは、それからですね」

「佐藤先生、まだみれんがあるんでねえの」

　からから声。

「とんでもないですよ。私は、やはり、学校第一、授業第一、生徒の指導最優先ですから、そんなことをしている暇はないです」

「このあたりを見てきたんですが」石光玉雄は地図をさした。「この辺が沈澱池、その少し先、このあたりが製錬所跡ときいたんですが、まちがいありませんか」

「ああ、正しいね。誰に訊いた？」

「小川というおじいさんです。佐藤先生にも教えたと言っていました」

「小川？　知らんね、私は」

　やはり、小川老人は、彼の気をひいて小遣銭をせしめるために、いいかげんなことも言ったらしい。だが、沈澱池や製錬所の場所だけは正確に教えてくれた。

「武華鉱山が何年に開発され、どのように発展していったかというようなことは、市の図書館に行って、北見市制史を調べなさい。私も、そうやって調べたのだから」

「いや、ぼくが知りたいのは、そういう公の歴史ではないんです。そこで強制的に酷使されていた人たちの、なまの声なんです」

「それは無理だよ、きみ。ざっと三十年も昔の話で、当時の人たちが今どこで何をしているか、まったくわからんのだから。私だって、そんな調査はしていない」

　否定しながら、佐藤の目はちらちらと教頭の方にむけられる。教頭が話してやれと言ったのは口先だけで、その実、監視するような目つきで牽制しているのに、石光玉雄は気づいた。

何もきき出せないとみきりをつけ、席を立った。去りぎわに、二つ折りにした紙片を、さりげなく本のかげに置いた。

佐藤の話をメモするようなふりをして、宿屋の名前を記しておいた。

佐藤から宿に連絡が入ったのは、その夜、九時をまわってからであった。

電話が入っていると、帳場に呼ばれた。

「傍に人がいるかね」

「ええ」

「私の名前を口にしないようにしてくれ。私は自宅からかけているから大丈夫なのだが。

何しろ小さい町だから、何もかも、筒抜けになるのだ。誰にも知られぬようきみに会いたいのだが、これが非常にむずかしい。

きみ、話の内容が傍にいるものにわからぬよう、返事はなるべく簡単に、はいとか、いいえ、にとどめてくれ」

ずいぶん、ものものしいんですね、と言おうとして、石光玉雄は、「はい」と答えた。

「私の方から、一方的に喋る。

私は、この、武華鉱山における強制連行労務者の調査を、私のライフ・ワークとするつもりで、ここ数年、打ちこんできた。完成したら本にすると、札幌の良心的な出版社とも話がついていた。

ところが、校長を通じて圧力がかかり、中断せざるを得なくなった。

なぜか。想像がつくだろう。市の有力者に、かつて、武華鉱山の労務担当だった者がいる。土建屋だが、市会議員を兼ねている。鉱山の労務管理がどれほどひどいものだったか、おそらく、きみの想像以上だ。

しかし、昔のそういう恥部――そう、日本人の恥部という言葉を校長などは使うのだが、問題のすりかえも甚だしい、日本人全部の恥部ということで、焦点をぼやかしてしまう――それを公にすることは、愛郷精神に欠ける、というのだ。

そういう考えをこの地方一帯に蔓延させたから、

強制連行者にかかわる話は、タブーになっている。

私は、家族持ちだ。家内と、子供が二人いる。家族にまで苦難が及ぶとあっては、私は、当面、圧力に屈せざるを得ない。

だが、私は、断念したわけではない。市会議員をしているやつは、失脚するときがあるかもしれない。校長に硬骨漢（こうこつかん）を得るときがあるかもしれない。今の校長は、あいつと腐れ縁だから、だめだ。

今のところ、私には、腐敗をただす力などありはしない。きみなど若いから、いくじがないと思うかもしれないが、現実は、正しいものが勝つテレビドラマのように、すかっとはいかないのだよ。

私は、気長に時を待っている。

しかし、だ。きみに頼みがある。

こういうルポルタージュは……ルポルタージュにかぎらないが……同じ題材のものを他人に発表されてしまったら、どれほどの労作も、二番煎（せん）じになって、価値が損なわれること、おびただしい。

私は数年かかって、地酒（じざけ）持参で、土地の人のところへ遊びに行き、雑談のあいまに少しずつ聞き出すというふうにして、飾りけのない話を集めてきた。

それを、先を越されるのは……非常に……非常に、残念なのだ」

石光玉雄は、周囲を見まわした。帳場の係は、もう用もないとみてか、奥にひっこんでしまった。売店も閉まっているし、人の姿はない。

廊下の板が足に冷たい。

「先生」彼は送話口に口を近づけ、声を低めた。「いま、誰もいません。それでも小さい声で話しますから。実は、ぼくは、本を書く気はありません。だから、安心してください。ぼくの目的は、まったくプライヴェイトなことで、調べたことをぼくの手で公にすることはありません。その目的は、ちょっと電話では話せないんですが、先生のライフ・ワークに匹敵する重要なことなんです」

彼は、いっそう声を低くし、送話口にささやきかけた。「先生の調査のなかに、崔という名前はでてきませんか。崔栄南。それが、ぼくの父です。武華で労働させられていたそうです」

「え」むこうの声が高くなった。「それじゃ、きみは……」

「母は日本人です」

「きみの話をききたい」佐藤はせきこんだ。「しかし、うちに来てもらうことが、できんなあ。きみは職員室に顔を出してしまったから。最初から、直接うちに来てくれていれば……。うちを知らんのだから、やむを得ないが……きみに出版の意志がないというのは、本当だね。くどいようだが、これは私にとっては……」

「ええ、充分わかりました。信用してください」

「信じよう。久しぶりだよ、他人を信用するのは。横山(よこやま)という男に会いなさい。置戸(おけと)町で雑貨屋をやっている。私が電話で話を通じておく。このひとは、鉱山の診療所で雑役夫をしていた。そのころは、高等小学校を出たての子供だった——今の中学三年ぐらいの年ごろだな。このひとにめぐりあえたのが、私の調査にとっては、何よりの幸運だった。私の成果の大半は、彼に負うている。

彼に、きみの事情も話してください。私は、人目があるので、横山さんを訪問するのも、ここ当分控えねばならん状態でね」

「先生は、どうして、この問題にそんなに打ちこんでおられるんですか」

「私の専門は社会科でね。福島からこっちに赴任してきて、この地方の郷土史を調べはじめたんだが、そうすると、どうしても鉱山とその労務者の問題にゆきあたってね」

3

横山は、丸顔の、気の好(よ)さそうな男であった。額(ひたい)は抜けあがり、後頭部の毛も薄くなりかかっていた。

ちり紙や洗剤、毒々しい色のプラスティックの笊(ざる)といった日用品を並べた店はバス通りに面し、商品はうっすらと土埃りをかぶっていた。

店番を妻にまかせると、石光玉雄を奥の茶の間に招き入れた。

「佐藤先生に言われたから話すども、この話はあまり人にせんように言われとるでね」

「佐藤先生から口どめされているんですか」

「いや、この町のえらいさんから、警察を通じて言われただがね」

横山は、茶をすすりながら、ゆっくり喋った。

自分は診療所にいたから、飯場の様子をそうくわしく知っているわけではないが、と前置きし、それでも、労務者がひどい扱いをされていたことはおぼえている、食事は大豆に南京米を少し混ぜたものを盛りきり一杯だけ、漬物が二切れぐらいついただかなあ。

皆、餓えていた。盗み食いがみつかると、ヤキをいれられた。太さ三センチぐらい、長さは一メートルはある固いゴムホースでめった打ちにする。血まみれになって気絶すると、水をはったドラム缶にさかさまに頭からつっこみ、気がついたところで、また、なぐる。冬ならストーブで灼いたデレキを肌に押しつける。

朝鮮人とかぎらず、昔から、タコ部屋の人夫の扱いは無残なものだった。背中を切り裂いて鉛を流しこむ、梁に吊して火で焙り水を浴びせ殴打するといったリンチが、半ば公然と行なわれてきた。植民地化された半島から連行してきた労務者に対する仕打ちはそれを更に上まわる苛酷さであった。

そうして、労務者の怨恨が直接むけられるのを避けるために、狡猾な処置がとられた。

朝鮮人労務者のグループと日本人幹部のあいだに、朝鮮人のなかから指名された者が、取締人の地位につかされた。取締人は仲間を監督し、密告し、制裁を加えねばならなかった。

幹部の側に身を置いているかぎり、平労務者のように無残なめにあわされることは、ほとんどなかった。立派な日本人だ、それでこそ天皇の赤子だとおだてられ、優遇された。行動もかなりの自由を許されたし、食物も日本人幹部に近いものを与えられた。

　取締人に選ばれた者のなかには、実際、自分が日本人の一員になったように錯覚し、かさにかかって仲間をいたぶる者もいた。

「俺は口下手だでね、佐藤先生が書いたものさ読んでもらった方がええかもしれねえな」

「佐藤先生の原稿がここにあるんですか」

「ああ、全部ではねえがね。ほんの一部分、俺が話したのをもとに、先生が書いたもののコピーだがね。俺に、読んで、まちがっているところがあったら言ってくれと、おいていきなさっただがね。

　俺も何だ彼だ話したども、そのなかの姜元基つう男の話に先生はひどく感じいってね。たぶん、姜つう男がインテリだったからだべね。京城大学の学生だったつうだからね。京城大学たら、昔の帝大さね。東京帝大だの京都帝大だのあったべ。あんた、知らねだかね。京城たら、今のソウルだね。京城にも帝大があって、それが京城大学つうただね」

「大学生が、どうして鉱山労務者に？」

「まちがわれただね」

　姜元基は、実家が慶尚道の農家で、たまたま帰省しているとき、強制連行にひっかかった。

　労務者の徴用は、それぞれの面（村）に予定数の割り当てがあった。ふつうに募集していたのではまにあわないから、深夜や早暁、労務係が男手のある家に押し入ったり、白昼、畑仕事をしている最中を、力ずくや甘言でトラックに乗せ、連れ去った。姜も、それにひっかかった。学生だと主張したが聞き入れられず、北海道に送られた。

　途中、脱走を試みて失敗し、半殺しの目にあわされた。

　日本語の達者な姜は、鉱山では重宝がられ、取締人の地位につけられた。

「取締人だら、日本人の側に立つべ。それで仲間からは裏切者と憎まれて、苦しかったべね。この男も、総決起の失敗で死んだだども」

「総決起？」

「ああ、敗戦の前の日だったな。明日、敗戦なんて、わからねかったもんね。労務者が、たまりかねて暴動起こして——佐藤先生は、暴動じゃねえ、決起だ、つうがね。俺にはむずかしいことはわかんねけどね——鎮圧受けて、ほとんど死んだだよ。あんたのお父さん、よく生き残ったもんだな」

話しながら、横山は、コピーした紙の束をめくり、「ここからだな」と、手渡した。

……横山少年が姜を知ったのは、姜が病人を背負って診療所に来たときであった。

当時、診療所には、所長のほかに、医師が二人、女子の事務員がひとりいた。この事務員は、所長の娘だった。

姜は、衰弱した労務者を何とか入院させようと、医師に交渉した。しかし、その頼みは却下された。

病人は極度の栄養失調だった。骨の上に皮膚をかぶせたように痩せこけ、腹だけが異様にふくれ、全身に潰瘍ができ、ことに関節があたる部分の皮膚はただれて痂におおわれ、顔はよほどなぐられたのか、変形していた。

医師に追いかえされ、姜は再び病人を背に出て行った。まもなく勤務が終了し、横山少年は、宿所に戻ろうと診療所を出た。のろい足どりで前を行く姜をみかけ、足を早め追いついた。

背中の病人は、死亡していた。死んでいる、と横山が言うと、姜は立ちどまった。それからまた、歩き出した。傍を行く少年に話すというよりは、何かひとりごとのように、みせしめに殺されたのだと、つぶやきはじめた。

病人は、半月ほど前脱走を計ったのだという。

タコ部屋の窓は鉄格子がはまり、入口にはセパードがつながれていた。男は便所の汲取口から逃げた。脱走を防ぐため、便所の穴のまわりには八寸ほどの釘が打ちつけてあり、八尺ほどの深さに掘られた便壺には食堂からの水も流れこんで、沼のようになっている。それでも、男はそこを通り抜けて逃げた。

しかし、つかまって、裸にされスコップで殴られた。気絶すると水をかけ、また殴った。翌日から、身動きができず食事もとれなくなっているものを作業につかせた。どうにも歩けないのをモッコに乗せ、ほかの者がかついで現場にはこび、寒風の吹きさらすところに置きさらした。

姜は、つぶやきながら歩いた。

最初の暴動が起こりかけたのは、その数日後であった。

密告者があって、幹部は暴動を予知していた。地元の在郷軍人、青年団員を集め、鉱山所長が責任をとるということで全員に軍服を着せ、軍刀を持ち、労務者が集結しているところへ乱入した。労務者側は、軍隊が鎮圧に出動したと錯覚し、ほとんど闘わず降服した。

そのあと凄まじいリンチがつづいた。しかし、姜だけは、なぜか暴行をまぬがれた。彼は、事情聴取の通訳をさせられた。誰が主謀者か。暴動が成功したらどのような経路で逃亡するつもりだったか。外部に手引きした者はいないか。単に言葉をおきかえるだけではなく、訊問者の怒気、高圧的な口調まで、そっくり伝えねばならなかった。訊問者と同様に、パイプを振り上げ、裸の相手をなぐりつけ、血まみれにして聞き出すことを命じられた。

労務者の怨嗟と憎悪は、姜に集中した。密告も当然、姜がしたものとみなされた。

自分は密告などしていない。弁明は無益であった。命令にそむくことはできなかったのだ。従わねば、彼自身が半殺しにされる。目の前に、口から血泡を吐き、背の皮膚がべろりと剝け、なおもなぐられている者たちを見る。さからった場合の、彼自身の姿である。そう弁解したところで、彼が裏切ったという事実がかわるわけではなかった。

仲間同士で制裁を加えるよう命じられたことは、これまでにもあった。班のノルマを達成できなかったとき、作業の能率の悪かった者を、他の仲間が打ちのめすよう命じられる。盗み食い、拾い食いが露見したときも同様である。しかし、こういうとき、なぐられた者がなぐった者に深い怨恨を持ちつづけることはなかった。不可抗力のようなものだと、暗黙のうちに理解しあっていた。

姜の場合は違った。彼は、明白な、裏切者であった。密告者と目され、敵の側に立って暴力をふるい仲間をリンチにかけたやつとされた。

仲間は、表面は彼に従順であった。彼にさからうことは、その上にいる日本人幹部への反逆に等しい行為であった。

そのかわり、誰が犯人ともわからぬやり方で、あるいは事故のような形で、襲われる危険が生じた。

彼らは、廃液沈澱池の築堤工事をやらされていた。

廃液は猛毒のシアンをたっぷり含んでいた。銀の製錬に青酸カリを使用するのである。労務者は、山を掘りくずした岩石をトロッコに積んで手押し車で運ぶのだが、躯が弱っているから、しばしば足をすべらせ、沈澱池に落ちる。落ちたものは、救出されることなく、そのまま見殺しにされ、その上に、新たな廃液が流しこまれた。

姜は、斜面を暴走してきたトロッコにひかれかけ、辛うじて身をかわした。

崖の上から岩塊が落ちてきたこともあった。

取締人のひとりが、沈澱池に落ちて死んだ。落ちたときの状況はわからない。名乗り出る目撃者はいなかった。姜は、これを自分への警告、脅迫と感じた。

夜、眠るのが怖ろしくなった。眠っているあいだに鼻、口をふさがれ窒息死させられるかもしれぬ。

幹部は、彼に寛大であった。彼が好遇されればされるほど、幹部に対する労務者の怒りは彼の上に転嫁される。彼は、事務所あるいは診療所などに配属転換されることを願い出たが、これはもちろん却下された。つけ上がるなと怒鳴りつけられた。好遇はされても、好意を持たれているわけではない。利用されているだけなのだと、あらためて思った。

姜は、負傷した。落石に左の肩をいためたのである。

左右の山の岩石を掘りくずしトロッコに積む作業をしている最中であった。

当時の彼らの賃金は、一日十六時間働いて二円三十五銭、日本人労務者は、九時間、七円であった。飯場代を毎日一円ひかれ、更に、三円五十銭の地下足袋をほとんど毎日買わねばならないから、赤字の上に赤字が累積した。地下足袋は、一日履けばぼろぼろになり、使用に耐えないという代物だったのだ。その地下足袋も、後にわらじにかえられた。わらじは半日ですり切れ、素足同然になった。足の皮は切れ傷口が化膿した。

身にまとうものは、南京袋に首と手足の穴をくりぬいたもの一枚で、垢が布目につまり亀の甲羅のように黒くこわばっていた。

弁当は麦と豆粕に沢庵が二切れ。食えばかえって空腹を意識させられる。薄いみそ汁がコップ一杯ずつ配られるが、炎天下であろうと水は与えられない。水を飲むと疲れて動けなくなるという理由であった。

姜の弁当は、米の飯が混っていた。仲間の視線が、飯を口にはこぶ彼の手を、うっそりと舐めた。あくまで憎悪の対象に仕立てあげられるのだ、と承知しながら、彼は特典を放棄できなかった。特典を保持しつづけるために、彼は仲間を叱咤した。

岩肌に鶴嘴を打ちこんでいるとき、上の方から急斜面をころがり落ちてくる岩塊に気づいた。後になって思い返すと、よける暇がなかったわけではない、という気がする。

岩角や木の根にぶつかり不規則にバウンドしながら落ちてくる石に気づいてから、それが彼の肩を打つまで、きわめて短い、何秒と数えるほどもない瞬間だったにちがいないが、そのあいだに彼の思考はめまぐるしく活動した。同時に、さまざまの想念が重なって湧き起こった。そして、思考が活動しているあいだ、軀は呪縛されたように動かなかった。脳髄は、動けと軀に命じることを忘れているようだった。

まず、彼は、この石が頭にあたったら大怪我をする、下手をしたら、死ぬ、と思った。恐怖するかわりに、ああ、死んでしまったら、どんなにせいせいするだろう、と感じた。

それから、とんでもない、死んでたまるかと思い、その思いにかぶせて、怪我をするだろうな、怪我をしたら、診療所に入院できる、入院しているあいだは、敵の手からまもられる——彼はこのとき、はっきり、彼の同胞を〝敵〟と呼んだのだ——、しかし、入院させてもらえるだろうか、一般労務者は、重傷を負おうと、瀕死の重病人であろうと、入院加療は認められないのだ、傷つき弱った自分は、何の役にもたたない廃物として、敵の手中に放り出されるのではないか、やつらが——この〝やつら〟は、つまり日本人幹部のことだ——やつらが俺をかばうのは、俺が労務者の敵意を吸収する存在であるあいだだけであって、負傷して役立たずとなったとたん、リンチの餌食にされるのではないか、いや、敵意吸収物として、俺ほど適当なものはほかに見当たるまい、まだまだ有能だ、やつらは俺を修繕し、なおも有効に使用するのではないか、それなら、俺は、ともかく暫くのあいだは診療所で休養をとることができる。敵の攻撃から身を防ぐことができる、こいつは危険な賭けだ、逃げた方がいい、あまりに危険すぎる、ほら、まだ間にあう、ひと足、右によけろ。軀を動かしたとき、石は、彼の磁力に吸い寄せられたように、その方角にバウンドし、彼の左肩を激しく打った。

彼は倒れたが、気力をふるい起こし、立ち上がった。

傷つき倒れ、弱みをみせたものは、たちまち、仲間にやわらかい腹を食いちぎられる。

彼は蒼白になり、呻きながら、作業をつづけた。目がくらみ、脂汗が流れた。

棒頭が寄ってきて、どうしたと訊いた。取締人の上に位置する棒頭は、日本人である。

落石にあたって肩を怪我したと言うと、棒頭は診療所に行けと言った。破格の扱いであった。棒頭は、姜が上層の幹部に気にいられていると思い、この処置をとったのである。

姜はひとり作業場を離れ、徒歩で三、四十分ほどかかる診療所にむかった。

幸い骨折はしていなかった。彼は入院させてくれるよう、必死に頼みこんだ。

所長は彼を無視した。二人の医師も、所長にならった。

医師の一人は、老齢であり、もうひとり若い方は、半病人だった。結核で手術をした軀であるため、兵役にはつかず、自身の加療を兼ねてこの診療所に勤務していたのである。

所長は、姜を卑怯(ひきょう)なやつだと軽蔑(けいべつ)した。

姜は入院は許されなかったが、棒頭の部屋に寝るよう命じられた。

労務者の部屋と通路をはさんだ向かい側に、棒頭部屋と親方部屋、帳場等が並んでいた。

棒頭たちは、姜に好感を持っていなかった。重宝がりはしたが、やはり、仲間を裏切って保身をはかるやつ、おべっか使い、汚ないやつ、という目で見ていた。たしかに、その通りにはちがいないと姜も認めた。だが、それだからといって、棒頭たちの露骨な侮蔑(ぶべつ)、いたぶりを許せはしなかった。おまえたちと、どう違うというのだ。

姜は大学生であったことはかくしていた。捕えられた当初はそれを主張したが、何の役にもたたず、そのためにかえって憎まれることを知ったからだ。

それでも、ふとした言葉のはしに、インテリゲンチャの自負がのぞき、知識も教養も、棒頭たちよりはるかにゆたかなことが洩(も)れ、彼らの憎しみと嫌悪を買った。

棒頭の部屋に寝るということは、労務者の仲間からみれば、明白に、棒頭の犬となったということであった。

姜は自分の立場を受入れた。それ以外に、とるすべはなかった。立場上しかたなく、目付役(めつけやく)をするが、実は、皆の味方なのだ、というような態度をとる方が、敵に徹するより、薄汚なくみじめに思えた。

通路の左の突き当たりは洗面場・浴室と炊事場が並んでいた。浴室は、幹部用と労務者用にわかれていた。労務者用の風呂は、入るといっそう汚れた。四人ずつ交替で入る。泥まみれの軀を浴槽に入れると、二分間で交替の合図の笛が鳴る。次の者が泥でまっ黒になった湯にとびこむ。合図の笛におくれれば打たれるから、軀を洗うどころではなく、耳をすましている。

姜は、傷のいえるまで風呂はやめた。交替のどさくさまぎれに突き倒され、傷が悪化することを慮ったのである。

一週間に一度だけ、診療所に治療を受けに行くことを許されていた。何にもかえがたい、貴重な自由の時間であった。彼は、その時を長びかせるため、治療を終えての帰途、膏薬をはがし、肩に無理な動きを与えた。苦痛とひきかえに手に入る自由であった。

診療所は、彼に、自由ばかりではなく、もう一つの至福を与えた。美しい若い娘が事務をとっていた。女は、炊事婦がいたが、五十を過ぎた老婆で、ほかは荒らくれた男ばかりの場所に、まるであり得べからざる奇蹟のように、その娘は、いた。

彼は、その娘と口をきくことは許されていなかった。娘は、彼に対してだけではなく、誰にむかっても、口数が少なくひかえめであった。ほんのちょっとした気のゆるみが、男たちを挑発し獣性を誘い出しかねない場所であることをわきまえていたためばかりではなく、もちまえの性質であるようだった。

4

「つまり、その娘というのが、診療所長の娘のフサエさんだ」横から原稿をのぞきこんでいた横山が、注釈を加えた。

「そんなぶっそうな場所に、所長は、娘さんを置いていたんですか」

「あのころは、勤労動員令というのがあって、若え娘でも、みな工場さ行かされてな。所長は奥さんをなくして、その女学校を出たての娘さんと二人きりだったので、手放せなかったんだべね。所長はこの土地の人ではなくて、どこかよそから来てなさったんで、娘さんをひとり置いて来れなかったんだべ。姜さんは、フサエさんには、人目を盗んじゃ、よく話をしていただよ。みつかったらえらいことになるがね」

フサエは、それをまた幼い横山少年に語った。姜の辛さを、フサエは、誰かに語らずにはいられなかったのだろう。フサエも姜を愛していると、横山少年は感じた。

彼は、美しいフサエに憧憬（しょうけい）の念を持っていた。少しでも、フサエを喜ばせたかった。それで、フサエと姜が二人だけで話せる機会を作る手助けをした。

所長が、姜を傷の癒（い）えた後、診療所の仕事を手伝わせるようにしたのは、娘の姜への好意に気づいたからではなかった。もし気づけば、徹底的に、姜を遠ざけたであろう。所長はただ、姜が他の労務者とちがってきわめて有能であることを認めたにすぎなかった。

「脱走に成功したものはいませんでしたか」

「いなかったべね。脱走者はときどき出たども、みなつかまってリンチにかけられただからね」

実は、と石光玉雄は、佐藤にはまだ話してなかったことを口にした。

父親が強制連行された労務者であったということだけでなく、脱走したのではないか、そうして脱走中に犯罪をおかし、そのためにひっそりと息をつめて、籍もなく暮らしていたのではないかという疑いを打ち明けたのである。

おくんち祭りの事故で死んだことを話すと、

「あの事故はテレビのニュースで見たども」と、横山は驚いた。

「父の顔写真が出たんですが」

「わからねがったなあ。労務者の顔、全部はおぼえてねがったからなあ」

しかし、石光さん、と横山は、

「逆の場合も考えられるんでねえの」

「というと?」

「お父さんが犯罪者だったつうことでなく、逆に、他人の悪いとこさ見たために、殺されたつう」

「それなら、その犯人を長崎でみかけたとき、すぐ警察なり添乗員なりに話せばすむことでしょう」

「確信が持てなかったつこともありますべ。それから、お父さんは、世をしのんでおったくれえだから、警察沙汰にまきこまれるのは困りすべ。何も悪いことはしてねぐても、あんだけ酷いめにあっていれば、日本の警察は怕えだべさ。身もとがわかれば、今度は強制送還つことにもなるべしさ。大事な息子のあんたと引離されてさ」

「ああ、そうか、強制送還ということがあったなあ」

「しかし、犯人の範囲が広すぎて、困るねえ。いつ、どこで、何を見たのか」

「いや、犯人は、鉱山関係者だと思いますよ」石光玉雄は確信を持って言った。「親父が公には名乗れない事情を知っているやつだと思う。なぜかというと、事故にみせかけた殺人方法がきわめて不確実なものだからですよ。あの方法で殺せるとはかぎらない、怪我だけですむかもしれないでしょ。それなのに決行したのは、失敗しても、親父は犯人を訴えられない、自分にも弱みがあるから。親父をふつうの日本人と思っている人なら、もっと確実な方法をとらざるを得ないでしょう」

「鉱山関係者なら、今になってばらされては困るような酷いことは、もうあたりめえみてえにしてやってただがねえ」

「鉱山には、幸子という娘はいませんでしたか。親父と結婚した、俺のおふくろなんだけど」

「さあ、いねかっただろねえ。若い娘はフサエさんだけだったねえ、所長の娘の」

横山は、熱い番茶を淹れ、漬物を皿からとると、石光玉雄の手のひらにのせた。

「たとえばなあ、あの生き埋めのことなどが公になったら、診療所長は困るべなあ。あの所長なら、今ごろはえらいさんになってるだべからなあ」

「生き埋め？」

「これは、佐藤先生にも話してねえことだども」

「言うなといわれれば、俺も、喋りませんよ」

「こたらこと、俺も、今さら誰にも言うめと思っていたどもな」

「沈澱池のことですか。それなら佐藤先生の原稿にも書いてあったけれど」

「いや、あれでねえ。あれも酷(むご)たらしいことだったけんど、誰の責任と、ひとりを名指して責められねえべ。チフスのことは、所長の責任だでねえ」

　衛生環境が劣悪だった。労務者の小屋で、チフス患者が大量に発生した。

　患者は、何の手当ても受けられず、放置された。一日に、少いときで十人、多いときは五、六十人死んだ。死体は、馬車の荷台に積み上げ、二キロほど離れた山中に掘った穴に投げ捨てた。

　診療所長の命じた処置であった。

　棒頭の監督のもとに、労務者がそれをやらされた。

　作業管理の幹部が診療所に来て、所長に相談していた。

　疫病は手のつけられない勢いでひろがっている。日本人職員のあいだにまで蔓延しないよう、何とかくいとめねばならないが。

　やむを得んだろう。所長は言った。罹患(りかん)したら、どうせ助からんのだ。即座に処置するほかに、くいとめる手段はない。補給はいくらでもつく。

　そのとき子供だった横山には、所長の言葉の意味はよくわからなかった。

　所長の言葉を、横山のほかに、二人の日本人医師が聞いていた。姜も聞いていた。姜は青ざめ、軀をふるわせていた。

青の章

1

今日こそ、バッグをしまつしてしまわねばならない。

夫は、出勤した。

日中でも、野母崎の先端あたりは、人目のない場所があるだろう。

そうして、次に藤一を、殺さねばならない。

藤一を殺すことには、ためらいがあった。

利恵に対しては、冷酷になれた。

怒りと物欲が、からみあって殺意を強勒にした。

まったく関わりのない女を、設計図を完成する小道具としかみなさず、犠牲にすることまで、敢てした。熱にうかされたように、やってのけた。

しかし、アキラの死を知ったときの激昂は、烈しい行為の連続のうちに、鎮められてきていた。

重石をつめたバッグを車に乗せ、野母崎への道をとった。

長崎湾を右にみて、海沿いの道を南に下る。

深堀を過ぎて角力灘をのぞむころから、蓉子は、一台のカローラが、つかず離れず、追尾してくる様子なのに気づいた。

車の往来がないわけではないから、偶然方向がいっしょになっただけと、はじめは気にとめないでいた。

海に沿った一本道である。

沖合に、高島、中ノ島、端島と、かつての海底炭田の島々がのぞまれる。

岳路、黒浜の海水浴場も、今は閑散としている。

蓉子がスピードをゆるめ車を左に寄せると、カローラは右脇を追い抜いていった。

尾行されているわけではなかった。

安心して進んだ。

なかなか思わしい場所がなく、ここと思うあたりでは対向車に行きあい、やはり、深夜でなくてはむりかと思いながら、高浜を過ぎ、ほとんど先端に近い南越(なんごし)まで来た。

道路は崖(がけ)のきわにあり、投下しやすい。

車も人影もない。安心して足もとに置いたバッグに手をかけ、右側のドアを開けかけたとき、バックミラーにカローラの影を認めた。

似た車はいくらもある。

しかし、気になった。高浜あたりで枝道に入って待ち伏せていたのかもしれない。

バッグを捨てるのは中止し、道なりに岬の先端をまわり、天草灘(あまくさなだ)の側に出る。

カローラは執拗(しつよう)についてくる。

野母崎マリンランドを過ぎると、まもなく道が二つにわかれる。

右を行けば亜熱帯植物園、左は、迂回(うかい)して植物園の上を通る。

蓉子は左の道をとる。

やがて道は右に下り断崖(だんがい)に接近する。

海中投棄には最適の場所だが、ふりむくと、カローラがみえた。

蓉子は腹をたててスピードをあげた。カローラもくいさがった。蓉子が尾行に気づいたことに、むこうも気づき、もう、おおっぴらについてくる。

運転しているのは利恵ではない。もっと華奢(きゃしゃ)な、若い――男か女か、よくわからない。

為石(ためいし)で左折した。

半島のくびれた所を横断し、行きと同じ角力灘沿いに出る。

市街地に入り、グラバー園の下を抜け、市電の通りを中島川を渡り、中央橋を渡り、カローラは、まだ見えかくれしている。

桜馬場の家に帰りつき、ドアを開けて中に入り、閉めようとすると、つかえた。

ドアのすき間に靴の先がはさまっていた。

あ、と息をのんだとき、男が押し入ってきた。

男は、うしろ手にドアを閉めた。

一瞬、ひどく大男にみえたが、あらためて見なおすと、むしろ華奢な、少年のような若い男であった。

「俺、あまり気の長か方じゃなかけんね」

男は言い、片手は蓉子の腕をつかんでいた。

大きなサングラスのため、顔は半分かくれている。

蓉子は、利恵を殺しに行ったときの自分を見る思いがした。

「誰！　人を呼ぶわよ」

「ああ、警察でん何でん、呼んでみらんね。あんたが困るだけじゃろ」

男は手に力をいれた。細身の軀つきのわりには強い力があった。

蓉子が顔をしかめて振りもぎろうとしたとたん、激しい痛みが頰と鼻梁を走った。男は、いきなり、平手で蓉子をなぐったのである。

「さあ、言わんね」

男の手がポケットに入り、次の瞬間、その手に刃をひろげたナイフがあった。

蓉子はしばらく声が出なかったが、ようやく、

「何をするのよ」

体勢をたてなおした。

「長かドライブにつきあわしてくれたの」

かってについて来たんじゃないか、と思ったが、ナイフの刃先が蓉子の声を封じた。

「さあ、どこで古鳥利恵と会うつもりやったとね」

「何の話よ」

「デートする予定やったろうが。俺がつけとるのに気づいてやめたろうが」

一枚の大きなパネルが、蓉子の記憶にうかんだ。太田登喜子の部屋の壁に、それはかけてあった。一人息子の素顔の写真。更に、メークアップした写真や舞台写真など、数枚のパネルが飾ってあった……。

「古鳥利恵を、どこにかくもうとると」

ナイフの刃が目の前で光った。

「叔母は東京へ行っているわ」

「嘘をつけ」

「そのぶっそうなものをしまって、中におあがりなさい」

蓉子は、ゆっくり言った。

「わたし、逃げも騒ぎもしないから」

2

「あなたは太田新樹(しんじゅ)さんね」

「ああ」

「叔母は消息不明なのよ」

「昨日もここに来つろうが」

「わたしは知らないわ。どうして、あなたは叔母がここに来たなんて思うの」

「今、はっきりわかったとよ。あんたは、香水もつけんし、煙草(たばこ)も喫(す)わんらしいもんな」

「それじゃ……昨日のこそ泥……」

右手にナイフをかまえたまま、太田新樹は左手でパールのネックレスをとり出すと、じゃらりとテーブルの上に置いた。

「かえしとく」

「何のために、これ……」

「質問しとるのは俺たい。あんたが知らんとなら、昨日、この部屋に残っとった香水のにおいと、口紅(くちべに)のついた煙草の吸殻は何ね。あんたも見つろうが。何で、おかしか思わんかったね。空巣(あきす)が入ったことを、警察にもとどけず黙っとったね。ガラス屋にも、自分で割ったと嘘ついたやろ。御亭主にも言わんかったやろ。何でね。その上、盗聴器をみつけても……」

「あ、あれは、あなた……」

そのために……盗聴器をとりつけるために、この男は、窓ガラスを割って侵入したのか。そうして、侵入の目的をさとらせぬため、空巣をよそおった。煙草の吸殻と香水のにおいに気づいた。

「家宅侵入罪で訴えることもできるのよ。ひとのうちに盗聴器をつけるなんて」

「訴えたらよかね。あんただって、うしろぐらいやろが。利恵ばかくもうとるやろが」

「あなたは、何で叔母の居所を知りたいの」

「おふくろを殺して逃げまわっとるやつ、俺が見逃がしておけるか」

「叔母が噂（うわさ）を流して太田登喜子さんを自殺に追いつめ」

「自殺などするか、俺のおふくろが」

鋭く、太田新樹はさえぎった。

それは、最初から彼が主張していることであった。

アイ子の死と、利恵が姿をかくしたことによって、彼の疑惑は確信となった。

「俺はずっと、あんたらの様子をさぐっとった。古鳥院長の葬式も見張っとったし、一昨日、あんたのとこの葬式も見張っとった。あんたが古鳥利恵と仲好（よ）うしとったことを聞き出した。盗聴器をとりつけたら、何ぞわかるかもしれんと思いついたのは、昨日になってからだ。あんたは、風頭（かざがしら）町のお父さんとこにおってだから、帰ってくる前にしのびこんだ。香水のにおいと、口紅のついた煙草、あんたは風頭町におって帰って来とらんのに、女の形跡。おかしか思うたよ。利恵にちがいなか。一足おそかったな。もう少し早ければ、古鳥利恵をつかまえることができたのに」

「わたしは、利恵叔母が義母（はは）を殺したなんて考えられなかったわ。だって、それなら、姿をかくすのは無意味じゃない。自分が犯人だと白状しているようなものだわ。世間の非難でノイローゼになりかかって、テレビも見ず新聞も読まず、だから古鳥の祖父の死や義母の死も知らず、ひっそりかくれているものと思っていたの」

新樹が何か言いかけるのを手で押さえ、

「でも、昨日帰宅して、香水のにおいと叔母の煙草に気づいてからは、あなたと同じように叔母を疑わざるを得なくなったわ。叔母が、ここに来ていた形跡……。義母の葬式や父の世話で、わたしが風頭町の父の家にいっているあいだ、叔母はここにひそんでいたのか、と思ったの。だけど、わたし、叔母を告発することはできなかったのよ。そのうち、叔母はわたしの前にあらわれるかもしれない、そうしたら事情をよくきいてみよう、場合によっては自首をすすめよう、そう思ったから、表沙汰（おもてざた）にしないで、わたしひとりの胸にしまっておいたの。盗聴器は、うすきみ悪かったわ。誰のしわざかと。でも、これも、もう少し様子をみてみようと……」

新樹は、半ば疑わしげに、蓉子の話をきいていたが、表情を険しくすると、

「これは、何ね」

蓉子の足もとにおいてあったバッグに手をかけた。中をのぞき、

「着がえじゃろうが。あの女に、着がえを持っていくところだったろうが。俺がつけとったんで、渡しそこなったとじゃろ」

「ちがうわ」

蓉子は、必死に口実を考えた。

電話のベルが、蓉子の窮状を救った。

電話口に出た蓉子は、やがて、新樹をふりかえり、

「利恵叔母が発見されたらしいわ」と告げた。「海で……。天草灘で」

「船に乗っとったんか」

「いいえ。遺骸が引き揚げられたって……」


電話は、佐世保の恭吉叔父からであった。

警察に呼ばれ、確認してきたという。

漁船のスクリューにひっかかり、引き揚げられた。為石漁港から出漁する沿海漁船である。発見は今日の早暁。

腐敗がはじまりかけてはいたが、まだ巨人様顔貌を呈するほどではなく、手足の皮膚がふやけ剝離しはじめている段階で、死後一週間ほどと推定された。ことに右足の剝脱がひどく、足首から先がすっかり赤剝けていた。右足に重石ようのものをロープで縛ってあったものが、海底で海流に押し流されているあいだにとれたのではないかと、警察では推測している。

顔面の損傷はほとんどなく、容易に利恵と確認できた。

解剖の結果はまだ出ていないから、正確な死因はわからない。

水をのんだ様子はないので、溺死とはいえない。足首に重石をつけた形跡があること、水をのんで

いないことは、他殺を思わせるが、重石は、失敗しないために自分でくくりつける場合もある。

また、水中に落下したときに、エベック反射、アシュナー反射、ヴァルサルヴァ反射、ゴルツの反射、上喉頭神経経由の反射、等が生じてそのために心停止が起きることがあるから、水をのんでなくても他殺と断定はできない。

重石の形跡から、事故であることだけは否定できる。

着衣はほとんど脱げていたが、これは、海流にもまれて破れ去ったためで、最初から裸体であったわけではないらしい。破れた残片が多少まといついていた。

叔父の話から知り得たのは、その程度であった。

「自殺しとったんか」

太田新樹は、気抜けしたように吐息をついた。

利恵は死んでいた……。蓉子も、ほうっとくつろいだ息を吐いた。

全身ずぶ濡れの利恵が浴槽から立ち上がり、あんたが殺した、と、蓉子に指をつきつける、その幻影からは解放される。

しかし、すぐに、疑問と新しい恐怖に襲われた。

太田新樹も、同様の疑問を持ったらしい。

「それじゃ、昨日のあれは……」

あれは、誰のしわざだというのだ。口紅のついたラーク。ミツコの香り。

利恵は、投身自殺か。わたしが殺したはずの利恵は、ひとりで天草灘まで行き、身を投じたというのか。そんな馬鹿な……。

そのとき、蓉子は、この機を利用して太田新樹の活動を封じることを思いついた。

「あなたね。あなたが、利恵叔母を殺したのね」

あっけにとられた太田新樹に、思いきり激しい語調で、たたみかけた。

「空港にむかうつもりで家を出た利恵叔母を、あんたが、誘拐して、海に落としたのね。そうして、昨日のような細工をして叔母がまだ生きているようにみせかけたのね」

「何ば言うとね。俺が何ばしたと」

「あんたのほかに、いないじゃないの、叔母に殺意を持つ人は。あんたは、叔母がお母さんを殺したと思いこんでいたじゃないの」

「虚言(すらごと)もいいかげんにせんね。俺が殺したとなら、何で、昨日あげな苦労して、こそ泥のまねごとまでして盗聴器をとりつけたりすっとね」

「叔母が生きている痕跡(こんせき)をこの部屋に残すためじゃないの。香水をふりまいたり、煙草の吸殻を置いたり。そうして、わたしたちがそれにどう対処するか知るために、こっそり盗聴器までとりつけておいたんだわ」

「あほくさ。古鳥利恵は、自殺したんじゃろが。良心の呵責(かしゃく)ちゅうもんがあらすけんな」

「さあ、でも警察は、今わたしが言ったように、あんたを疑うでしょうよ」

太田新樹は混乱しきった表情であった。

3

蓉子も、混乱していた。

蓉子に殺されかけた利恵がよみがえり、わざわざ野母崎まで出向いて、投身したとは、とうてい思えない。

浴槽の死体を、誰かが、はこんで海中に投じたのだ。利恵の車は、あれ以来、駐車場に置き放しになっている。

誰が……。

何のために……。

そうして、アイ子の死は。利恵が殺したのでなければ、やはり自殺か。

「帰ってください」

蓉子は新樹に命じた。

新樹が復讐(ふくしゅう)すべき相手はわたしなのに、このひとは、まるで気づいていない。

「わたしが叔母をかくまったりしていたのではない

と、わかったでしょう。帰ってください」

「ああ……」

新樹は、のろのろと立ち上がり、出て行った。

蓉子は、ぐったりと椅子に軀をしずめた。解放感といっしょに、いくつもの疑問が、再び、いり乱れて湧きおこる。――それとも……誰か第三者が、アイ子をあの部屋に誘いこんで、殺したのか。自殺にみせかけて。

睡眠剤をのませ、浴室にはこびこもうとした。

浴槽に、すでに、もう一つの骸があった。いや、まだ、昏睡していただけで、死にきってはいなかったかもしれない。

犯人は、浴槽に利恵の軀があることなど、むろん、予期していなかった。

利恵は東京へ行ったと思い、アイ子が利恵に冷たくあしらわれたのを悲しんで自殺した状況を作った。

しかし、意識のない、あるいはすでに死んでいる利恵を発見し、これをうまく利用することにした。

即ち、利恵を海に遺棄してかくし、利恵にアイ子殺害の疑いがかかるようにした。

いや、犯人は、めんどうな思いをして利恵をはこび去り海に投じる必要はなかったはずなのだ。

なぜなら、利恵の自殺死体があれば、アイ子をその傍で自殺をよそおわせておいても、いっこう不自然ではなかったはずだからである。

利恵が彼女を見棄てて東京へ行ってしまったということより、自殺した、という方が、アイ子が自殺を計る動機としてはるかに強烈になる。

アイ子の死が他殺であるとすれば、加害者はごく少数にかぎられる。

アイ子が強度の被害妄想意識を持つ病人であることを知っているもの、利恵を慕っており、利恵に冷淡に見棄てられたことが自殺の引金となってもおかしくないことを、充分に承知しているもの。

……となると、その条件にあてはまるのは、第一に、わたし。それから、父。夫の藤一。祖父。恭吉叔父。良子叔母。

しかし、このなかの、誰が、アイ子を殺す動機を持っているというのだろう。

わたしは義母を嫌い軽蔑してはいたけれど、殺したいほど強烈だったわけではない。

父にしても、義母を愛していたとはとても言えないし、被害妄想に手をやきもしたろうけれど、殺さねばならないような切羽つまった状態ではなかった。病状が悪化して困れば、入院させればすむことなのだ。他に好きなひとができて、義母が邪魔になったという様子もなかった。――わたしが気がつかなかっただけだろうか。しかし、精神障害は離婚の理由になり得るのだから、殺すこともあるまい。

それに、義母の死亡時刻、父は、塾で授業中であった。

夫はどうか。藤一に、アイ子を殺さねばならぬ動機があるだろうか。

利恵と関係を持ったことをアイ子に気づかれ、脅迫されていた……。

アイ子が脅迫したとしたら、金銭欲ではなく、嫉妬からだろうが。

アイ子の死亡時刻、夫は遅番で店で仕事していた。父にしても夫にしても、長崎から佐世保まで車でも往復三、四時間はかかるのだから、塾や店を簡単にぬけ出すわけにはいかない。

祖父は……。

アイ子の偽証がばれるのをおそれていたのは、利恵以外には、祖父や恭吉叔父、古鳥家の人々だろう。

そうして、利恵は、自分が太田登喜子殺害の加害者ではないことをもちろん承知しているが、父からアイ子の偽証を知らされた祖父たちは、利恵が登喜子を殺したと疑っていたかもしれない。

身内のものが殺人者として告発されたりするのは、信用第一の古鳥病院としては、きわめて困る不祥事なのだ。

だが、祖父は、アイ子の死体を見たときに衝撃から心臓発作を起こし死亡している。加害者であれば、覚悟していることだから、驚きはすまい。その上、冠動脈硬化で幾度も狭心症の発作を起こしている祖父に、遺体のいれかえ、海中投棄という力仕事がしおおせるだろうか。

　恭吉叔父はどうだ。叔父なら、死体のいれかえも海中投棄も、体力の点ではできるだろう。

　しかし、と、蓉子は思いあたった。

　利恵の骸をかくしたことによって、利恵にアイ子殺害の疑いがかけられたのだ。これでは、何にもならない。

　蓉子には、まだ、考えねばならないことがあった。

　盗聴器とネックレスの紛失は、太田新樹のしわざとわかったけれど、昨日の、利恵の痕跡は、誰が何のために。

　藤一がやったことではあるまいか。

　彼は、わたしが利恵を殺したのではないかと疑った。

　それで、罠（わな）をかけた。

　この部屋に利恵がいたような形跡を残しておく。

　わたしが潔白なら、それを藤一に話すはずだ。うしろぐらければ、黙っている。

　そう、彼は企（たくら）んだのではあるまいか。

　利恵の骸があがったことは、もう藤一の耳にも入っただろうか。古鳥の方から知らせたか。それとも、わたしが知らせるものと思って、古鳥の方からは連絡してないだろうか。

　知れば、すぐ、藤一はわたしが利恵を殺したと確信するだろう。

　ふいにひびいた電話のベルに驚かされた。

　父が、利恵の死体が発見されたことを告げてきたのであった。

「今しがた、恭吉叔父さんから知らせてきたわ。叔母さん、投身自殺をしていたのね」

「ああ……。アイ子は、ひょっとすると、利恵さんの自殺の決意を知っとったのかもしれんな」

　藤一が帰宅したのは、電話が切れてまもなくであった。

　利恵のことを知らされ、いそいで帰ってきたと言った。

「佐世保に行かなくていいのかな」

　このひとは、わたしが利恵を殺したと、疑っている。ほとんど確信している。

　藤一の表情からは、彼が何を考えているのか、うかがえない。

「茶を淹れてくれないか。番茶でいい。熱いやつ」

　のどが涸いていたわけではないらしい。まをもたせるために言ったにすぎなかったようだ。湯呑を両手でもてあそんでいる。

「蓉子……ちょっと気にかかっていることがあるんだが……」

　蓉子は唇をひきしめた。

　――このひとを殺したら、どうとりつくろおうと、自殺にみせかけるのはむずかしい。アイ子の死。利恵の死。そこに藤一の死が重なったら、警察の捜査は厳重をきわめることになるだろう。

　藤一の訊きたいことは、わかっている。

　昨日、この部屋に、利恵のいた形跡がなかったか。

　しらをきってもはじまらない。藤一がその罠をしかけた本人である以上、わたしが嘘をついているのは明白だから。

　太田新樹を言いくるめたとおり、叔母を告発することはできなかった、と言おう。

　しかし、藤一が口にした疑問は、まったく別のことであった。

4

「お義母さんの死を、きみが知らせてきたとき、何と言ったか、おぼえているか？」そう、藤一は訊いたのである。

　何か、利恵殺害を気づかせるようなことを、わたしは言っただろうか……。

「お義母さんが……利恵叔母さんの部屋で……お風呂のなかで睡眠剤をのんで手首を切って……」

「そうだ。きみはよくおぼえているな」

「それがどうかしたの」

　蓉子の声は、つっけんどんになった。

「ぼくは、佐世保署に行ってたしかめてみたんだ。お義母さんの遺体が発見された段階では、睡眠剤をのんでいたかどうかは、確認されていない。解剖しなければわからないことだ。警察では、発見時は、浴槽のなかで手首を切って死亡していたとしか言わなかったそうだ。解剖してみて睡眠剤が検出されたんだ。きみは、どうして……」

藤一は、蓉子の目をまともに見すえた。

しかし、蓉子が、強く見返すと、何か怯(おび)えたように視線をそらせた。

わたしがアイ子を殺したと疑っているのだ、このひとは。

わたしは、たしかに……解剖の結果をきく前から、睡眠剤をのんで手首を切ったと、思っていた。

「きみは、そう言ったんだよ、睡眠剤をのんで、って。警察でもたしかめてないことを」

「あなたの言いたいことは」蓉子は、高飛車(たかびしゃ)に言い返した。「わたしがお義母さんを、自殺にみせかけて殺したっていうの？　あきれたわ。ひどいものだわ。あなたは、自分の妻を、殺人者だと言っているのよ。そんなことを言われて、わたしが平気でいられると思うの？　わたしが、何だって、お義母さんを……。そりゃあ、わたし、はっきり言うわ、あのひとを嫌っていたわよ。今だって、嫌いよ。いじめたわよ」

喋(しゃべ)りすぎるのは、危険だ。うっかり、何かかくしておかねばならぬことを口走ってしまうかもしれない。藤一は、思いのほか鋭い。しかし、蓉子は威丈高(いたけだか)に喋りつづけた。言葉が口をついて出た。

「いじめたくなるような人だったわよ。でも、考えてもごらんなさい。お義母さんは、手首を切っているのよ。おおいやだ。刃物を使って人の手首を切るなんて」

太田登喜子の手首を切ったときの、何ともいえぬいやな感触がよみがえる。

「睡眠薬をのんだって……なぜ、そんなことを言ったのか、自分でもわからないけれど、たぶん、太田登喜子さんのことが、とっさに重なったのよ。あのひと、同じように、お風呂のなかで、睡眠薬をのんで手首を切っていたじゃない。

だからだわ。そうよ、お義母さんがお風呂のなかで手首を切ったと聞いたとき、当然、睡眠薬ものんだと思いこんでしまったのよ。連想作用だわ。それだけのことだわ。それなのに、あなたときたら、まるでわたしがお義母さんを殺したみたいなことを言うのね。今まで、そんなことを疑いながら、なにくわぬ顔でわたしを観察していたの？　それが、夫のすること？　他人よりひどいわ」

たてつづけに浴びせかけられ、藤一がうろたえているのがわかる。

わたしの言葉尻のあやまちをとらえたとき、このひとは、わたしをねじ伏せられると思ったのだ。ひそかに、勝ったとほくそえんでいたのだ。

わたしにまくしたてられて、自信を失なってしまっている。

「いや、ぼくは何も……。ただ、ちょっと気になったものだから……」

「疑ったんでしょう。ほんのちょっとでも、そんな疑いを持つなんて。あなたは、わたしが些細なことで人殺しをしかねないおそろしい女だと思っているの？　わたしにやさしい気持を持っていたら、そんな疑いは起こりようもないはずだわ」

かんべんしてくれ、と、藤一はついに、弱々しく言った。

結婚以来、蓉子は、二人のあいだに争いが起きたとき、うやむやに終わらせない習慣を持ちつづけてきた。藤一に、すまなかったと言わせるまで徹底的に攻撃しつづけるのだった。

――でも、あなたは、何よりも肝腎なことを、わたしにあやまっていないわよ。

「そんな、わたしを人殺し扱いしながら、お茶を……熱いお茶を淹れろなんて、よくも言えたものだわ」

藤一は、黙りこんだ。黙って頭をさげて、嵐が通り過ぎるのを待っているのだ。

蓉子は荒々しく椅子を立ち、自分の部屋に入りこんで襖を閉めた。

何を見当違いなことを、あのひとは……。

蓉子は、冷静になろうとつとめた。

今、藤一にまくしたてた言葉は、大丈夫だったたろうか。二つの殺人を気づかれるようなことを口走らなかっただろうか。

――大丈夫だ。

それにしても、わたしはなぜ、アイ子が睡眠剤をのんでいると、最初から思いこんでしまったのだろう。

たしかに、藤一を言いくるめたように、太田登喜子の死と状況が同じだから、登喜子に用いた睡眠剤に連想が及んだのかもしれないけれど……。

アイ子の死を知らされる前に、利恵には麻酔剤を使っているのだ。麻酔剤への連想の方が、とっさに働きそうなものだ。

あのとき、義母の死を知らせてきたのは、父だった。

あっ、と蓉子は声をあげそうになった。

記憶が鮮明によみがえった。

父が、わたしに告げたのだ。

アイ子が、死んだそうだ。風呂場で、浴槽につかって睡眠剤をのみ、手首を切って自殺した……。

わたしは、父の言ったとおりを藤一につたえたのだ。

父は……白南風町の良子叔母から知らせがきたと言った。

蓉子は記憶をたどった。

アイ子の死体を発見し、祖父は心臓発作を起こした。事務員がおろおろして古鳥病院に電話し、副院長に助けを求めているあいだに絶命した。それらのことを父に電話で知らせてきたのは、良子叔母。

警察が検死する以前である。

一見しただけでは、睡眠剤をのんでいるかどうかはわからない。

事務員→叔父→叔母→父→私。

この連絡経路のどこで睡眠剤という言葉がつけ加えられたのか。

〝睡眠剤をのんで〟と、知っている者が、即ち（すなわ）、アイ子殺害の加害者ということになる。

しかし、アイ子の死亡推定時、十九時から二十時、父は長崎の自宅の教室で小学校高学年の生徒を授業中だった。佐世保までは往復三、四時間はかかる。

叔父か叔母なら、白南風町からセントラル・ビルまでは車なら十分とかかるまい。

でも、利恵の骸をかくし、失踪にみせかけたのはなぜ……。

藍の章

1

「それで、敗戦前夜の労務者の総決起というのは、どういうふうだったんですか」

佐藤の原稿は、まだその部分まではすすんでいなかった。

「俺は、そのとき鉱山にいねかったでね、くわしいことはわからねえども」

横山は、二、三日前から親もとに帰っていた。彼は父親を早くなくし、母親と二人暮らしだった。彼が鉱山の寮に住みこみになったので、母親は親類の家に同居していた。

ずっと休暇がとれず、会っていなかったので、所長が休みをくれた。

彼が情報を得たのは、すべてが終わってしまってからであった。

所長と、娘のフサエは、暴動の勃発時、鉱山にいなかった。

娘が腹痛をおこし、所長は虫垂炎と診断した。手術が必要となるかもしれないのに、鉱山の診療所には充分な設備がない。北見の病院まで送りとどけることになった。

所長のもとに二人いる医師の若い方、白坂が車を運転し、所長が同乗した。

後にその夜暴動が決行されたのは、白坂とフサエが鉱山をおりたからという憶測が伝わった。俺もそうでねえかと思う、と横山は言った。

「白坂さんもお嬢さんも、労務者に恨まれていねがったからね。どっちかてば、親切な方だったたからね。巻添えにしたくね、と、労務者たちも思ったただべね。所長は怨まれてたども。チフス事件のとき、酷い命令さ出したのは所長だすけね。所長も、俺らには、悪い人ではねがったども。むしろ、思いやりのあるやさしい人だったども……」

これは、後になって言われたことだが、と横山は前置きし、所長は、暴動の計画に気づいていたらしい。

密告者があった。姜元基である。

それで、所長は、まだ子供の横山が危険なめにあわないようにと考えて、それとなく親もとに帰したらしいふしがある。

なぜ、そんなふうに考えられたかというと、フサエは、虫垂炎ではなかったのだそうだ。

所長は誤診だといっていたが、実は、鉱山を下りる口実にしたらしい。病院の看護婦らの口から洩れたのであろうが、フサエはいっこう、急性虫垂炎の病人らしくなかったということだ。

前から顔色は悪く、どこか病人のような弱々しさはあったが、車で連れてこられたとき、激痛に七転八倒しているというふうではなかった。手術も行なわれなかった。

横山はその場にいたわけではないので、すべて仄聞である。

白坂に車を運転させたことにも、所長の配慮があった。所長は、どうやら、白坂を娘の夫にと思っていたらしい。

「その若い方の医者は、結核で手術をした人だって言いませんでしたか」

「ああ、肋骨さとったとかで、背中にこたら傷があったよ」

「そんな病人と娘を結婚させる気だったんですか。結核患者って、すごく嫌われたんじゃないんですか、以前は」

「ああ。だども、もう病巣はかたまっとったそうだし、何しろ白坂先生は、帝大の医学部さ出た人だったからね。身寄りがねくて苦学してなさったんだと。あのころ、若い男はみな兵隊にとられて、婿さんになるような男はほとんどいねがっただからね。帝大出の学士さんなら、たいがいのこたあ目つぶるべさ。白坂先生もフサエさんだら好きでなんねがったべあ。そんで、大事な婿さんにも怪我させめえと、いっしょに連れて下りただべ」

「まるで、さあ、暴動を起こしなさいと言わんばかりだな。制止する手段もとらないで、暴動の歯止めになっている二人を連れて下山してしまうなんて」

どうも、上層部の連中は、敗戦が近いことを知っていたらしい。

敗戦となったとき、労務者虐待の事実が問題にされることをおそれ、積極的に暴動を起こさせ、鎮圧の形で、早いところ、いっさいを消滅させてしまおうとしたのではないか。

暴動中に、発破用のダイナマイトを収納してある倉庫が大爆発し、火災が起こり、労務者の大半が死亡した。

そんな事情は、あとになって、ぽつりぽつり横山少年の耳に入ってきたのであった。

敗戦につづく混乱の後、彼が鉱山に行ってみると、そこはもう閉ざされていた。

「いま市会議員をしている、昔労務担当だったという男に会いたいんですが」

それはやめてくれ、と、横山は手を振った。私や佐藤先生がまた、困った立場になる。横山さんたちから聞いたとは言いませんよ。

「しかし、あんたが佐藤先生に職員室で会ったつことは、もう筒抜けになってるかもしんねだからね。あんたが会いに行けば、どう口実を作っても、佐藤先生か俺の差し金と思われるべさ」

それに、と横山は、思いとどまらせようと一心に、

「あの男が正直なことを言うわけがねえべさ。自分につごうのいいことしか言わねべし。悪くすると、あんたが暴力ふるわれるかもしんね」

「そんなことをしたら訴えてやるよ」

「訴えられて困るようなやり方はしねえべさ。ちんぴらが因縁つけたとか、そだなやり方で、自分の名は出ねえようにするべさ」

2

「そいつの名前が大場ということはきき出したが、海外旅行中とかで、会えなかった」

石光玉雄は、ストレートに近い濃い水割りをあおった。

彼の部屋である。

原倫介は、ビールをコップに注いだ。彼は明日から女子中学生の修学旅行の添乗で、京都に行く。

「親父のことは、わからずじまいだった。蜂起の最中に逃亡したんじゃないかと思うが」

原倫介は、何かを思い出そうとするようにちょっと黙りこんだが、

「むこうにいるとき、テレビは見なかったか」

「部屋にテレビが置いてあるような高級旅館じゃないよ。食堂には一台備えつけてあったけれど」

「鉱山の診療所の所長の名前を、もう一度言ってくれ」

「古鳥だ」

「ちょっと待ってくれ」

原はポケットからメモ帳を出してひろげ、目を走らせ、

「その、古鳥だ」

「え、古鳥所長が、何か?」

「いや、女だ。古鳥利恵（としえ）という女の死体が発見された」

「古鳥所長と関係のある女なのか?」

「わからないよ。鉱山の診療所長のことは、今きいたばかりだ」

「古鳥という苗字（みょうじ）は、ありふれているというほどじゃないにしろ、そう珍奇でもないぜ。それに、古鳥所長の娘はフサエだ。どういう字を書くのか知らないが」

「いや、俺だって、ふだんならテレビニュースなど、よほどの大事件でなけりゃ、いいかげんに聞き流すよ。人の名前まで一々気にとめたりしない。ただ、発見されたのが長崎の天草灘というので、ちょっと耳にひっかかったんだ。長崎に関する情報なら、何でも集めておこうと注意していたんだ。俺たち、警察官とちがって、関係のある情報がどんどん集まってくるってわけじゃないから。水死体が発見されたからって、一々ニュースでとりあげはしないだろうが、この古鳥利恵という女は、行方不明になっていたんだそうだ。他殺の疑いもあるようなことを言っていた。

今、話をきいていて、何か聞いたおぼえのある名前が……と、気になったんだ」

「古鳥か……。もし親父（おやじ）が診療所の所長に出くわしたとしたら……怯（おび）えるだろうな」石光玉雄の指を鳴らす音が強くなった。「三十何年たっても、あの記憶は消えるもんじゃないだろうし、その上、名前をかえ過去をかくして暮らしていたんだから……」

「古鳥という男にしても、ぎょっとしただろうな。たぶん、残虐（ざんぎゃく）行為については口をぬぐっているんだろうから」

「もう少しくわしいことはわからないのか、その古鳥何とかいう女の事件」

「こっちの新聞では扱っていないみたいだ。俺は一紙しか見ていないんだけど。地元の新聞なら、もう少しくわしい記事がのっているんじゃないかな」

「長崎に、もう一度行ってくる」

石光玉雄は、つい隣り町へ出かけるような気軽さで言った。

「充分気をつけろよな」原は言った。「斎田さんは、その古鳥って男に消されたのかもしれないんだぜ」

3

古鳥院長と利恵の納骨が同時に行なわれ、蓉子も父とともに列席した。

恭吉叔父と良子叔母、そのほか、良子の姉夫婦など、数人集まった。

院長だけならともかく、利恵の死の事情がはっきりせず、犯罪とのからみも否定しきれないので、ごくひそやかに行なわれたのだが、それでも、帰途、恭吉叔父は列席者を料理屋に招待した。

藤一とは別居した。藤一が言いだしたのである。彼は、蓉子に何とはない疑惑を持ちながら、それを明らかにするのをおそれているふうであった。浦上にアパートの空室をみつけて、うつった。つとめ先はかわらないのだから、店に行けば顔をあわせることはできるのだが、蓉子は、藤一への関心が薄れた。

皆は、あたりさわりのない話をかわしている。親類の誰かれが、ふと利恵を話題にのせ、あわてて話をそらせる。

警察では、どうみとるんかねえ。やはり、ビューティー・トキの息子がやったんかねえ。

つかまったんかね、その男。

良子の姉とその夫が、興味をおさえきれず、たずねる。

「重要参考人ということで、警察に呼ばれているようですよ」恭吉がもっぱら答える。

「容疑が濃いんじゃないですか」

蓉子も事情聴取された。新樹が蓉子の部屋に利恵の形跡があったことを話したのである。利恵はとっくに死んでいたのだから、誰かが細工をした。蓉子はそれを黙っていた。おかしいではないか。利恵の居場所を皆が探しているときだったのだから、早速警察にとどけるべきだったではないか。

蓉子は、利恵を警察の手に渡す手引きはしたくなかったのだ、と弁明した。叔母から連絡があったら、よく話をきいて、それから行動しようと思っていたのです。

この弁解は受け入れられ、警察は今のところ蓉子を疑ってはいないようだ。

新樹が利恵殺害の犯人の疑いをもたれることで、利恵がアイ子を殺したという線は薄まった。アイ子は自殺ということで一応かたづいているらしい。

しかし、藤一が指摘した疑問は、蓉子の心のなかでひろがりつづける。

賑(にぎ)やかな笑い声が、かすかにつたわってくる。

「知っとりなさいます?」

仲居が蓉子に話しかける。

「映画の、ロケの人が見えとらすとですよ」

笑い声は、その人々の座敷かららしいと言った。

仲居は、二枚目俳優の名をあげ、色紙にサインをもらったと、嬉(うれ)しそうだった。

「もらってきてあげましょうか。気さくなお人でしたよ」

「何ちゅう映画ね」

良子叔母の姉が、躯(からだ)をのり出す。

「サインなら、わたしも欲しかねえ」

「よせ、よせ、いい年して恥ずかしか思わんね」その夫が、うんざりしたように太い首をふる。

「ロケは、どこでやるとね」

「よう知らんとですけど、何箇所かでやるらしかですよ。まだしばらく、おらすそうですよ」

良子叔母の姉と仲居は、映画やテレビのタレントの噂話(うわさばなし)に興じはじめる。

「長崎はここのところ、ロケが多かですもんね」

デザートに果物を盛りあわせた鉢がはこばれてくる。

蓉子は、すすめられるままに梨(なし)をとり、ナイフで皮を剥(む)く。

「蓉ちゃん、あんた、タレントでは誰が好きね」

〝睡眠剤をのんで〟という言葉をつけ加えたのは、誰……。

恭吉叔父か、良子叔母か、父か。

執拗（しつよう）に湧（わ）く疑問に気をとられていたところに声をかけられ、
え、と顔をあげたはずみに、ナイフの刃が親指の腹を切った。

「あら、蓉ちゃん！」叔母が手をのばし、はずみにコップが倒れた。

テーブルに水が流れ、指からしたたった血に混って、墨（すみ）流しのような模様を作った。

「いかん、いかん」と、叔父が、「早く拭（ふ）きなさい。それは、どうもいかん。あんときを思い出してしもうたばい。血の混った水。あんときは、湯だったが……」

あのときは、お湯が溢（あふ）れていた。そうだった。親指の根もとを押さえて血止めしながら、蓉子は思った。仲居が繃帯（ほうたい）を持ってきた。

「すみまっせん。わたしがお剥きすりゃあよかったですに。大丈夫ですか」

アイ子の血の混った湯が溢れ流れていた。

どうして、湯を出しっ放しにしていたのだろう。

……私は、利恵を浴槽に入れたとき、水を出しっ放しにしていた。

4

――どうして、湯が出しっ放しになっていたのだろう。

家に帰り着いても、蓉子は考えつづけていた。

――私は、利恵を浴槽に入れたとき、水を出しっ放しにしていた。

体温の低下によって心臓死を起こさせるためだった。

しかし、アイ子の場合は、手首を切ったのだから、湯を出し放しにしておく必要はないのだ。

蓉子は、その理由を、思いつくままにあげていった。
一、蛇口（じゃぐち）を閉め忘れた。
一、水のなかに浸っていた利恵の軀をアイ子と入れかえ、水を抜き、湯を入れたが、それがいっぱいになるまでには時間がかかるので、現場にとどまっていられず、出しっ放しで逃げた。

一、逆置換した。水の中で殺し、湯を出しっ放しにして、徐々に入れかえる。死亡推定時刻が、最初から湯に入れたときと違ってくる。

　死亡時刻の推定を誤まらせるのは、アリバイを作るためだ。となると、アイ子の死亡推定時、アリバイがはっきりしているのは、父である。七十キロ離れた長崎で生徒を指導中だった。

　逆置換することで、死亡時刻がどのように変わるのか、正確な知識を持たない蓉子にはわからなかったが、そのとき、何も佐世保まで行って行なわなくてもいいのだと、気がついた。

　長崎の風頭町の、自宅の浴室でもそれは決行できることだった。

　塾は一時から九時半ごろまでだが、五時から一時間、母屋で夕食をとり、休憩をとる。そのとき、アイ子に睡眠剤をのませて眠らせておく。浴槽には湯をはっておく。そして、授業がはじまってから、適当な時、手洗いにでも立つようなふりをして、母屋に行き、浴槽に浸し手首を切る。溢れ出る血も、アイ子の軀とともにはこばねばならないから、容器のなかに流れいるようにしておいたことだろう。

　そう思ったとき、蓉子は吐き気をおぼえた。吐き気の底に、戦慄がひそみ、それはほとんど昂揚したよろこばしさと似ていたけれど、はるかに陰惨であった。

　父は、私と同じことをしたのだ。

　佐世保の現場で、湯を溢れさせておいたのは、きっと、こういうことだ。

　利恵の横たわる浴槽の水が溢れ出し、浴室の床に溜まっているのをみて、排水口がつまっているのを知った。いや、ブラシにからまっていた髪をとり集めて、排水口をわざわざ、ふさいだのかもしれない。

　たぶん、そうだ。

湯が外まで溢れ出していれば、必ず、翌朝には発見されるからだ。

発見があまり遅くなっては、死亡時刻の推定が困難になり、せっかくのアリバイ作りが無意味になる。

長崎の自宅で、浴槽内で手首を切ったから、佐世保にはこんだとき、浴槽を先に占めていた骸を、かくさざるを得なかった。縊死でもよそおわせてあれば、利恵の骸は、そのまま浴室に残しておくことができたのだ。二人を容れるには、浴槽は狭すぎる。

これだけのことを考えたとき、蓉子は、ひどく疲れた。疑惑の対象が父だったからである。

蓉子が突然、父の来訪を受けたのは、それから数日後の午前中である。

5

三泊四日の女子中学生の修学旅行の添乗から帰ってきた原倫介は、翌日、丸一日休みがとれた。

石光玉雄はもう長崎から帰ってきただろうか、まだあちらだろうかと思いながら、電話をかけてみた。

「あら、長崎に行っているんですか」

電話口に出たたね子は、

「あの子ときたら、どこへ行くともいわないで出かけちゃうんだから」

原倫介は、それから数日、待った。石光玉雄から何の連絡もこない。

彼は、一週間の有給休暇を申請し、許可された。長崎までの割引航空券を手に入れた。

たね子に、長崎での止宿先を告げ、もしゆきちがって玉雄から連絡があったら、ここにいると伝えてくれとたのんでおいた。

彼の知っている手がかりは、古鳥診療所長と同姓の女の死体が天草灘からあがったということだけで、それは東京を発ったときの石光玉雄も同様であったはずなのだった。

長崎県立図書館は、諏訪神社のすぐ下にある。長崎空港から直通バスで長崎駅前に着くと、原倫介は、図書館に直行した。

深い木立にかこまれた静謐な建物の、三階の閲覧室に行き、地元発行の新聞の綴じこみを借り出した。

貸出し係の館員に、石光玉雄の名と風態を言い、新聞を借りなかったかと訊ねた。

館員は、自分の記憶にはないが、ほかの者が貸出したかもしれないと言った。

「きいてもらえませんか」

館員は、めんどうくさそうな顔で、奥に入っていった。

原倫介は、机に陣どり、日付をさかのぼって記事を追っていった。

古鳥利恵の死が、それに先立つ三つの死と関連していることを知った。

太田登喜子の死。

白坂アイ子の死。

病院長古鳥敬吾の死。

一連の事件は、斎田栄吉こと崔栄南の死とは関係なかった。

しかし、古鳥利恵の父親古鳥敬吾が、かつての武華鉱山診療所の所長であることはまちがいあるまいと、彼は思った。

〝白坂〟という名まで、あらわれたのである。白坂アイ子は、石光玉雄からきいた診療所の若い医師白坂と、関係のある人間だ。

古鳥所長は、妻をなくし娘のフサエと二人きりだったので、フサエを手もとに置いていた。とすると、古鳥は再婚し、利恵というのは、二度めの妻とのあいだの子供なのだろう。

新聞記事によると、古鳥利恵の死は、他殺とも自殺ともとれる状況であった。

溺死でなく、心臓死である。

解剖の結果、麻酔剤の成分が検出された。

足首に重石を結んだらしい痕跡が認められた。

他殺と断じられてもおかしくはない状況だが、利恵が世間の非難を浴びノイローゼ状態だったということから、自殺の線も捨てるわけにはいかないらしい。

断崖から投身する恐怖を克服するために、崖ぎわの不安定な場所に身をおき、重石を足に結び、麻酔剤により意識を消失し、軀が海に落ちこむにまかせた、ということも考えられるからだ。

古鳥病院長の死亡の日付は、おくんち祭より一月ほど後である。

おくんち祭のとき、院長はまだ、一カ月後に自分が死亡するさだめにあることなど知らなかった。

とうに葬り去った過去の亡霊を、古鳥は、突然、見たのだ。鉱山労務者崔栄南である。

古鳥院長の住所は、佐世保になっていた。佐世保から長崎まで、祭り見物に来ることはあるだろう。見物が目的でなくても、長崎に所用があったことも考えられる。

さっきの館員が来て、東京から来た若い男が新聞の閲覧を申し込むと同時に、天草灘で女性の死体があがった事件について、あれこれたずねていたそうだ、と言った。

その応対をしたという館員に会ったが、それ以上くわしいことはわからなかった。

原倫介は駅にとってかえし、列車で佐世保にむかった。

6

古鳥啓吾のあとをついで院長となっている恭吉は、いそがしいから短時間にしてくれと、デスクの上に並んだカルテの列をさした。

原倫介は、東栄ツーリストの社名の入った名刺を出し、おくんち祭の事故のことで、調べているのだと言った。

「私どもでも責任のあることなものですから」

「くんちは長崎だろう、きみ。佐世保は関係なかろうが」

「先日なくなられた、こちらの前院長が、祭りの前日から長崎に行かれていたときいたものですから」

「それは、何かのまちがいだろう。あんな混むところへ年寄りがわざわざ行くものかね。テレビで充分だよ」

「前院長はおいでになりませんでしたか。見かけた人がいるっていうんですが」

「人ちがいだね。父は死ぬ二箇月ほど前から冠動脈硬化で発作を起こすようになっとってね、そんなところへ行くわけがないのだ。祭りの前日も祭りの当日も、家におったよ。あの事故は、テレビで見とった」

「どうも……失礼いたしました。それから、もうひとつうかがいたいんですが、石光玉雄という若い人が、たずねてこなかったでしょうか」

「いや、知らんね。誰だね、その人は」

とぼけているのか、本当に知らないのか、原倫介には見当がつかなかった。

「ところで、前院長のお嬢さん、フサエさんは、お近くにお住まいですか」

「あんた、義姉を知っとるんかね」

「お会いしたことはないんですが」

「そうじゃろ。義姉はあんたが生まれんうちに死んどるからね。何でまた義姉を」

「失礼なことばかりうかがって、すみません。フサエさんは、たしか、お母さんを早くになくされたと……」

「なんで、そんな立ちいったことを聞くのかね」

「いえ、昔、武華鉱山の診療所におられた白坂さんという人の消息が知りたくて、フサエさんと診療所で親しかったときいたものですから」

「白坂は、芙佐江姉の亭主だがね。もっとも姉は早うに死んだんで、白坂は再婚して長崎におるがね」

「長崎のどこでしょうか」

「風頭町ちゅうところだが」

ありがとうございました、お邪魔しました、と診察室を出、新聞記事からメモしておいた白坂アイ子の住所をみなおした。

風頭町八十六番地。

まちがいない。

それから受付に行き、事務員に、おくんちの日、病院は休みではなかったかと訊(き)いた。

「休みませんよ。祭りだからって」

「それじゃ、前の院長先生も、ここで診察をされていたわけですね」

「そうですよ」あたりまえでしょう、といわんばかりだ。「もっとも、前の院長先生はお軀が少し悪かったから、半分隠居(いんきょ)しとられたけど、わざわざ長崎までくんちを見になど行きなさらんかったですよ」

「くんちの前の日は?」

「ここにおられたですよ。古い患者さんで、どうしても大先生でなくてはいけんという人があの日は来とらしたから、たしかよ。明日は長崎のくんちですねえと、その患者さんと話したから、おぼえとるわ」

なぜそんなことを訊くのかと、事務員はけげんそうに原を見た。

「ここ十日ほどのあいだに、石光という若い男が来ませんでしたか」色が浅黒くて、髪がアフロで、と、原は説明した。

知らないと事務員は言った。

7

〝石光〟という声が、原倫介の耳を掠(かす)めた。

列車で長崎に戻り、改札口を出たときである。陽(ひ)はすでに落ちていた。

はっとして足をとめた。

そら耳かと思った。

駅舎の、改札口前のベンチに、旅行客たちが腰を下ろしている。

「まったく、おかしないちゃもんつけやがってな」

「だが、見舞金ぐらい、多少は渡した方がよかったんじゃないか」

「石光にか」

「ああ」

「いや、いかんよ。そんなことをしたら、こっちが非を認めたと思って、むこうが強気になる。つっぱねるにかぎる」

二人連れの男であった。二人とも三十五、六。一人はハンチングに黒い太い枠の眼鏡、チェックの織りの粗い上着、グレイのズボン。もうひとりはずんぐりした小男で、童顔に威厳をつけるように鬚をたてている。こっちはすり切れた革のジャンパーを羽織っていた。

「大変失礼ですが」

原倫介は、腰を低くして声をかけた。

「今、お話が耳に入ったのですが」

二人連れは、さっと警戒する態度になった。

「石光がどうとか言われたようにきこえたんですが、まちがっていたらお詫びします。私の知人のことではないかと思ったものですから。石光というのは、石光玉雄のことでしょうか」

「タマオだか何雄だかおぼえちゃいないが、おたくは?」

原は名刺を渡した。

「友人の石光玉雄が、こっちに来ているはずなのですが、連絡がなくて、気にしていたところなんです」

「あんたの友達か何か知らないが、われわれを厄介なことにひきずりこんでね、石光という男が」

「いや、石光より、警察だろう、俺たちのせいだという線を打ち出したのは」

「石光がさ、ぴかっと光っただの、目がくらんだだの、ありゃあ、てめえのスピードの出し過ぎなのに、棚にあげて」

「どういうことなのか、お話していただけませんか」原は慇懃に言った。客商売だから下手に出るのになれている。

二人は腕時計を見、駅の大時計を見、時間を気にしている様子を露骨にみせた。

「十九時すぎの列車で博多に行くんでね、あまり時間はないんだが」ハンチングが言った。

「まだ十分ぐらいありますよ」原は言った。

「説明しといた方がいいぜ」小男が言った。

「あとで、石光さんの方から(友だちときいたせいか、小男は〝さん〟をつけた)一方的に話をきくとさ、誤解されるかもしれない」

ハンチングは、名刺を出した。映画会社の社名が入っていた。

ロケーションに来たのだという。

「〝明日の恋人たち〟という青春物ですよ」

スターの名前を何人かあげた。その一つ二つは、原にも聞きおぼえがあった。

「皆は貸切りのロケバスでもう博多に行ってるんだが、われわれは、その石光くんの事故のことで、警察と話したりして処理に手間どったのでね、あとから列車で追いかけるところです」

野母半島の東岸、熱帯植物園より少し北寄りのところで、撮影していた。人気の二枚目が出ているので、見物が人垣を作っていた。

「道路をはずれた上の方で撮っていたんだが、下の道路で事故が起きた」

道がつづら折りになっている場所で、たぶんスピードを出しすぎてカーヴを曲がりきれなかったのだろう、車がガードレールに激突した。

運転していたのは若い男で、同乗者はいなかった。

すぐに、現場に一番近い為石という町の病院にはこばれた。

「われわれとしては、こっちに無関係な事故だと思っていたんですよ。ところが、その男が警察の調べに、目の前がぴかっと光って、一瞬目がくらんだ、そのためにガードレールにぶつかったと申し立てたんだ。それで、われわれが野外撮影のときレフ板を使う、あれで太陽光線がはねかえって、目にあたったんじゃないかということになった」

「そんな尻を持ちこまれたってねえ、こっちとしちゃあ、はい、そうですかと恐れ入るわけにはいかないですよ」

「ガードレールが、くにゃっとひん曲がっていたからね、ありゃあ、そうとうスピード出していたね」

「石光は、ひとりだったんですか」

「そう。ガールフレンドなんかは乗っていなかったな。ま、不幸中の幸いですよ。これで女の子の鼻柱なんか折れていたら」

「石光の怪我は……」

「あっちこっち、打ったようだけど、ま、たいしたことはないんじゃないですか。あれだけスピードを出してぶつかったにしちゃあ」

ハンチングは、スピードオーバーを強調した。

「何のために、石光はそんなところを車で」

「知らないね、そこまでは」

「俺たちが知るわけないじゃないの」

「まあ、とにかく、こっちには責任がないということでかたがついてるんだから、おたくも諒承してくださいよ。こっちも、えらい迷惑よ。ぎりぎりの予算とぎりぎりの日程でやっているんだから」

「ピーカンだったのがやばかったな。曇天なら、あちらだって、ぴかっと光ってくらくら、なんてのは思いつかなかったろうから」

「事故の責任を転嫁するために、石光がそういう口実を持ち出したと?」いささか、腹にすえかねる口調になった。相手はいそいで、まあまあ、と、なだめる手つきをし、そのとき改札が開いて、人々が入りはじめた。

行きかける二人に、病院の名をたずねた。


為石方面に行くバスに、原倫介は乗った。

同姓の別人だろうか。

石光玉雄がどうしてまた、野母崎になど行ったのか。

原倫介は、長崎の地図をひろげた。

石光玉雄は白坂をたずねたものとばかり思っていた。

古鳥所長がくんち祭の前日及び当日、佐世保の自邸を出ていないのなら、長崎の街で崔栄南を怯えさせたのは、白坂ということになる。

8

為石で下りると、汐のにおいが強かった。

入江には漁船が碇泊し、人影はまばらであった。たまたま通りかかった女にたずね、病院はすぐにわかった。診療所と呼んだ方が適切な、木造の古びた小さい建物であった。

受付はしまっていた。

壁の案内図を見ると、建物は、正面の棟から、奥に三本、棟が突き出していて、一番右が外科病棟らしい。

外科病棟に曲がる角に、ナース・ステーションがあった。笑い声が洩れていた。

原がノックすると、ドアが開いた。

夜勤らしい看護婦が三人、茶を飲んでいた。

「石光玉雄に面会したいのですが」

「面会は五時までですよ」

「すみません、東京から来たので、ぜひ……」

「石光さんちゅうたら、ほれ、自動車事故の」一人が、もう一人に目くばせした。

「石光さんの身内のかたですか」

「はい」と、原は言った。

「それなら、まあ、よかでしょう。安静にしとらんといけんのだから、あまり喋らんようにしてくださいね」

「よほど、怪我はひどいんですか」

「ハンドルで胸を打って、肋骨にひびが入っとったわね。あと、膝の皿をダッシュボードにぶつけて割ったのと、全身打撲ね。あのくらいですんでよかったのよ。運の強か人ね」

「ガードレールとび越えて、崖を墜ちとったかもしれんもんね」

「何か、映画のロケのためにどうとかってきいたんですが」

「ロケでレフ板を使うとったからね。反射した光が目に入ったとでしょう。それでも、スピード制限守っとれば、あんなことにはならんのよ。若い人はとばすけんねえ」

「石光は東京から飛行機でこっちに来たんだから、車なんて持っていないはずなんだけど」

「レンタ・カー使うとったのね。車の弁償もせんならんでしょうね」

一番はずれの個室だと、看護婦は教えた。

個室といっても、殺風景なベニヤ板貼りの部屋であった。

石光玉雄は眠っていたが、原が入って行くと、気配で目をさました。

「やあ」と笑顔をむけた。声は弱かった。

「どうして、すぐ連絡しなかったんだ」原は詰った。

「騒がせるほどのことでもないからさ」石光玉雄はてれくさそうに、「そっちだって、宮仕えだろ。まさか、呼び寄せるわけにもいかないじゃないか」

だが、どうしてわかったんだ、白坂さんのところに寄ったのか、と石光玉雄は訊いた。

「いや。今日一番の便で長崎空港に着いて、それから図書館に行って、新聞をしらべた」

「ああ、俺と同じだ。俺も図書館で新聞をしらべた。考えることはいっしょだな」

「それから、佐世保に行ったんだ。古鳥病院に」

「あ、そこが違う。俺は、古鳥がもう死んでいると知ってがっかりして、それでも何かわからないかと思って、白坂さんをたずねたんだ。

そっちは、今日長崎に着いて、図書館へ行って、それから佐世保まで往復か。意外にタフだな」

「旅馴れている。長崎の駅に着いたらさ、石光がどうのこうのって喋っているやつがいるんだ。驚いたよ」

ロケのスタッフに会ったことを話した。

「それで、事故のことをきいたんだ。また、どうして、こっちの方に」

「白坂さんにすすめられたんだ」

「白坂に?」思わず、眉をひそめた。

白坂さん、と、石光玉雄の口調が親しげなのが、腑に落ちなかった。

「だって、その白坂だろう、きみのお父さんをおびやかし、殺したのは。古鳥は、くんちのとき、長崎に来ていないんだぜ。俺が佐世保でしらべたところによると」

「ああ、白坂さんも、そう言っていた、古鳥院長は躯が悪くて、こっちには来ていないって。親父のことを話したんだが、白坂さんも、たぶん親父が怯えたのは、白坂さんをみかけたからだろうとは言っていた。

ただ、白坂さんの方では、親父の名も顔もおぼえていないそうだ。行きあったのも、気づかなかったと言っていた」

白坂は、石光玉雄にこう言った。

自分は、当時としては、労務者にそうひどい仕打ちをしたつもりはないが、彼らからみれば、怖ろしい憎い鉱山の支配者のかたわれということになるのだから、怯えられてもしかたがない。事実、命令で、病人を追い返したことも、棒頭のリンチを見ながらとめなかったこともあった。責めは甘受する。

だが、今になって崔さんを抹殺しなければならない理由は何もない。

「それじゃ、おくんちの事故に、崔さんは偶然巻きこまれただけだというのか」原が声を大きくすると、

「ああ、そうだ、俺もそう思うようになった」

白坂は、鉱山の様子をかなり克明に語ってくれた。労務者にどれほど無残な扱いを支配者が与えたかと白坂はむしろ淡々と語り、それがかえって、白坂の辛さを石光に感じさせた。

「白坂という人は、医者を開業しているのか」

「いや、学習塾をやっている。ほとんど一人で教えている小さい塾だ。おれも、なぜ医者をやらないのかときいたら挫折したって言っていた。軀が悪くて――そうだ、横山さんも、言っていたな、白坂さんは結核で、そのため療養を兼ねて診療所づとめをしていたって――、国家試験を受ける準備ができず、たとえパスしても医者の激務には耐えられないだろうということであきらめたって。今は、軀の方はすっかりいいんだそうだが」

「それじゃ、診療所にいたときは、まだ正式の医者じゃなかったわけ？」

「そう」

石光は、その夜、白坂の家に泊まった。

白坂が古鳥の娘の芙佐江と結婚したこと、しかし芙佐江は若くして死んだことも、話題に出た。

「芙佐江さんというのは、横山さんも言っていたけれど、本当にきれいな人だったらしいな。白坂さんは今でも愛している。忘れられないようだった。二

十何年、思いつづけているなんてな。死んだから、よけい、そうなんだろうけど」

「芙佐江さんというのは、あの裏切者の姜という労務者と愛しあっていたという話じゃなかったか」

「横山さんはそう言っていたけれど、白坂さんも、芙佐江さんを愛していたんだな」

「三角関係か」

「そんなたちいった話はきかなかったけれどね」

原倫介は、歯がゆかった。白坂に何か弱みがあるとしたら、その点かもしれないではないか。

しかし、石光玉雄は、白坂に好感を持つようになっていた。

野母崎観光を白坂にすすめられたのも、その夜であった。

観光客の大半は、市内見物しかしないが、長崎で一番すばらしいのは、野母崎の海だ、と、白坂は言った。

明日、案内してあげましょう。私の車は、車検が切れていて使えない。このところ、とりこみ事がつづいて、車検に出す暇も気分のゆとりもなかった。バスかタクシーで行かなくてはならない。タクシーは馬鹿馬鹿しく高いし、バスはくつろがないのが欠点だが。

レンタ・カーはどうですか、と石光玉雄は思いついて言った。ぼくも免許証を持っているから、交替で運転できますよ。

しかし、翌日、石光玉雄は寝すごした。前夜白坂と話がはずみ、その上酒を飲みすぎたせいもあってか、目ざめたときは十一時をまわっていた。

あまりよく眠っているので起こすにしのびなかったと白坂は微笑した。「一時から塾の生徒たちが来るので、私は、今からでは行かれない。石光さん、どうしますか」

快晴であった。

一人で行ってみる、と石光玉雄が言うと、白坂は、レンタ・カーの営業所までいっしょに行ってくれた。

「そのとき、白坂さんは車をいじらなかったか」原は訊いた。

「どうして？」

「何か事故を起こすような細工を……」

「さわりもしなかったぜ。白坂さんを疑うのか？」

彼が俺を殺す気なら、と、石光玉雄は、

「俺が泊まったとき、二人きりだったんだぜ。何も、車に細工するような面倒なことをしなくても、いくらもやるチャンスはあった。眠らせるか絞めるかして、深夜、車ではこんで海に投げ棄てればすむことだろ」

「おまえが行方不明になったら、俺が、捜索する。白坂に行きつく」

「白坂さんは、おまえが関係していることなど知らないよ」

「しかし、誰か身内のものが探すとは思うだろう。絶対、自分に関係があるとは疑われない方法を選んだんだ」

「それなら言うけれど、白坂さんは、俺を助けてくれたんだぜ」

「いつ」

「レンタ・カーを借りに行くとき。危く車にぶつかるところだった。信号無視でとび出してきた車があってさ。白坂さんが、俺の腕をぐいとひいて、おかげではねられないですんだ。殺す気なら、そのとき放っときゃいい」

原倫介は黙り、地図をひろげた。

「野母崎のどの辺だ、ピカッときて、ガードレールにぶつかったというのは」

長崎湾沿いに蚊焼まで下りて、と石光玉雄は指でコースをたどった。

蚊焼から、このくびれたところをつっきって東海岸に出て、為石からまた海沿いに、と指で示しながら、

「この辺だな」

と、道がうねうねとつづら折りになっている部分を指先でたたいた。

くんち祭のときのやり方と似ているなと、原倫介は思った。どちらも、さりげない偶発的な事故にまぎらせている。

レンタ・カーを使わせたのも、自分の車を貸したのでは、細工をしたと疑われるおそれがあるからだ。

タクシーは高い、バスはつまらない、と並べれば、相手が、それじゃレンタ・カーと応じるのは、ごく自然な成行きだ。石光が思いつかなければ、白坂自身がそれをすすめただろう。石光が免許証を持っていなければ、また別の手を考えるまでだ。

しかし、映画のロケーションでレフ板を使うからといって、その反射光が適確に彼の眼を射る確率は、人なだれの下敷きになって圧死するより、はるかに少ないだろう。あまりに不確実だ。

「ロケは、見物がいたんだろう」

「ああ、大勢とりまいていたようだ」

そのなかに白坂はまぎれこんでいたのだ。そうして、小さい手鏡を使った。それとて絶対成功するとはいえないが、失敗したら別の方法を考えればいい。失敗しても石光玉雄に疑われる危険はない。

そう原倫介が言うと、

「だって、白坂さんは、その時間、生徒に教えていたぜ。一時ごろだったもの」

「たしかか」

「ああ」

「塾を休みにしたとか、代りの教師をたのんだとか、そんなことはないのか」

おそらく、白坂は、調べればすぐボロの出るような嘘はつくまい。

塾の授業は平常どおり行なわれたにちがいない。

犯行は、共犯者にやらせたのか。

だが、共犯を使うことは、きわめて危険だ。絶対口を割るおそれのないものを使わねばならぬ。秘密を共有する者、利害を共にする者だ。となると、古鳥院長しか思いあたらないが、古鳥はすでに死亡している。ほかに、鉱山関係者がこの土地にいるのだろうか。

石光玉雄は言った。

「俺は、白坂さんの潔白を確信できるよ」

「なぜって、考えてもみろよ。おくんちのあの事故が殺人だとしたら、無関係な大勢の人間を巻き添えにして殺傷しているんだぜ。もちろん、一人の人間を殺すために、列車爆破や飛行機に時限爆弾をしかけるといった手段をとるやつだっているだろう。しかし、自分一身のために、無差別殺戮を平気でやる人間だったら、鉱山で、人並みの扱いを受けていなかった労務者に対しても、もっと冷酷であり得たんじゃないか。

逆に言えば、無残な扱いを受けて蜂起まで覚悟した労務者たちに巻き添えにしたくないと思われるほどの男が、冷酷無慈悲な無差別殺人を行なうか、ということだ」

「しかし、それは彼が若いときの話だぜ。それから三十何年たっている。性格だって変わるだろう」

「俺はそうは思わない。根本的なところでは、もって生まれた性格は変わらないと思う」

「自分の利害に関係ないことでなら、いくらだってヒューマニズムは発揮できるさ。だが、ぎりぎりのところに追いつめられたら」

「鉱山の生活のなかで、似非ヒューマニストの仮面なんてかぶってはいられなかったさ。ああいうところでやさしくしていられる人間は、混りけなしにやさしいんだ」

「でも、崔さんは怯えた」

「親父は、過去をかくしていたから。あるいは、蜂起のときに、日本人をぶっ殺すぐらいのことはしているかもしれない。親父の方には白坂さんをおそれる理由はあり得るが、白坂さんが親父を殺す理由はない」

「三角関係だったろ、白坂さんと姜元基というインテリ労務者と古鳥所長の娘さんと」

「ああ」

「白坂さんの弱みは、それじゃないだろうか。芙佐江さんの気持は、白坂さんより労務者の姜さんの方にかたむいていたんだろ。白坂さんは、芙佐江さんを自分のものにするために、姜を抹殺した。

蜂起のとき、姜という男も死んだ。しかし、彼は、仲間を裏切って、蜂起を密告した男だろ。自分の身の安全ぐらいは確保しそうなものじゃないか。それが、逃げもならず死んだというのは、用ずみになったからというので、日本人の手で抹殺されちまった。白坂さんは、芙佐江さんを奪うために、鉱山に戻って姜の抹殺に積極的に手を貸した。あるいは、直接手を下したかもしれない。それを崔さんに知られていた」

「しかしなあ……」と、石光玉雄は、

「白坂さんは、何も、姜を殺すことないだろ。ライヴァルといったってさ、あのころ朝鮮人労務者と所長の娘が結ばれるなんて、絶対不可能な状態だったらしいもの」

「でも、人の心までは縛れない。姜を愛しているために、芙佐江さんが白坂さんの愛を受けいれない、となったら」

「おまえの説を容れて、仮に白坂さんが姜を殺したとしたって、三十何年昔の話だろ。今、それが明るみに出たって、時効になっていることだし……。それに、親父は無国籍がばれたら強制送還だから、昔のことをばらしっこないよ」

「白坂さんは、崔さんが国籍を詐称していたなんて知らないわけだから」

「でもさ、なぜ、俺まで狙われるんだ」

二人の会話は、尾をのみこんだ蛇の輪のように、同じところをめぐりつづける。

看護婦が入ってきて、

「まだ喋っとるの」

と叱りつけた。

「悪い、悪い」

石光玉雄はふざけて片手拝みした。

「今夜、ここに泊まりたいんですが」

「旅館じゃなかもんね」

「付添いは泊まっていいんでしょう」

「野郎の付添いじゃ、嬉しくないな」石光玉雄が言った。

「ガールフレンドのおらんとね」看護婦がからかう。

「完全看護になっとるからね、付添いのベッドはなかですよ」

「床に寝るからいいです。蒲団だけ貸してください」

「ナース・センターに泊まらんね。皆で歓迎したるわよ」

「ナース・センターなら、俺が行く。原、おまえ、このベッドに寝ろよ」

「ばか」

九時に消灯になると、石光玉雄はほどなく眠ったが、原倫介は寝つかれなかった。

信号を無視した車にはねられそうになった石光玉雄を白坂が助けたというのも、計画的なことではあるまいか。疑い出すと、何もかも怪しく思えてくる。

あの一事によって、石光玉雄は白坂への疑いをまるで受けつけなくなっている。

殺すつもりなら、はねられるにまかせておけばいい。たしかに、そうだ。だが、それは、その事件がまったくの偶発事であり、はねようとした車が無関係なものであった場合だ。

あれが、共犯者の車であったとしたら、どうだ。

つまり、石光玉雄に白坂への信頼感を持たせる、そのためだけに、みせかけの事故未遂を演出した。鏡を使った殺人が失敗しても、その後も白坂に疑いを持たせず、次の機会を待つことが容易なように。共犯者に本当にはねさせるわけにはいかぬ。人目の多いところで交通事故が起きれば、加害者は早速とりしらべを受ける。そんな殺害方法は、白坂にはとれないのだ。

だが、石光玉雄が言ったように、何の疑いも持っていない石光を、なぜ殺さねばならないのだ。黙って帰京させればすむことだ。

父親だけではあきたらず、息子まで殺さずにはおれないような深い怨恨（えんこん）を、白坂が崔に抱いているというのか。

逆ではないか。崔が日本人を恨みこそすれ、恨みを受けるわけはない。

紫の章

1

翌日、石光玉雄の部屋に、病院の会計係が請求書を持ってきた。

「退院のとき払うんじゃないんですか」

「毎週金曜日に、一週間分精算してもらう規則です。午後四時にしめますから、それまでにすませてください」

検査料だの差額ベッド料だの、ゼロの並んだ数字のトータル欄をみて、石光玉雄は、くちびるをとがらせた。

「悪いけどな」と、原に、「かね引き出してきてもらえないかな。軍資金、全部、三菱銀行に入れてある」

枕(まくら)の下から財布を出し、キャッシュ・カードを渡して暗証番号を教える。

石光をひとり置いて行くことに、原倫介は不安をおぼえた。

しかし、考えてみると、今まで相手は積極的な攻撃に出てきていないのだ。

怪我(けが)をさせただけで満足したのか、それとも石光玉雄が言うように、白坂を疑うべきではないのか。

「白坂さんが、もし今日ここに見舞いに来ても、俺(おれ)のことは話すなよ」

行動の自由を確保しておこうと思った。

だが、彼がキャッシュ・カードをポケットにおさめたとき、軽いノックとともに、ドアが開いた。

医師の回診か看護婦が検温に来たのかと、原がふりむくと、痩身(そうしん)の男が入ってきた。

「どんなぐあいですか」

「白坂さんだ」石光玉雄が言った。

「だいぶ顔色がよくなったね」

言いながら、白坂は、目顔で、誰か？　と石光にたずねている。

「友人です。東京から見舞いに来てくれた」

「原といいます」

「東京に連絡したんですか」

原は、どう答えようか迷った。かくしておいた方がいいのか、こっちの素性（すじょう）をぶちまけて反応をみるか。

「石光くんに、うちの人を呼ぼうと言ったんですが」と白坂は、「家族は誰もいないということで。私が毎日様子を見に来ればいいんだが、なかなかそうもいかんもんで。石光くんからきかれたかと思うが、今度の事故には私も責任を感じていてね」

原が気軽な応対ができず、ぎごちないので、何となく座がしらけた。

「石光くんがこちらに来た事情を、原さんも知っとられるのかな」

白坂は、敏感に察したようであった。

白坂の出現が突然だったので、原倫介はポーカーフェイスを作りかねた。

もしかしたら、白坂は、石光玉雄に見舞客があったら連絡するように看護婦に手をまわしていたのかもしれない、と、原倫介は疑った。タイミングがよすぎる。

〃誰か見舞客があったら、すぐ教えてください。私も会って、お詫（わ）びやら挨拶（あいさつ）やらしておきたいのでね。ただ、私がこんなふうに頼んだことは石光くんの耳には入れんといてください。それでなくても、私が気をつかいすぎると、彼の方で逆に気をつかっているので〃

そんなふうに言いふくめれば、看護婦も怪しみはしないだろう。

思いすごしだろうか。

どこかでお会いしませんでしたかな、と、白坂はつぶやいた。

白坂の方で原に見おぼえがあるとすれば、おくんち祭のときだ。

原はもちろん、白坂の顔を記憶にとどめようもないが、白坂は、あの事故の犯人なら、東栄ツーリストの団体客の動静をつぶさに観察していたはずだ。

腕章を巻き、団体旗を持った原添乗員をも、しっかりみつめたことだろう。

どこで見た顔か、ようやく思いあたったのではないか、口をつぐんだ白坂の表情に、何かぎくっとしたようなものを、原は見てとった。気のせいだろうか。

白坂が犯人であるなら、おそらく、あの直後、負傷者がはこばれた病院にもあらわれているだろう。目的を達したかどうかたしかめるために。そのときも、原を目にしているかもしれない。

「東京から、石光くんの見舞いにわざわざ?」

「いえ、偶然だったんですが、ちょっと用があって長崎に来ましてね。駅で下りたら、映画のロケ隊の人が二人話していたんですよ、事故のことを。それを小耳にはさんで、驚いてたずねたんです」

「ああ、そうでしたか」白坂は大きくうなずいた。

「それはまた……。あれは、揉めましてね。むこうはどうしても責任を認めない。石光くんのスピードの出し過ぎと運転ミスの一点張りでね」

「とばしていたのは事実だから、弱いんだ」

「よほど親しいんですか、お二人は」

「キャッシュ・カードを安心してあずける程度に親しいです」石光が言った。

「全額ひき出して逃亡してやるからな」原は、冗談を言おうとしたが、もともと固苦しいたちなので、ひどくぎごちなかった。それでも、白坂は儀礼的にちょっと笑った。

「ここの請求書がきたんで、彼に現金の引き出しを頼んだんです。長崎に三菱銀行の支店はありますね」

「浜の町にありますよ」

「白坂さんは、これからまた長崎に戻られるんですか。ごいっしょしてもかまいませんか」

石光と白坂を二人だけにしておきたくないので、原は言った。ここで石光の身に何か起きれば、白坂の首ねっこを押さえつけて警察につき出すたねにはなるのだが、何か起きてしまっては、取返しがつかない。白坂の告発より、石光の安全の方が、原には重要であった。

「車で来ていますから」白坂は気軽に承知した。

「銀行まで送ってあげましょう」

「車検はもう?」うっかり、原はたずね、

「よく知っていますね」白坂は原の顔を見た。

便所に行ってくるから待っていてくれと白坂は数分、席をはずした。

彼には、共犯者がいるかもしれないのだ。と、原は思った。俺が白坂の傍にいるあいだに、共犯者が石光を狙うだろうか。

このまま東京に連れ帰りたくなったが、動かすわけにいかなかった。

俺の存在を白坂に知られたのは、まずかった。白坂はこれまでのところ、石光は動けないからと、安心して攻撃の手をゆるめていたのだろうが、俺というパートナーがいると知ったら、放ってはおけなくなりはしないか。

といっても、俺と石光の、どちらか一方に危害を加えたら、残る一方が白坂に疑惑を抱く。どれほどアリバイが確実であっても、だ。しかも、これまでの様子からみると、白坂は、容疑者とされることどころか、関係者のはしに連なって名を出すことさえ、極力避けようとしている。事故という形をとるのは、そのためだ。

殺人事件として警察が動き出すのを忌避している。石光玉雄が白坂の家に泊まって二人きりだったときに、手を出さなかったのも、そのためだ。死体をかくしても、行方不明ということで近親者が探しはじめたら、どういう線から彼に行きつくかしれない。

「充分気をつけてくれよ」

原は言った。

「そう言われても、気をつけようがないんだな」石光は、いくらか不安が兆してきたのをまぎらすように陽気な声を出した。

2

蚊焼に抜け長崎市内にむかう車のなかで、白坂は寡黙であった。原も、もともと口は重い方な上、相手にうかつなことは喋るまいと警戒し、加えて、相手が害意を持っているのではないかと内心怯えてもいるのだから、どうにも重苦しかった。

白坂は、その重苦しさに気づいていないようにふるまった。ときどき、長崎ははじめてか、とか、石光くんとはいつごろからの知りあいかとか、雑談めかしてたずねた。さぐりをいれられているように、原には感じられた。

石光と白坂がどういう関係の知りあいなのかと、原倫介はまだたずねていなかった。それは、原が二人の関係を熟知していることを告白してしまったようなものであった。

車を走らせながらでは、何もできまい。

そう思いながら、原は額に汗をにじませ、知らず知らず拳を握りしめている。

フロントグラスの前方に、赤い布がひらひらしている。建材を積んだ小型トラックだ。長い鉄棒が荷台からはみ出し、先端に結びつけた赤い布が風に舞って、後続車の注意をうながす。

助手席の原は、視線をわずかに右にむける。白坂の端正な横顔。

牛の殺意を誘い出すマタドールのマントのように、白坂の目に、赤い布がひるがえっている。

ハンドルを握る白坂の、指の関節が白く緊張している。

激しい息づかいが原の耳につく。白坂の喘ぎか自分の呼吸か。

車はスピードをあげ、車間距離がつまる。

原は窓を開け、軀を隅に寄せた。追突しても、鉄棒の直撃が額を襲う位置からははずれた。手をドアの把手にかけた。

ぐっと加速した。

車は右にそれ、トラックを追い越した。

原はシートにもたれかかり、吐息をついた。

追突事故を起こせば、警察が介入する。

石光玉雄が、おくんち祭にからまる疑惑から石光自身の事故に対する原の考えまで、すべてを話すだろう。鉱山の話も当然出る。そんな危険は、白坂はおかすまい。

もっとも……と、原は、全力疾走したあとのような疲労をおぼえながら、考える。

追突事故で原が死亡し、石光が白坂への疑惑を警察に告げたところで、白坂を犯罪者として告訴できるような証拠は何一つないのだ。

長崎に着き白坂と別れたら、すぐ警察に行き、白坂への疑惑を訴えようか。

おくんちの事件といい、石光の事故といい、他殺事件とみなされていないのに、警察がとり上げて白坂を調べるだろうか。

警察に話せば、さしあたって手はうってくれないにしても、少くとも白坂を牽制することにはなる。

だが……単に白坂の行動を縛っただけでは、疑惑は疑惑のまま残りつづける、と、原は思いかえす。

市街地に入った車は、グラバー園の下を通り、弁天橋を渡って、新地町、銅座町とコースをとる。

浜の町の交叉点で右折した。

「このあたりじゃないですか」

「私の家が、すぐそこなんですよ。一休みしていきませんか」白坂はおだやかに言う。

「でも、四時までにかねをおろしてゆかなければならないので」

「まだ昼前です。充分すぎるくらい、時間はありますよ」

強く拒絶したら、相手はどういう態度に出るだろうか。ここで騒ぎを起こすわけにはいくまいから、あっさり譲歩するだろう。

しかし、白坂から目を離さない方がいいのではないか、とも思った。俺は充分に用心しているから、簡単にやられることはないが、石光はのせられやすい。

迷っているあいだに車はどんどん走り、寺院の裏へ抜け、「ここです」と、白坂は車をとめた。

柘植の生垣にかこまれた小さい平家で、プレハブの別棟が並び、私塾の看板が出ていた。

八畳の座敷に通された。

ガラス戸越しにみえる庭は、狭いが手入れがゆきとどいていた。百日紅、椿、山茶花、雪柳、紫陽花、つつじ、どうだん、と、四季、花のたえないであろう庭であった。

「女手がなくて、おかまいできないが、鮓でもとりましょう」

「いえ、けっこうです。すぐ失礼します」

「まあ、そういわず。どうせ私も、生徒たちのくる前に腹ごしらえをしとかんとならんのだから」

白坂は襖を開け、隣りの茶の間に行った。

出窓におかれた電話の受話器をとり上げ、ダイアルをまわしたが、ベル三つ分ぐらい待って、「そうか、今日はあの寿司屋は休みだった」とつぶやいて受話器を下ろした。

「けっこうです」

「すみませんな。ご馳走するつもりだったんだが。東京よりたねは新しくてうまいですよ。まあ、くつろいでください」

緊張して相手の出方をうかがっているのを嗤われたような気がした。

座敷に戻ってきた白坂は、魔法びんの湯を急須に注ぎ、湯呑に注ぎわけた。

茶器は、駄物ではなかった。有田も上をのぞめばきりがないが、これは、最上品とはいえなくても、品格があった。

室内の調度も、贅沢ではないが洗練された心くばりがゆきわたっていた。

男ひとりの住まいの荒んださまがない。といって、なまめいた女の気配も感じられない。

床の間におかれた生花は、枯れかかっていた。

この男が活けるのだろうか、と、花と白坂を見くらべた。

原の視線の先をたどり、

「捨ておくれましたな」白坂は言った。

「御自分で活けられるのですか」

「無骨ですが」

「風流なお暮らしといった感じですね」

原は言ったが、のどかさからは遠い印象であった。

「どうぞ」と湯呑が原の前に置かれた。

睡眠剤か、毒物か。

手を出さない原に、

「コーヒーか紅茶の方がよかったですか」

口調はおだやかだ。じわりと強制されたように原は感じた。

ことわったら、暴力で襲うだろうか。

原倫介は喧嘩や暴力沙汰は不馴れだし、腕力に自信もないが、学生のころスポーツを多少はやっていたから、少くとも互角にはいけそうだと、相手の軀つきを観察する。

大声をあげても、周囲は寺と空地で、人の耳にはとどきそうもない。

白坂は自分の前の湯呑をとり、飲んだ。

原は口のなかがかわききっていた。唾液が湧いてこない。

「私の思いちがいだったら許していただきたいが」と、白坂が、「きみは、何か私に警戒心を持っているように感じられるのですが……」

そうです、と答えようか。うまくごまかす機転がきかず、原倫介は口ごもる。

「石光くんが当地に来た理由は知っていますか」

「知っています」

「どの程度に？」

「彼のお父さんが事故の犠牲になって死んだが、あの事故が故意にひき起こされたものではないかと疑いを持ってしらべに来たのでしょう」

「そう、石光くんは、私の死んだ家内の父親、古鳥というのが、その加害者ではないかと、私のところにたずねてきたんですがね」

「古鳥さんは、軀が悪くて、こちらには来なかった。だから加害者ではあり得ない」

「よく知っていますね。石光くんからききましたか」

「ええ」と原倫介は、佐世保まで行ったことはかくした。

「どうも、きみは、私にまるで敵意でも持っているようで……。私の気のせいならいいんだが。初対面の若いひとに、つっかかるような物言いをされるのは……。それとも、きみの癖であって、別に悪意はないのかな。それならいいんだが。いや、失礼なことを言ってしまったかもしれない。気を悪くしないでください」

「あなたは、ぼくに敵意を持たれるような事情があるんですか」

「ないから、気になっているんですよ。何か誤解されているのではあるまいかと」

白坂は、自分の湯呑にもう一杯茶を注いだ。

「白坂さんの奥さんは、なくなられたんですね」

「ずいぶんいろいろ御存じだな。つい最近、なくしてね。それでとりこんでいる」

「いいえ、前の奥さん、芙佐江さんのことです」

「芙佐江が死んだのは、ずっと以前です。きみは、私のことをどの程度知っておられるのかな。私はきみのことを何も知らんのだが」

「武華鉱山の診療所で、知りあわれたのだそうですね」

「誰と。芙佐江とですか」

「ええ」

「そうですよ」

「三角関係だったそうですね」

「三角関係？」

「労務者のひとりと」

「カンのことですか」

「カン？　姜さんのほかに、まだ、芙佐江さんのライヴァルはいたんですか」

「何の話か、よくわからんな」

「カンというのは、誰ですか」原倫介はくいさがった。

「鉱山に強制連行されてきた労務者が大勢いたことは、知っているのでしょう」

「知っています」

「そのひとりですよ」そっけなく、白坂は言った。

「仲間を裏切って、蜂起を密告したという男ですか」

「きみは、何から何まで、よく知っているんですね。石光くんとよほど親しいんですか」

「その男の名前は、カンというんですか」

「そうです」白坂は、言葉少なになった。

「カン、それから何というんですか」

「忘れましたね」

「忘れるわけはないでしょう」

「一人一人のフルネームまではおぼえていませんよ」

「でも、自分の名前までは忘れないでしょう」

湯呑を口もとにはこびかけていた白坂の手が、一瞬、とまった。

「服を脱いでくれませんか」原は言った。

3

「ずいぶん、ぶしつけに聞こえますがね」

白坂は言った。静かな声音(こわね)をくずさなかった。

「服を脱げなどと」

「腹のさぐりあいは、まだるっこしいからやめましょう」原は言い返した。相手を追いつめるのは危険だと思いながら、一度口をついてしまった言葉は消しようがない。突き進むほかはなかった。

崔栄南はチェ・ヨンナムだが、日本人はサイ・エイナンの方が読みやすくおぼえやすい。

診療所で、芙佐江を愛した労務者を、横山は姜元基(きょうげんき)と石光玉雄に教えたが、本来の読み方はちがうだろう。

白坂は、ライヴァルをカンと呼んだ。姜(きょう)は、正しくは、カンと読むのだ。崔栄南の死にぎわのうわごとは、〝姜(カン)がいた〟と言おうとしたのだった。

白坂と姜が一つに重なったのは、この言葉のせいだけではなかった。

「あなたが、どうして、あんな不確実な殺人方法をとったのか、なぜ、何も疑っていない石光まで殺そうとしたのか、ずっと考えていました。薄々、ぼくは気づきかけていた。それが、今……」

幕が一気にとり払われたように、明瞭になった。思考が結晶した。

「姜（カン）……」

「姜元基（カンウォンギ）は死にましたよ」白坂は言った。

「死んだのは、白坂という日本人でしょう。医者の卵だった。あなたは、京城大学の学生ではあっても医学部ではなかったから、白坂になりかわったものの、医師としてやっていくわけにはいかなかった。ただ、入れかわっただけなら、姜と白坂の顔を知るものを、それほど怖（おそ）れることはない。白坂を殺したんですね」

白坂は、その日、芙佐江や古鳥とともにいったん下山したが、また鉱山に戻った。

姜は白坂を殺害し、顔面を損傷し、服をとりかえ、死体を倉庫の近くにはこび、ダイナマイトに点火した。

崔は、それを目撃した。

崔に見られたと気づいた姜は、崔をも襲った。姜は、崔を殺したつもりだったが、崔は蘇生（そせい）し、逃亡した。

白坂になりかわって戦後の三十余年を過ごしてきた姜は、くんち祭の前日、長崎市内を観光している団体客のなかに、崔をみかけた。

崔の方でも、姜に気づいた。

彼は、とっさに、崔を抹殺（まっさつ）する計画をたてねばならなかった。

白坂を殺し崔を殺しかけた姜がいる、と崔が誰かに話す前に。

しかも、他殺とみられてはならなかった。

被害者の身辺を捜査することによって、白坂の名、姜の名が焙（あぶ）り出されてくる。

当時の労務者は大半死亡したといっても、生きのびた者が、どこにいるかわからない。

「ずいぶん、きみの話は飛躍しているな」

白坂は言った。

「姜が白坂を——この際、他人事のように話すが——殺してだね、自分が死んだようにみせかける。これは、不可能ではないね。だが、その後、姜はどうやって、古鳥院長や芙佐江の目をごまかすのだね。整形手術でもしたというのかね」

「それは……古鳥さんも芙佐江さんも承知のことだった……」

「すると、なにかね、芙佐江は、人殺しと承知の上で、姜の妻になった?」白坂は、興がっているようにさえみえた。

「いえ、……人殺しとまでは知らなかった……。ただ、芙佐江さんは、姜さんを、あなたを、愛していたから……」

原は、あわただしく、考えを組み立てなおした。

古鳥と姜のあいだに、前もって諒解がなくては、たしかに無理だ。

古鳥は、白坂を、娘の夫にとまで考えていたという。そのために、わざわざ、娘といっしょに下山させたのだ。

だが、それは、当時十五歳だった横山の言うことで、しかも、横山はそのとき現場にはいなかったのだ。

古鳥が表面白坂をかわいがっているようにみえて、実は悪意を持っていたとしたら、どうだ。

古鳥は、チフス事件で冷酷な命令をくだした。これは、若く潔癖な白坂のがまんできないことだった。彼は、古鳥を責めた。

一方、古鳥は、植民地は独立するであろうし、労務者虐待の責任を問われるおそれがある。そのとき、白坂がどんな証言をするか。贖罪を迫るのではないか。

労務者蜂起の情報をもたらした姜に、擾乱にまぎれて白坂を抹殺することを命じた。

もちろん、その直後、姜をも抹殺する予定であった。姜の殺害は、日本人棒頭などに命じる。古鳥個人としてではなく、会社と軍部の上層部の秘密命令としてである。姜の情報を利用して、暴動鎮圧の形でいっさいを消滅してしまうというのは会社の方針であったし、労務者をリンチで死亡させるようなことは棒頭たちはしばしばやっていたのだから、後になって古鳥が恐喝されるたねにはならない。

しかし、白坂抹殺に成功した姜は、棒頭の手を逃れて身をかくした。

そこまで考えてきて、原は、もう一つの可能性に思いあたった。

古鳥は、白坂を殺す気などなかった。娘の夫にするつもりだった。ただ、彼は、擾乱にまぎれての姜の抹殺を、白坂に命じたのだ。

会社が労務者を全滅させようとしていることを知っている姜を、会社としても抹殺の必要があった。煮られる走狗である。

それとも一つ、古鳥には、個人的な理由もあった。姜と娘が愛しあっているのに気づき、許せなかったのである。

この、どちらかだ。

身をかくして、古鳥の動静をうかがっていた姜は、芙佐江とはひそかに連絡をとりあっていたかもしれない。もちろん、姜は、自分が白坂を殺したことは、芙佐江には告げなかっただろう。

敗戦後、古鳥が佐世保に渡って開業することになったとき、姜は、古鳥の前に姿をあらわし、芙佐江との結婚を迫った。古鳥には、幾つもの弱みがあった。屈服せざるを得なかった。

「私が姜元基だと、きみは言うんだね」

笑いを含んでいるように、原にはきこえた。

「そうです。だから、服を脱いで背中をみせてくださいというんです」

石光玉雄を殺さねばならなかったのも、そのためだ。石光から、白坂の居場所が横山や佐藤の耳に入るのを防ぐためだ。

横山は、崔同様、危険なのだ。白坂と名のる男の上に、横山は、かつての裏切者、労務者の憎悪と怨恨の的、姜の顔を見るだろう。そうして、横山の口から、姜の生存が、日本国内にいる生き残りの労務者の耳に届いたら、どのような報復が企まれるかもしれぬ。

「なぜ、服を?」

「白坂というひとは、結核で手術を受けたということですから」

白坂は、原の顔を見ながら、ゆっくり上衣を脱いだ。それからシャツのボタンをはずし、片袖をぬぎ、下着の前ボタンをはずすと、ぐいと片肌をぬいだ。軀をよじった。背から脇腹にかけての無惨な傷痕(きずあと)を原が目にしたとき、白坂は、手早く肌を入れた。

「失礼しました」原は目を伏せた。

「奇妙な疑いを持たれてしまったものだな」

白坂は言い、

「どうです、安心して茶を飲む気になりましたか」

さめましたね、と言って、湯呑のなかみを建水(けんすい)に捨て、新しく注ぎなおした。

「まるで、きみは、毒が入っているとでもいうような警戒した顔つきだったよ」

4

電話のベルが耳を打った。

蓉子(ようこ)は、電流に全身を貫かれたように感じた。

三度鳴って、切れた。鳴りつづけることを願ったが、電話機は沈黙した。

沈黙した電話機は、蓉子の行動をうながしている。父の、無言の声と、容赦(ようしゃ)ない視線を、そのむこうに感じる。

祖父の納骨から数日後の午前中、突然訪れてきた父は、かるく握った拳(こぶし)を、蓉子の目の前で開いた。

小さい金属製の薔薇(ばら)――蓉子が失なったボタンが、手のひらの上にあった。

アイ子を殺して利恵の部屋にはこび入れたのが父であれば、ボタンは父の手にあって不思議はなかった。

半ば、覚悟はしていた。

父は、わたしの利恵殺しを気づいている、と。

しかし、それをあばけば、父は自分のアイ子殺害を認めざるを得なくなる。

たがいに沈黙を守るほかはない。

安全なのだ、と思っていた。

ボタンをつきつけた父の表情は、冷酷そのものであった。

利恵を殺したね。静かな声だった。

あなたの娘ですもの。長い沈黙の後に、言い返した。

蝮の娘は蝮ね。

——あなたは、わたしに罠をかけた。ボタンを拾ったとき、わたしを利恵の加害者と察した。それをたしかめるために、わたしの部屋のなかに、利恵の痕跡を作りあげた。あの日、あなたは午前中、用があるといって外出した。わたしが自宅に戻ったのは、その後だった。

あなたがわたしの家を出た後に、太田新樹が盗聴器をとりつけに入りこんだのだ。わたしは、まさか、父親が娘に罠をしかけたとは思わなかった。

父親が、娘に罠を！

わたしは、そう詰った。

父が、利恵を殺したね、と言い、それを脅迫のたねに、娘にもうひとつの殺人を強いたからだ。

おまえの父親は、私ではない、おまえの父親は、と、そのとき、あのひとは——わたしがそれまで父と呼んできたひとは——言ったのだった。おまえの父親は、芙佐江を殺した男だ、と。

お母さんは、結核で死んだのでしょう。

おまえの父親も、結核だった。芙佐江は、おまえの父親にうつされたために、病んで死んだ。

私は裏切られたのだ、と、そのひと——わたしがそれまで父と呼んできたひとは、言った。

『……私は運命に裏切られつづけてきた。

最後の仕上げのように、芙佐江の裏切りを私は知らされた。

蓉子、おまえの献血手帳を見たときに。

芙佐江は、たしかに私を愛しぬいてくれた。だが、あの男の軀をも、受けいれていた。

蜂起まぢかいころ、鉱山の上層部はすでに統制力を失ないつつあった。私と芙佐江は、あわただしい軀のちぎりを持った。敗戦後、芙佐江と正式に結婚したとき、彼女は妊っていた。それは、どれほどはげしい喜びを私に与えたことか。

だが血液型が告げた。おまえの体細胞の原芽は、私とはまったく無関係なのだと。

もう、決して裏切らせない。私が、運命の主人となるのだ。他人の運命をも含めて。

運命が私を蹴落とし踏みにじろうとするなら、私は先まわりして、そいつの鼻づらをつかみ、ひきまわし、ねじり倒してやるのだ』

父と娘の絆は幻影だったと、わたしは知った。かわりに、犯罪という鎖が、わたしとそのひとを、今、何にもまして強く結びつけている。

五分と五分のはずなのだ、あのひととわたしの関係は。わたしが利恵の加害者だと、あのひとは言う。それは、アイ子の殺害者だと告白しているようなものだ。

わたしはそれを言ったが、あのひとは平然としていた。

あのひとが、わたしの犯罪を指摘したのは、もうひとつの犯罪を強要するためであった。

時間は迫っていた。

わたしは、いやだ、ということもできたのだ。あのひととさし違えるようにして。

それなのに、わたしがあのひとに唯々として従ったのは、わたしがこの先も安穏に生きつづけたいのに、あのひとは、生にしがみついてはいないからだ。

あのひとは、ただ、運命を自分の足で踏みにじりかえすために、犯罪をつづける。

あのひとは、わたしに語った。あのひとの無念を。

わたしたちは、手はずをととのえた。あのひとは、犠牲者に眠りを与え、それがめざめるまでの時間をぬすんで、わたしのところに来たのだ。

わたしは指令どおりに行動したものの、失敗した。

確実な方法とはいえなかった。とりえといえば、殺意の存在を犠牲者にさとられず、次の手段を考えることができる点だ。

わたしたちは、ゆっくりと機会を待つつもりだった。

石光玉雄が、北海道の佐藤という人に、父のことを告げる、その前に始末すればいいのだ。動けないでいるあいだは、大丈夫だ。

緊急の事態が生じるかもしれない。そのときのための手はずも、相談しておいた。

詳しい指令を与える余裕が、彼の方にないかもしれない場合を予想して、とりきめた。

電話のベルが三つ鳴って切れたら、出動の合図である。

今、それは、鳴った。

5

原倫介は、まだ、警戒心をすっかりといたわけではなかった。

しかし、この茶のなかには、何も入れるすきはなかったはずだ。新しく注ぎなおしたのだから。そうして、それに使った急須も湯も、さっき白坂——と自称する男——が、自分の湯呑に注いで飲んだのと同じものなのだから。

彼は、湯呑を口に近づけ、ひとすすりした。味は妙なことはなかった。

白坂は台所に立った。

皿に盛った朱色の柿と、刃先の鋭いフルーツ用小ナイフ。

その小ナイフは、鋭すぎる。原は、一瞬、思った。人を切り刻むにはあまりに小さいが、剽悍に、自らの意志とバネで、とびかかってきそうな……。

「生徒の家からもらったんだが、わりあい、甘くてうまいですよ」

「ぼくは、柿はあまり……」

「好きではない? 無理にはすすめないが、まだ誤解をといていないのかな」白坂は、いささか、うんざりした表情をみせた。

柿に、水溶性の毒物が注射してあったら……。小ナイフに毒が塗りつけてあるかもしれない。

そう思ったとき、なぜか、古鳥の名が浮かんだ。白坂が姜であれば、崔の死を、古鳥だけは、白坂の犯行と即座に察しただろう。

白坂の背には、傷があったではないか、と、彼は思いなおした。表札のように、しっかりと。

それでも、古鳥も符節をあわせたように死んでいることが、奇妙に気にかかる。

「古鳥さんも最近なくなったんでしたね」

「前から冠動脈硬化でね」

「白坂さんの二度目の奥さんがなくなられたのを発見して、発作を起こされたとか」

「石光くんにもそんな話はしていないんだが、きみは、まったく、よく私の身辺をしらべたんだね」

「いえ、新聞にのっていましたから」

「そんな内輪(うちわ)のことまでのっていたかな」

「ごく簡単な記事でしたけれど」

「きみは、警察にでも行って、私のことをいろいろ訊(き)き出してきたのかな」

「いえ……、ちょっと、ほんの冗談にですが、こんなことを考えたので。古鳥さんを殺したいと考えている人がいるとしますね。いきなり死体をみせたら、発作の引金になるでしょうね」

「なるだろうね」

原は、茶を飲んだ。

「しかし、きみが何を考えているのか知らんが、院長が必ずアイ子の発見者になるとはかぎらない状態だったのでね。他の者が、あそこへ出向いたかもしれない」

「古鳥さんの遺体は解剖されたんですか」

「解剖は、死因が不明だったり、変死の状況のときだけだよ。院長の場合は、冠動脈硬化からきた狭心症の発作と、はっきりわかっているのだから」ききわけのない子供を、忍耐強く相手にしているように、白坂は説明した。

「かなり悪化していたんですか」

「結果的にみると、そうだね。しかし、寝たきりというわけではなくて、日常の生活はふつうにやっていたようだから」

「発作が起きたとき、薬でおさえられないんですか」

「医学知識のテストをされているようだね。冠拡張薬を使うよ。ニトログリセリンの舌下錠(ぜっかじょう)が一般的で、院長もこれを使っていたはずだ。これだと、一、二分で効力があらわれて、十五分から一時間ぐらい効いている」

「なくなったときも、その錠剤を？」

「もちろん、使っている。だが、なぜ、そんなことを訊くんだね」

「ぼくの祖父がやはり、心臓疾患で、ニトログリセリン舌下錠を常用していたんです。結局、死にましたが」

「ああ、それで関心が？」

「そのとき、耳にしたんですが、この薬を使うと、末梢(まっしょう)血管がひろがるので、顔面が紅潮しますね。そうして、静脈還流が減少するので血圧が下がるんだそうですね」

「ああ」

「青酸中毒の特徴も、皮膚の紅潮、呼吸困難、血圧降下、と、よく似た症状なんですってね」

「原くん」と、白坂は少し居ずまいを正した。「まるで、きみは、私を怒らせようとつとめているみたいだな」

「どうしてですか。ぼくは、ただ……」

「まさか、院長の死が青酸中毒だったなどと言いだすつもりじゃないだろうね。さっきは、私を姜だと言った。手術の痕(あと)までみせて、やっと納得したかと思ったら、今度は青酸中毒か。院長の息子で、これも医者をしているのが、すぐにかけつけて、遺体を診(み)ているんだよ。青酸中毒と心臓死の区別がつかないような藪(やぶ)ではないよ」

「いえ、その祖父の病気のとき耳にしたことを、ちょっと口にしたままです。でも、青酸中毒の特徴はアーモンド臭だというけれど、これも、誰にでも同じように感じられるわけではなくて個人差があるし、死体の傍にいっただけですぐ嗅(か)ぎわけられるほど顕著ではない場合が多いそうですよ。頭蓋腔(とうがいくう)や胸腔を切開したとき、はじめて臭(にお)いに気づくときもあるそうです」

「くわしいね」

「以前きいたことを思い出しただけです」

「それで？」何を言いたいのか、というように、白坂はうながした。

「舌下錠に青酸を塗っておくというやり方もあるなと思ったんですよ」

そう言って、原は白坂の反応をうかがったが、白坂は落ちついていた。

ガードを固められた、と原は思った。

それとも、本当に潔白だから動じないのか。

白坂が姜だとしたら、彼にとって都合の悪い人間が、次々に死んでゆくというのに。

鉱山では製錬に青酸カリを使っていたというから、姜が手に入れていた可能性は大きいのだ。三十何年、効力が持続するものかどうかは知らないが。もし、それがだめでも、古鳥のところには各種の劇薬が揃っている。

白坂は、いささかむっとしたように、柿の皮を剝きはじめた。

原は膝をずらせ、きらめくナイフから距離をとった。

舌下錠のどれか一つに青酸をぬっておけば、死因がうたがわれることは、まず、あるまい。死につながる心臓発作を起こしている人間が、その症状のままで死亡するのだから。

死病を持った古鳥は気が弱まり、過去を悔いる気持になっている。そこへ、姜が無差別殺戮の手段で崔を抹殺した。

古鳥が警察に告げそうな恐れを、姜は持った。あるいは古鳥が自首をすすめたのか。

白坂は柿を四つに割り、一片を口にいれた。

白坂が兇器で攻撃してきたら、とり押さえて、警察につき出す。

推察ばかりで、目にみえ手にとれる明瞭な証拠はないのだけれど、証拠固めは警察の仕事だ。

「さっきみせていただいた傷ですが」

原が言うと、白坂は目をあげた。

「手術の傷というよりは、拷問の傷痕に似ていました。石光くんのお父さん、崔さんの背にも、ひどい傷があったそうですよ」

白坂の表情が、はじめて、ぴりっと動いた。

姜が、北海道に送られる途中、脱走を試みて失敗し、半殺しの目にあった、と石光が横山からきいた話のなかにあったのを、原は思い出していた。

　平静を保とうとする白坂の努力を、こめかみの痙攣が裏切った。が、すぐにそれは消えた。

「きみは、どうしても私を姜にしたてたいようだな」

　ナイフは、白坂の手のなかに、従順にうずくまっている。

「姜は死んだよ。万斛の恨みとともに。彼は、もっと違う生を生きることができた男だった」

「姜は死に、白坂として生きのびたのですね」

「きみに、彼を責める資格があるのかね」

　姜は、俺を殺すつもりだな、と原は思った。ごまかしとおすのをやめて、ひらき直ったような態度だ。

「ぼくにはなくても、崔さんにはあるでしょう」

「姜は、彼の受けた不条理を秤の一方の皿においたとき、他の何ものをもう一方においても、つりあうことはないと思ったことだろうよ。もし、姜が生きているとしたらね」

　広漠とした空間に泛かぶ一個の天秤計りが、原には見える気がした。

「それを言うなら、崔さんだって、ほかのどの労務者だって、同じでしょう。みな、違う生を生きることができたはずだ。あなたの言葉を借りれば」

「同じではないだろうよ、姜にとっては。姜元基にとっては、姜元基はただひとり、ただひとつのものだよ」

「あなたは、自分が姜元基であることを認めるんですね。そうして、かつて白坂さんを殺し、今また崔さんを殺し、石光を殺そうとしたことを、認めるんですね」

　秤の皿に、犠牲者の血が注がれる。注いでも注いでも、天秤は水平にはならぬ。

　原は、姜の痛哭を聴く。

「きみは、何を馬鹿げたことを、さっきから……」

我れに返ったように、白坂は冷ややかに言った。

　そろそろ生徒が来る時間なので、と白坂は言った。

「銀行までお送りはしないが、バスで簡単に行けますよ」

結局、白坂は姜であることを認めはしなかったし、原にも、断言しきる確信はなかった。白坂が白坂本人であるなら、ずいぶんと厄介な言いがかりをつけていることになる。

気を悪くするのは当然だ。

白坂が立ち上がるのにつられて、原倫介も席を立った。

警戒はしていた。白坂が軀を寄せてきたとき、身をひいた。白坂は、つまずいたようによろけた。よろけた軀は、原にぶつかってきた。原はよけながら、左腕をのばして、突き放そうとした。その手のひらに、冷たいような感覚が走った。

つづく攻撃は、なかった。

「失礼した」白坂は、うろたえたように言い、右手に持ったままの小ナイフを見た。

「申しわけない。うっかりしていた」

手のひらに、血の粒が並び、糸になって流れはじめた。

攻撃の兇器とみるには、ナイフはあまりに小さすぎる。

「ちょっと待っていてください。血止めしなくては」

いそぎ足で台所に行く白坂の背に、原は悪意をよみとれない。

何かに気をとられていたとしても、立ち上がるときナイフを置くのが自然な動作だと思うのだが。

ナイフの刃先に毒物が塗ってあれば、小さい傷でも致命傷になるが、さっき、白坂は、あのナイフで柿の皮を剝き、四つ割りにし、そうして、食べていた。

原は玄関に行き、靴をはこうとした。

更に強力な兇器をもって白坂が戻ってくるのではないか。

しかし、白坂がたずさえてきたのは、救急箱であった。

蓋を開け、繃帯やガーゼをとり出すと、

「深くはないな。掠っただけだ。まったく私の不注意だ。申しわけない。痛みますか」

手早くガーゼをあて、繃帯を巻きつける。

きりきりと巻き終わると、

「一応、医者にみせた方がいいかな。縫うほどのことはないと思うんだが」

「大丈夫です」

原は、白坂の手を払うようにした。

殺意をあらわに攻撃しかけてきたら、告発のきっかけにできるのだが、白坂は、不注意だったと、ひたすら詫びるばかりだ。

すべて、疑心暗鬼だったのか。

「これでは、ますますきみに、奇妙な疑いを持たれそうだな」と、白坂は、「困ったことだ。原くん、きみが、おまえは原ではない、別の人間だ、認めろ、と言われたら、どうします。きみは、まさに、私にそういう難題を吹っかけているんだよ。私は、姜という男に同情はしているが、だからといって、私と彼が同一人だというのは、あまりに馬鹿げていて、私には弁明のしようもないくらいだよ。私としても、妙な疑いを持たれているのは不愉快だし迷惑だ。どうしたものかね」

喋りつづける白坂の声が、原の耳に、次第に遠くなる。軀がぼうっと不愉快なぬくもりを持ちはじめ、それと同時に、ひどく気分が悪くなってきた。

床が揺れ、瞼を開けていられない。瞼を閉じると、軀がかしいでゆくのが感じられるが、それをとめることができない。

肺が鉱物質のものに変わったように呼吸が苦しくなる。

四時までに……俺が病院に帰らないと……。

辛うじて、声が出た。いや、声になっていただろうか。石光が怪しむぞ。看護婦か病院の医師に告げて、あんたを調べることになる。

苦悶の痙攣が、たえまなく軀を走る。

のどを絞められているわけではないのに、息苦しい。激しいめまい。

胸部が万力で締めつけられる。

軀は麻痺して動かないが、原の意識はまだ消失しきっていなかった。

白坂の両腕が原の腋にさし入れられ、半ば抱え起こしてひきずられるのを感じる。

叫ぼうとするが、弱々しい呻きさえ、出なかった。

毒は、ガーゼに塗ってあったのだ……、と、それだけがようやく、混濁しかかった意識にのぼる。

毒物は、やはり青酸系か……。

祖父が心臓疾患で死亡したとき、青酸死との類似をきいて興味を持ち、青酸について訊き調べた、その遠いわずかな知識を、彼は必死に思い出そうとする。

助かる手段をさぐる。

投与量が少く即死しなかったとき、すぐ解毒剤が与えられれば、まにあうのだ。

毒物投与後、三時間が山ときかなかっただろうか……。

だが、そんなに長時間、姜が犠牲者を放っておくわけがないのだ、と、原は絶望的に思った。

意識の混濁が、次第に恐怖を薄れさせた。

運命の不条理にむかって、羅刹のように立ちむかった姜の姿が、巨大な像となって、彼に迫った。姜の哀哭を聴いたように思った。同時に、崔や、そのほか無数の労務者が、原に指をむけ、責めたてていた。

やがて、空白がきた。

6

蓉子は時計を見た。十二時五十分。そろそろ出発してよいだろう。

あまり早くては、病院の食事時間にかかるし、父のアリバイがたたない。

犯行は、一時過ぎに行なわれるべきであった。そのころなら、父は、生徒たちの相手をしている。

このときのために用意しておいた品々を、蓉子は整理簞笥の抽出しからとり出した。

昨日、またガラスが割られていたことを思い出し、ふと不安になった。黒い小さい耳が、どこかにとりつけられたのではないかと、探しまわったが、何もみつからなかったのだった。

7

彼は、失神している原の軀を浴室にひき入れた。

青酸カリが皮膚損傷部から体内に侵入し死亡した事例を、彼は新聞記事で読んで記憶していた。

固型の青酸カリを下着の下にかくしていた女性が、五時間後に死亡したというのである。右大腿部に皮膚潰瘍部があり、これが体内への侵入口となった。

彼のそれまでの常識的な知識とは違っていた。彼は、青酸毒は必ず即死をもたらすと思っていたのである。青酸カリについて調べ、心臓死との類似を知った。青酸カリは、末梢組織の酸素消費を妨げ、内窒息を生ぜしめる。即ち、青酸カリ中毒は、窒息死の一種なのだという知識も、そのとき得た。もっとも、古鳥の場合は、舌下錠に塗布した毒が効いたのか、心臓死か、わからない。この男は、と、彼は足もとに横たわる原を見下ろした。素人にしては、毒物の知識があるな。

この原の場合、何時間後に死亡するか、正確なところは彼にもわからないが、生徒たちに授業を与えているあいだであることはたしかだ。

深夜、海に遺棄するつもりであった。

利恵をそうしたように。

今度は、万一ひきあげられることがあっても身もとが確認できないよう、顔面と指頭を損傷しておこうと思った。

今、絶命させてしまうか。

しかし、ひき上げが思いのほか早かった場合は、死亡時刻の幅がせばめられる。アリバイのあった方が、安全だ。はじめの計画どおりにやろうと思い直した。

一つの殺人は、何と多くの死を、後にひきずらねばならぬものか。

蔓でつながれた小芋に似ていた。

四時までに原が病院に現金を届けねば、石光が怪しむ。

石光玉雄は、どっちみち、消さねばならないのだった。

彼が、青銅の像のように非情のものとなることを己(おの)れに課したのは、蓉子が彼の血をひかぬ明証を見たときであった。

それまでも、彼は、他人への同情とか思いやりとか、そういう柔い部分を心から切り捨ててきた。

そうせねば、鉱山のなかで、生きておれなかった。柔さをみせたのは芙佐江に対してだけであった。

医学生白坂秀は、彼に苛酷(かこく)ではなかった。彼が学生だったと知ると、むしろ、親しみをみせた。

しかし、その白坂も、古鳥に命じられて、冷然と、彼を殺そうとしたのだった。

芙佐江と家庭を持ち、子供を得、彼は、みずみずしいやさしさが心によみがえるのを感じた。彼は、世界を許す気になっていた。

芙佐江の死は辛かったが、なお、芙佐江の俤(おもかげ)をうつす蓉子がのこされていた。

だが、世界は彼の前で、再び反転したのだった。

彼は、空(から)の浴槽に原の軀をいれ、蓋(ふた)をし、母屋(おもや)の鍵を厳重にしめた。それから教室に行った。まだ一時にはなっていないが、子供が二人、まんがの本をひろげていた。

8

古鳥は、彼が崔を殺したことを責めた。

無関係な人を大勢巻き添えにした冷酷なやり方を、許せないと言った。

あんたたちがしたことは、許せるのか、と彼は言った。

自分は心臓疾患でいつ死ぬかわからない。心の重荷を軽くしたい、と、古鳥は洩らした。

彼を告発する決意を固めたと、彼はみた。

まもなく、佐世保で太田登喜子が自殺する事件が起きた。彼も、まさか、その事件が蓉子によってひき起こされたものとは知らなかった。

利恵のしわざだろうと見当をつけていた。

太田登喜子が死に、利恵のアリバイをアイ子が証言したとき、白坂は、偽証だろうとアイ子を追及した。

アイ子は、ついに認めたが、わたしだってあんたの秘密を知っている、と言い出した。

アイ子は、芙佐江の付添いをしていたが、芙佐江は、衰弱がひどくなったとき、これを焼却してくれと、日記類をアイ子に託した。自分で整理し焼却するだけの力がなくなっていた。

アイ子は興味を持ち、芙佐江の死後、それを焼かずにとっておいた。

まもなく、白坂の後妻に入った。白坂は幼い蓉子をかかえ、女手が入用であった。

日記は、戦争中のもので、藁半紙の小さいメモ帳に鉛筆で記され、ひどく読みづらかった。好奇心にかられ、暇のあるときに、少しずつ読んだ。

ごく簡単な記録で、芙佐江の内面までは書きあらわされていなかったが、白坂に結核の既往症と手術の病歴があることを、それにより知った。誰も、そんなことをアイ子に告げてはいなかった。

夫の背の傷は、手術によるものとは違う、と、付添い看護婦の経験のあるアイ子は思った。

だが、白坂でなければ誰なのか、そこまでは、わからなかった。

わからなくてもかまわないと、アイ子は思った。過去の名前が何であろうと、皆が白坂と呼ぶその男を、アイ子は好きなのだし、その男の妻になれたことで、この上なく満足していた。秘密をあばけば、アイ子自身の倖せがこわれるのだった。

しかし、白坂に偽証を責められ、アイ子は、ついに切札を持ち出した。

互いに、相手の秘密を握ったことになった。

白坂は、提案した。それぞれ、告白をテープにおさめておこう。そうすれば、どちらも相手の秘密を暴露することができない。相互保証だ。そうして、テープという確実な証拠があるのだからと、日記は焼かせた。

アイ子が吹きこんだテープを、白坂は、古鳥の脅迫に用いた。私を訴えれば、利恵がアイ子に偽証させたことを公にする。偽証させたということは、即ち、利恵が太田登喜子を殺害しているという証拠になるのだ、と。

そのために吹きこませたのである。

古鳥の口は、一応封じた。しかし、安心はできないので、彼の常備薬のなかの一粒に青酸を塗布することに成功した。

一方、アイ子も放置してはおけなかった。

彼にとってもっとも致命的な秘密を知っているのである。

最初から、アイ子に愛情は持っていなかった。彼が愛したのは、芙佐江ひとりであった。その芙佐江にも、裏切られていた……。

利恵が東京に行くときいて、アイ子はとり乱していた。利恵にアイ子がすべてを話したりする前に、何とかしなくてはならない。

利恵が上京する日を、決行日にした。

夕食時に眠らせておき、アイ子に与えておいたテープを処分し、授業中に、母家に戻って手首を切った。噴出する血はビニール袋に受けた。深夜、車で佐世保にはこんだ。死斑の位置から死体移動を推察されぬよう、気を配った。そうして、利恵の骸を発見したのである。

利恵の死は、彼から、古鳥を脅迫する材料を奪う。

古鳥が死亡するまで、利恵の死はかくしておかねばならなかった。

生徒の顔が揃った。彼は、まんが本を閉じなさいと、生徒に命じた。

9

アコードが、二、三十メートルうしろを走っているのが、バックミラーにうつる。

運転しているものの顔はよく見えない。

蓉子はスピードをあげる。

前にも似たようなことがあった……と、時が逆流したようなめまいを、一瞬、おぼえる。

10

「これだけ食べたんだから、今日はもう、点滴はいいだろう」

　昼食のトレイをさげに来た看護婦に、石光玉雄は言った。

「半分も食べとらんじゃなかね」

「寝てばかりいて、食えるわけないだろ」

「今日から、点滴は一本。先生がそう言うとらしたわよ」

「あれ、嫌いなんだよ、俺。点滴」

「痛くも何ともなかでしょうが。よか男が何ね、点滴が怕(こわ)かとね」

「怕いわけないだろ。途中で小便が出たくなるから、いやなんだ」

「ベル鳴らしなさい。とりに来たげるから」

　看護婦は笑って、トレイを持って出ていった。ワゴンのきしむ音がドア越しにきこえた。

　ひとりになると、また、原の言葉が気にかかりはじめた。

　古鳥を疑いこそすれ、白坂には何の疑念も持っていなかった。

　原の言葉に一々反駁(はんばく)したものの、考えてみると、彼は、直接白坂について詳しく知っているわけではなかった。

　この、車の事故が、仕組まれたものだったというのだろうか。

　彼は、手をのばし、サイドテーブルから地図をとって手ごろな大きさに折りたたみ、仰向(あおむ)いたまま目の前にかざした。

　野母(のも)半島の地形とルートをたどっているとき、ふと気がついた。

　脚気(かっけ)の象の脚のように長くのびた半島は、蚊焼(かやき)と為石(ためいし)を結ぶあたりで、ちょっとくびれている。結んだ道の中央が、栄上(えいがみ)である。

地図をみながらコースを説明するとき、白坂は、長崎湾の深堀漁港から、城山と八郎岳のあいだを通って、栄上に直進し、そこで左折して為石に出る道を示したのだった。

山のあいだを通るのはつまらない、せっかくだから海の見える道の方がいい、と、石光玉雄は主張した。深堀から海岸沿いに蚊焼に出る、と言うと、では、蚊焼で左折して、為石に出て、それから海岸沿いに下って、先端に出てぐるっと一周すればいい、と白坂は教えた。

そのときも、ちょっと、不審な気はした。なぜ、蚊焼からまっすぐ西海岸を行かないのかな、と思ったのである。

地元の人の言うことだから、東まわりの方が自然なルートなのだろうと、深く気にはとめなかった。だが、疑ってみれば、海側を走る方が、事故を起こしたとき、断崖を墜落する可能性が大きい。

その上……と、石光玉雄は数えあげてみた。

西まわりのコースをとると、先端を過ぎ、反対側に来ると、ロケ現場よりだいぶ手前に、マリンランドや熱帯植物園がある。休憩所の設備もある。ちょっと一休みしたくなるのがふつうだろう。それによって、計画地点に達する時刻が不定になる。東まわりなら、途中休息場所がないから、通過時刻のおよその見当がつく。

西まわりでは到着時刻が午後おそくなる。ロケが終わってしまうかもしれず、また、計画地点に対する太陽の位置が思わしくなくなる。

ロケーションは、かっこうのかくれ蓑になる。何もないところで反射光に目をくらまされたら、その原因が追及される。

あの日、寝過ごしたのも、酒のせいばかりではなく、睡眠剤をのまされたのではないか。午後からは生徒がくるからと、石光玉雄の考えも、必然的に、そこへいった。

共犯、と、俺ひとりを行かせるために。

午前中、俺が眠っているあいだに、共犯者と打ちあわせた。そのときしか、打ちあわせの時間はなかった。そうして、白坂はレンタ・カーを借りるとき俺に付き添ってきて、車種、ナンバーを確認し、共犯者に伝えた。

――おれをはねかけた車は……。おそらく、原が言っていたように、共犯者だ。白坂と歩いてくる俺を見て、俺の顔を確認する意味もあった。そうして、先に現場近くに行き、途中で白坂に電話を入れて、レンタ・カーの車種、ナンバーを知らされておく。

白坂がなぜ、崔を殺害し、彼まで殺そうとするのか、それがまだ石光玉雄にはわからなかった。

疑えばきりがない。

しかし、地図を眺めながら、東まわりで海側の車線を走った方が、海の景色をたのしむにはぐあいがいいのだな、とも思った。

白坂は、ただ好意から、東まわりをすすめたのかもしれない。

再び、石光玉雄は迷った。

食後の薬は、催眠効果のある鎮痛剤が入っているらしく、いつも、のんだあと、とろとろと眠くなる。共犯者がいるのかもしれないとしたら、ひとりで眠るのは危険ではないか、と、不安が眠りにおちこむのを妨(さまた)げる。

今まで、手を出さなかったのだ、たぶん、病院にいるあいだは、大丈夫なのじゃないか。病院で他殺事件が起きたら、それこそ、徹底的に調べられる。原の説によれば、相手はそれを避けているというのだから。

今襲われたら、逃げられない。

看護婦に頼んで、警察に連絡しようか。

何といって頼むのだ。

太陽の光に目を射られて運転を誤ったといっても、ろくにとりあげなかったではないか。

彼は、枕もとをさぐり、ベッドの枠にさがっているブザーを押した。

「はい、何ですか」

頭上の壁にとりつけられたスピーカーから声がした。ナース・ステーションに、インターフォーンの設備がある。むこうでスイッチを入れれば、病室の声は拾える。

「ちょっと来てくれませんか」

「もうじき、点滴に行きますよ。そのときではだめなんですか」

「今、来てほしいんだけど」

「ああ、お小水（しょうすい）？」

大きな声で言って、ほどなく看護婦があらわれた。

ベッドの下から溲瓶（しびん）をとり出そうとするのを、

「違うよ」と押さえ、

「警察に電話してくれないかな」

「警察？」看護婦は頓狂（とんきょう）な声をあげた。

「あんた、何か悪いことしとったの？」

「馬鹿言え。刑事さんにさ、ちょっと話したいことがあるんだ」

「そんな、気安う来てくれんとよ。何の用ね」

「事故のことでね」

「ロケの人を訴えるのなら、弁護士さんの方がよかでしょう」

「あれは、ひょっとしたら、殺人未遂かも」

看護婦は笑い出し、「あんた、テレビの刑事物好きなんね」と言った。

「ロケに来とった女優さんと、あんたと、スタッフの誰かと三角関係とか」

「茶化すなよ」

「先生に相談するわ。かってにそんなことをして、あとで私が叱（しか）られたらいやだもんね」

なんで他殺ね、と、看護婦は興味を持った。

そう軽々しくは口外できない、と彼は言った。

「ねえ、ちょっと」と、部屋を出て行く看護婦の背に、彼は声を投げたが、しのび笑いしている看護婦が、どこまで本気にとったか、心もとなかった。

やがて、不安を睡魔がおしつぶした。

「点滴だから、目をさましとって」

ゆり起こされた。

「もう、そんな時間かい？」

「よう寝とったよ」看護婦は、彼の右腕をチューブで縛り、点滴の針を静脈にさし、テープでとめた。

「眠ったら、だめよ。腕を曲げんようにね」

点滴中にうとうとし、腕を動かしたために針が曲がって輸液が血管から洩れ、痛い思いをしている。

「先生に話してくれた?」

「今、外来を診とらすから、あとでね」

警察を呼びたてて、白坂が潔白だったら、これはひどい話になるなと思うと、気おくれする。

輸液の入ったびんをフックにかけ、「空になりそうになったら、ブザーを押しなさいね」と言い残して看護婦は出て行った。

殺るつもりなら、とっくに殺っているさ。原に言ったことを、気休めにくり返した。

高く吊るされたびんの輸液は、まだるっこしいほどゆっくりと減ってゆく。

彼は、白坂が殺人者ではないと決定づけるような、何か明確な証拠はないだろうかと、彼をはじめてたずねたときからのことを、思い返した。

彼は、思わず腕をびくっと動かした。奇妙なことに思いあたった。

武華鉱山の診療所にいたことを認めた白坂に、崔栄南という男を知らないか、と、彼はたずねた。白坂は、知らない、と答えた。

それから話はうつり、労務者虐待から蜂起のことなどを、問われるままに白坂は語ったが、そうして、「チェさんは、たぶん、その蜂起の騒ぎにまぎれて脱走したんでしょうね」と言った。そのときは、気にとめず、聞きすごした。

石光玉雄は、父の名を、字に書いてみせたわけではなかった。

サイエイナン、と言ったのである。日本人として育った彼には、その方がなじみやすかった。

サイにあたる文字は、崔のほかに、苗字として、宰、斎などいくつかあろう。そのすべてをチェと読むわけではあるまい。

右腕が痛んだ。針をさしたきわが、みるみるふくれてゆく。

彼は左手をのばしてブザーをさぐり、慌しく押した。

「手を動かしたらいけんと言うたでしょう」

看護婦は言い、針を抜いてさし直そうとした。

「点滴はあとにしてくれ、すぐ警察に電話してくれよ」石光玉雄はせきこんだ。

「何ば言うとるね。ほら、静かにして。針が折れるでしょうが」

「白坂は親父を知っていたんだから。すぐ、警察に連絡してくれよ。そして、白坂の家に警察を行かせろって。ここへも来てくれって。あんたに事情を説明している暇はないんだよ。あんたが行ってくれないんなら、俺が電話するよ。公衆電話は受付のところだろう」

「暴れたらいけんて。歩けもせんくせに」

上半身を起こしかける石光を看護婦は押さえつけようとした。

不意に、爆発音が起こった。たてつづけにひびいた。

「何ね！」

ちょっと見てくるから、静かにしとって。

看護婦は走り出ていった。

再び、つづけざまに爆発音。

石光玉雄はギブス繃帯で膝を固定された右脚をいたわりながら上半身を起こそうとした。胸に痛みがひびき、めまいがした。

「何をしているんですか。寝ていなくてはだめでしょう」

入ってきた看護婦が、叱咤した。

はじめて見る顔だと思った。

「今の音、何ですか」

「何でもありませんよ。調べていますから、患者さんは心配しなくてもよろしい。さあ、寝て」

「警察に連絡しなくちゃならないんだ。あなた、電話してくれますか」

「何て電話するんですか」

「殺人事件について大至急手配してほしい。こっちに刑事さんをよこしてくれ。それから、風頭町の白坂という家に行ってほしい。原という男がそこにいます。原に、白坂は……」

彼の言葉はとぎれた。

看護婦は、彼の顔をおおった布を、なおしばらく押さえていた。それから、ポケットから注射器とアンプルをとり出し、アンプルの口を切ると、液を吸いあげた。

蓉子は、意識を消失した石光玉雄のうなじの髪をかきあげた。髪にかくれる部分に射つように、白坂から、教えられていた。注射の痕を発見されないためである。

うなじに近づけた腕を、つかまれた。注射器と空のアンプルが床に散った。

失神する前、蓉子は、太田新樹の顔を見た。

新樹は、大声をあげて人を呼んだ。

医師や看護婦が走りこんできた。

人殺しだ、と、新樹は床にくずおれている蓉子をさした。医師はアンプルを拾いあげ、ラベルをみて、うなずいた。

サクシンだ、と医師は言った。外科手術の際に用いる。全身の筋肉を弛緩させる、肺も心筋も、すべて活動を停止する。解剖しても、何も毒物は検出されない。心臓死としか鑑定されない。現場をおさえられなければ、他殺とはみなされないはずであった。

爆竹を使うことは、白坂の指示にはなかった。古鳥病院から、看護婦の制服とサクシンを持ち出すことだけを命じられていた。

しかし、蓉子は、見とがめられることがおそろしく、自分の判断で、爆竹で人々の注意を建物の反対側に集めようとした。

長めの導火線をつけておいて点火した。

成功しても、疑惑をもたれる結果になるところであった。

「白坂という家に警官を行かせろと、この人、言うとりましたけど」看護婦が思い出して言った。

失神からさめた蓉子は、黙秘した。

長崎署に通報し、警察官が白坂の家に急行した。

授業中の白坂は、悪びれずに迎えた。

警察では、まだ、事の経緯をすっかりつかんでいなかったのだが、白坂は蓉子が失敗したことを知ると、それ以上糊塗（こと）するのをやめた。

彼は、己れを護（まも）るため、するだけのことはした、と思った。

原倫介は救出された。

すでにチアノーゼを呈していた。

亜硝酸（あしょうさん）アルミの吸入、チオ硫酸（りゅうさん）ナトリウム液の静注、と、解毒の応急処置があわただしく施された。

そのころ、石光玉雄は効力の持続の短い麻酔からさめた。

太田新樹は、古鳥利恵殺害の容疑で事情聴取を受けていたが、まだ勾留（こうりゅう）起訴にはいたっていなかった。利恵の痕跡を発見しながら公にしなかった蓉子への不審を警察に話したが、とりあげられない。自分でしらべるつもりで昨日、長崎に行き、再び盗聴器を仕掛けた。彼の車は、蓉子に知られているから、アコードを借りて、蓉子の出入を見張れる所に駐（と）め、そのなかで盗聴していた。

今日、蓉子が車で出かけたので追尾した。太田新樹は、そう供述した。

11

「ここか」

「ああ、ここだ」

「何もないんだな」

「ああ、何もない」と言って、石光玉雄は、ちょっと身震いした。

体調が恢復（かいふく）し、東京に帰ってから、原倫介に、北海道の鉱山跡に案内してくれと言われたとき、石光玉雄は、しぶった。

「俺は、いやだ。行くんなら、ひとりで行けよ」

「いやか」

「いやだ」

わかった、と、原は言った。

すると、石光玉雄は、思い直した。

「一度だけ、行こう。そのあとは、二度と行かない」

「俺はまた、勤務に戻るんだ」原倫介は言った。

「その前に、行っておきたい。そうしないと……」

煩瑣(はんさ)な日常のなかに自分がまぎれこみ、深く考えることを忘れがちになる。原は、そこまで自分の気持を説明しなかったが、石光玉雄は、うなずいた。

　飛行機のなかで、石光玉雄はスチュワーデスから朝刊を受けとり、目をとおした。姜や蓉子が殺人罪で起訴されたという記事がのっていた。彼は無言で原にそれを手渡し、原も、黙っていた。

　北見からレンタ・カーで、鉱山跡に二人はむかい、沈澱(ちんでん)池の跡に、今、下り立った。それまで、車のなかでも、二人はごく必要なこと以外、ほとんど喋らなかった。

　何もない……。身震いして、石光玉雄は、「奇妙にきこえるかもしれないが」と、ぼそっと言った。

「俺は、あの男に親父を殺されたのに……腹が立たない。自分の身を守るために、何の関係もない人間まで巻き添えに、殺した男だ。冷酷無比、まさにそのとおり、新聞が書き立てるとおりだ。自分がひどいめにあったからって、他人を誰かれなく殺すことが許されていいもんじゃない。法的にじゃなく、こっちがさ、許せない、と憤激すべきじゃないか。俺もそっちも危うくジ・エンドの一歩手前までいかされてさ。それが、腑抜(ふぬ)けみたいに腹が立たないっていうのは、まだ、こっちがぼうっとしているのかな」

「彼は」と、原は言った。「自分への不条理を絶対化した。そのエネルギーに、こっちが圧倒されてしまったってことかな。彼にとっては、保身が目的じゃなかった。保身を手段として、絶対化の思想をゆずるまいとした」

　姜元基は、ひとりで、一個の国だったんだ、と、原倫介は、更に言った。

「だがな」と、石光玉雄は、「俺は、明日にでも、感じ方ががらっとかわって、あの男に唾(つば)を吐きかけたくなるかもしれない」

　石光玉雄は、動きの不自由になった右膝を見た。

「あの男は、まったく、自己弁護はしないんだな。過去の悲惨を、警察や検事に訴えるかと思ったんだが。娘の方は、夫と利恵の不倫を言いたてたりして、さかんに情状酌量を求めているのに」

「かつての仲間である、柔和な崔さんまで殺した、そのことで、彼はすべてを言いつくしていると思ったんだろう」

「いや、何も、他人に言う気はなかったのかもしれないな。ただ、俺は、……」

ぎごちなく、右脚を少しひいて石光玉雄は歩き出した。

「どこへ行くんだ」

「製錬所あとだ」

それじゃ、車に、と原が言いかけると、

「歩いて行く」と、石光玉雄は言った。

「ああ」原倫介はうなずき、肩を並べた。

「この前、製錬所あとに行ったときな」

石光玉雄は、空に目を上げた。

原もつられて目を上げげた。

「え?」

「いや……」

石光玉雄は、言葉をのみこみ、かわりに、膝をかるく手で打って、ほかのことを言った。

「二つ名前があることを、このおかげで、しじゅう考える」

「俺は明日からまた添乗だ」原倫介は言った。「自分でも怖いんだが、まわりの人間を、誰かれなしに、冷たい目で見るときがあるようになった。まるで、姜元基にのりうつられたみたいに」

〔著者注〕

本作品を執筆するにあたり『朝鮮人強制連行・強制労働の記録―北海道・千島・樺太篇』（朝鮮人強制連行真相調査団篇・現代史出版会刊）を参考にさせていただきました。

霧の悲劇

第一章　霧に消えて

1

ハリヤ、ハリヤ、とかけ声をかけながら、十二本の大松明(たいまつ)が、一列になって参道の石段をのぼってくる。両側は、うっそうと空をおおう杉の古木の森である。梢(こずえ)のあいだから、七月のぎらぎらした空が鏡面をちりばめたようにのぞき、炎が枝を灼(や)く。

栂野朔次(つがのさくじ)は、この熊野那智(くまのなち)大社をおとずれた真の目的を思わず忘れ、壮大な炎の行列にみとれた。それから、となりに立つ明楽久子(ひさこ)の肩を抱き寄せた。

「どうだい？　前に見たことがあるって感じ、しないかい」

久子は、困ったようにちょっと首をかしげただけだった。それ以上問いかけるのを、朔次はひかえた。たよりない水沫(みなわ)のように、空白となった記憶の底からゆらめきのぼってくるものを、久子はけんめいにすくい取ろうとしているのかもしれなかった。

檜(ひのき)の割り材をたばねた大松明は、さしわたしおよそ一抱えはあろう。巨大な炎の花は花弁をひるがえし火の粉を散らす。

両手でささえ持つ男たちは全身汗にまみれ、濡(ぬ)れた額(ひたい)は炎をうつした。白衣に立烏帽子(たちえぼし)、手甲脚絆(てっこうきゃはん)の、白丁(はくちょう)のよそおいである。同じ衣裳(いしょう)の仕丁(しちょう)が数十人つきしたがう。

杉木立のなかをひとすじ割ってのびる石段の頂上には、十二基の扇神輿(みこし)が立ちならび、松明の到着を待ちかまえている。

那智飛瀧神社の本体である大瀧のすがたになぞらえたという扇神輿は、幅一メートル、高さ十メートルの細長い木枠に朱色の緞子をはった独得なもので、金地に朱の日の丸を描いた扇がかざりつけてある。扇は六本を円型にくみあわせたものと三本を半円につくったものとがあり、それぞれの中心にとりつけられた鏡が、松明の火を照りかえし、空の青や杉の濃緑をうつしていた。

杉の大樹と競うように高々とそそり立つ扇神輿は、石段を下りはじめた。

蛇の絵羽染めに縄模様の帯、白地に巴紋の鉢巻をきりきりとしめた扇指し（神輿のかつぎ手）たちの額はたえまなく汗を噴き出す。

松明を捧持する白丁の背も、扇指しの藍の背も、水からあがったように濡れ、衣は波うって背にはりついていた。

「早いところ、いい席に陣どっといて、よかったな」

朔次は久子に話しかけた。久子は扇神輿のほうに目をむけてはいたが、熱心にみつめているようには、朔次にはみえなかった。失なわれた過去の時間をさぐりあてることに、久子自身は、最初からあまり乗気ではないふうではあったのだ。

炎の熱気と頭上から照りつける太陽の熱で、見物はいちように上気していた。松明が音をたててはぜた。

熊野一帯は、日本でも、もっとも雨の多いところである。土も樹々も、連日の雨をたっぷり吸いこみ、たまたま快晴のこの日、のびのびと水蒸気を吐き出し、暑さをいっそうたえがたいものにしていた。

久子は、くせのない髪をときどき指でかきあげ、そのたびにうすく汗ばんだ白い首すじがあらわになる。昨夜、船のなかで彼がのこした痕が皮膚の下に紅くゆらめいている。

朔次は久子の年を知らない。たぶん二十五、六かと思うが、確信はもてなかった。時によって、ひどく幼なく少女めいてみえたり、けだるい三十代の女のようにみえたり、印象は一定しなかった。

昨日の夕方、六時三十分、有明埠頭からフェリーに乗りこみ、一夜を船中ですごして、今朝七時四十分、勝浦に近い宇久井港に着いた。

那智大社から渡御してくる扇神輿と、飛瀧神社からのぼってくる松明が、石段の中途でもみあう場面をハイライトとする火祭りがはじまるのは、午後一時からだが、朔次は、見物客が混みあう前に、早々と見やすい場所を確保したのだった。

観光客めあての行事ではなく、神聖な神事であるというたてまえから、見物席がきちんともうけられたりはしていない。参道のわきや、光ヶ峯遥拝所、『伏し拝み』といった要所要所に、かってにたむろするのだ。『伏し拝み』では、伏せ倒して進んできた扇神輿が順々に起こされ、十二本の神輿が一つの大きな扇型をつくるみごとなさまが見られるし、お瀧の『火所』では、松明に点火するところが見物できる。しかし、何といっても一番のみものは、石段でくりひろげられる松明と神輿のもみあいであった。

祭りは午前十時からはじまる。礼殿で儀式が行なわれた後、斎館前に組み立てられた舞台で、大和舞、沙庭舞、田楽舞と三種の芸能が奉納される。

朔次は途中でいささか退屈し、田楽舞の見物をさっさと切りあげ、参道わきに陣どったのだ。久子も奉納舞にはいっこう反応をみせなかったから、かまわないだろうと思った。

扇神輿は石段を下りはじめた。のぼってくる松明と、出会う。松明は少し前にかたむけられ、神輿を炎が焙った。

ハリヤ、ハリヤ、と声をかけながら、『扇の前』役のものが、日の丸の扇でいそがしく火焔をあおぎ払い、炎が神輿に燃えつくのをふせぐ。火払い役が、手桶の水を椀にくみとっては松明神役にふりかけて、火の粉を消す。

朔次は子供のように、珍しい光景を見るのに夢中になってしまっていた。

「松明の火で、神輿を浄めているんだ」

朔次のとなりで見物している男が、連れの女に説明した。

浄めを終えた一番松明は、二番松明に座をゆずって石段の左側を下りてゆく。松明の列は円環をつくり、炎を噴きあげて神輿を浄めながら石段を上ったり下りたりする。そのあいだに、神輿は少しずつ下り進んでくる。

「扇神輿は、瀧をあらわしたものだから、つまり、水だ。水が、火の力を借りて、ますます神力と輝きを増すわけだ」となりの男は、連れの女に教えさとすように言う。まわりの者の耳にとどくのを意識している。

「男と女ね」女が言う。

——男と女か……。

そう言われてみると、屹立（きつりつ）した扇神輿は、男根の象徴のようにみえ、なるほどな、と、朔次は納得した。

——炎は、女か。

火によって浄められるというよりも、愛撫（あいぶ）され、まつわりつかれ、エロティックな性戯とみえないこともない。

「男と女ね」となりの男は、苦笑した。「そりゃあ、日本の祭りは、だいたい生殖礼讃、五穀豊穣（ごこくほうじょう）祈願からきているんだから、そうもいえるだろうが、あんたが言うと、何か低次元にきこえるんだな」

「あら、失礼しちゃう」

なまめかしく寄りそったり、荒々しく争ったりする扇神輿と松明に見入りながら、朔次は、昨夜の船室での彼自身と久子に連想がいった。

燃えさかる炎にひき寄せられるように、ほかの場所にいた人びとも参道わきに集まってきて、押しあっていた。神輿の列が石段を下りるにつれ、群集も下へ下へと移動する。

「おい、ころぶなよ」

え？　と、相手はけげんそうに朔次を見た。久子ではない、知らない女だった。

「あ、人違い」

朔次はちょっと片手拝みし、のびあがって久子をさがした。子供とはぐれたのとは違う。大声をあげて名を呼ぶのはためらわれた。それでも、二、三度、声に出して呼んでみたが、返事はなかった。

石段を下りきり、大瀧の前の、『お瀧もと』と呼ばれる広場に群集はたどりついた。そこは、いっそう混みあっていた。広場の中央は、神輿のためにあけられてある。松明の火はひとつひとつ消され、神輿は、瀧を正面にみる斎壇の左右の立場に飾り立てられる。

百三十三メートルの切り立った岩壁を一気に落下する瀧は、岩塊に打ちあたってこまかい霧を噴きあげる。磐境に飾られた金の御幣は杉の樹林と瀧のしぶきを前にきらめいていた。

朔次は、いったん、その豪快なさまにみとれたが、見いっている余裕はなかった。人の群れをわけ、久子を探した。

久子の方でも、彼を探しまわっているかもしれない。動くとかえって行きちがいになるおそれがある、と彼は気づいた。

お札やお守りを売る受付の前に、朔次は立った。

祭りがはじまる前にも、ここには一度来てみている。はぐれたらどこで落ちあうと約束はしてなかったが、たぶん、久子の方でもここに来るのではないかと、彼は見当をつけた。

『家内安全　衆災消除』『家内安全　商業繁栄』などと印刷した紙でくるんで水引をかけた木のお札や、赤や緑の錦織の袋におさめたお守り、そのほかに鈴やら、墨やら筆、破魔矢なども並べてある。そのうちのひとつ、緑色の小さい守り袋は、たしかに明楽久子が持っていたのと同じものであった。

2

梅野朔次が久子を知ったのは、半月ほど前のことである。

――やはり、2―4にしておくんだったな……。

深夜の国道二四六号を都内にむけて空の車を走らせながら、彼はその日のレースを思いかえしていた。

もちろん、のみ屋を利用するだけで、競馬場に足をはこぶひまはない。

もう営業所に帰る時間だ。同じ方向の客以外は、手をあげられても乗せないつもりであった。

シートのかたわらに置いた紙包みがずり落ちそうになっているのを、手をのばしてなおした。さっき、あざみ野で下ろした客が、「子供さんの土産にしろよ」と、おしつけていったものだ。温泉饅頭か何からしい。湯河原に行った帰りだと言っていた。「まっすぐ家に帰るつもりが、ちょっとなじみの店に寄ったら、ついこんな時間になっちまってね」

「それじゃ、お客さん、土産は家に持って帰らなくちゃ」

「いいから、いいから」

客に身の上話をする気など、まるでなかったのだが、酔っているせいかひどく調子のいい客で、

「運転手さん、独身かい。もてるんだろう」などと話しかけてくるので、

「いえ、子持ちですよ、これでも」つい喋った。

「へえ、子持ちね。そうはみえないね。よほど早く嫁さんをもらったな」

「つい、ひっかかってね」

つまらない軽口に、客はのけぞって笑った。

五歳の新也は、彼の実子ではない。別居中の妻の喬代が彼と結婚する前に、他の男とのあいだにもうけた子であった。

喬代の母のとみがやっている飲屋『小舟』に朔次が寄ったのは、二年前の夏であった。とみのざっくばらんな応対が快かったので、その後しばしば立ち寄るようになった。

彼は岩手の出身である。七つのとき、母親が出奔した。左官職の父親は酒浸りのときが多く、五つ年上の姉が彼の世話をしてくれた。彼が中学に入った年、姉は縊死した。その前にも一度入水をはかり、死にきれず、ずぶ濡れの軀を河原に投げ出して泣いていた。かけつけた彼に、姉はしがみついて泣いた。男に捨てられたというようなことがあったらしいが、彼は、くわしい事情は何も知らされなかった。姉の縊死体を発見したのは彼であり、その軀をおろし、

湯で洗いきよめてやったのも彼であった。

　喬代が関係を持っていた男と別れ、新也を連れて母親のところに戻ってきて店をてつだうようになったのは、朔次がすっかり、『小舟』のなじみ客になったころだった。

　てきぱきと働く喬代は、朔次の目に、さわやかに、そうして、いくぶんいたいたしくうつった。

　喬代が荒れて泥酔し、客にからんでいるとき、朔次がなだめた。店をしめてからも喬代の相手をした。喬代は昼間は渋谷の洋品店ではたらき、夜、店をてつだっているのだが、昼の仕事の方で、何か不愉快なことがあったらしい。しかし、それはきっかけにすぎず、男と別れたことが荒れる真因だと、朔次は察した。

「よっぽどきれいなかあちゃんなんだろ、え？」

　客はのりだして、助手席の背によりかかり、朔次の肩をつついた。

「お客さん、ちゃんと坐っていないと危いよ」

「はいよ、はいよ」

　客はシートのすみによりかかって、少し眠った。そうして下りるとき饅頭の包みを朔次におしつけていったのだった。

　新也はうれしがるだろうが、とみは、なんだい、男のくせに、と言うだろうなと彼は思った。新也が甘いものに目がないのが、とみは気にいらないのだ。五つの子供なのだからあたりまえだろうと朔次が言うと、男なら五つだろうが三つだろうが、甘いものなんかに手を出すなと、とみは言い、いやがる新也にビールや日本酒をなめさせようとするのだ。

　とみは、子供をおいて出ていった喬代のことは、ほとんど口にしなかった。とみ自身が、昔、喬代をおき去りにして惚れた男といっしょになり、その男が死んでから、ぐれていた喬代をひきとったという事情があるので、負い目を感じているらしかった。

　とみと喬代は、顔をつきあわせているときは、とげとげしく喧嘩ばかりしていた。二人とも我が強く、意地っぱりで、喬代は些細なことに腹をたて、怒ると陰性にだまりこみ、動作があてつけがましく荒々しくなる。とみはそれを無視して、ぽんぽん言いたいことを言う。

子供のときつらい淋しい思いをあじわわされた恨みを今ごろになって、冷たくあたることで晴らしているのではないか、形のゆがんだ甘えではないかと、朔次は思った。

喬代は、朔次にもあたり散らした。いつも心がみたされなくていらいらしているふうだった。

とみと大喧嘩のすえ、喬代は家を出た。荷物をとりに一度もどってきたとき、朔次は、新也と三人でどこかに部屋を借りようかと言った。ひとりにしたら、とみが、がっくりとまいるだろうなと思ったが。

あんたといると、いらいらする、と喬代は言った。あんたを好きなんだけれど……離れていると、本当にあんたっていいひとだなと思うんだけれど、しじゅう顔をつきあわせていると、だめなのよ。別れて住んで、時たま会うのが一番いいみたいよ。

そんな夫婦って、ないだろう。

あったって、いいじゃないの。

おれはごめんだよ。

居所も、喬代は教えなかった。そうして、喬代の判だけついた離婚届を郵送してきた。朔次が捺印して役所にとどければ手続きがすむようになっていた。朔次の意志にまかせるということであった。

何だかんだ言って、つまりは、男にのめりこんだんだよ、と、とみは言った。朔ちゃんにはすまないけれど、血がさわぐと、どうしようもなくなるんだよ。わたしもそうだったから、わかる。朔ちゃんの好きにしておくれ。わたしは、あやまらないよ。あの娘のしたことで、わたしが悪いことをしたんじゃないからね。……ただ……もうしばらく、ここにいてくれたら……新也がね、と言いかけて、とみは言葉をのみこんだ。子供を枷に持ちだすのはずるいと思ったのだろう。

おっかさんの飯はうまいからね、と朔次は言ったのだった。ここにいるよ、という意味をふくめた。

対向車もほとんどないので、朔次は安心してスピードをあげた。

光の輪のなかに、ふいに、人影が立った。

朔次はブレーキを踏みこむと同時に、ハンドルを切った。

車は悲鳴をあげて急停止した。

朔次はドアを開けて半身をのり出した。

はねた衝撃は感じなかった。かすり傷も負わさなかったはずだ。

無茶なことをしやがってと、むかっ腹をたてながら、

「おい、大丈夫か」

返事がないので、朔次はみぞおちが冷たくなった。人影を見たように思ったのが錯覚であってくれればいいと念じながら、車を下り前にまわった。

幽霊を見たのでも何でも、人身事故よりましだと思ったが、実際だれの姿もないと知って、鳥肌だった。

まさか、まさか。

怕さをまぎらすために、冗談めかして、幽霊ちゃんを見ちゃったなんて、と、鼻歌まじりに運転席にもどると、助手席側の窓に、外から女がよりかかっていた。

「おい、おどかすなよ」

朔次は窓を開けた。

「変なまねはやめてくれよ。とびこみなんてやられたら、こっちはかなわねえよ。おい、ぶつかったか。大丈夫か」

暗いので、顔がよくわからない。朔次は車内灯をつけた。

レイプでもされたのか。とっさにそう思った。女の顔は血の気がなく、放心したような表情だった。

「どうするんだ。乗りたいのか」

女は、じぶんでどうしたらいいのかわからないもののようだった。ひどいショックで思考力が停止してしまっている、というふうにみえた。

「ちょっと、どけよ。ドアを開けてやる」

ドアを開けても、女はつっ立ったままだったが、朔次が腕に手をかけてひくと、もたれこむように、

彼の腕に身をあずけた。

淡いオレンジ色のブラウスに、オフ・ホワイトのロング・ベストとスカート。服の片側は土埃(つちぼこり)をなすりつけたように汚れ、ストッキングも破れていた。

女は、ときどき頭のうしろに手をやって、顔をしかめた。

――レイプだろうか……。

「どうする。警察にとどけるのか。うちに帰るのか。どっちに走らせたらいいんだ。送ってやるからさ」

女は、まだ放心状態からぬけきれないようだった。

「交番に連れていくよ。それでいいのか」

車をスタートさせながら、言った。

レイプだとしたら、表沙汰(おもてざた)にせずにすませたいのではないかと思ったが、そう言ってみた。ゆさぶりをかけないと、反応を示しそうになかったからだ。

女は突然、彼の意表をつく行動に出た。

走りはじめた車のドアを開けて外に逃れようとしたのだ。

「待てよ」

車は、がくんとエンストした。

下りたいんなら、さっさと下りろ。相手によっては、そうどなりつけるところだ。しかし、彼は、荒い言葉を口にしかねた。

「警察がいやなら、うちの近くまで送るぜ。どこなんだ」

女は、わずかにからだをゆすりながら、黙っている。

「それとも、病院へ行くか」

無言は、拒否の意志表示ととれた。

朔次はエンジンをかけた。

「うちは、この近所なのかい？　少しぐらいなら遠まわりしてやるよ。千葉だの埼玉だのいわれたら困るけどよ。この車は都内の天現寺(てんげんじ)の営業所にもどるところなんだ。そっち方面でいいのか？」

女は目を伏せたままだ。

「何とか返事をしてくれないと、どうしてやりようもないじゃないか。おれの車をとめたのは、乗せてくれってことなんだろ？　どこへ行くのか、はっきり言ってくれよ」

そう言いながら、彼は、メーターは倒さなかった。口調だけが、荒くなった。

女は口を開いたが、水の底であえいでいるように、声にはならなかった。

「弱ったな。まさか、喋れないわけじゃないんだろ」

よほどショックが強かったのか、口がきけなくなるくらい。

「とにかく、おれの行く方に走らせるからよ、途中で、右に曲れとか、左とか、行きたい方に合図しろよ」

多摩川の新大橋をわたりながら、まさか、営業所に連れこむわけにはいかないな、と、彼は困惑した。

三軒茶屋で彼は左折し、三茶通りを下北沢にむかった。営業所とは方角ちがいになるが、彼の住まいである『小舟』は、下北沢の駅の南口に近いところにあった。

「おっかさんの部屋に泊めてやってくれよ」

朔次が言うと、とみは「どうしたんだい」と眠そうな声で訊いた。『小舟』はすでにのれんをはずし、とみは寝入りばなであった。

朔次は手みじかに事情を説明した。

「おれは、営業所にもどらなくちゃならないから、たのむよ」

「かるはずみなことをしたもんだね」とみは言った。「うちに連れていってやらなくちゃ、だめじゃないか。このひとの家でだって心配しているだろうに」

「まるで口をきかないんだから、しょうがないんだよ。ここでひとねむりしておちついたら、喋るだろう。明日、おれが送ってやるよ」

「病院に行った方がいいよ。もし、やられたんならね。変な奴の子供ができたりしたら、ことだよ」

女は、目を見開き、首をふった。

「なんだ、こっちの言うことはわかるのかい。字は書けるかい」

とみは、レジスターのわきの小抽出しからメモ帳と鉛筆を出し、カウンターにおき、

「うちの住所を書いてもらいな」朔次にむかって言

った。

　女は、手をうしろにかくすような仕草をした。大きくみひらいた目に、朔次は、女がどれほどの苦痛に耐えているか、そうして助けてくれと訴えているかを、よみとれるような気がした。

「おれ、とにかく営業所に行ってくるから。車おいて、すぐ帰ってくるからよ」

　天現寺の営業所まで一走りし、運行管理者に日報と乗務員証をわたし、終業点検をすませ、自分の車で帰ってきたときは、暁け方の四時に近かった。

「どうしてる?」朔次は声をひそめて、とみに訊いた。

「休ませたよ、階下で」

「わるいな」

「やられたんじゃないと思うよ」

「どうして」

「下着は汚れていなかったからね」

　やられたんじゃないとしたら……。

「車の事故かな」

　職業がら、直感した。

「はねられて、頭でも打ったんじゃないだろうか」

「だったら、なおのこと、病院に連れていかなくちゃ」

「いやがるんだよ」

「でも、頭はこわいよ。あとで症状が出たりするから」

「朝まで様子をみよう。落ちついたら、何か話すかもしれない」

「なぜ、医者に行くのをいやがるんだろう。やられたのなら、わからないでもないけれど」

「警察に行こうといったら、車からとび下りようとしたんだ」

「おかしいね。何か、あのひとの方が悪いことをしたのだろうかね。あんまりややこしいことにはかかわりたくないよ」

「おれだって、かかわりたくなんかないよ。でも、しかたないだろ」

「ああ、しかたないさね」

朔次は二階にあがり、万年床にもぐりこんだ。とみは、洗濯と食事のほかは、朔次の身のまわりの世話はしなかった。朔次の方でことわったのである。とみは、色香が失せきっているわけではなかった。

女のことが気になって眠れないような気がしたが、実際は、枕に頭を落とすとまもなく寝入った。姉の夢をみた。水に濡れた軀が彼にしがみついていた。めざめて、姉は残酷な姿をおれにみせたなあと思い出した。助けてやれなかった、何もしてやれなかった、ふたたび眠りこんだ夢のなかで彼はつぶやいていた。

昼すぎになってようやく目をさますと、新也が彼の蒲団のなかにいた。雨戸を閉ざしカーテンをひいてあっても、昼の光はしのびこんでいた。新也は枕もとのスタンドをつけ、腹ばいになって絵本をみていた。

「おい、外であそべ」朔次は新也の頭をこづいた。

「やだよ」

「いつまでも寝ていると、目がとけるぞ」

「うそ。とけてないじゃないか」新也は朔次の目のふちをつついた。

「おれは、夜なかから朝まではたらいていたんだぞ。おまえなんか、眠りっぱなしじゃないか」

「ねえ、読んで」

「あとで」

「あとで、ほんとに読んでくれる?」

「ああ」

「いつ?」

「飯食ってからな」

「指切り」

小指をからませ、朔次はのびをして蒲団を出た。雨戸を開け放し、パジャマのまま階段をおりると、新也は絵本をもってついてきた。

階下は、店のほかに六畳一間と台所がある。六畳はとみの寝室にも食事の場所にも使われる。すでに蒲団はかたづけられ、とみは卓袱台の上に朝昼兼用の食事の仕度をならべていた。

朔次は、目で女のことをたずねた。

「顔を洗ってるよ」とみは言い、ふりかえって、「クリームだのローションだの、そこにあるのを何でもお使いよ」とどなった。

朔次は店のカウンターのかげの流しで口をゆすぎ顔を洗い、二階にもどって服を着かえてきた。

女は食卓についていた。冷たい水で洗った顔は、昨夜より正気をとりもどしていた。朔次を見ると、目を伏せて頭をさげた。朔次も、まともに顔をあわせるのが何か気恥ずかしかった。無防備に身をもたせかけてきた女を抱きとめて車にいれた。その感触がなまなましく思いかえされた。

おれが、ひとりで暮らしているのだったら、まったくちがったことになっていたろうなと思い、一瞬のあいだに、さまざまな情景が浮かび、

「坊主、幼稚園に行かせた方がいいな。おれが明けの日は、いつも昼までおれの蒲団にもぐりこんでいる」妄想をさとられまいとするように、早口になった。五つのガキとベッド・インなんて冴えねえよ、と軽口をたたこうとして、やめた。

「幼稚園も保育所も、この近所、みんな満員なんだよ。新也、何だい、べたべたして、そう兄ちゃんにへばりつくんじゃないよ」

喬代は、朔次をパパと呼ばせようとしていた。新也が――そうして朔次も――ようやくパパという呼称になれかかったころ、喬代は家を出た。すると、とみは、朔次にきのどくだと思ったのか、兄ちゃんと呼ばせはじめた。新也は、パパとも兄ちゃんとも呼ばなくなった。朔次と新也の間には、養子縁組の手続きはしてなかったので、戸籍上はずっと他人のままだった。

とみが茶碗に飯を盛り、葱と豆腐の味噌汁を椀についでならべると、「おやつ」と新也はねだった。

「ごはん食べなくちゃだめだよ」とみは叱った。

「おやつがいい」

「味噌汁のまない子は、大きくならないよ」

「おやつってば」

「そういえば、お客さんにもらった饅頭があったっけな」

わァ、と、新也ははしゃいだ声をあげた。

「だめだよ、朔ちゃん。この子甘いものばっかりほしがって、ほら、こんなみそっ歯なんだから」

「酒のませるよりいいと思うがな」

「おまんじゅう」と、新也は朔次の膝をゆすった。

「いけね。ゆうべ、営業所に忘れてきた」

「うそ、うそ」

「ほんとだよ。悪い、悪い。明日、持って帰ってやるからな」

　新也は、うたがわしそうな目で朔次を見た。とみにとめられたからごまかした、と思ったらしい。きげんの悪い顔で絵本を朔次の膝にのせた。

「飯すんでからだ」

「ほら、新也もさっさと食べるんだよ」とみが言った。新也は、じぶんの椀のなかの葱を指でつまんで、すばやく朔次の椀にうつした。

「こら!」とみが怒った。「好き嫌いしちゃいけないって言ってるだろ。残すと、お兄ちゃんに読んでもらえないからね」

　女の食べ方は行儀よかった。朔次は、朝刊をかたわらにひろげ、ときどきのぞきながら、飯茶碗を卓袱台の上においたまま、箸でつつくようにして食べる。子供のときちんとしつけられなかったから、そのまま癖になってしまった。喬代は口やかましくなおさせようとした。子供じゃあるまいし、今さら、飯ぐらいかってに食べさせろと朔次は反発し、口喧嘩の種になったのだった。

「ところでさ」朔次は新聞の方に目をそらし、さりげなく、「名前、何てんだい」

　女は答えず、とみが「だめなんだよ」と言った。

「こっちの言うことは、わかるようなんだけどねえ」

「あいかわらず口きかないのか」

「きけないのかもね」

「字も書けない?」

「だめなんだよ」

「もう一度、アタックしてみよう」

　朔次が言うと、とみは「さっきも、ためしてみたんだけど」と、ぶつぶつ言いながら、卓袱台の下から、裏の白い広告紙とボールペンを出した。

「ねぎ、食べたよ」新也が言った。

「名前、書けるだろ」

　朔次はボールペンを女の手に押しつけた。

　女は手にとろうともせず、首をふった。

「字、書けないのかい？」

　哀しそうな目が何を訴えているのか見当がつかないことに、朔次は苛立った。

　ボールペンを持ちなおし、『字は読めるのか』と書いて、女の前につき出すと、女はゆっくりと目で字を追い、あいまいにうなずいた。

「そのひと、ねぎ残してる」新也は朔次をつついて教えた。

「読めるのに、どうして書けないのかね」とみは溜息をつき、「記憶喪失ってのかもしれないねえ」

「よくテレビドラマなんかでみるけどさ、ほんとうにあるのかな、記憶がなくなっちまうなんてこと」

「わたしだって、このごろ、人の名前だのなんだの、かたっぱしから忘れて思い出せないんだから、そりゃ、あるだろうよ。頭を強く打ったり、ひどいショックを受けたりしたら」

「ぼく、ねぎ食べたよ」

「頭、痛いかい？」

　女は首をふった。

「自分の名前、忘れちまったのか？」

〈ええ〉女は身ぶりでしめした。

「家は？　家も思い出せない？」

〈ええ〉

「弱ったな。やっぱり、医者に行って、頭、診てもらうんだな」

　女は、はげしく首をふった。

「どうしていやなんだ」

　女は肩をゆすり、あ、あ、と呻きながら、手をうごかした。感情が言葉にならないのをもどかしがっているふうだが、彼には、どうしても女の心のなかがよみとれなかった。

「あんた、何もおぼえていないっていうけどさ、医者もいやだ、警察もいやだっていうのは、何があったのか、わかっているんじゃないのか」
〈いいえ、いいえ〉
「二つの場合しか、おれには考えられないんだよね。つまり……レイプされたか、交通事故かってことだ。レイプだとしたら、あんたが秘密にしておきたい気持はわかるけどさ、ゆうべも言っただろ、ちゃんと処置しないと、困ったことになるかもしれないんだぜ」下着が汚れていないから、レイプではないだろうと、とみが言ったのを朔次はおぼえていたが、念のためにもう一度口にした。「それから、交通事故で頭を打ったんなら、病院で精密検査を受けないと。何もおぼえていないなんて、ふつうの状態じゃないからね」

新也が彼の膝に手をつき、見上げた。彼は、知らず知らず詰るようになっていた口調を、やわらげた。
「前から、口きけなかった?」

女は困ったように首をかしげた。
「身もとがわかるようなもの、持っていないかね」とみが、部屋のすみに目をむけた。女のショルダー・バッグがおいてある。女は、立って部屋のすみに行き、背をむけてかがみこみ、バッグを開けた。朔次たちの目をさける姿勢であった。

それから、バッグをとみと朔次の前においた。
「なかを見てもいいんだね」とみは念を押した。

色はベージュ、材質はカーフ、やや大型で、まん中をファスナーで開け、その両外側にポケットのついた平凡な形のものだ。かなり使い古してあり、へりや持手の部分は手摺れしていた。

ポケットの一方は空だった。もう一方には、ちらしが二枚、べつべつに折りたたまれ、つっこんであった。

ファスナーを開くと、なかには革の財布がひとつ入っているだけだった。財布のなかみは、一万円札と五千円札が一枚ずつ。千円札が二枚。小銭が少々。
「これだけかね。あんた、ハンカチやちり紙は持ち歩かないの? もっとも、近ごろはどこのトイレもペーパーをおいているから、ちり紙を持たなくても困らないけれど、口紅も持たないのかね。珍しいね、若いひとにしては」

とみは、ちらしの一枚をひろげた。

ファミリー・レストラン
〝ピノキオ〟
七月一日オープン
当日このちらしを御持参の方、サービス・セット一割引き

「雪ノ下一丁目……どこだろうね。何区とも書いてない」

「雪ノ下といったら、鎌倉だ」朔次の方が、地理にはくわしかった。「このひと、鎌倉のひとなのかな」

「あんたがこのひとを拾ったのは、二四六の多摩川寄りのあたりだっていっただろ。鎌倉と多摩川では、ずいぶん離れているね。新也、お姉ちゃんのものをいじるんじゃないよ！　鎌倉のちらしを持っていたからって、鎌倉のひととはかぎらない。遊びにいったとき、もらったのかもしれないよ」


もう一枚のちらしは、新也がボールペンでいたずら書きをしていた。

「およこし」とみが手を出すと、新也は、いや、と、うしろ手にかくした。

「およこし、大事なんだから」

「いや！」

「このごろ、ほんとに悪いんだから。いうことをきかないと、あとでひどいよ」

「むりにとりあげなくても、少し放っとけば忘れるさ」朔次はとりなした。

「ごちそうさまッ」新也はどなり、絵本を朔次の前においた。

「大人のじゃまするんじゃないよ。二階で遊んどいで」とみは追い払うように手をふった。それから、少しじゃけんにしすぎたと思ったのか、「あとでおばあちゃんとおやつ買いに行こう」となだめたが、そのときは、新也は小さいからだに怒りをこめて二階にあがってゆくところだった。

「ほかには、もう何もない？」

とみは、空になったバッグのなかを更にさぐり、

「ここにもポケットがあるんだね」内側の脇ポケットから、化粧鏡を出した。

「まだ何かある」

そう言って、とみがつまみ出したのが、緑色の小さい守り袋だったのである。『御守り』と金糸で縫いとってあるだけで、バッグよりもっと古び、糸がほつれかけていた。

「どこのお守りかね。開けてもいいいね」

とみは袋の口をひらき、紙の札をひき出した。

『熊野那智大神』と印刷されてあった。

「熊野那智か。紀州だね。紀州のひとかねえ、あんた」

「観光旅行にいって買ったんじゃないのか」朔次は女の顔をのぞき、「瀧を見たおぼえないかい。でっかい瀧。たしか、那智って瀧の名所だったよな」と、おわりの方はとみに問いかけた。

「まだ、あった」と、とみは守り袋から小さい紙片をとり出した。守り札と同じぐらいの大きさに切った和紙で、『明楽久子』と、墨の細字でしるしてあった。

「メイラク……ミョウラク……。かわった苗字だね。何て読むんだろう」

「袋の裏にも書いてある」

濃い緑色の錦織の地に細い小さい字で書いてあるので、注意深く見なければ見落とすところだが、やはり、『明楽久子』としるされていた。

「名前がわかっただけでも、大進歩だ」朔次は、一息ついた。

「まだ、わかることがあるよ」とみは、ハイライトに火をつけた。「このひと、ＯＬじゃないね」

「定期券も身分証明書も持っていないからだろ」そのくらいは、おれにも見当つくさ、と、朔次は思った。しかし、とみに指摘されるまで、そんなことには気がまわらないでいたのだった。

「それから、たぶん、家庭の奥さんでもない」

「それじゃ、水商売？　そんなふうにはみえないけどな」

「水商売じゃないよ。化粧道具を持ち歩いていないもの」

「奥さんじゃないって、どうしてわかる?」

「大事なものを持っていないもの」

「大事なものって?」

「鍵。一家の主婦が、鍵を持たないで外出するってことは、まず、ないよ」

「でも、たまにはさ、家に留守番がいれば、持たないで出ることだってあるだろう」そう言いながら、朔次は、『明楽久子』がとみの推察どおり人妻でないことを、願った。

「それもそうだね」と、とみは自説をひっこめた。

「もう一枚、ちらしがあったね。あれ、どこへやったんだろ。ああ、チビだ。二階へ持っていったんだ」

新也! と、とみは階段の方にむかってどなった。

「さっきの紙、持っといで。新也!」

しょうがないね、と、とみは二階へのぼっていった。すぐに、新也の泣き声がきこえた。

「どうしたんだい」下りてきたとみに、朔次は訊いた。

「どこかへかくしてしまって、教えないんだよ。いやだね、男のくせに、すぐ泣くんだから」

「ひっぱたいたんだろ、手が早すぎるよ」

「あとで、きき出して探しとくといいよ。あれだって、何かの手がかりになるかもしれない」

とみは守り袋をながめなおし、

「あんた、もしかしたら、迷信ぶかい人なのかもね。お守りなんか持ち歩いているだけでも若いひとには珍しいのに、わざわざ名前を書いた紙までなかにいれたり、袋にも名前を書いたり。お守りをよほど大事にしてるってことだろ」

「あまり効きめのないお守りだな。こいつを持っているのに、何かひどいめにあったらしいものな」

「朔ちゃん、今日、明けで暇なんだろ。このひとをあんたの車で、ゆうべ乗せたあたりに連れていってやったらいいよ。何か思い出すかも」

とみの言葉は、『久子』の小さい悲鳴でさえぎられた。青ざめて、久子ははげしく首をふった。

「弱ったな。家のひとが心配してるぜ。おれ、誘拐(ゆうかい)罪なんてことになるのは、いやだからね」朔次は言ったが、久子の表情をみると、それ以上強制できなくなった。

　二階にあがったきりの新也の様子をみてこようと朔次が立ちあがると、

「放っといた方がいいよ」とみは、とめた。「甘ったれてぐじぐじしてるんだから」

「でもさ」

　新也は、部屋の隅ですねていた。朔次がかがみこんで「ほら」と自分の肩をたたいてみせると、新也はぴょんとはね起きて、背から肩によじのぼってきた。

「いいか。しっかりつかまってろよ。立つぞ」

「本、とって」

　肩車で立ちあがる前に絵本をとって新也にわたした。肩車のまま部屋のなかを廻(まわ)ってやると、きげんがなおった。

「おい、チビ、さっきの紙、どこへやった？」

　新也の脚が、ぴくっと動いた。

「あっち」

「あっちって、どっちだ」

「あっち」

　首をねじ曲げてみると、新也の指は窓の外をさしていた。

　窓のむこうには木造アパートの壁がせまっている。そのせまいすき間を朔次はのぞきこんだが、ちらしらしいものはみえなかった。

「捨てちゃったのか」

「ちがう。とんでっちゃった」

「風で？」

「うん」

　新也は、早く歩いてというように脚で催促(さいそく)した。

「頭、気をつけろ」

　肩にのせたまま、階段を下りた。

　とみは台所で食器を洗い、久子は、卓袱台の前に坐っていた。かたづけを手伝うというふうに気がまわらないのは、まだ精神状態がどこかぼうっとしているのか。それとも育ちがよすぎるのか。

肩車からおりた新也は、久子のようすをうかがった。それから、少しずつそばににじり寄った。

久子は、さっき朔次が『字は読めるのか』と書いた広告のビラを正方形にちぎり、折紙をはじめた。

――子供好きなんだろうか……。

子供のあつかいを心得ている自信のようなものが、感じられた。

幼稚園の保母でもしていたのだろうか。子持ちにはみえない……。

それにしても、何も思い出せないというのに、折紙を折る手は、記憶喪失をまぬがれているのか。

新也は、久子の手もとに眺めいった。

いったん興味を持つと、子供はとめどなくしつっこくなる。「紙、もっと」と朔次にせがんだ。久子を疲れさせるといけないと思い、「もう、ないよ」朔次は、きっぱり言った。

すると新也は、絵本を久子の前にひろげた。

「お姉ちゃんは、だめ。読めない」

「どうして?」

「のどが痛いんだって。新也が読んであげな」

新也は、たどたどしく読みはじめた。字が読めるわけではなく、何度もとみや朔次に読ませているうちに、おぼえてしまったものだ。

新也がどうにか読み終わると、久子は絵本を手にとり、もう一度最初のページをひらいた。

「のはらに　おはなが　さいていました」と、新也は条件反射のように、くりかえした。

空をあらわすような青い地に、かっと鮮(あざ)やかなひまわりは、黄色の切紙である。

久子は、花を指でおさえた。

「ひまわり、ね」

「あれ」と、台所からとみがのぞいた。「いま、喋ったね」

朔次は思った。言葉というものが、久子にとっては、外国語のように耳なれないものになってしまっているのではないだろうか。そのために、喋りたいことはあっても、言葉になって出てこないのではないか。

記憶喪失にそういう症状があるものかどうか。朔次にはわからないけれど、「ひまわり、ね」と言った久子の口調には、言葉と絵が、一瞬、むすびついた！　というふうなよろこびが感じられた。

最初から言語障害があったわけではないのだ。ショックのせいか、頭を打ったせいか、自分の考えを言葉にむすびつける機能が一時的に麻痺しているのだ。

そんなふうに、朔次は理屈づけてみた。

気のせいか、「ひまわり、ね」とひとこと口にしたあと、久子の動作は鈍さがうすれたように朔次には思えた。

鮮やかな黄色の花は、鋭い刃物の一閃のように、久子の脳裏にたちこめる混沌を切り裂いて、澄んだ泉を湧き出させたのかもしれない。

だが、それきり、久子はまた黙りこんだ。

「あんた、ちょっと二階にいっててくれない」とみは久子に命じた。

「おれの蒲団が敷きっ放しだよ」朔次はあわててとめた。

「この人にかたづけてもらったらいい。そのくらい働いてもらうさ」

「いやだよ、おれ。待ってくれ。かたづけてくる」

二階にかけ上がり、上掛けもシーツもいっしょにまるめて押入れに押しこんだ。

朔次がもどってくると、とみに目でうながされ、久子はすなおに階段をのぼっていった。

「どうするつもりだい」とみは朔次の湯呑に焙じ茶を注いだ。

「しばらくおいといてやってくれよ」

「名前もおぼえていない、家もわからない、それでいて、警察はいやだ、病院へも行かない、何かあったらしい現場の近くへ行くことさえ絶対にいやがる。おかしいよ、これは。悪く解釈すれば、記憶喪失は嘘ということになる。何か公になってはつごうの悪いことがあるから、ショックで記憶喪失になったようなふりをして、追求されるのを避けている……」

「嘘をついているなんて、とても思えないな」

「記憶喪失が本当だとしても、何か警察とかかわったら大変なことになる事情があるのは、たしかだね。その恐れだけが、本能のように残っている、そうも考えられるね」

「レイプされかかったんじゃないかな。襲われたとき、相手を……まさか殺しもしないだろうけれど、はずみでひどい怪我をさせてしまった。彼女は、殺したと思いこんだかもしれない。正当防衛は罪にならないといっても、若い女にはショックだよ。動転して逃げ出して、そこを車にはねられ頭をうった。車はそのまま走り去った。彼女は意識はとりもどしたけれど、記憶障害、言葉の機能の障害が生じた。ただ、殺人あるいは傷害の恐怖感だけは強烈に残っている。そういうことじゃないだろうか」

「やはり、警察にとどけるべきだよ。放っていたらますます厄介なことになる」

「放っときゃしないさ。身もとがわかるように、何とかしらべてみる。ただ、おれは、あのひとの信頼を裏切るのはいやなんだよ。彼女の同意なしに警察にひきわたすなんて、おれにはできない」

「相手がきれいな女だと、男はまあ、かっこよくなるねえ」とみは皮肉に目を細めた。「あれで、おかめだったら、さっさと警察にひきわたしたんじゃないかね」

「顔の問題じゃねえよ」

姉の夢をみたことを、朔次は口にしなかった。

「助けられなくて見殺しにするってのは、つらいよ。たとえ失敗しても、おれは……」

「喬代では失敗したね」とみは横をむいて茶をいれながら、ほとんどききとれない声で言った。言ってしまってから、言うんじゃなかったと悔んだのだろう、一瞬、目もとがうろたえた。

近所の人には、とみの親類の娘をあずかったと言いつくろうことにした。子供を連れて離婚し実家に帰ってきていた喬代が、年下の常連客と再婚し、あきたりなくなって子供をおいてまた家を出たことだけでも、じゅうぶん近所の噂のたねになっているのである。親類の娘という口実がどのていど通用するか、何かとかげで取り沙汰されるだろうことは予想された。

3

タクシー会社の勤務は、十八時間拘束、実働十六時間、つまり、一回の出勤で、二日分の労働をすることになる。朔次の場合は、午前八時から翌日の午前二時まで就労する。そうして、更にその翌日の午前八時まで『明け』で休み。勤務と『明け』が二回つづくと、三回めは『明け』の翌日が公休で、二日連休になるシステムである。

数日後の公休に、朔次は久子を彼の車に乗せ鎌倉に行った。ファミリー・レストラン『ピノキオ』を探してみたのである。

久子は気が進まない様子であったが、朔次のすすめにしたがった。朔次が久子と二人だけででかけると知って、新也は猛然と怒った。たいがいの我儘(わがまま)はきいてやる朔次だが、このときは、きっぱり拒んだ。久子の身もと探しがどういうふうになるか、予測がつかなかったからだ。新也はそれまで久子になつきはじめていたのだが、敵意をまるだしにし、車に乗ろうとする久子の背に絵本を投げつけた。

久子は哀しそうに目を伏せ、車が走り出すと、窓から新也に小さく手をふった。新也はとみにひっかかえられて家に入るところであった。

鎌倉に着いたのは午後二時に近かった。雪ノ下の『ピノキオ』は、すぐにわかった。ハンバーグやスパゲティを主なメニューにした店は、造りもインテリアも童話風で、小さい子供連れでなくては、入るのがいささか気恥ずかしかった。どうせ食事をするのなら、もう少しましな店にしたいと思ったが、目的があるのだから、がまんした。

奥正面のガラス戸のむこうは狭い中庭で、そこにも椅子(いす)テーブルを並べ、きのこの形のパラソルをたててあった。ウィークデイの午後二時という半端(はんぱ)な時間なので、クーラーのきいた店内に客はほとんどいなかった。久子は睫毛の長い目を伏せ、フォークを使う手がいくぶんぎごちなかった。朔次にしじゅう観察されていると意識しているのかもしれない。朔次は久子をくつろがせたかった。

食事のあと、車は駐車場においたまま、足が自然に鶴岡八幡宮の方にむいた。あまり想像力のない平凡な恋人同士がガイドブックのとおりに歩くようなコースを、朔次はとっていた。彼は、ごく平凡な青年であった。「何でも力になるから」と、紋切型のせりふを口にしたのも、源平池のほとりという、テレビドラマめいた場所に来たときであった。

せりふは紋切型だが、真情はじゅうぶんにこもっていた。久子の眸は好意で応えていると彼は感じた。若宮大路を逆に駅の方にむかって歩き出したとき、彼の手は久子の肩の上にあった。少しずつ力をこめて引きよせると、久子は拒みはしなかったが、少し困ったように目をそらせ、軀を固くしていた。やがて、彼の腕の下で、久子のこわばりはとけてゆき、目のふちに薄く涙がにじんだ。

「どうしたんだい」彼はおどろいて訊いた。「おれ、何か悪いことしたか」

久子は首を振り、目をしばたたくと、涙は頤の方に細く流れた。

「どうしたんだい」野暮な質問を、朔次はかさねた。

「わからないわ」久子は小さい声で言った。

「おい、喋ったじゃないか」朔次は久子の肩をつかんでゆすぶった。「おい、もっと喋ってごらんよ」

久子は首をふった。まだ言葉の記憶がじゅうぶんに戻ってこないのか、用心して喋らないのか、朔次にはわからなかった。

「あのなあ、おれのこともっと信用してくれていいんだがな。おれ、あんたが困るようなことはしないつもりだから。もし喋れるんなら、何でも打ち明けてくれよ。助けるからさ」

「わからないの。ただ……怕いの」

「いつから喋れるようになってたんだい」朔次は、いささか腹立たしさをこめた。とっくに喋れるのに黙っていたのではないかと、ふと疑いが湧いたのである。

「わからない」朔次の声音の変化を敏感に感じとったのか、久子の表情がまた固くなった。

しまったな、と、朔次もこわばった。もっと年下の女の子相手なら、上手にいなしたりからかったりして親密度を増すのだが、久子は、彼のささやかなテクニックでは扱いきれなかった。何とも思っていない相手なら、平気で腰に手をまわしたり髪に唇をつけたりできるのに、久子の肩にかけた手を、朔次はもてあましていた。

細い道を右に折れて小町通りに出、「服、買ってやるよ」朔次は言った。「着替えがいるだろ」

肌着の替えは、とみが気をきかせて、近くのスーパーで安いのを二、三枚買ってやっていた。代金は、久子が所持金からかえしたようだ。

久子は少し不安げな目を自分のバッグにむけた。所持金の乏しさが気になったのだろう。

「プレゼントだよ」

久子は首をふった。

「いいんだよ。まかしとけよ。新也の世話をしてもらうお礼なんだから」

ブティックに入り、久子に選ばせた。久子は値札をしらべ、ごく安い白いブラウスを一枚選んだ。

「スカートもいるだろ」

店員がよってきて、あれこれすすめるのを、久子は手をふってことわった。

「いいよ。買えよ」

「これなんか、お似合いになりますよ。こちらさまは、おきれいだしスタイルがいいから、何でも着こなせると思いますけれど」

「ほら、久子、美人なんだってよ。せっかくほめてくれたんだから、何か買えよ」店員に便乗して、朔次は軽くふざけた。

「おれの財布心配してるんだったら、侮辱だぜ」

「ウエストがほっそりしていらっしゃるんですね。うらやましいですわ」店員はおだてあげ、タイトスカートを試着させるのに成功した。スカートはちょうど軀にあったので、新しいブラウスといっしょに身につけ、脱いだ古い服の方を紙袋にいれさせ、店を出た。

「あとで……」久子は言葉を探すように口ごもり、

「かえします」

「何を」

「あの……」じれったそうに手が動いた。ようやく言葉を探しあてたのか、「おかね……」

「ばか」

　肩をならべて歩きながら、朔次は、自分が決して恩恵をほどこしているつもりではないこと、あまり気重く思わず、あっさり受けとってほしいこと、などを、何とかつたえようとした。しかし言葉に出すと、逆に恩着せがましくなりそうで、困惑した。

　よけいな気がねはせず、あっさり嬉しがりゃあいいのに。朔次は少し足をはやめた。久子は小走りに追ってきた。「ずいぶん、じみなやつを選んだな。このつぎは、もっと色気のあるやつにしろよな」

「もう、買わないで」

「喋ったよ、久子が」朔次が意気ごんでとみに報告すると、とみは、久子がそばにいないのをみさだめて、

「何も、今日突然喋れるようになったわけじゃないと思うよ」

「どうして」

「勘だけどね。よけいなことを口をすべらせないよう、用心しているんだよ、たぶん。何かショックで、一時言葉を忘れちまったのは本当だろうけれど」とみの声音には、いくぶん棘があった。むりもないなと朔次は思った。喬代が自分から出ていったのだとはいえ、娘の亭主が赤の他人を連れこんでちやほやしているのだから。

　久子も居辛いだろうな。とみは久子に出ていけがしの態度はみせない。太っ腹に、かざりけのない、それでいて冷たくはない応対をしているのだが。

　服を買ってやったのに、あまり喜ばなかったと朔次が不平がましく言うと、

「やたら男にものをねだるより、いいじゃないか」

とみは笑った。

「でも、かわいくないよ」

「小娘じゃないんだよ、久子さんは。わきまえがあるから、遠慮するんだよ」

「でもな……」

「早いところ、身もとを何とかしらべるんだね。そうして、つきあうんなら腹をきめてつきあうさね」

「だから、探している」

「何か曰くがあるんだよ、あのひとは。本気でつきあうなら、それ相応の覚悟がいるよ」

「おっかさん、いいのかい、おれが……」

「しかたないさね」喬代の判のおされた離婚届のしまってある押出しに、とみはちらりと目をむけ、すぐにそらせた。あるかないかの吐息をもらしたのに朔次は気づいた。

4

『明楽』という変わった苗字の正確な読みかたを朔次が知ったのは、目黒通りを流しているときだった。無線の呼び出しが入った。

「自由ヶ丘近辺、空車ありませんか、どうぞ」

中根交番から右折すれば、駅前まで五分とかからない、と計算して、

「358、どうぞ」

「自由ヶ丘は奥沢五丁目、アキラさんというお宅です。どうぞ」

「アキラ？　苗字は何てんだい。どうぞ」

「苗字がアキラだよ。明るい楽しいと書くんだそうだ。どうぞ」

明るい楽しい……明楽と、字を思い浮かべた。

「へえ、明楽じゃなくて、アキラか」

めったにある名前ではない。そこが、久子の家か。あるいは親類かもしれない。朔次はうろたえた。

警察にとどけなかったことを、どれほど咎められるだろう。いくら、久子が拒んだのだと弁明しても家族にしてみれば許せることではないだろうし、記憶喪失という状態にあるのに医者にみせなかったこ

とも非難されるだろう。

しかし、とにかく困っているところを助けたのだから……。

久子と、これで別れるのだな。

『明楽乙蔵』と瀬戸の表札をはめこんだ石の門柱を見て、朔次はそう思った。自家用車を持っていて当然な門がまえの家だが、家族が老人夫婦だったりすれば、運転できるものがいない。外出のたびにタクシーを呼びつけるのなら、マイカーを持つより経済的でしかも贅沢(ぜいたく)ということになる。

かるくクラクションを鳴らすと、洋装の老婦人が女中をしたがえて出てきた。後部座席に乗りこんだのは老女だけで、女中はうやうやしく見送った。

「三越(みつこし)まで」

「日本橋ですか、銀座ですか」

「本店」

目鼻のいかつい尊大な顔だちは、華奢(きゃしゃ)な久子とは少しも似ていなかった。

「明楽(あきら)さんて、めずらしい苗字ですね」

「よく、メイラクさんと呼ばれるわね。メイワクな話だわ」苗字が話題にのぼると、いつもその駄洒落(だじゃれ)をつかうらしい。明楽夫人はひとりで豪快に笑った。最初の印象よりは気さくなたちらしい。

――家族のひとりが行方不明になっていて、こんな屈託(くったく)のない顔をしていられるものだろうか。

「いつも、うちの車を使うんですか」

無線呼び出しでアキラという苗字を耳にしたのは、はじめてだ。

「いえ、今寺タクシーの無線をたのんでいたのよ。ところが、あそこ車の台数が少いんじゃないかしら。このところ、たてつづけに、何回たのんでも空車がないのよ。その上、配車係の応対が無愛想でね。腹がたったから、お宅にかえてみたのよ。あんたは、なかなか感じがいいわ」

「どうも」

「でも、やっぱり今の若い人ね。敬語の使いかたがだめね。お客にむかって、〝うちの車を使うんですか〟はいけないわよ。〝御利用いただいているのですか〟と言わなくては。会社ではそういう教育はしないの？」

「どうも。田舎者だから言葉づかい悪いんですよ」

「田舎って、どこ？」

「岩手です」

「そういえば、少しなまりがあるわね。標準語を喋っていても、アクセントがちがうのよ」

「奥さんは東京ですか」

「そうよ。でも主人が西の人なんで、関西なまりがいくらかうつったかもしれないわ」

「御主人は大阪の人なんですか」

「紀州。熊野よ。明楽っていう苗字は、和歌山に多いの。ほかの地方には、まず無いでしょうね。紀州から出てきている人は別として」

「そうですか」

熊野那智大社の守り袋と、明楽という苗字。

「ちょっとお聞きしたいんですが」朔次は、思いきって切りだした。敬語は、これでまちがっていないだろうな。うるさい相手だ。何とかうまい話のもっていきかたはないかと迷ったが、思いつかなかった。直截にぶつけるほかはない。

「おたくに、久子さんという娘さんいますか」

「久子？　うちのお手伝いはトシコよ」

「いえ、明楽久子さん」

「わたしの娘という意味？」

「ええ、まあ……娘さんとか、親類のひととか」

「あのね、他人の娘を〝娘さん〟とよぶのは失礼なのよ」

——めんどくせえな……。

「〝お嬢さん〟というものです」

「は」

「どうしてそんなことをきくの」

「いえ……いつだったかな、デパートでね、アキラヒサコさまって、呼び出しのアナウンスをやっていたんですよ。お連れさまがお待ちですから、ってやつ。それで、アキラ、ヒサコさまとは、へんな呼び方をするなと思ったんです。まさか、アキラが苗字だとは思わなかったから。アキラさまとヒサコさまを、〝さま〟を省略してくっつけちまったのかな、なんて。それでおぼえていたんだす。ひょっとして、奥さんの娘……お嬢さんかな、と、今、思ったんです」

「あら、同姓の人が東京にいるのね。めずらしいわね。めったにいないのに」

「親類にもいないですか、久子さんて」

「いないわよ。でも、会ってみたいわね、そのアキラさんに。きっと主人の同郷人だわ」

「旦那(だんな)さんは、同郷のアキラさんなら、全部知ってますか」

「あんた、もう少し言葉づかいがいいと、申しぶんないんだけどね。同郷といったって、和歌山だって広いのよ。まさか全部知っているわけがないでしょう」

「何人ぐらいいるのかな、和歌山に」

「明楽姓の人？　何人じゃきかないわ。和歌山の電話番号簿でもしらべたらわかるんじゃないかしら。ずいぶん、こだわるわね」

「いや、べつに」

「そういえば、もうじき、熊野大社の火祭りだわ。一度、主人につれていってもらったことがあるけれど、なかなかみごとなものよ」

朔次は迷った。明楽という姓は紀州に多い。明楽久子は熊野大社のお守りを持っていた。この二つから、熊野に行けば何か手がかりがつかめるのではという気がする。しかし、久子の過去が明らかになることに、一抹(いちまつ)の不安があった。記憶を失ない言葉を失ないながら、警察への恐怖だけは強烈だった。とみの言葉をかりれば、〝何か曰くがある〟。

「行ってみるかい」朔次が言うと、久子は少しためらった。

「このままの方が、いいかい？」視線をはずして朔次はひとりごとのように言った。

「行きます」

「いいのかい」

「ええ……。いつまでも、こういうふうにしてはいられないから」

「おれは、どんなことがあっても、絶対久子の味方なんだから」

どうせ行くのなら、火祭り見物を兼ねよう、と朔次は提案した。七月十四日の火祭りまであと五日。明けと公休のほかに有給休暇をつかえば、ゆっくりした旅ができそうだった。

フェリーの船室は、特等、一等、二等にわかれ、特等は二人部屋、一等が四人部屋、二等は大部屋である。朔次は久子のために特等を、自分には一等を求めた。かなりな出費だが、たまたま競馬で穴をあてたので、ふところにゆとりがあった。

「行儀がいいんだね」とみは笑った。

「弱みにつけこむようなことはしたくないからさ」

しかし、二人だけで旅行することを、久子は承知したのだ。船室も旅館の部屋も、別にはしたけれど、自然に、久子は受け入れるのではないかと、期待せずにはいられなかった。

とことん力になってやるさ、と彼は心でくりかえした。

ツイン・ベッドと三点セットをおき、コンパクトなユニット・タイプながらバス、トイレもつき、ホテルの一室を思わせる特等船室は、一人で使うなら、一室分、つまり二人分に近いルームチャージを払うのである。久子は船に乗ってからそれを知り、「わたしがひとりでここを使うんですか、大部屋でよかったんですのに」と、申しわけなさそうにした。

久子の言葉の機能は急速に恢復しつつあったけれど、それにつれて、ひどく丁寧な話しかたになるのが、朔次は気にいらなかった。

朔次の使う四人部屋は、二段ベッドが二組。バスとトイレのブースは隣室と共同で使う。ドアが両側にあり、使用中は赤い豆ランプがつく。隣室は家族連れで、何人もの子供が停船中からトイレに出入りし、豆ランプはつきっ放しだった。騒々しい声が壁越しにたえずひびいた。

朔次にさそわれて彼の部屋をのぞいた久子は、口ごもりながら、「わたしの部屋に……」とさそった。

特等室には小型冷蔵庫がそなえてあるが、鍵がかかっていた。朔次はボーイを呼んで料金を払い扉を開けさせた。ビールやつまみものをテーブルに並べ、さっそく栓をぬいた。

「成功を祈って乾杯」

何の成功かと問われたら、朔次は返答につまるところだ。久子の過去が明らかになることが、必ずしも好ましい結果をもたらすとはかぎらない。むしろ、不成功の方が。

「怕いわ」と久子はつぶやいた。

今、ふたりきりでホテルの一室のようなツイン・ルームにいる、そのことだけで、朔次はほとんど感動していた。

たてつづけにビールを二杯あおるあいだ、久子は、ほんの一口泡をなめるような飲みかたをしただけだった。

「飲めよ」少し強引に朔次はすすめた。二人で同じ酔いのなかに入っていきたかった。

とみが店に出ているあいだ、久子は手伝わなかった。酔客の相手はできそうもないと、とみは見抜いていた。

どういう暮らしをしていたんだか、まるでお嬢さんだよ。気がまわらないったら。

朔次の目から見ても、久子は、自分から気をきかせて小まめに立ち働くというふうではなかった。人の気をそこねまいと、ひどく遠慮深く気をつかうくせに、食事のかたづけでも、とみにうながされなければ、手をかすことを思いつかないのだった。

使用人のいる贅沢な生活になれているのだろうが、服装やバッグなどは、ものは上等だがじみで使い古されていた。

「飲めよ。ビールは、なめたってうまくないぜ」

ビールを二本空にしてから、冷蔵庫に入っていたウイスキーのポケットびんで水割りをつくった。快く酔えそうだなと思った。

しかし、久子の方は酔いがまわるとかえって沈みこんだ。

「怕いわ」

「なにが?」

「いろんなことがわかるのが。わたし……このままの方がいいみたい。もし……」

朔次は久子の腕をつかんで抱き寄せた。大丈夫だ、おれはどんな事情が明らかになろうと久子の味方だと、言葉でまわりくどく誓うより、軀の方が雄弁に彼の気持を久子につたえた。そう、彼は信じた。


四人部屋の朔次のベッドは、相客が荷物置場に利用し、朝までそのままだった。

暁けがた、彼が目ざめたとき、久子は頭を彼の胸に埋めた姿勢のまま、眠っていた。重荷をすっかり彼にあずけ、安らいだような寝顔だった。彼は上掛けをはぎ、淡い光が陰影をつくる乳色の裸体をゆっくり眺めた。肌のやわらかいくぼみに、彼の唇が荒らしまわった狼藉の痕が散っていた。久子の反応はあまりにぎごちなくて、彼は、これまで男を知らなかったのかと、いささか驚いた。

久子の頭をのせたままの左腕は少ししびれていた。ぬきとろうとすると、薄く目を開いた。

「まだ寝ていろよ」と瞼を唇でふさいだ。上掛けをひきあげて彼も目を閉ざし、悦楽を視覚から触覚に移した。

5

扇神輿はふたたび隊列を組んで、本社にむかって還御をはじめた。静かな行列であった。神輿が去ると見物客も散り、お瀧もとは閑散としずまった。瀧の音ばかりが急に耳についた。久子の姿はなかった。

まだ陽は高い。腕時計をみると三時半。わずか一、二時間のあいだに、朔次の世界は反転した。

広場に陽炎がゆらめきたっているような錯覚をおぼえた。からだの中の骨をぬきとられたようにおぼつかなく、朔次は立ちつくしていた。

ひとりで宿屋へ行ったのだ。しいて、そう思いこもうとした。

しかし、朔次とはぐれたら、彼がみつけ出すまで、瀧前の広場に佇んでいる方が、久子としては、ありそうなことに思えた。

久子は消えた。彼女自身の意志でか。それとも……まさか、いくら頼りなげな久子だからといって、大人が白昼だれかに拉致されるとも思えない。

久子の影をさぐろうとして、その実体を失なってしまった。

万一の望みを持って、朔次はなおしばらく、広場で待った。

受付のわきを通ってお瀧拝所まで行ってみた。東屋ふうにしつらえた拝所に立つと、瀧はいっそう威圧するように身近にせまった。瀧壺の巨大な岩塊をうちたたく瀧水は、霧となって彼のからだをしっとり濡らした。周囲に密生する杉の古木は空をかくし、陽をさえぎった。

しかし、彼は、幽邃とも神秘的とも感じ入るゆとりはなかった。

拝所には十数人、ひとがいたが、久子がいないことは一目で知れた。

戻り道は受付の裏をひとめぐりする順路になっている。お瀧もとにもどってきても、久子はいなかった。

彼は、なおも一時間あまり待った。瀧前の広場は、たいした広さではない。人の波がひけば、そこにいるものを見そびれることはないはずだ。気分が悪くなって休んでいるのではと、守り札を売っている巫女姿の娘にたずねてもみた。

参道を逆もどりして、彼は本社の方に行ってみることにした。薄暗い杉木立のあいだを百メートルほど行き、入口の鳥居をくぐると、ふいに明るくなって、あたりが俗っぽくなる。鳥居の前には、観光客めあての露店が並んでいた。彼は氷水につけて冷やしてあるコーラを一本買って、一息にのどに流しこんだ。

本社までは更に三、四百メートルの急な登り坂である。

頂上に寺と神社がほとんど軒を並べんばかりに近接して建っている。

西国第一番の札所である青岸渡寺と、熊野夫須美大神を主祭神とする那智大社は、人気を争いあっていて、ふだんは寺の方が景気がいいというが、祭礼当日だけに、この日は神社の方に活気が集まっていた。もっとも、神社にまいった客はその足でお寺さんも拝む。真剣に神仏と対峙する気構えは誰も持ちあわせていないようだ。

創建は四世紀、仁徳帝のときという大社の礼殿は、たびたび修築され、現在のものは昭和十二年に改修された。その背後、緑したたる鎮守山を背に立ちならぶ六殿の朱の社殿は、草葺きの屋根に千木堅魚木をそなえた熊野権現造りの原型をそのまま残している。

礼殿の前には、平重盛が手植えしたという大楠が、それ一樹で小さい森ほどはある枝で空をかくしていた。

宝物殿とむかいあった社務所を、朔次はたずねてみた。ちょうど、白衣に緋の袴をつけた少女が出てくるところであった。

連れにはぐれたのだが、と言うと、

「お子さんですか」

「いや、大人なんですが、ひょっとして、気分が悪くなったりして、ここで休んでいるかもしれないと思って」

「ちょっとお待ちください」

巫女はいったん奥の事務室にひっこみ、すぐ出てきて、そういう人はいないと言った。

「そう、弱ったな。それじゃ、もし、明楽久子という女のひとが連れにはぐれたと言ってここに来たら、先に宿に行っていると伝えてください」と、メモ帳を一枚破り、自分の名前と宿の名前、電話番号をしるして、女子高生のアルバイトのような巫女にわたした。

「きみだけじゃなくてほかの人でも、話がわかるようにしといてもらえる?」

「はい」

巫女は簡単にうなずき、外に出ていった。

——なんだ、だめじゃないか。

朔次は内心舌打ちし、立ち去りがたく奥をのぞきこんだ。それから内に入りこみ、事務室のドアをノックした。

「どうぞ」

ぶっきらぼうな返事があった。

事務室は、田舎の小学校の教員室といったふうに、木製の事務机をならべた殺風景な部屋だった。眼鏡をかけた四十二、三の神官が、横柄な目を彼にむけた。

「ここは交番じゃないんでね」

朔次が事情を説明すると、神官はうんざりしたように、「そんな話を持ちこまれても、責任をもって処理はできんね。ま、そういうひとがここに来たら、連絡はしてあげますがね」

神官にもメモをわたし、くれぐれもよろしくと頭をさげ、事務室を出た。「心配だったら、警察にとどけときなさい」神官の声を背に聴いた。嗤っているようだった。小さい子供が迷い子になったというのなら、もっと真剣に応対するのだろうが、はぐれた相手が一人前の大人で、宿泊先も承知しているというのでは、おろおろうろたえるのを嗤われてもしかたないのかもしれないが、彼は、「何でえ、あの野郎」と、外に出てから悪態をついた。「いばりくさってやがる。神主って、そんなにえらいのか」

タクシーの運転手は接客態度が悪いと客から会社に苦情がゆくが、神主はそういうチェック機関はないわけか。神さんと人間のあいだをとりもつ役だから、えらいと思っていやがるのか。

社務室のわきからは、谷をへだてた大雲取山、妙法山の山肌を埋めた原始林がのぞまれた。

夏の日は長く、まだ暮れるには間があるのに、雨雲めいた雲が湧き出して、空をおおいはじめていた。

うしろ髪をひかれる思いで、彼は表参道の長い石段を下り駐車場の方へ行った。

那智川に沿って那智駅の方に下りながら、彼は、Uターンして社殿やお瀧所にもどりたい苛立ちをおさえかねた。それと同時に、久子はすでに宿について彼を待ちわびているかもしれないと思うと、一刻も早く着かなくてはと、心がせいた。

予定では、火祭りを見たあと、車で新宮の熊野速玉大社を見物し、熊野川沿いにさかのぼって本宮に行き、本宮大社から三キロほどの川湯温泉に一泊することになっている。彼の車がなくとも、タクシーを拾うくらいの才覚はつくだろう。久子には宿のパンフレットをわたしてある。

熊野灘は凪いでいた。彼は車の窓を開け、汐のにおいのする風をいれた。クーラーの冷気より、苛立つ心をなだめるのに効果があるかと思った。しかし、不安は、そんなことではしずまらなかった。

車は制限速度を越えて走った。今朝、さんふらわあ号が到着した宇久井港を過ぎ、新宮には五時半ごろ入った。

熊野川の川口から本宮まで三十六キロ、九里峡をのぼる。宮井大橋で川筋は二つにわかれる。右の瀞八丁をウォータージェットで下る船遊びを、彼は明日のたのしみに計画していた。実際、彼は、半ばハネムーンのような気分でプランをたてたのであった。

――久子は、そのことに腹をたてたのだろうか……。誘いかたが強引すぎたのだろうか。

熱にうかされたような船室での夜を、彼は再び反芻した。

国道一六八号を十キロほど西進して川湯に入る。十津川支流の大塔川をのぞむ川岸に、数軒の温泉宿が並ぶ。

河原に掘られた露天風呂が、白い湯気を川面に流していた。

宿のフロントで、彼は、名前を告げ、連れの女性が先に着いていないかとたずねた。

「御予約の栂野さまですね。まだ、どなたもおみえになっておりませんが」

「それじゃ、後から来たら、すぐ知らせてください」

女中に案内された部屋は三階で、目の下を大塔川が流れ、対岸は緑の濃い山々が道のきわまでせまっていた。

「お食事はどうなさいますか。お風呂を先になさいますか。大風呂は一階で、露天風呂には浴室から出られますけれど」

女中は窓の外をさし、「河原をちょっと掘ると、いくらでもお湯が出るんですよ」

彼は話にのる気分になれなかった。風呂に入っている間に久子が到着したり、何か連絡があったりしてゆきちがうといけないと思うと、部屋をあけるのは不安になる。

「とりあえず、ビール」

「お飲物は冷蔵庫に入っていますから」

「食事は……でき次第、一人分先に持ってきてください。あとから連れが来るかもしれないけれど」

どうぞごゆっくり、と、女中は茶をついで出ていった。彼は冷蔵庫からビールを出し、栓をぬいたが、片手でコップにつぎながら、右手は電話のダイヤルをまわした。東京のとみを呼び出したのである。発信音が鳴っているあいだに、コップのビールを一気にあけた。

『小舟』は、まだそれほどたてこむ時刻ではない。彼が二杯目のビールをのどに流しこんだとき、とみが出た。彼はいそいでのみこもうとして、むせた。

「久ちゃんから、そっちに何か連絡いかなかったか」

「やだね、何言ってんのよ」とみは、すぐに勘が働いたらしい。「何かあったのかい」と、声をひそめた。

「消えたんだ」

「消えた?」

「いなくなった」

とみは黙り、やがて「そうかい」と吐息まじりの返事がもどってきた。

彼は、久子がいなくなった状況を説明した。

「おれ、ふられたってことかな」つらい気持を苦笑にまぎらせ、冗談めかして言った。

とみは、また黙った。とみは、あまりおためごかしは言わない女だ。わかりきったことや、言っても無駄とわかっていることは、店の客相手に調子をあわせるとき以外は口にしない。

「忘れておしまいよ」結論をくだすように、とみは言った。久子がいなくなったということと、忘れろという言葉のあいだには、とみとしてもいろいろと考えたのだろうが、その経路はいっさい抜きにして、忘れろと命じた。

「そう簡単にはいかないよ」朔次は言い、「万一、そっちに連絡がいったら、すぐ電話してくれよな。こっちの電話番号は……」と、告げた。

「めげるんじゃないよ」最後に、とみは言った。

第二章　闇のなかの宴

1

七月四日、昼ごろ、古葉功（こばいさお）は電話のベルでたたき起こされた。首すじに汗がたまっていた。昨日は一日雨で肌寒いくらいだったのに、今日のむし暑さときたら、寝苦しくてはいだのだろう、毛布は足の方にくしゃくしゃになっていた。

彼は、ビルの清掃と総合管理を業とする川崎市内の『浅井美装社』に勤務している。前夜、暁（あ）けがた近くまで同僚と麻雀（マージャン）をつきあい、この日は日曜なので、ゆっくり寝こんでいた。

ベッドから手をのばして、ナイトテーブルの上の受話器をとった。六畳間にベッドをおいているから、寝たままでたいがいのものに手がとどく。隣室はダイニング・キッチン。三十四歳の古葉は独身であった。

「古葉さん……」電話の声は、半分泣いていた。

「粟田さんが……死んで……」

「え？」

「ぼくです。小島です。昨日、古葉さんにいわれたでしょ。だから、粟田さんちに様子をみに来たら……死んでる……」

『浅井美装社』の嘱託員、粟田吾郎は、先週の月曜日から無断で欠勤している。自宅に電話しても発信音だけで誰も出ない。粟田吾郎は六十三歳の老齢で、古葉と同じようにひとり暮らしである。

病院で寝こんで身動きがとれないでいるのではないか。もともと痩身だが、このごろいっそう憔悴がめだち、顔色も悪く、古葉は気にかかっていた。若い社員の小島良雄に、ついでがあったら様子をみに寄ってみてくれといっておいたのである。小島の家は、粟田の住まいから歩いて十五分ぐらいの距離にあった。

小島は高校のころから浅井美装社でアルバイトをしており、この春、卒業と同時に正社員となった。まだ十九だから、訪れた相手が死んでいたのでは動転するのもむりはなかった。

「おちつけよ。おれがすぐ行く」

「あの……粟田さん、自殺みたいなんです」

「自殺？　首くくったのか」

「いや……拳銃で……」

「拳銃だって？」

「うん。胸を撃ったみたい。どうしよう」

「完全に死んでいるのか。一応、医者を……」

「それどころか、もう、腐りはじめていますよ。すごい蠅。においがひどくて、おれ、吐きそう」

「遺書は？」

「わかんないよ。おれ、ここにいなくちゃいけませんか。こわいよ」

「どこから電話しているんだ」

「粟田さんち。近くに公衆電話も何もないんですよ。淋しいところなんだよ。おれ、やだよ」

「拳銃で胸を撃っているんだな」

「そう」

「おまえ、何もいじってないな。拳銃も、さわったり動かしたりしてないな」

「いじらないよ」

「よし。おれがすぐ行くから、おまえ、一一〇番に電話しろ」

「警察呼ぶんですか」

「変死だからな。一応、とどけないといかんだろう。おれは課長に連絡して、それからすぐにかけつける。おまえ、一一〇番してな、きかれたことは落ちついてきちんと話せよ。場所とか、名前とか状況とか。いいか。大丈夫だな」

「ああ……。だけど、早く来てください」

「死人をこわがるやつがあるか。死んだ人間は何もできないんだぞ。それに、粟田さんはおまえにも親切だったろう。ちゃんと、ついていてあげろ」

　なかばどなりつけるようにしてはげまし、電話を切ると、すぐ直属上司である業務課長に連絡した。

古葉は業務課の第三地区清掃部門担当主任という職籍にある。担当地区の清掃員手配の責任者であった。第三地区は、川崎市中北部の多摩区、高津区、中原区と、東京の南部、世田谷、大田、目黒、品川あたりである。もっとも、都内は東京の業者が強くてくいこむのに苦労する。建築業者と提携し、ビル新築の情報をこまめに入手し、すぐに清掃管理の契約をとりつける。川崎市内だけでも同業者は警備保安業務まで扱う大規模なところから個人経営のごく小さなものまで、およそ百社前後ある。競争ははげしかった。東京、横浜方面にまで顧客を獲得せねばならないが、都内、横浜の同業者となれば、これまた厖大な数である。

　清掃員は、アルバイトの主婦——といっても老齢者が多いが——や学生、粟田吾郎のように他の会社を停年になった後、嘱託として雇用された老齢者などが多かった。小島のような若い体力のあるものは、高いビルの窓ガラス拭きのような危険をともなう作業、女子老齢者は便所などの清掃、男子老齢者は主に床磨き、と、ほぼ分担がきまっている。粟田の仕事は、もっぱら床磨きであった。

業務課長は、知らせをきいて驚きはしたが、社とは関係のないことだから、極力かかわりあうなと言った。

「しかし、粟田は身寄りがないそうですから」

「親類のひとりやふたり、いるだろう。そっちにまかせるんだな」

「小島が困っていますから、とにかく、私は粟田のところへ行ってきます」

「きみが個人的にやる分には私としても干渉はせんが、くれぐれも、社とは無関係だという線を忘れんようにな」

古葉は手早く顔を洗い、パジャマを半袖のポロシャツとズボンに替え、そのあいまに、パンをトースターで焼き、水をみたしたティー・カップを電子レンジに入れた。一分で熱湯になる。ティー・バッグをひたす。靴をはくまでに、トーストと紅茶の朝食はすんでいた。

社の給料は安いが、麻雀の稼ぎがいいので、ひとり暮らしのふところは、ぜいたくはできないまでも、ひどく窮屈なほどではなかった。もっとも、稼ぎの多い月は気ままに使いきるので、たくわえはほんど無い。

粟田吾郎の住まいに、彼は以前一度立ち寄ったことはあった。しかし、うろおぼえなので、住所を社員録でしらべ、道路マップで道をたしかめた。小杉陣屋町の彼のマンションから野川にある粟田の住まいまで、電車やバスを使えばひどく厄介だが、直線距離は六キロぐらいなものである。中原街道が渋滞さえしていなければ、車なら二十分ぐらいで着く。

マンションは、一階のピロティが住人のための賃貸駐車場になっている。五台で満車になる。彼はマークⅡのエンジンをかけた。

なぜ、自殺を……と、車を西にむけながら思った。孤独な暮らしに耐えられなくなったとでもいうのか。

粟田吾郎は、以前は保険会社の営業所で経理事務を担当していた。停年で退職した後、固定給なしで歩合だけの勧誘員としてなら同じところで働けたのだが、勧誘は苦手だからとことわり、ほかの仕事を二つ三つかわって、一昨年、新聞の折り込み広告で浅井美装社の作業員募集を知り、応募してきた。

　正社員ではないアルバイトやパート、嘱託の作業員は人手不足で、ほとんど四六時中募集している。一昨年、粟田が応募してきたとき、古葉が面接した。担当地区の作業に必要な臨時雇いの要員を確保しておくのは、主任の責任であった。

　粟田吾郎の第一印象は、好ましかった。無口でおだやかだが、古葉は、何か芯のとおったものを感じた。ホワイトカラーからブルーカラーになるものにありがちな、卑屈なところ、みじめがるところ、あるいは、逆にそういうものをみすかされまいと尊大にふるまうというふうなところはみられなかった。

　作業は、老齢者にはかなり重労働である。華やかなテナント・ビルの床や階段を黙々と磨く老人は、往き来する買物客の目にはほとんどとまらない。労賃は安く、正社員ではないから健康保険も半額自己負担になる。大手とちがい、浅井美装社の労働条件はきわめて悪かった。労組は一応あるが会社の御用組合で、その上、臨時雇用者は組合員ではないので労働条件の改善はまったくかえりみられない。

　粟田吾郎は、そういったことで愚痴をこぼすことはなかったが、同じ臨時雇いの仲間のひとりが仕事中に階段を落ち腰を痛めたときは、率先してカンパを集めたり労災手当をじゅうぶんに支給するよう会社にかけあったりして、風当たりが強くなるのをいとわなかった。

　しかし、最近何か荒んだ様子が目につくようになった。ときどき無届で欠勤し、朝礼におくれることも多く、服装もだらしなくなった。老化現象だろうかと、古葉はいたましかった。

　古葉が以前、粟田の住まいを訪れたのは、まったくの偶然からだった。粟田が美装社で働くようになってまもなく日曜日のことだ。

　そのころ、ある小さい建築業者と提携を結ぼうとしていた。こまめに顧客先をひろげなくてはならない。業者の自宅に中元を自分でとどけに行った。その帰り、なれない道に迷い、小路に入りこんでしまった。南側に高い崖が迫った窪地に、一軒だけぽつんと小さい家があり、その玄関の前にしゃがみこんで草をむしっている老人が、粟田吾郎だったのである。

　粟田は奇遇に驚きながら、あがって一休みしていってくださいと誘ったのだった。

十四、五坪の小さい古びた倒れそうな家だが、手入れがゆきとどいているのに感心したことをおぼえている。下見の腰板は木目が浮き出すほどに磨きこまれ、丹念に雑草をとった土の上には竹箒のあとめがついていた。不浄をよせつけない毅然とした意志のあらわれのように、玄関の引違戸の桟も磨り硝子も埃ひとつとどめていなかった。

　誘われるままに中にあがると、六畳と八畳、二間ならんだ和室、縁側、いずれもすがすがしかった。障子は紙が黄ばんではいたが、きれいに切り貼りしてあった。南側の庭——というほどもない、そそり立った崖とのあいだのせまい空地、そうして崖の斜面には、小さい花や灌木が植えこまれていた。

「山歩きが好きでしてね、ひとりで山を歩いて、気にいった野草があると掘りかえしてきて植えるのですよ」

「おひとりだと聞いたが、まるで女手があるようにきれいですね」

「癇性なんですかな」

「ひとりで淋しくないですか」

「淋しくないことはありませんが……。そういう主任さんこそ、おひとりでは不自由ではありませんか」

　そんな会話をかわした。出してくれたのは冷たい麦茶だった。

「ビールでもあるといいのですが、どうも私が飲まないものですから、つい……」

　灰皿もなかった。酒も煙草も、粟田はたしなまないのだった。

「粟田さんは書をなさるんですか」

　そう古葉がたずねたのは、座敷の床の間にかけられた軸に、ふと目をとめたからである。仮表装の粗末なものだが、書体に心を惹かれた。

古葉は、書の良し悪しは皆目わからぬ素人である。しかし、その書は強い印象を彼にあたえた。鋭い筆勢であった。刃の一閃を思わせた。専門の書家がみれば、あまりほめないかもしれない。何と書いてあるのかは読めなかった。

「いや、知人の書いたものです。知人というより、昔は……兄弟のようにしていた男です。……お目にとまりましたか」

「ぼくにはよくわからないけれど、烈しくて魅力のある字だな」

「これを書いた男は……実に、愚直なほど一本気ないいやつで、……戦地で両脚を切断しましてね」粟田は膝の上を手刀で横に切った。

「無惨ですね」

「無惨です。実に。敗戦後、大陸から復員してきて街頭で物乞いしていたのを……」

陰気な話になりましたな、主任さんには興味のないことを、と口を閉ざしかけたが、「いえ、話してください」古葉は言い、

「みぞれの降る日でした」と、粟田はつづけた。

「彼の消息を知り、彼の父親と私と二人で迎えにいったのは」

古葉に話してきかせるというよりは、目の前に鮮烈にうかぶ光景にうながされて声に出すといったふうに、

「有楽町の、そのころはまだ橋がありました、そのたもとで……」

こう、と、粟田はうずくまる獅子のように、上体を前にかがめ、両の拳を畳についた。

「松葉杖が断ち切られた太腿の両脇に縦におかれ、粗末な義足が二本、彼の前に、きちんと横にならべてありました。まるで、一種の不可侵領域を形づくっているようでしたな。彼はそのとき、二十四だった。三十三、四年も前の話ですよ。通行人はほとんどいなかった。義足の前におかれたアルミの皿にみぞれがたまって溶け、一銭アルミ貨が水に浮きかけ

ていました。彼の父親と私は、彼の前に立った。彼は濡れた地面をにらみつけていました。父親が話しかけようとすると、『一つ、軍人は』と軍人勅諭をどなりはじめた。父親と私は、彼の両側から腕をさしこみ、宙吊りにかかえあげました。はこんでゆくために。彼はわめきました。『一つ、人間の尊厳は』と叫んでいた。悲鳴のように」

「まるで、お父さんたちの迎えを拒んでいるようにきこえますが」

「いろいろとありましてね」

　憑かれたように喋っていたのがふいに醒めたように、粟田は話を打ち切り、

「主任さんは戦後のお生まれですね」

「ええ、そうです」

「遠い昔話のようにきこえるでしょうな、敗戦直後のことなど」

「そうですね。ぼくらの知っている戦争は、ベトナム、そして国家を相手に」と言いかけて、今度は古葉の方が途中で話を切った。なつかしく思い出して語るというような性質の話ではなかった。

　野放図にのびたヤブカラシの蔓が地をおおい板壁を這いのぼり、青苔が不潔な吹出物のように腰板にはびこった家の前を、古葉はあやうく通りすぎるところだった。いや、いったん気づかずに通りすぎ、もしや、と引き返し表札をたしかめたのである。

　玄関の戸は開け放されていた。彼がのぞくと、

「誰だね」と刑事らしい男がとがめ、「ああ、古葉さん！」と小島良雄が、ほっとした顔をみせた。

2

　古葉功は、刑事に名刺をわたした。

「あんたが古葉さんね。この小島さんが連絡をしたという」刑事は納得してうなずき、「入んなさい。あんたからも話をきくことがある」と、うながした。

　三尺四方の玄関の三和土は、刑事たちの黒靴が脱ぎ散らされていた。室内では、捜査官たちが、写真

をとったり指紋を検出したり、動きまわっていた。

――これが、鑑識課員とかいうのかな。

テレビの刑事物などで見る場面が一瞬浮かんだが、古葉の目は、すぐ、粟田の骸にひきつけられた。

八畳が座敷、六畳が茶の間という造りである。粟田の骸は六畳間に仰向けにされ、検視の医師がかがみこんでいた。小島は、その部屋のすみに、からだを押しつけるようにして坐った。

二間半の縁側に雨戸とガラス戸がはまっているのだが、雨戸は、二枚戸袋にしまわれ、一枚が目の前にせまった崖とのあいだのせまい空地に落ち、二枚はゆがんだ形で敷居に残っていた。ガラス戸は開け放されていたが、腐臭はまだ室内に残り、数多い蠅が、しつっこい羽音をたててむらがっていた。六畳間は電灯がともっていた。すりガラスの笠は、半分欠けたままになっていた。八畳間の電灯の笠は竹の枠に紙を貼ったもので、すっかり黒ずんでいた。

腐乱がはじまったといっても、粟田吾郎の、秀でた額、高い鼻梁、端正な顔だちはくずれるほどではなかった。銀灰色の髪は、畳の上にも少し抜け散っていた。

ワイシャツの袖口と衿はすり切れ、安物のネクタイも靴下もよれよれで、赤茶けた畳と亀裂の入った壁で形成されたこの部屋の住人にふさわしい服装だった。その左胸に少しにじんだ血が黒く変色していた。

「遺書はあったのか」小声で小島に訊くと、小島は首をふった。

「古葉さんですね」さっき名刺をわたしたのとは別の刑事が、彼に話しかけた。「粟田さんとは親しかったのですか」

「いえ……仕事の関係だけで、個人的なつきあいは別にありませんでしたが」

「身寄りはまったくないんですか」

「私が粟田さんからきいたところでは、だれもいないということでした」

「なかなか正確な話しかたをするんですね」刑事はちょっと笑顔をみせた。本人はそのつもりはないのかもしれないが、皮肉っぽくみえる損な顔つきだ。

「入社するときの保証人などは？」

「たしか、以前つとめていた保険会社――『東都生命』というんですが――そこの同僚を保証人にしたと思います。正確なところは、社にかえって書類をしらべないとわかりませんが。嘱託ですから、そう詳しい身上調査はしなかったはずです。自殺なんでしょうか」

と、古葉は、訊いた。

「それは、これから調べてみないことには、それこそ、〝正確なところは〟わからんのだがね。通報者は自殺だと言ってきたのだが」

ほかの刑事がハンカチにのせてさし出した拳銃を、「見おぼえがないか」とたずねた。

「はじめて見ます」

「粟田さんは、拳銃を以前から持っていたのかな」

「さあ、何もきいていません」

「自殺だとしたら、何か心あたりはありますかね」

「思いあたりませんね。しいて言えば、ひとり暮らしで、何もかもむなしくなったというか……」

「老人性鬱病のような兆候でも？　ひどくめいりこんでいるとか」

「いえ。ふだんから無口な人で……」

「万一、他殺だとしたら、心あたりはありますか。だれかに恨まれていたというようなことは？」

「会社のなかでは、私の知っているかぎりでは、いません。強盗にやられたんじゃないんでしょうか」

「考えられませんね、荒された形跡がない。争った様子もないしね。怨恨関係ですかな。金銭の面ではどうだったろうね。たとえば小金を高利でひとに貸しているようなことは？」

「さあ、そんな話はききませんが」

「女性関係はどうだったんでしょうな。最近は、年寄りでもなかなか隅におけんからね。浮いた話はなかったですかね」

「私はきいていません」

「やくざと関係があったということはないですか」

「私の知るかぎりでは、ありません」

室内の荒廃が、古葉の目にせまった。

紙が破れ桟の折れた障子。割れた電灯の笠。襖も破れて中の骨がみえていた。

二年前立ち寄ったときの整然としたたたずまいを、古葉は思いかえした。

床の間の掛軸は、以前のままに残っていた。

刑事たちは室内を物色していた。自殺とも他殺とも断定できない以上、初動捜査は、後に他殺とわかったとき手ぬかりが生じないよう、十分に行なっておかねばならないのだろうと古葉は思ったが、栗田の遺骸のある場所で、何か無惨な気がした。

六畳の北に三畳ほどの台所。便所は玄関脇で、風呂場はあとから造り足したのか、台所の横に粗末な波板トタンの壁でかこわれ、突き出している。

六畳間の片すみには、脚をたたんだ卓袱台がたてかけてある。よほど古いものらしい丸い木製で、板のつぎめが割れ、そりかえっていた。三尺幅の縁側は、よく拭きこまれて飴色にてらてらしていたのだが、今は艶が失なわれ、埃がうっすらと表面をおおっている。

縁側に面した隅には、これも古びた文机がすえられ、本が一冊だけのっている。黒い表紙の分厚いもので、背に『舊新約聖書』と金箔で文字を押してある。

この前来たときも、聖書はあったのだろうか。記憶にない。文机の横に木の粗末な本箱がある。そのなかに本がびっしり並んでいたと思うのだが、今はからだった。何の本かと特に注意も払わなかった。

刑事のひとりが、座敷の床の間のわきの押入れをあけた。蒲団がなだれ落ちてきた。いいかげんに丸めてつっこんであったのだ。押入れのなかは乱雑だった。蒲団のほかに、下着や服などがつっこんであった。

シーツもカヴァーも汚れきっていた。枕カヴァーなどは、しないほうがましなくらいまっ黒だし、蒲団の縫目はほつれて綿がはみ出していた。

古葉は、その押入れの中がかつては清潔だったことを知っている。前にたずねたとき、押入れから座蒲団を出してくれた。まっ白なカヴァーのかかった蒲団がきっちりとしまわれているのが、そのとき目に入った。古葉は蒲団の出し入れがめんどうなばかりに、ベッドにしている。

「先週の月曜日から無届欠勤ということでしたね」

「そうです」

「土曜日はどんなふうだったですか」

「私は朝の点呼と、夕方の報告のときに顔をあわせただけですが、そのときは平常どおりだったと思います。これも嘱託の杉野というものが土曜の作業はいっしょでしたから、彼ならもう少しくわしい様子がわかるかもしれません」

「杉野何という人ですか」

「杉野……」古葉は手帳をひらいた。彼の部署の作業員の名と住所、電話番号がしるしてある。「杉野厚吉です。住所は多摩区……」

刑事はメモにうつしとると、刑事のひとりに杉野に連絡をとるよう命じた。

「土曜日はどこで仕事を?」

「栗田ですか。玉川のアサヒ会館です。いつ、死亡したのでしょう」

「ひらいてみなくては正確なところはわからんが、みたところでは、死後一週間前後ですね。つまり、土曜日に作業に出ているのなら、その日の夜から日曜日ないし月曜日というところだな」

「あの……どうして、わかるんですか」小島が、よけいなことをたずねて叱られはしないかとびくびくしながら、しかし好奇心はおさえられないというふうに訊いた。

「腐敗の度あいとか、目安をつける手がかりはいろいろあるがね。蛆の大きさでもおよそのことはわかる。蠅というやつは、夏場だったら、死後三十分もすればかぎつけて集まってくるし、一時間もたたないうちに、卵をうみつけている。ぬけめのないやつらだ。今じぶんなら、このくらいの大きさに育つまでに、ほぼ一週間というところだ」刑事は、むぞうさに、一センチ強のよく太った蛆をつまみ、小島につきつけた。小島は悲鳴をあげて、からだをそらした。

――この一週間、この部屋では陰惨（いんさん）なパーティーが行なわれていたのだな、と、古葉は思った。列席者はこの蠅ども。メインディッシュは粟田の肉体だ。

「ところで、小島さん、きみは先週の土曜の夜から月曜まで、どんなふうに過していた？」

「え？　いやだなあ。アリバイ調べられるんですか。ぼく、粟田さんとは……」

「べつにうたがっているわけじゃない。一応、きいておかんとね」

「そんな、急に言われたって……。土曜日は……仕事終わってから、溝の口で同僚と飲んで……山崎（やまざき）ってやつです、それから……」

「何という店で？」

「『鳥吉』って焼鳥屋です、そのあと、『ふじの』。いつも行く店だから、おかみさんがおれが行ったのおぼえてますよ。うちに帰ったの、十二持半ぐらいかな。最終の一つ前の電車に乗れたんだから、日曜は、昼ぐらいまで寝てたな。それから、映画に行ったんです。これは友達三人いっしょだった。渋谷の東急名画座でみました。そのあと、いっしょに飯（めし）くって、それから……」小島は少し口ごもり、「二人ずつ別れて、デートして帰りました」

「デートというのは、ラブ・ホテルか」

「いえ、そういうところ高いから。レンタル・ルームです。あの……恋愛関係だから、悪くないんでしょ」

「まあな」

「うちの人に黙っていてもらえますね」

「うちの人って、親のことか」

「ええ」

「親に内証のつきあいなのか。まあ、いいだろう。相手の名は？」

「弓子（ゆみこ）、ぜんぜん関係ないですよ。困るな」

「何弓子だ、苗字（みょうじ）は？」

「田村（たむら）だけど……」

「いくつだね」

「おれですか？　さっき言ったでしょ」

「きみじゃない。その、きみの恋人だ」

「粟田さんの名前も知らないんだから、弓子は。かんべんしてくださいよ」

「べつに疑ってはおらんよ。単なる手つづきだと思えばいい。いくつなんだ」

「あの……十六」

「なんだ、高校生か。むりにやったんじゃないだろうな」

「ちがいます。ダチッコの――友達の妹で、前から知ってるんですよ」

「住所は？」

「かんべんしてくださいよ。きついなあ。おれたち純愛の仲なんだから。ちゃんと結婚の約束もしてるし、弓子が高校出たらいっしょになろうって」

「もし、きみにアリバイの証明が必要になった場合だな、そういう相手の証言では、効力がないんだぞ」

「そんなァ。二人でいっしょにいたのはほんとなんですから。ただ、まだ親に話つけてないから、知れるとやばいんですよ」

「別に、小島がうたがわれているわけではないんでしょう？」古葉は口をはさんだ。

「まだ、目下は白紙の状態ですよ。だから、正式に訊問しているわけでも何でもないです。ただ、疚しいことがなければ、堂々と答えられるでしょう。あんたもついでに訊いておこう」田村弓子の住所をきき出してから、刑事は質問を古葉にむけた。

「私はひとりで暮らしていますから、アリバイの立証者はいないですね。土曜日の夜は会社の仲間と麻雀ですごしました。メンバーは、清水登、安井洋一、和田信彦。日曜日はうちでひとりでテレビを見ていました。しかし、他殺だとしたら、凶器の拳銃をおいてゆくというのは、おかしくないですか。ふつう、凶器はかくしたがるものじゃないんでしょうか。残しておいたら足がつきやすいでしょう」

「そうともかぎらんさ。拳銃が元来仏さんの持物であれば、それから犯人の足がつくという可能性は、まず、ない。仏さんに持たせておいた方が、自殺らしくみえる」

「放り出してあったんですよ」と小島が指で示した。

「その辺にころがっていた」

「何か栗田さんのことで、特に気づいたこととか気にかかったことはありませんかね。勤務状態はどうでした」

最近多少みだれぎみだったと、古葉は言った。

「しかし、年ですから」

「栗田さんがお宅につとめるようになる前の経歴はわかりますか」

「東都生命という保険会社の蒲田営業所にいたそうです。勧誘ではなく、経理事務です。そこを停年でやめてから、二つ三つ職をかわって、うちへ来たということです」

「その、職というのは?」

「おぼえていませんが、社の書類をみればわかると思います」

「住まいは、ずっとここですか」

「いつごろから住んでいるのかは、きいていません」

「本籍はわかりますか」

「それも、書類に記載してあると思います」

「こう、身寄りのまるでわからないというのも、困るな。このごろは子供や孫が冷たくて年寄りを一人放りっぱなしだからな。子供はもともといないんですかね。かみさんは死んだんでしょうね。まさか生涯独身だったわけでは」

「さあ……」

おれも、ひとりで死ぬと、このように赤の他人にあれこれ詮索されるわけか、と古葉は思った。死後のあと始末には、家族がいた方が何かと便利ということか。郷里の松江に、妹夫婦がいる。あの連中が何とかするだろう。

刑事のひとりが、「福田さん、これ」と、茶簞笥の抽出しからとり出した葉書の薄い束を、古葉に質問中の刑事にわたした。「だれか、親類縁者からのたよりがあるかもしれませんね」

「まったく、木の股から生まれたわけじゃあるまいしな」

　葉書は輪ゴムでひとまとめに束ねてある。

「年賀状ばかりだな」と、福田と呼ばれた刑事は、一枚一枚、ならべていった。

「近ごろは、用事はみんな電話ですませるから、手紙を書くやつは少なくなったんだな。どれか、知っている名前や心あたりのある名前にぶつかったら、教えてください」

　古いものは年があらたまるごとに処分しているのか、今年のものばかりであった。

「ああ、これは、会社の同僚ですよ」

「田中の小母ちゃんだ。川北さんも出してるんだな。おれ、どこへも出さなかったな」

　二枚は会社の仲間からであったが、仲間といっても、川北善吉も田中フデも、もう退社している。それ以外の数枚は、古葉にはなじみのない名前だった。一枚は保険会社の名が入っているから、かつての同僚らしい。古葉は、知らぬ名前と住所をメモに書きとめた。

　刑事が、「ばかに熱心だな。どうするつもりです」と、さぐるような目をむけた。

「気になりますから」

　よけいなことをするな、とか、素人が捜査の邪魔をしては困る、などと怒られるだろうと思ったが、刑事は何も言わなかった。

　目をひいた賀状があった。ほかのものは今年の分だけなのに、古い賀状をずっと保存してあるのが、二種あったのである。

『岩佐正行』と署名したものが十枚ほどあった。これは、どれも同じ文面で、『賀正』『岩佐正行』と簡潔にしたためてある。ちがうのは日付だけであった。

　筆の手書きの鋭い文字を、古葉は、思わず床の間の軸の書と見くらべた。刑事も気づいていた。

「同じ手跡のようだな。知らない人ですか」

「私は知りません。粟田とは親しかった人のようです」

「住所がないのだな」刑事は、岩佐の賀状を一枚一枚表にかえしてたしかめた。

もう一種は、四枚、同じ女名前のものである。これは、今年のもの、去年、五年前、七年前と、日付はとびとびだった。

明けましておめでとうございます
今年はいい年になりそうです。

留津

明けましておめでとうございます
いつもはげましてくださってありがとうございます。今年は強くなります。

留津

頌春

留津

（これだけは筆で書いてあった。他の三枚はペン書きである）

頌春

今年は少しはいいことがあるでしょうか。

留津

「これも、住所を書いておらん」刑事はかるく舌打ちした。

「もしかしたら、この近所の人じゃないでしょうか」のぞきこんでいた、刑事のひとりが言った。

「近所だから、わざわざ住所を書くまでもないと思ったんじゃないですか」

「あとで、あたってみてくれ」

賀状のほかに、絵葉書が一枚だけまじっていた。刑事は絵葉書の文面を読みくだし、

「何と読むのかな。メイラクかな。こういう人を知っていますか」と、絵葉書を古葉にみせた。

差出人は、『那智(なち)にて　明楽久子』

文面は、

『お元気ですか。家にかえっています。しばらくのんびりしようと思います。近いうち、また上京しま

す。そのとき、いろいろ相談にのっていただきたいのです』

消印は不鮮明だが、紀伊勝浦と読みとれた。

表の絵は、那智の大瀧であった。古葉はまだ一度も行ったことのない場所だった。

そのとき、車のとまる音がして、表が少しさわがしくなった。

「あがっていいですかァ」野太い声がした。

「坂井さんか。そこらにさわらんようにして入ってくれ」

ぶつけるなよ、気をつけろ、と騒々しくふたりの男が白木の柩をはこび入れてきた。

ひとりは四十五、六。もうひとりは小島と同年輩の若い男だが、ふたりともいかつい軀つきがよく似ていた。

「お、小島」と若い方が目を丸くした。

「あれ、良っちゃん、どうしたんだ」年かさの方が言い、それから刑事に「何かものものしいですね。自殺ってきいたんだが」

「まだ決めかねているんだ。これからひらくんで、いつもの所まで運んでもらうよ」

「ひでえにおいだな」男は手で蠅を追いはらった。

「小島、おまえ、何でここにいるんだよ。おまえ、容疑者か」若い男は声をひそめた。

「冗談じゃねえよ。そのひと、おれと同じ会社でさ」と小島が真剣に説明しかけるのを、

「話はあとだ。仕事、仕事」と、年かさの方がさえぎった。

「ずっと休んでるから、おれ、この古葉さんの命令で様子をみに来たんだよ。そしたら、死んでたんだ」容疑者といわれたのを本気に気に病んで、小島は説明する。そのあいだに、ふたりは粟田の遺体を柩にかかえ入れていた。

「傷つけないように気をつけて」刑事が注意する。

「心得てますって。そんじょそこらの新米の刑事さんより、おれの方が仏さんの扱いはなれているからね」

「葬儀屋さんですよ」と、小島は古葉にささやいた。

「梶が谷の駅のそばの、坂井葬儀店」

「親子なのか？　似ているけれど」

「そう」

「友だちか？」

「小学校と中学校、いっしょだった」

「警察と親しいみたいだな」

「親父さんは、こういう変死体があると、すぐ警察から運搬をたのまれるんだって。だから署長とも親しくて、いっしょに釣りにいったりゴルフしたり、なァなァの仲なんだって」

「あらよ、気をつけろよ」葬儀屋は、陽気に声をかけながら、「それじゃ、福田さん、いっしょに乗ってきますか」

「おれはまだ、こっちにもう少しいる。大沢、橋本、おまえたち、仏さんといっしょに行け」

「おい、小島」葬儀屋の息子が、柩をはこびながら小島の前を通りすがりにささやいた。

「他殺だったら、死体の発見者は、まずまっ先にうたがわれるんだぞ」

「おれ、ちゃんとアリバイがあるもの」

　栗田の遺体ははこび去られた。

「それでは、もうけっこうですから、あんたたちもひきとってください。御苦労さんでした。また、何かと協力してもらうようになると思うので、よろしくたのみます。居所をいつもわかるようにしといてもらえると、助かるんですがね」刑事は婉曲に、もうひきさがれと命じた。

3

「何も悪いことしてなくてもさ、何かいやな気分だな、刑事にいろいろ訊かれるのって」

「ああ。小島、昼めしは？」

「まだだけど……何も食う気にならないな」

「冷たいものでも飲むか」

「あ、サンドイッチか何か、やっぱり食います。考えてみたら、腹へってた」

「この辺に、うまい店はあるか？」

「宮崎台の駅の方に行けば、何かあるよ。特別うまいことはないけど」

途中、小ぎれいなドライブ・インの前の駐車場があいていたので、そこに車をとめた。若い女の子が好みそうな甘ったるい店の装飾は気にくわなかったが、小島は、ようやくくつろいだように、表情をゆるめた。

「まいったな。くたびれた」しんそこ疲れはてた顔をしていたが、注文したスパゲティがくると、勢いよく食べはじめた。

「栗田さんのところへは、ときどき寄るのか」

「ううん。あんなじいさんじゃ、話があわないもの」

「小島は、バイトでうちに来るようになったのは、高二のときだったな」

「うん」

「栗田さんの入社と、ほぼ同じころだな」

「おれは夏休みからでしょう。栗田さん、その少しあとじゃなかったかな」

「どう思う？　栗田さん、入社のころは、きちんとした人だったと思うんだが、今日、家に行ってみて、あんまり荒れているのでおどろいた。いつごろから、あんなふうになったんだろう」

「おれ、栗田さんとは全然つきあいがなかったから、何もわからないな」

「栗田さんと親しくしていたのは、誰だろう」

「さあ。おれ、何も知らない」

六十を過ぎた老人の生活が急激に荒れるというのは、どういう事情なのだろう。

あの家のなかの荒れようは、生きることにはりを失なったということか。

身寄りはまるでいないという話だったが、たとえば、昔別れた妻がいて……と、古葉はかってに想像をめぐらしてみた。そっちには子供や孫がいる。そのなかのひとりが、ひそかに栗田と連絡をもっていた。栗田にとっては、その存在が唯一の心のささえだった。それが、急死した。栗田は、くずれた。

そんなメロドラマめいたことを考えた。証拠だてるものは何もない。

あるいは、結婚はしていないが、ひそかに愛している女がいた。その女が死んだ……もしくは、徹底的に裏切られた……。

　小島を家の前まで送り、寄っていきませんかという小島の誘いをことわって、古葉は帰宅した。小島の家は、七人家族で息がつまると小島が言っていたとおり、客が入りこむ余地はなかった。粟田の家と大差ない小さい古い家で、道路に面してすぐ窓があり、むし暑いので開け放してあった。頭の禿げた老人が、上半身は裸で寝ていた。敷いてある蒲団は万年床らしく、ぼろぼろだった。そのまわりで、小さい子供たちがさわぎまわり、老人は中気か脳溢血か、言葉もからだも不自由らしく、口もとに唾をため、うなり声をあげて、からだの上に乗る子供を追おうとしていた。

　帰りついてすぐ、古葉は課長の自宅に連絡の電話をいれた。

「病死ならともかく、自殺とも他殺ともわからんとはな。強盗ということはないのかね」

　課長は願望をのべた。強盗であれば、わずらわしいことはなくなる。

「室内は荒らされていませんでしたから」

「荒らされていなくても、強盗なら金を出させた上で射ち殺すということもあるだろう」

「しかし、凶器の拳銃が置き捨ててあったのです」

「脅すだけで殺すつもりはなかったのが致命傷を与えてしまい、うろたえて捨てていったのかもしれんじゃないか」

　まるで、古葉が一々さからったことを言うといわんばかりに、課長は不機嫌だった。

「とにかく、粟田はうちの正社員ではないのだから、くれぐれもその点を忘れんようにな。拳銃というと、暴力団がらみの線か。どういう事情であれ、そんな問題のある人物を嘱託にやとったきみの責任は大きいぞ」

　社にいっさい迷惑のかからんよう善処することだ、と、くどく念を押された。

　翌日、出勤開始の前の点呼のとき、古葉は作業員に簡単に粟田の死を告げた。

会社とは無関係なことだから決してかかわりを持つなと課長から念を押されていても、早晩、警察からしらべがくるだろうから、作業員のあいだに不必要な動揺を生じさせないためにも、わかっていることは知らせておいた方がいいと古葉は判断した。

「自殺か他殺か、まだ判明していません。何か気づいたことがあったら、私に報告してください」

作業前の点呼が、古葉はいささか苦手だった。いかにも老残といった感じの作業員を、機械の部品を扱うように、あそこ、ここ、と仕事場所をあてがい送り出すことに、ふと、気重くなる。三十四歳の古葉は、もっとも熾烈（しれつ）な学生闘争を経た世代のひとりである。自分では社会生活に順応しけっこうずる賢くもなったつもりだが、そうなりきれない部分が、まだどこかに尾をひいていた。

「杉野さん、ちょっと」

作業の割りあてを終え、部屋を出かけた作業員のひとりに、古葉は声をかけた。

最近、粟田吾郎と組んで作業に出ることの多かった杉野厚吉は、五十代のはじめで、屈強なからだつきをしている。自家営業の金物屋だったが、近くにスーパーマーケットができ、金物雑貨も超特価であつかうので太刀うちできなくなり、倒産した。娘がふたりと息子がひとりの子持ちで、上の娘はスーパーのレジ係をして働き、下の娘と息子はそれぞれ高校生と中学生でまだ学資がかかる。金物屋の主人では、手に特殊な職は何もない。やむを得ず、美装社の嘱託となった。小さくとも一国一城の主だったのだ。他の作業員を見くだすようなところがあり、折りあいはいいとはいえなかった。

杉野が粟田をこき下ろしても、多少割り引きしてきいた方が正解だろうなと思いながら、

「杉野さんは、粟田さんと組むことが多かったね」

「ええ」杉野は、何かぎくっとした顔をみせた。

「それで、その粟田さんのことなんだが」

「知ってたんですか、主任さん」

「ちょっと耳に入ってね」

「だれが喋ったんですかね。いや、私も主任さんに報告せないかんかなとは思ったんですよ。しかし、仲間を密告するようなことになるのは、どうも性にあわないんで、胸ひとつにおさめていたんですが」

漠然とした悪口ではなく、何か具体的な事実を杉野はさしているらしいと気づいた。

「それは、やはり、あなたの口からきいておかないとね」古葉は水をむけた。

「しかし、どうして主任さん……。私が黙っていればだれにもわからんですむと思っていたんですが。粟田さんのためを思ってね、私は黙っていたんだが。これはちょっと、どうも……」

「どういうことだったんですか」

「主任さんはどういうふうに聞いておられるんですか」

「いや、まず、あなたの話をききましょう」

刑事のような口調になってくるなと、古葉は内心苦笑した。

「ここじゃ、ちょっと……」杉野の様子が人目をはばかるようなので、廊下に出た。

「私は粟田さんが保安課にとどけたとばかり思っとったから……」

何を？　と聞きかえしたいのを古葉はおさえた。杉野は、古葉が何もかも承知していると早とちりしているようだ。

「やはり、会社の方に知れましたんですか。それで粟田さんは譴責を受けて……自殺の原因はそれなんでしょうか。いや、実際弱ったな。私に悪意がなかったことだけは、是非わかってくださいよ。私は実際、密告なんて汚ないことはいやだったから……」

古葉は辛抱強く杉野の話をきき、〝事件〟をひき出した。

粟田は、拾得物を猫ばばしたのであった。

上野毛のスーパーマーケットの清掃業務についていたときだ。マーケットは七時半閉店なので、清掃はその後になる。便所の近くに落ちていた財布を粟田が拾うのを、杉野は目撃した。粟田は財布を持って階段を下りていったので、地下の保安課にとどけに行ったものと、杉野は思った。浅井美装社は、警備保障業務は扱わない。このビルも、警備員は他の会社から派遣されてきている。

もどって来た粟田に、「とどけたのか」と訊くと、粟田は驚いた顔で、「見ていたのか」とききかえし、それから、とどけておいたよ、と、うなずいた。

そのときの様子が、どうも、おかしかった。

「ぎくっとしたような気がしたんですよ。しかし、仲間に、うたがっているようなことは言えませんからね。翌日、遺失物の記録をみてみたんです」届出のあった物品名と、拾得者名、日時、場所、受付けた責任者の氏名などを記載し、落し主があらわれ返還したときは、落し主の氏名を赤で記入してもらい捺印するようになっている。印鑑がなければ拇印ですませる。

前日の遺失物欄には、老眼鏡一個、財布一個が記入されていた。老眼鏡は、便所の中の荷物置き台の上に忘れられていたもので、あとから入った客がとどけたらしい。

「便所の中で本や新聞を読むのがいるってのは知ってますが、スーパーの便所の中でまで、読むんですかね」杉野は、よけいな感想をのべた。

「財布もとどけてあったんで、うたぐって気の毒したなと思ったんですが、よく見ると、拾得の場所も時間も違っているんですよ。粟田が拾ったのは、赤電話を並べてある台の下の棚です。小銭を出して、そのまま置き忘れたんでしょう。しかし、記入してある財布の拾得場所は、子供の遊び場のある屋上でした。三時ごろ届け出があって、三時半にはもう落し主が名のり出て結着がついているんです。赤字の記名捺印も、はっきり私がこの目で見たんですから、まちがいありません。要するに、粟田のじいさんは猫ばばをきめこんじまったんですよ」

杉野は、一息ついて、つづけた。

「私が警備員に、粟田のじいさんのことを問いただささなかったのは、わかってほしいんですが、我が社の信用と体面を重んじたからなんですよ。だって、そうじゃありませんか」古葉が何も言わないのに、杉野は非難を受けたとでもいうように、むきになった。「警備もうちの人間がやっているのなら、私だって話しましたよ。しかし、あそこは、丸信綜合警備が入っていますからね。うちの者が不祥事を起こしたと丸信に知られちゃあ、まずいじゃないですか。それで、私は、後で粟田のじいさんを問いつめたんです」

届けた、と粟田は言いはった。

記入されていないのは、どういうわけだ。

ちょうど警備員が部屋にいなかったので、机の上に置いといたんだ、と、粟田は弁明した。

それは大問題だぞ。杉野は脅した。すると、だれかが財布を盗ったことになるな。保安課にもう一度いって、事情を話さなくては。

「そう、私が言うと、じいさんは青くなってがたがたふるえながら、実は、と打ち明けたんです」

警備員がいなかったので、置きっ放しにするのもぶっそうだ、明日とどけようと、ポケットにいれて持ち帰った。

「ところが、帰り道で落としたのか掏られたのか、うちに着いたらなくなっていたというんです。嘘にきまってまさね。私が『とどけたのか』と聞いたとき、どきっとした顔で『見ていたのか』と言い、それから、『とどけた』と言ったんですから。警備員がいなくて持ち帰るのなら、そのとき私にそう言うべきですよ。変なうたがいをかけられないためにもね。拾得物の扱いは慎重にと、点呼のとき、いつも主任さんからも注意されているじゃないですか。今のうちに、金はかえしておけ。保安室にとどけろ、と私は口がすっぱくなるほど言ったんですが――少し時間がたちすぎて、まずいとは思ったんですが……。じいさんは、帰り道で紛失したの一点ばりで。丸信の手前、事を荒だてるわけにはいかないし、主任さんに告げ口して、じいさんがクビになったら、私はねざめが悪いし、一度だけ、まあ、目をつぶろうと……」

それから、杉野は、ひどくいさぎよい表情をつくって、

「報告しなかったのは、重々、私が悪いです。譴責処分を受けてもいたしかたないと覚悟しとります。すべては、私の義侠心、私の愛社精神のなせるわざなんですが、主任さんが今度は課長さんや部長さんから譴責されることになっては申しわけない。すべて、この杉野の責任ということにしてくださってけっこうです。杉野は、あくまでも会社のため、粟田さんのためを思ってやったことで、一点の私心もない、それだけを主任さんが承知していてくれればいいのでして」

　口数の多さが、かえって疚しさをあらわしていた。粟田から口止め料をせしめたなと古葉は察したが、責めるのはやめた。こういうちまちました悪事に対して、彼は、なぜか本気に腹が立たなかった。ただ何となく淋しくなるだけだ。自分に本当に人望があれば、下の者が自分を困らせるような事件は起こさないはずだ。証拠のないことで相手を責めるのも、古葉は避けたかった。学生闘争が熾烈だったとき、身におぼえのないことで警察官にいためつけられた、その口惜しさが身にしみついたせいかもしれない。映画部の部室に、彼はたまたま友人に用があって入った。映画部はあるセクトの活動がさかんなところで、他のセクトと争いがはじまり、彼は巻きこまれ、警察が介入して検挙された。無関係であることを申しのべたが許されなかった。デモに参加したとき、知らぬうちに撮られた写真が警察にあり、それと照合して、活動家であると目され、追及は苛烈だった。

「粟田のじいさん、自殺か他殺かわからんということですが」古葉が叱責しないとみて、杉野は態度が大きくなった。「自殺だとしたら、やはり、この事が原因ですか。気がとがめとったんでしょうかな」

　古葉は、粟田の机の上の聖書を思い浮かべた。堕落した自分に愛想がつきたということなのだろうか。そんな抽象的なことで、辛酸を経てきたものが命を絶ちもすまい、と思いかえした。

「杉野さんがうちの嘱託になったのは、昨年だったね」

「そうです」

「栗田さんの方が一年先輩か」

「そうですね」

「栗田さん、最近あまり評判がよくないとかきいたんだが」

「がめつくてね。仕事は雑だし、あれ、中気の気があったんじゃないですかね。手先がふるえて細かい仕事はできないんですよ。しょっちゅう物を落としてこわすしね」

「うちに来るようになった最初のころの印象では、がめついなんてことはなかったんだが」

「見かけにだまされてたんじゃないですか。あのじいさん、一見、品がよくて誠実そうだから」

杉野は、壁の掛時計に目をあげた。

「今からだと、三十分は遅刻だな。主任さん、仕事先に連絡しといてくださいよ、主任さんの用で、私、遅れたって。出先でがみがみ言われるのはいやですからね」

舐められたな、と古葉は苦笑した。

あの栗田が猫ばばとは……。

杉野の言葉によって描かれた栗田吾郎は、古葉の印象に残る栗田とは別人のように卑しくみじめだった。

彼は、今さら幻滅を味わっている自分にあきれた。

——まったく、今さら……だ。

彼は戸棚から雇用者名簿の綴りを出し、栗田吾郎の履歴書を探した。しかし、どこに紛れたのか、見あたらなかった。

刑事が古葉に面会を求めて来社したのは、その翌日である。

業務課のフロアの一部を衝立で仕切って応接セットを並べたところで、古葉は会った。

刑事はふたりいた。ひとりは一昨日栗田の検視に来ていた。顔に見おぼえがあった。その刑事は高津署の野崎と名のり、もうひとりは神奈川県警の山下と自己紹介した。

「では、他殺なのですか」

自殺なら、県警の警察官がのり出してくることはあるまい。

「どうも、そうらしいですな」

「どうして、他殺と……」

「あなたには、これからも何かと協力してもらわんとならんだろうから、こっちも率直に言いましょう。他殺と断定した理由は、二つあります」県警の山下刑事は、おだやかに、ゆっくり喋った。眼が細く、まるで眠っているようだった。ぽっちゃりした指でときどき顫をつまむのが癖らしかった。こういう男が、被疑者の訊問となったら、みかけとは裏腹に非情なのだ、と、古葉は気を許すまいとした。

「拳銃を発射すると、手に煤煙や火薬のもえかすが付着するものなんですが、これが検出できなかった。それから、拳銃に、被害者の指紋の上に、べつの指紋がかさなっていた。この二点から、殺人事件と断定したわけです」

「拳銃は、粟田さんのものだったんですか」

「それは、まだわかっていません。家のなかを捜査したが許可証はなかったから、もし被害者の所持品だったとすれば、不法所持ということになりますな」

「加害者が凶器をおいていくなんてことがあるでしょうか?」

「そうですな」山下刑事は、うなずいただけだった。

「ところで、一昨日もあるていど、被害者について話はきかせてもらったようですが、もう一度うかがいます。被害者は、身寄りというものはまったく無いんですか」

一作日、粟田の遺体の枕頭で刑事に語ったのとほぼ同じことを、古葉はくり返した。

自分の知るかぎりでは、身寄りはない。浅井美装の嘱託になったのは二年前である。等々。

「身寄りではなくても、誰か知人が粟田さんをたずねてここに来たというようなことも、ないですか」

「ありません」

「被害者は、やくざなどとのつきあいはなかったですか」

「私は粟田の私生活はまったく知らないんです」

「それにしては、ずいぶんこの事件に関心が深いようにみえたと聞きましたがね」

「私の責任下にある作業員が変死したのですから、関心を持つのは当然じゃないでしょうか」

「それはそうですな」と、山下刑事はさからわなかった。

「あの場所には古くから住んでいたのでしょうかな」

「さあ、それも……」

「作業員仲間などで、被害者と親しかった人はだれですか」

「私はよく知らないんですが……」

杉野の名を出すことを、古葉はためらった。親しいというのが、仲が良いという意味なら、杉野は粟田と仲が良かったわけではない、たまたま、作業で組むことが多かっただけだと、古葉は思ったが、刑事たちが求めているのは、まさにそういう相手だということも承知していた。

杉野の名を出したら、彼に恨まれることだろうな、恨まれるということより、彼からひき出した話を告げ口するという形になるのが不愉快だった。

落ちていた財布を猫ばばしたことが、今度の事件に何か関係があるだろうか。

——あの財布のなかに、何か重要なものが入っていて、粟田はそれで恐喝をはたらいた。そのために、殺された。

そういう場合も考えられるな。

古葉は、口重く、杉野から聞いた話を警部に告げた。

ふん、ふん、と山下刑事は一つ一つ大きくうなずきながら聞きいった。聞き上手というタイプだ。

「ただ……ぼくには、粟田が昔からそういう卑しいところのある男だったというふうには……もちろん、昔の彼を知っているわけではありませんが、面接のときの印象では……。私の目が狂っていたのかもしれませんが……。しかし、あの家にしても、二年前は、あんなに荒れすさんではいなかったのです」

「ほう?」と、山下刑事はますます熱心に、ふとった軀をのり出した。野崎刑事もきびしい目を古葉にすえた。

古葉は、二年前粟田の家に立寄ったときの印象を語った。

「すると、この二年間のあいだに、つまり、浅井美装社で働きはじめてから、粟田吾郎は変ったということですな」

「……そうですね。ただ、うちの仕事と粟田の変化を結びつけられるのは、ちょっと……」

「そのことで」と若い野崎刑事がいきごむのを、山下刑事は目でおさえ、

「古葉さん、この部屋は、声は外に洩れませんか」

「薄い衝立ですから、隣りで耳をすませれば、きこえないこともないと思いますが」

「そうですか。どこか、他人に聞かれないですむ場所はありませんか」

古葉はちょっと考え、会議室なら大丈夫だろうと言った。

「社員名簿を貸してほしいんですがね。パートやアルバイト、嘱託も全部ふくめて。それから、誰がどこで作業しているか、わかりますね。その一覧表のようなものがあったら、みせてください。会議室には、外部に通じる電話はありますか」

「あります」

社員名簿と作業員のリストを持って会議室に行くと、野崎刑事はすぐ電話にとりつき、捜査本部を呼び出した。かたわらに作業員のリストをひろげ、名前と作業場所を口早に読みあげてゆく。

いささか、あっけにとられている古葉に、

「全面的な協力を、あなたに期待していいでしょうな」

「できるだけのことはしますが」

「おたくは、外で作業についている者が多いんですね。見たところ、社内でデスクワークについている人というのは、ごく少数ですな」

「そうですね。うちは規模も小さいですし、綜合管理といっても、建物清掃部門以外は、それぞれ専門の業者に委託するので、仲介するだけですから」

「どういう業者に委託しているんですか」

「つまり……、うちの営業種目は、建物清掃部門、特殊清掃部門、建物内外部門に別れています。建物清掃部門は、床、タイル、ガラス、サッシュ、絨毯といった、ふつうの清掃です。特殊清掃というのは、受水槽、貯水槽、給排水その他の清掃管理です。建物内外部門は、建物内外の修理から塗装工事まで扱います。もっと大きいところは、駐車場、エレベーター、空調設備などの管理、害虫駆除、消毒から警備保障まで扱いますが、うちはそこまで手をひろげていません。うちから直接派遣するのは建物清掃部門の作業員だけで、ほかの業務は下請けの専門業者をさしむけます。もちろん、対外的にはうちの責任において行なうわけですが」

「そういう下請けの関連業者のリストも提出してください。それから、粟田吾郎がこれまで作業を行なった場所はわかりますか」

「ここ三月ぐらいのことでしたら業務日誌をみればわかりますが、それよりさかのぼるとなると、ちょっと……」

なぜ、そんなことを？　と問いかける目になった古葉に、

「剖検の結果、粟田吾郎が薬物中毒であることが確認されたのです」山下刑事は言った。

古葉は、しばらく言葉が出なかった。

しかし、驚くのと同時に、そうなのか、そうだったのか、と納得もした。

粟田の急激な変化への疑問が、一気に氷解した。

「薬物中毒というと、マリファナ……マリファナは中毒しないんでしたね。まさか、ヘロインとか……」

「いや、覚醒剤です」

「粟田が覚醒剤中毒……」

「静脈注射をしていれば、検視のとき一目でわかったんですがね、このごろは常用者も利口になって、腕などの目立つところにはやりませんね。内腿が多いんだが、この被害者は、口腔粘膜に注射していた。それで発見がおくれたんです」

山下刑事はカバンから木箱を出した。格子型の中

仕切りに、コルクの栓をした小さい試験管がたててあった。一つ一つに、白いラベルが貼ってある。

「しかし、覚醒剤中毒だったら、周囲のものが一目でわかるんじゃないんですか。狂人のような行動をとるんでしょう、あれは」

「何かおかしいと気づきませんでしたか」

「顔色が悪くて痩せてきたなとは思っていたんですが、べつに目立って異常な行動は。作業中に何かあれば報告がくるはずですし」

「人によって、人格変化のありようはさまざまですからね。攻撃的になって理由もないのに他人に危害を与えたりすれば、すぐわかりますが、そういうのばかりではありませんから、それに、長期間連用しているうちに荒廃していくので、だれもがすぐに暴れだすというわけのものではないです」

そう言いながら山下刑事は試験管をぬき出し、ラベルに社員の名を書きこむのを手つだってくれと言った。

「中毒者がひとり出たということは、その周囲も汚染されているのではないかという疑いが生じます。また、入手経路は何としてもつきとめねばなりません。是非、協力してもらわんと」

「協力といいますと」

「まず、全員の採尿です」

「採尿?」

「覚醒剤アミンが体内に入ると、四〇パーセントぐらいが尿に排泄されます。もっとも、検査をしてそのとき検出されなかったからといって、シロということにはなりませんがね。時間がたっていれば、検査前に排泄されてしまっていますから」

「運動選手のドーピング検査を知っているでしょう」電話の手配を終えた野崎が、口をはさんだ。喋りながら、手はラベルに社員名をうつしはじめている。「覚醒剤アミンを採ると明らかに、一時的に運動能力がたかまるから、競技の前にこっそり服用するものがでてくる。だから、アメリカみたいにドーピングのさかんな国では、選手の尿検査が厳重だそうですよ」

「社員の採尿となると、私の一存では……」

「それはそうですね。誰か最高責任者をよんでください」

古葉は、まず直属の課長のところにいき、事情を説明した。

「作業員が覚醒剤中毒！」課長は貧血をおこしたように唇まで白くなった。「それで、全作業員の検査をするというのか。冗談じゃない。出先でそんなことをやられたら、うちの信用はめちゃめちゃだ。たまたま、嘱託にひとりそんなやつがいたからって、我が社の全員が疑われるとは、あまりにひどい、無茶だ。社をつぶす気か。古葉、きみは毎日顔をあわせとって、気がつかなかったのか。えらいことになった。えらいことになったぞ、こりゃあ。とにかく、作業員の検査は中止させにゃならん。冗談じゃない、まったく」

会議室のドアを開けるまで、課長はさえずっていた。

あいさつもそこそこに、「検査だけはやめてほしい」と切り出した。

「いま、本社にいる我れ我れだけでしたら、喜んで、小便でも何でも提供します。裸にだって何だって、なります。もっとも、覚醒剤をやっているような不心得者は、デスクワークの者には一人もいやしません。それは私が絶対保証します。そんなやつがもしいれば、一目でわかります。年に二回、社の方で健康診断もやっとりますから、少しでもおかしいものはすぐチェックできます。アルバイトや臨時といの者は、外の作業ですから、たまたま十分に目がとどかなかったということもありますが、しかし、粟田のほかにも中毒者がいるなんて、考えられませんよ。毎日、きちんと点呼を行ない、健康状態や精神状態もチェックして作業に出しているんですから、考えてもください。仕事先に刑事さんがたが行って、覚醒剤の検査をするなんてことになったら、我が社の信用に影響します。もちろん全員潔白にきまっていますが、それにしても、うちに関して悪い噂がひろまるにきまっています」

「その点は十分に気をつけることになっています」

刑事たちはなだめた。「何にしても、おたくの作業員が変死したということは、べつに秘密にはなっていないのだから」と言いかけるのを、課長は、さえぎった。

「いえ、粟田の変死も、作業員には箝口令を出してあります。とくい先の耳にいれないように」

「しかし、早晩わかりますよ。警察は他殺事件と公表しましたから、新聞やテレビのニュースで今日中にとりあげるところもあると思います。少くとも夕刊の川崎版にはのるんじゃないですか」

「そんな……何とか秘密にしておいていただけませんか。うちのような仕事は、とくい先の信用が第一です。ぶっそうな噂がたったら、注文ががた減りです。拳銃だの覚醒剤だのといったら、どうしても暴力団関係に連想がいきます」

「極力、御希望に添うようにします。とにかくですね、表むきは粟田の変死についての聞きこみというふうにしますから。そうして採尿しますが、そのとき、社の立場を考えてこのことは口外しないようにと念を押しておきます」

「口止めをしたところで、洩れますからねえ」

「まあ、まかせておいてください。これはどうあってもやらねばならぬことなので、おたくも、社員のなかから中毒者を出したということがあるんですから、多少のことはがまんしてください。それでは、社にいる人の採尿をおねがいします」

「いや、ちょっと待ってください。これは、上司の許可を得ませんと」

「何なら、社長さんに私が言いましょう」

「いえ、社長は今日は出社していません。専務を呼んできます」

ひとさわぎの後に、山下刑事は収穫物をおさめた木箱をカバンにしまった。

刑事たちがひきあげた後、彼は専務からもきびしい叱責をくった。

専務は社長の弟で、まだ四十代のはじめである。社長の浅井国松が一代ではじめた同族会社で、役員は社長の家族、親族がしめている。

おまえの眼は節穴か、というような月並なせりふで、口汚なくののしられた。

抗弁の余地はないと、彼は認めた。粟田吾郎の最初の印象に幻惑され、近ごろ顔色が悪いなとは思っても、覚醒剤とは思いもつかなかった。過労ではないのか、顔色の悪さは、ひょっとしたら癌では、と気を配ることとさえしなかった。

愛社精神といったものは、もともと欠如している。しかし、他人への関心までが、こうも稀薄になっていたのか。

肉体労働が、六十三歳の老人にはつらすぎたのではないか。金づるになる客をねらっている覚醒剤の売人が、疲労恢復のビタミン剤だなどと称して、言葉たくみに覚醒剤入りのアンプルをすすめる。そういうケースがあるということを、古葉も知識としては持っていたのだが、自分の身のまわりにも生じるとは予想しなかった。

——想像力の貧困だな。


覚醒剤アミンには、モルヒネのような身体的依存はないが、精神的依存は、どう逃れようもない強力なものだときいたことがある。

孤独な老人が、覚醒剤の与えてくれるつかのまの性的陶酔感にも似た快感、昂揚した幸福感に、魂の根っこまでつかまれてしまったのだ。

だが、その陶酔感は、粟田が、彼の全存在とひきかえにしても悔いないほどのものだったのだな、と思うと、古葉は、粟田を責める気にはならなかった。淡く消え去る霧のような幸福感、後に救いがたい荒廃で、つけを払わねばならぬ陶酔であっても、それを知ったことが、粟田にとって、はたして不幸そのものだけであったのか。

危険だな、と、古葉は首をふった。——こんな考えかたは。

刑事に尿を提出するのは、かなり屈辱的であり、こっけいだった。社員はみな、そう感じたらしく、その不愉快さを、古葉にむける視線にこめた。

馘首を言いわたされるかな、と彼は思った。

逮捕歴のために、希望する就職先からしめ出されたのは十二年前だった。

その夜、彼は行きつけの飲み屋でしたたか飲んだ。

4

翌朝、彼がめざめると、二日酔いもいっしょにめざめた。

浴室の水道を出しっ放しにし、蛇口の下に頭をつき出して、ほとばしる水に後頭部を叩かせたが、何の効きめもなかった。

課長たちの前に、みじめな顔つきで立ちたくないと思った。彼は、まいってはいたが、それは栗田吾郎とのかかわりにおいてであって、課長や上司たちに負いめはなかった。しかし、彼らはそうはとらないだろう。

クリーニングずみのアイロンのかかったワイシャツをビニール袋から出して、身仕度をきりっととととのえた。頭のなかは、まるできりっとはしていなかったが、糊のきいたワイシャツで、むりやり軀をしゃんとさせた。

朝刊には、栗田吾郎の死はそう大きく扱われてはいなかった。覚醒剤の件も伏せてあった。

出社した古葉をみる上司や同僚の目は、何か冷ややかだった。まるで、彼が災厄をもたらしたと責めてでもいるふうであった。誰かしら、全責任を背負わせる人物が必要なのだ。

「主任さん」杉野厚吉が寄ってきて、恨みがましい目をむけた。「まさか、主任さんがあのことを警察に話すとは思いませんでしたよ。わたしが人が好すぎたんだなあ。主任さんが胸一つにおさめておいてくれると思ったから、話したんだのに」

〝すべてこの杉野の責任ということにしてくださってけっこうです〟などと、ひどくいさぎよい口をきいたことは、きれいに忘れている。

「わたしんとこへ来た警察のやつときたら、わたしがヤクの売買に関係があるとうたぐっているような口ぶりでしたよ。ありゃあ、困りましたよ。昨日は盛光ビルに行ってたんですがね、そこの保安課長に、あとで問いつめられましたよ、警察が何をしらべに来たのかと、いろいろ。こりゃあ、うちの信用問題ですよ。わたしだって、おかしな噂をたてられたら困りますよ。まったく、うっかり話もできやしない」

杉野が離れるのを待っていたように小島が近づいて、これは沈みきっていた。「どうも、おれ、警察に目をつけられているみたいなんですよ。発見者はうたがわれるって、本当なんだな。昨日、刑事がしつっこかったですよ。何度も何度も同じことをききやがって、おれ、粟田さんのところへ行かなきゃよかったな。主任さんに言われたとき、ことわりゃよかった」

どうして、おれをあんなところへ行かせたのだと、小島は怨じ顔であった。

「葬儀屋の息子の坂井ね、あいつからもゆうべ、さんざんまたおどかされた。発見者が犯人てことが、実際、すごく多いんだって。だから警察は、真犯人があがるまで第一発見者から目をはなさないものなんだって。あいつ、警察のやりかたなんか、くわしいんですよ。なにしろ親父さんが署長の親友だからね。あの親父さんがちょっと口きいただけで、下っぱのおまわりの首の一つや二つ、ぽんぽんとんじゃうんだって」

「それじゃ、その葬儀屋の親父さんから、おまえは絶対無関係だって、話しておいてもらうんだな」

小島の話も大げさすぎる、いくら警察署長と親しいからといって、民間人が署内の人事にまで口を出せるわけはあるまい。

「おまえ、何も弱い尻はないんだろう。堂々としてろ」

「うん。だけど、こまかくほじくられたら、バイクの駐車違反とか、釣銭ごまかしたとか、あるからなあ。一度、駅で、なまいきな小学生をこづいてやったことがあったけど、あんなのだって別件逮捕の口実になるんじゃないかな。しょっぴかれてガンガンやられたら、おれ、やってないことでもやったような気になっちまいそうで怕いよ」

皆、ひどく神経質になっているなと古葉は思った。点呼のとき、課長が覚醒剤の件については外部に洩らすなと、固く口止めした。その後、古葉は社長に呼ばれ、事情を詰問(きつもん)された。

小さな同族会社とはいえ、一代で美装社を築きあげた社長は、典型的なワンマンだった。

頭ごなしにどなられ、馘首(くび)になりそうだと古葉はなかば覚悟した。仕事には何のみれんも愛着もないが、収入が断たれるのはいささかきつい。特殊技能は持っていない。フリーで活躍できる職種も縁がなかった。しかし、その場では何の処分も言いわたされなかった。

社長室を出てデスクにもどると、経理担当の弓削(ゆげ)が、手で首を切るまねをして、目で問いかけた。弓削は、古葉と同年輩で、経歴も似ていた。ちがうところは、弓削は学生結婚をして離婚し、現在また、結婚するつもりの相手がおり、近い将来独立して経理事務所を開くつもりで、公認会計士のライセンスをとるべく準備中であることだった。古葉よりも積極的に、日常的な生活に自分を根づかせようとしていた。

古葉は首をふり、指先でＯＫのサインをつくって、弓削の席に寄った。

「古葉を馘首にすると、敵に塩をやるようなことになるからな。会社は、簡単にはあんたを斬(き)れないよ」

「どういうことだ」

「ほかの同業者が、待ちかまえていてあんたを迎え入れるさ。安藤工務店にしたって、多摩土木にしたって、中原建設も黒沢工務店も、みんな、あんたに情報を流しているんだからな。浅井美装にではなく、さ。あんたとの親交でつながっているんだから。そういうところは、まだいくつもあるだろ。あんたがよそへ移れば、貴重な情報はみんな、そっちに流れるさ。あんたが開発したとくい先もね。作業員にしたって、正社員はともかく、バイトやパートの連中は、あんたといっしょに動くものが続出するだろうよ」

やめてくれ、と古葉は手をふった。弓削は、古葉に人望があることを言っているのだけれど、作業員が行をともにしたがるほど面倒見がよければ、粟田の軀の変調をとっくに気づいているはずであった。今日の、作業員たちの恨めしげな目つきに弓削は気づかなかったのか。

「なぐさめられて嬉しがる年でもない」と、古葉は苦笑をみせた。

「しかし、弓削さんに言われて、おれは浅井美装の財産目録の一部なんだなと、はっきりわかったよ」

その日の午後、古葉功はふたたび刑事の来訪を受けた。ふたり連れだが、ふたりとも昨日の顔ぶれとはちがっていた。

昨日のふたりは覚醒剤関係を洗っているが、じぶんたちは他の線を担当しているのだと刑事は言い、例の衝立のかげの応接コーナーにとおすと、紙袋から三枚の写真をとり出して、テーブルに並べた。

「どれか、心あたりのある人物は、このなかにいませんかね」

「複写したものですね」

人物の服装などから、かなり古いものと思われるのに、印画紙は新しいので、古葉は言った。

「そうです」

一枚は、家族が庭に勢揃いしたというような写真であった。

籐椅子を二つならべ、中年の男と若い女が腰をかけ、その両脇に二十前後の青年が二人と十四、五歳の少年が立ち、二つの椅子のあいだには七つか八つぐらいの男の子が若い女の方にからだをもたせかけて立っていた。

中年の男は、四十代半ばから五十ぐらいの年にみえた。黒ぶちの丸い眼鏡をかけ、鼻の下にちょび髯をたくわえ、白っぽい背広を着ている。肩幅のせまい古くさい型の背広は、古葉の目にはいささかこっけいにうつった。

若い女は二十五、六から三十前後、棒縞の和服、髪はまん中からわけて額にそってうしろにまとめ、おそらく小さい髷に束ねているのだろう。額が広く、やや下ぶくれで、くりっと丸い眼が愛らしい。

青年の一人は詰衿の学生服。大学生らしい。細面で鼻すじのとおった、おだやかだが凛とした額だちである。

もうひとりの青年は、大柄でおっとりした顔だちで、和服を着流しているが、やはり学生のような感じだ。霜降りの学生服を着た十四、五歳の少年は、濃い眉とはりのある目もとが、気性のはげしそうな印象を与える。

幼ない男の子は、若い女と一番顔立ちが似かよっていた。少年と男の子はいが栗頭だった。

背景に住まいの一部がうつっている。縁側にガラス戸のはまった和風の造りである。

「いつごろの写真でしょうね」

「昭和の初期かな。はっきりしたことはわからんが、戦前であることはたしかですな」

「家族の写真でしょうか。母親がいませんね」

「そう思いますか」刑事はちょっと笑った。「これが、たぶん母親ですよ」

「これが？　だって、この中年の男性の奥さんにしては、年が。長女じゃないですか」

「戦前は、長幼の序列と男尊女卑が厳然としていたからね。家族で写真をとるときは、両親をまん中に子供が並ぶ。ここは母親の席ですよ。母親がいなければ、椅子は一つしかおかないだろう。庭にわざわざ椅子を持ち出しているわけでしょう。長女のためにそんなことはしませんよ。脚が悪いとか、軀が不自由ならともかく。長男をさしおいて長女が中央の椅子を占めることはしない」

そう杓子定規にきまったものでもないんじゃないかなと古葉は思ったが、戦前の風習は何も知らないから黙った。

「奥さんだとしたら、ずいぶん年が離れているな。まるで娘みたいじゃないですか」

「後妻ですよ」刑事は、きっぱり言った。思いこみの強いタイプだなと、古葉は思った。

「そういえば、古葉さんは独身ですか」ふいに話がとんだ。

「ええ」

「それは賢明だ。一度も結婚はしなかったんですか」

「栗田さんの事件に、そんなことが関係ありますか」

「いやいや」刑事は笑いながら手をふった。

「ちょっと待ってください。この、学生服の若い男……まさか、栗田さんじゃ……いや、栗田さんだな、これ」

「やはり、そう思いますか」

「ええ」

「我れ我れは栗田さんの死顔しか見ていないので、もう一つ確信が持てなかったんだが」

「ぼくも、一〇〇パーセント確実とはいえません。この写真とでは、あまりに年が離れすぎているから、たとえば、栗田さんによく似た兄弟の若いときのものかもしれない。どこにあったんですか。あの家のなかですか」

「聖書にはさんであったんですよ。もっとも、これはうちの方で複写した分ですがね」

「それから」と、古葉はためらいながら、「この眼鏡をかけた、椅子に腰をかけている男……」

「知っていますか」

「いえ。前にあの家にいったとき、座敷の鴨居（かもい）の上に、額（がく）に入った肖像写真がかかっていたんです。たしか、眼鏡をかけて、こんな髯を……」

「ああ、あの写真ですね。同一人物と、我れ我れもみていますよ」

「まだ、かかっていましたか、ぼくは三日前気がつかなかったが」

六畳間の、彼のいた位置からは死角になっていたのだなと思いかえした。

「被害者の父親でしょうな」

「いえ、ちがうようです」

〈お父さんですか〉と、古葉もあのとき、栗田に訊いたのだった。べつに特に好奇心を持ったわけでもなく、単に話の継（つ）ぎ穂（ほ）としてたずねたのであった。

〈いえ、昔、世話になった先生です〉と栗田は言い、そのまま話は別の方向にそれた。

「先生か。いっしょに写真にうつったりしているところをみると、書生か何かで住みこんでいたのかもしれませんね」刑事が感想をのべた。

「今、生きていたとしたら、大変な年でしょう。そんな老人が、今度の事件に関係が？」

もう一枚は、家の門の前に十数人が並んだ記念写真ふうのものであった。

中央に、やはり眼鏡の男がいた。年齢はまちまちの男たちがその周囲にならび、女の顔もちらほら見える。前の写真のメンバーは、みな揃っていた。青年時代の粟田かと思われる若い男は、一番はしの方に立っていた。人数が多いので、一人一人の顔はごく小さい。この写真だけを見たのなら、粟田に似ているとまでは思いつかなかったかもしれない。

眼鏡の男の後妻だろうと推察された女は、後列で、くったくのない、無邪気な笑顔をみせていた。全体の雰囲気も、固苦しくなく、和気藹々（あいあい）といったふうだ。

更に、もう一枚。それは、三歳ぐらいの幼い女の子を抱いた女の上半身の写真だった。

これは顔だちがよくみてとれる。卵型のととのった輪郭、つぶらな黒々とした瞳（ひとみ）、少女雑誌の口絵にでもありそうな、愁（うれ）わしげな翳（かげ）りのある美しい女であった。前の二枚の写真の若い女とは、明らかに別人だった。時代も、パーマネントをかけた髪型や洋服から、戦後のものではないかと思われる。

もしかしたら、粟田の妻だった女ではないのか、そう古葉は思った。死別か生別か。すると、女の子は粟田の子供だろうか。粟田の顔を幼い女の子の上に重ねてみようとしたが、どうも似ているところは見あたらなかった。もっとも、幼い子供の顔は、成長するにしたがってずいぶん変るから、何ともいえない。

「これといって思いあたりませんね」

第三章　結ばれた手

1

——おれの不精(ぶしょう)が幸いしたんだな。

その紙をみつけ出したとき、栂野(つがの)朔次(さくじ)は、つくづくそう思った。それにしても、もっと早く、久子が消失する前にみつかっていれば、彼女にたしかめるすべはあったのだと、口惜(くや)しがりもしたが。

部屋の掃除などめったにしないから、紙屑籠(くずかご)のなかまではしらべなかった。つまずいてひっくり返し、なかの紙屑が畳に散らばった。

その偶然のたすけがなかったら、『ちらし』はやがて、ほかの紙屑といっしょにごみバケツに捨てられているところだった。

大人たちに嘘(うそ)をつかれた新也(しんや)が、腹だちまぎれにやったことだ。よほど口惜しかったのだ。

朔次は紙をひろげてみた。それから、裏をかえした。裏には、何か簡単な地図のようなものがボールペンで書いてあった。

朔次は紙を持って階下におりた。明けの日であった。

卓袱台(ちゃぶだい)の上には食事の仕度がととのえられ、新也が絵本をみながらチョコレートを食べていた。

「起きたのかい、お早う」と、とみが濡(ぬ)れた手を拭(ふ)きながら台所から来て、朔次の茶碗(ちゃわん)に飯をよそった。

「坊主！　どこからチョコレートなんか持ち出したんだい」とみは、叱(しか)りつけた。

とみが入ってきたとたんに、新也はチョコレートをうしろ手にかくしたのだが、口のまわりが汚れていた。

「もらったんだもの」

「だれに」

新也は黙って、上目(うわめ)づかいにとみをにらんだ。

「おれだよ」朔次はとりなした。新也は、いったん口をとざしたら強情に黙りつづけるし、そうなると、とみは新也をひっぱたくだろうし、起きた早々から、また一悶着（ひともんちゃく）あるのはうっとうしいと、いいかげんなことを言ったのだ。

新也は、感謝するかわりに、びっくりしたように朔次を見て、それからちょっと軽蔑（けいべつ）した顔になり、「うそつき」と、小声で言って、朔次のとりなしを、だいなしにした。

「甘やかさないでほしいね」とみは、つけつけ言った。

久子が突然消失して以来、なんとなく家のなかが落ちつかないなと、朔次は思った。いらだっている、といってもいい。割りきれない思いが、とみまで苛立（いらだ）たせているのだろう。

「これがみつかったよ」朔次はちらしをとみの前にひろげた。

新也はそれを見ても、自分がかくして捨てた上に、風にとばされたと嘘をついたあの紙だとは、とっさには思い出さないようで、平気な顔をしていた。

「あれ！　よくみつかったね。どこにあったの。坊主が外に捨てたやつだろ」

「紙屑籠のなかにつっこんであったよ」

「新也！」とみの雷が落ちた。新也はとっさに、チョコレートだらけの手で頭をかかえてすくんだが、容赦（ようしゃ）ない拳（こぶし）が新也の頭を打った。

「やめろよ」朔次はうんざりした声を出した。

風にとばされたと新也が言ったとき、自分で外に捨てたのだろうと朔次は思ったが、それ以上咎（とが）めはせず、新也が見ていないときに外を探しまわったのだった。新也を問いつめて更に嘘をつかせたりつらい思いをさせたりするのがいやだったのだ。

とみに言わせれば、朔次はつまりは本当の父親ではなく責任がないから、甘やかしほうだいにするのだということになる。そうかもしれないと、朔次も内心みとめた。自分の本当の子供なら、嘘をついたりごまかしたりしたら、ぶんなぐって泣かせてでも矯正（きょうせい）しようとするかもしれない。こっちも本気で腹をたて、情けなくも思うかもしれない。朔次には、新也をぶんなぐる自信はなかった。

泣きわめいている新也にはかまわず、とみはちらしに目をやった。

従業員急募　アルバイトも可
だれにでもできるやさしい仕事です
学歴経験不問

浅井美装社
川崎市幸区南幸町……

「浅井美装社って、何だろう」

「何かファッションに関係のあるところじゃないかな。美装っていうんだから。……もしかしたら、貸衣裳屋かな」

「久子さんは、ここで働いていたのだろうかね」

「かもしれない」

裏に地図があるんだ、と、紙をかえした。

人に道を教えるときに書くような、ざっとした図である。

道を教える相手を目の前において、この角を曲り、などと口で説明しながら書かれたものではないかと、朔次は思った。あまりに簡略な図だったからである。

　電車の線路と駅のしるし。くねくねした道、いくつかのバス停のしるし。道路に面した小さい四角が、目的地かと思われた。黒く塗りつぶしてあったからだ。そのしるしのまわりには、短い斜線が何本もひいてあった。

　駅をあらわす四角には、宮崎台としるされ、線路の一方のはしに至渋谷と書いてある。

「これが、あのひとの家の地図かしら」

「ちがうだろ。自分のうちの地図を書いた紙を、自分が持ってるってことはないんじゃないかな」

　朔次は紙をたたんでポケットにしまい、「この地図どおりに、行ってみるよ」

「そんな地図でわかるのかねえ」

「土地勘は、自信あるよ」

「でも、かんじんの目的地が、名前も何もないんだから、無理だと思うねえ」

「とにかく行ってみるよ」

朔次は空(から)になった茶碗に焙(ほう)じ茶を注いだ。

「新也、おまえわかってるのかい。とんでもないことをしてくれたんだからね」

とみにきめつけられ、少し泣きやみかけていた新也は、また大声をあげた。

「うるさい、泣くんじゃないよ」

朔次が抱きあげてかばうのを、新也は待っているのだとわかっていたけれど、朔次は、さすがにその気になれなかった。腹をたてていた。新也の泣き声も、めずらしく癇(かん)にさわった。

他人だから、いざとなると冷たくつっぱなせるのかな。

飯をすませ、朔次は外出の仕度をした。新也はいっしょに行くとは言わなかった。誘えばよろこんでついてきたのだろうが。

車を走らせながら、少し冷静になると、かわいそうなことをしたという気も起きた。五つの子供だ、あのちらしの大切さなど、わかるわけがない。そう思う下から、久子のいるときにあの紙があれば……と口惜しさが湧(わ)いた。もっとも、紙を見ても、久子は何も思い出さないかもしれない……あるいは、思い出しても、わからないふりをしとおしたのかもしれないけれど。

『宮崎台』は、田園都市(でんえんとし)線の駅である。三茶通りを三軒茶屋に出て、右折して玉川通りを下り、二子橋を渡って川崎市に入る。道はときどき渋滞(じゅうたい)したが、宮崎台の駅までは、道すじは簡単であった。

その先を、朔次はちらしの裏の粗雑な地図と道路マップをてらしあわせた。

宮崎台駅は改修中で、小さい広場をはさんで向かい側には、城壁のように巨大なマンションがそそり立ち、これもまだ未完成で、雑然としていた。線路に平行した下り坂の道の両側は、桜並木の青葉が陽(ひ)を照りかえし、小ぎれいな団地族の若奥さんといった女たちが買物袋片手に行き来していた。

朔次は、およそ地図のとおりと思われる南西にむかう道をとった。

――やはり、とみの言うとおり、無理な話だったな。

　目的地が何だかわからないのだから、その前を知らずに何度も通りすぎているかもしれないのだ。走りまわったすえに、朔次はようやくあきらめる気になった。

　三時をまわったところで、まだ陽は高い。彼は車を川崎街道にのりいれた。

2

　美装社という名前から、漠然と、ファッション関係の小ぎれいな会社を想像していたので、二階建の小さい建物の前を、朔次は気づかずに通りすぎるところだった。木造モルタルのその建物は、入口が道路から少しひっこみ、不釣合に広い車庫が隣りの運送店の車庫と壁一枚で接しているので、朔次は最初、運送店の倉庫だと思った。対向車をよけて道のはしに寄ったおかげで、入口のわきにかけた木の看板の文字が目に入った。

　車庫は空いているので車を入れて駐めた。

　ドアを開けると接客カウンターのむこうに、青い野暮ったい上っぱり風の事務服を着た若い娘が、暇そうに週刊誌をひろげていた。

　はやらない場末の不動産屋といった雰囲気だった。クーラーは壁の上部に小さいのがとりつけてあるのだが、あまり効いていなかった。カウンターの奥の二階に通じる階段の中央に敷きこまれた絨緞は、ぼろぼろにすり切れていた。

　娘は週刊誌をひろげたまま、朔次に目をむけた。スナックのカウンターのむこうにいる方がふさわしいような化粧をしていた。

　朔次はポケットからちらしを出してひろげ、

「これ、おたくだよね」

「バイト？　それだったら係の人に連絡するから、ちょっと待っていて」

「ちがうんだ。ここに、明楽久子という人いる？」

「アキラ？」

「そう」

「アキラって、苗字？」

「うん」

「いませんよ」娘はそっけなく言い、顎をつき出して頬杖をついた。

「もしかしたら、メイラクさんなんて呼ばれているかもしれないけれど」

「いないわ」と言いながら、娘はかたわらの電話の受話器をとって、ダイヤルをまわした。

「受付です。ああ、古葉さん？　うちのパートかバイトで、アキラって人いますか。……ううん、苗字がアキラですって。変な苗字ね」

「名前は久子。アキラは明るい楽しいと書くんだ」

朔次は横から口をはさんだ。

「明るい楽しいと書くんですって。名前はヒサコ」

「久しいという字」

「久しいという字ですって。会いたいって人が来てるんですけど。いませんよね。ううん、幸運送さんとまちがえて入ってきたわけじゃないのよ。うちのバイト募集のビラ持ってきたんだから。あ、そうですか。はい」

内線電話を切ると、「少し待ってください」と娘は言い、「隣りの幸運送に用のある人が、ここを幸さんの事務所だと思って入ってくることがよくあるのよ」

「おれも、最初、ちょっとそう思っちゃった」事務所どころか、倉庫だと思ったのだが、それは言わない。「ファッション会社にしちゃ、ちょっと殺風景だね」

「ファッション会社？　うちが？　あら、やだ」娘はあけっぴろげに笑った。「どうしてファッションよ」

「だって、美装だろ」

「ファッション会社だったら、かっこうよくていいんだけど、あら、やだ、あんた、ここの内容も知らないで来たの？　うち、掃除会社よ」

「商事会社？」

「お掃除。ビルの床みがいたり、ガラス拭いたり」

男が階段を下りてきた。痩せがたの男で、身軽な歩きかただが、踏板はきしんだ音をたてた。

「明楽という人をおたずねなんですか」

「ええ、明楽久子です。知ってますか。年ははっきりしないんだけど、このひとよりたぶん少し上」朔次は受付の娘をさした。

「やだァ。あたしのこと、いくつだと思ってるのかしら」

「明楽（めいらく）と書いて、アキラと読むんですね」男は念を押した。

「ええ」

「うちにはいませんね。短期のパートでも、そんな変った苗字なら印象に残っていると思うんですが、しかし、どうしてうちにいると思ったんですか」

「彼女が、この紙を持っていたんです。だから、もしかしたら、おたくで働いていたんじゃないかと思って」

「たしかに、うちの従業員募集のちらしですが。新聞の折りこみに使ったやつです。わりあい最近のです。しかし、若い女性はほとんど応募してきませんね。単純肉体労働だから、女の子にはきらわれる」

「このひと、ファッション関係の会社とまちがえていたんですよ」受付の娘がわりこんだ。

「社名が美装だからって。何々美装っていうの、清掃会社に多いのにね。ファッションの会社だったら、もう少し気のきいた名前つけるわ」

「ありあわせの紙を使っただけなのかなあ」朔次はつぶやき、なにげなく紙の裏をかえした。

「ちょっと失礼」男が手をのばし、紙のむきを自分の方にかえた。しばらく熱心にみつめていたが、

「これは、その明楽さんという人の家の地図ですか」

「それがわかれば、ここに来たりしないですよ」

「ぼくはこれからちょっと外出するんだが」男は受付の娘と朔次に半々に言い、「そこまでどうです、いっしょに」と朔次を誘った。

　外出する用があるというのは口実だな、と朔次は感じた。朔次の話に興味を持ったことを受付の女の子に気づかれてあれこれ詮索（せんさく）されるのを避けようと、さりげない態度をとったのだろうが、女の子はごま

かされなかった。好奇心をむき出しに、二人が出て行くのを見送った。

外に出ると、「お話をききたいんですが、冷たいものでもどうですか」男は言った。「どこかに入りましょう」

十分ほど歩いて、男は喫茶店のドアを押した。なじみのない店らしかった。クーラーのきいた店内に入ると、汗がすばやくひいた。

「アイスコーヒーでいいですか?」とたしかめて、男は注文し、名刺を出した。

「古葉といいます」

「おれ、名刺は持っていないんだけど、栂野といいます。栂野朔次」ちらしを出して、そのすみに、ボールペンで下手な字を書いた。

「タクシードライバーです」

明楽久子のこと、何か知っているんですか、と朔次はいずまいを正すようにして訊いた。

しかし、古葉の答は彼を十分に満足させるものではなかった。

「名前だけです」と、古葉は言った。「ほかのことは全然知りません。こっちが知りたいんです、明楽久子というのは、どういう人なのか」

「どうして」

はこばれてきたアイスコーヒーを一息に飲み、話がとぎれた。

「この地図は明楽さんが書いたんですか」あらためて、古葉は訊いた。

「言ったでしょ。全然わからないって。彼女がいなくなってから、このちらしがみつかって、裏の地図もそのときはじめて知ったんだから。でも、行ってみたんですよ、今日、こっちに来る前に。ひどい地図で、まるでわからなかった。この黒くぬったところが何というところかもわからないんだから、まあ無理だろうと最初から思ってはいたんだけれど」

「もし、さしつかえなかったら、もう少しくわしく教えてくれませんか。明楽という人と、どういう関係なんですか」

古葉に訊かれて、朔次は、どのていどまで話したものか迷った。

「ぼくは、この地図の家に心あたりがあるんです」

ためらっている朔次に、古葉は言った。

「もちろん、場所の名前が書いてないのだから、断言はできないけれど、この図のとおりに車を走らせてみて、その家の前に出たら、ぼくの推測が八〇パーセントは正しいとみていいと思います。その家で、ぼく明楽久子という人が出した絵葉書を見たのだから」

「案内してもらえますね」朔次は腰をうかせかけた。

「ええ、いっしょに行きましょう」

「それじゃ」朔次は伝票に手をのばした。

「いいですよ」古葉は笑って伝票をとった。

「でも、これは、おれの用事なんだから」

「ぼくの用事でもあるんです」

「それじゃ、ワリカンだ」

「固いんだな」

「おれ、車で来ているから、乗ってください」

「いや、まだ仕事中なんですよ。六時まで待ってほしいんだ。日が長いから、社が終わってからでも、明るいうちに行けると思うよ」

「明楽久子から絵葉書がきていたって言いましたね。そこの家に電話すれば、久子の消息がすぐにわかるんじゃないだろうか」

「誰もいないんですよ。今は空家です」

「空家？」

「とにかく、六時まで待ってください。ぼくも、あまり長いこと抜け出しているわけにはいかないので、いったん社に帰ります」

「あと一時間半ぐらいですね」

早退してくれたらいいのにな、と朔次は思った。

「六時ごろ、ここに来てください」

「この店に？　会社ではなく？」

「ええ。社だと、いろいろうるさいから」

「わかりました」好奇心のかたまりのような受付の娘の顔を思い浮かべて、朔次はうなずいた。

「でも、車をおたくの駐車場においてある」

「ああ、そうか。キーを貸しておいてくれたら、ぼくがころがしてきます。それでなかったら、駅の傍の駐車場にうつしといてください」

少しためらって、朔次はキーを古葉にわたし、プレート・ナンバーを告げた。

古葉は笑顔をみせた。


川崎街道は、かなり車が混みあっていた。信号待ちのたびに、朔次はいらだたしくダッシュボードを指でたたいた。

高津の交叉点で左折して二四六号線に入ると、渋滞はいっそうひどくなった。陸橋が工事中で、その部分だけ一車線通行なので、車がたまりこんでいるのだった。

一寸きざみに動いて、わずか五十メートルほどのネックポイントを二十分もかかってようやく抜けると、道は広がり、車はなめらかに流れ出す。ほっとしたせいか、朔次は、何となく口がほぐれた。自分が喋れば相手ももう少し、これから行くところについて話してくれるのではないかという期待もあった。


「もう三週間ほど前の話になるんだけれど……」と、朔次は、明楽久子を自宅に連れ帰った事情や、久子が失語症のような状態であったこと、守り袋のこと、身もとを知る手がかりはないかと熊野をおとずれたが、火祭り見物に夢中になっているあいだに久子を見失ない、それきり消息が知れないことなどを語った。古葉はうなずきながら、熱心にききいった。

「それは、正確に言うと、いつのことなんですか」

古葉は訊いた。

「それって?」

「きみが明楽久子さんを拾った……拾ったというのはおかしいか、久子さんを家に連れ帰った……のは」

「六月二十七日です」即座に、朔次は答えた。

「何曜日かおぼえている?」

「日曜日。いや、もう月曜日になっていたわけだな。二十七日っていったけれど、正確には、二十八日の午前二時に近かったな。もう営業所に帰る時間だと思ったんだから」

古葉が車をとめたのは、南に崖が切り立った窪地に建つ、古い小さい家の前だった。

「粟田吾郎」と、朔次は表札の薄れた墨(すみ)の文字を読んだ。

「ここなんですか」

「おそらくね」

「駅から三キロは走りましたね。おれは、もっと近(ちか)間(ま)ばかり走りまわっていたんだな。こんな方までは来てみなかったな」

「駅から、車でなければバスでしょう。バスの道を短かく省略してあるんじゃないかな。だいたい、これで地図のとおりには走ってきたでしょう。この黒く塗ったしるしのまわりの斜線は、この崖をあらわしていると思わない?」

そうだな、と朔次はうなずいて、車を下りた。

「今、だれもいないって言いましたね」そう言いながら、朔次はそれでも玄関の戸に手をかけて、開けてみようとせずにはいられなかった。引違いの戸は鍵がかかっていた。

「明楽久子が出した絵葉書を、古葉さんがここで見たっていう話でしたね。どういう人のうちなんですか。古葉さんの知りあい?」

「この粟田吾郎というのは、うちの社の嘱託(しょくたく)で、ひとりでここに住んでいたんだが、殺されたんです」

「殺された?」

建物に沿って古葉は縁側の方にまわり、朔次はその後にしたがった。ガラス戸がしまり、はずれた雨戸が戸袋にたてかけてあった。

ガラス戸越しに朔次は中をのぞいた。赤茶けてけばだった畳。桟(さん)の折れた障子。骨をみせた襖(ふすま)。

「その殺された日が、あなたが明楽久子さんを拾ったという六月二十八日あたりらしいんですよ」古葉は言った。


ふたたび、車に乗った。

古葉は、粟田の遺体が発見されたときの模様や他殺とみなされた理由を語った。

「拳銃(けんじゅう)ですか……」

明楽久子と粟田吾郎は知りあいだった。明楽久子がレイプでもされたのかと思われるようなありさまで朔次の車に拾われたのは、粟田吾郎が殺されたと推定される日と重なる。久子は警察にとどけるのを極度におそれていた。そう並べてくると、朔次には一つの結論しかうかんでこない。古葉の横顔に目をやった。古葉もおそらく同じように考えているのだ。

久子が加害者だという仮定を、朔次はふり払おうとした。しかし、彼の意志に反して、――計画的な犯行ではないな。なぜって、凶器をおき去りにして逃げるなんて……。しかも、その凶器には粟田の指紋の上に別の指紋が重なっていたというのだ。それが他殺のきめてのひとつになっている。

計画的な犯行でないとすれば、拳銃は粟田吾郎のものか。いや、そうは断定できない。久子が何かの事情でその拳銃を持って粟田吾郎を訪れた。射殺のためではなく、たとえば、粟田がかねがね探していた拳銃を久子が手にいれてとどけにいったとか……。

朔次は、車を道のはしに寄せ、とめた。走らせながらでも話はできるのだが、彼は運転のために気を散らしたくなかった。気迫で古葉を押しきらなければならない。

「久子のこと、警察に言わないでください。たのみます」

古葉はずるい、と朔次は思った。自分の方の切札はかくし、先に朔次に全部しゃべらせてしまった。粟田が殺されたことや、地図のマークがその粟田の家らしいことを前もって告げられていれば、朔次は久子について語るのにもっと慎重になっただろう。

「どうして?」古葉は反問した。

――わかっているくせに……。

「古葉さんも、思っているんでしょう。久子が……粟田さんを……って。警察に話したら、警察の機動力なら久子をみつけ出すのもそうむずかしくない。おれはそいつが気にくわないんだ。久子がやったとしたら、それだけの理由があってのことだと思うけれど、警察って加害者を同情的にあつかわないでしょう。検事の論告なんて、罪におとそう、おとそうとするみたいじゃないですか。おれ、まず、おれが久子に会ってどういう事情か納得できるまでじゅうぶんに聞きたいんですよ。でなかったら……いま警察に話したら、おれが久子を密告することになるじゃないですか」

火祭りを見物している最中に、久子は、何かのきっかけで記憶をとりもどしたのだ。自分が殺人をおかしていることを思い出した。だから……だから、久子はおれから離れたのだ。おれに、殺人の加害者だったと告げることができなかったのだ……。

「ぼくも、久子さんが加害者だった確率は大きいと思いますね」古葉は言った。「しかし、正当防衛だったのではないかと、かなり確信を持って言える」

「どうして」

「粟田は覚醒剤中毒だったことが剖検でわかったんです」

朔次は思わずハンドルを叩き、クラクションが鳴った。

「そんなやつのところへ、久子はどうして……」

「知らなかったんだろうな。絵葉書の文面は、近いうち上京する、そのとき相談にのってほしい、ということだった。だから、警察には知らせるべきじゃないか。粟田さんが何か妄想にかられて……」

「いや、しかし……警察は……」

「こういう場合も考えられるよ。粟田さん殺害の犯人は別にいる。久子さんはその現場を目撃した。犯人は久子さんに、他人に告げたら殺すと脅した。久子さんは辛うじて逃げ出した」

「でも、それなら警察をこわがることはないでしょう」

「犯人に脅迫されているのかもしれない。警察に知らせたら、逆に久子さんの致命的な秘密が暴露されるとか、あるいは、久子さんの大切な人を犯人に人質にとられているとか……」

そういう事情なら、おれのところから逃げ出すはずはない。おれに打ち明け、頼るだろう。加害者だった記憶がよみがえったから姿を消したのだ。

「久子さんの指紋と拳銃の指紋を照合すれば、犯人かそうでないか簡単にわかる。何か久子さんの指紋のとれそうなもの、残っているだろう」

新也の絵本、と朔次は思ったが、

「指紋の照合って、警察の仕事だろ。古葉さんがやってくれるわけじゃないでしょう」

「突然姿を消したのだって、犯人につかまったということも考えられるよ。放っておいたら危険じゃないだろうか」

朔次は愕然とした。

「でも……」と、ようやく反論した。地平に近づいた夏の陽が川崎街道をのぼる彼の車の後方から、赤みを帯びた光をあびせた。「火祭りに行こうと言いだしたのは、おれなんですよ。犯人に……犯人がいたとしてだよ……おれと久子が火祭りに行くなんてわかるはずがないでしょう。第一、久子がおれのところにいるということだって。まるで無関係なものが偶然に拾ったんだから」

「犯人は久子さんを追ってきて、きみが車に乗せるのを見た。車のナンバーをおぼえておけば、簡単に探し出せるさ」

「それなら、もっと早く……」

「人目のあるところで騒ぎを起こしてはまずいと、チャンスをうかがっていた」

「人目のあるところというなら、火祭りの最中の方が、よほど人目は多いよ。あんなところで、大人を誘拐なんてむりだ。あそこでできるくらいなら、うちにいるときにやるだろう」

長い沈黙の後に、「そりゃあ……」と朔次はつづけた。「おれだって、久子が犯人でないときまれば、こんな嬉しいことはないよ。絶対確実に犯人ではないとわかっていれば、今すぐにでも警察に行く。だけど……」

救いを求めるように、朔次の車をとめたとき、久子はたしかに記憶を失ない言葉まで失なっていた。それほど強いショックを受けたのだ。服の汚れぐあいからみて、逃げる途中を車にはねられ頭をうつということもかさなったのだろう。にもかかわらず、警察への恐怖だけは、意識のなかに根をはっていた。警察へ行こうという言葉に、走り出した車から飛び下りようとするほどの拒否反応をおこした。それを思うと、朔次はどうしても踏みきれないのだった。

――おれの車をとめるのも、久子にとってはおそろしい賭けだったはずだ。もっとも、そのときの久子にどれだけの思考力があったかはわからないけれど、疲れはて、もう歩くこともできず、まるでおれの腕のなかに倒れこむように、車をとめたのだ。相手が敵になるか味方になるか見きわめる余裕もなく。

「暴力団がらみかもしれないんだよ」古葉が言った。「さっき話したように、粟田さんは覚醒剤中毒だった。覚醒剤の売買には、たいがいやくざがからむ。久子さんが、そういう方の手におちているとしたら、一刻も早く」

「いや」朔次はさえぎった。「粟田さんが覚醒剤中毒だとしたら、やはり久子がやった可能性の方が大きい。もちろん、正当防衛としてですよ。久子は、粟田吾郎が覚醒剤中毒になっているとは知らないで、たずねた。その久子に、粟田は拳銃をふりまわして襲いかかったんだ。何か中毒患者の妄想ってやつでさ」

「正当防衛で、相手の拳銃をうばって思わず射ってしまったとか、拳銃が暴発したというのなら、それほど警察をおそれる必要はないね」

「冷静な人間ならそう考えるけどさ、久子は当事者ですよ。絵葉書の文面から考えても、よほど粟田吾郎を信頼していたと思うんだ。その相手が悪鬼のように変貌したわけだろ。これは怕いよ。ショックだよ。しかも、過失だろうと正当防衛だろうと、相手を射ち殺しちまったってのは、久子みたいな神経のか細い若い女には耐えられないよ。あんたなら、冷静に状況判断して、すぐ警察に連絡するだろうけどさ」

「だから、今からでも、警察に話せよ」

「いやだ。どうこじつけたって、それは、おれが久子を売ることになる」

「助けることになるかもしれないんだよ」

「かもだろ。つかまりそうになったら、あいつ、自殺するかもしれない。そんな感じなんだ」

「かもだろう」

「かもだって……」

「あひるだってなんて、下手（へた）な洒落（しゃれ）は言うなよ」

「あんた、余裕があるんだな。やっぱり、ひとごとだもんな。自殺はさ、かもじゃすまないんだよ。やっちまったら、おしまいだよ。それにさ、警察に売ったら、久子は一生おれを許さないと思うよ。たとえ無罪になってもさ」

「そうとう強情な人だな」

「自分でも意外だよ。おれにこんな根性あるなんてね。だいたい、ややこしいの嫌いなんだ」

おれのところに寄っても何もないから、と、古葉は誘った。どこか途中で飯（めし）を食っていこう。

「いつも全部外食？」

「ああ」

「少し遠いけど」おれのおっかさんの店に来ないかと誘おうとして、朔次は、やめた。おっかさんといっても別れた女房のおふくろだとか、別居している事情とか、話さなくてはならなくなるのが、ふいにわずらわしく思えたのだ。

今日は帰るというと、古葉は、それじゃまたな、と、あっさりひいた。

「かってに警察に話したりはしないでくれますね」

朔次が念を押すと、古葉は朔次をみつめて、静かに、だが強く、うなずいた。

ああ、この人は信頼できるな、と朔次は感じた。

第四章　プラカード作戦

1

鎌倉の駅前に、プラカードを持った若い男が立っている。プラカードは真黄色で、汗ばんだようにてらてら光っている。

男はプラカードを立てて夏の陽が照りつける若宮大路をゆっくり歩きだした。

——畜生、笑うやつは笑え。

梅野朔次は、重みでずり落ちてくるプラカードをささえなおす。

彼は、有給休暇を十日とった。年に二十日間やすめるが、一度にめいっぱいとるのはむずかしい。文句をいわれないで休めるのは十日が限度だ。必要となったら有給も無給も無視して休むつもりだが。馘首になったらほかのタクシー会社にかわればいいと思っているから、強い。

『そんなものかついで、鎌倉の通りを歩くつもりかい』とみがあきれた。

『五日間、やってみるよ。五日もやりゃあ、かなり評判になるだろう』

『交通係のおまわりが、まず、とんでくるだろうよ』

まずいかな、と、彼は〝明楽久子をさがしています〟と大書したプラカードを、そのとき、見直したのだった。

考えてみると、〝明楽久子〟という名は、粟田吾郎殺人事件を担当している刑事たちの記憶に残っているはずなのだ。古葉でさえ、絵葉書の差出し人である明楽久子の名をおぼえていたくらいなのだから。

プラカードは、ベニヤ板に細い角材を打ちつけた手製である。その上に、〝明楽久子を……〟と書いた白紙を貼りつけたのだが、彼はその紙を破り捨てた。そうして、速乾性の黄色いペンキをべったり塗り、黒で書いた。

〝アキラ・ヒサコをさがしています〟

刑事たちは、明楽をアキラと読むことは知らない。古葉が告げないかぎり——古葉は、彼との約束を守ってくれるだろう——。

一般の人々は、このプラカードをみても、アキラという男とヒサコという女を探していると思うだろう。

たいがいのものがまず考えるのは、ヒサコという女房が、アキラという子供をつれて家出した。とり残されたなさけない若い亭主が、二人をさがし求めている、というふうなことだろう。

しかし、明楽久子を知っているものなら、おや、と思うのではないか。

彼は、万一の僥倖を願った。何もせず手をつかねているよりは、ましだった。

鎌倉のファミリー・レストラン開店のちらしを持っていたからといって、久子がその近辺の住人とはかぎらないのは承知している。すでに、一度〝ピノキオ〟を訪れて無駄足をふんでいる。

東京からでも横浜あたりからでも、鎌倉は手がるな行楽地だ。

しかし……と、彼は思いかえした。ちらし持参の客には割引きサービスをするという、そのちらしを捨てないで持っていたというのは、開店日に行ってみるつもりだったのではないか。一割引きサービスを目当てにわざわざ東京あたりから出向きもしないだろうから、やはり鎌倉近辺に住んでいたのではないか。

朔次はプラカードをかつぎ、歩いた。通行人がふりかえり、笑った。朔次は目立ちたがり屋ではなかった。特にかっこうを気にする方ではないが、羞恥心もみえもあった。

彼は、濃いサングラスをかけた。サングラスは、いくらか仮面に似た効果をもたらす。

八幡宮の三の鳥居につきあたる。赤橋で二分された池は、蓮が一面に花をひらいていた。この前久子と歩いたときは、まだ蕾が小さかった。西は紅蓮の咲く平家池、東は白蓮が源氏をあらわす。駅と八幡宮のあいだを、数度彼は往復した。小町通りの、彼が久子に服を買ってやったブティックでは若い女の子が品さだめをしていた。

　まったく無駄なことをしているのかもしれない。しかし、ほかにてだてを思いつけぬままに、二日、三日、酷暑のなかを彼は続行した。まるで反応はなかった。

　四日め、歩きだした彼に、男が近寄ってきて話しかけた。

「ヒサコというのは、きみの恋人か奥さんかい」

——やはり、そんなふうにみえるんだな。

「アキラくんというのは、息子さんか？　子連れで蒸発されちまったのか？」

　——こいつは、用無しだ。

「どう？　少し話をきかせてくれないかな」

「べつに話すことはないよ」

「役に立てると思うよ。ぼくは神奈川日報のものなんだ」

「新聞記者？」

「そう。だから、きみのことを記事にしたら、ヒサコさんやアキラくんの目にもふれると思うよ。アキラくんというのは、いくつ？」

「答えなくちゃならないということは、ないんだろ」

「そりゃ、おたくの自由だけどさ。こっちは好意で記事にしようと言ってるんだよ。うちの社会面のコラムにでものれば、高いかねを払って三行広告をのせるより、ずっと宣伝効果があるよ」

「埋め草のちっぽけなコラムだろ」

「広告代に換算してみろよ。すごいものだ」

「のせるんなら、このプラカードの写真でものせてくれよ。それ以上は、おれは何も喋らないぜ」

「あんたの名前ぐらい教えてよ」

「いやだよ」

「あんたがアキラくんなのかな。アキラがヒサコを探しているというのかな。それだとしたら文脈がおかしい」

「どうとでも解釈してくれ」

「調べようと思えば、かんたんに調べはつくんだがね」

「こっちの許可もなく、そんなかってなことをしていいのか」

つっかかるつもりはなかったが、声が荒くなった。暑さのせいだ。新聞にのれば、たしかに効果は大きい。そのかわり、警察に久子のことを知られるリスクも増すが。

「このプラカードの写真と、おれが毎日鎌倉の駅前に来ているってことだけ書いてもらえば十分だ」

「読者は、あんたの名前やもっとくわしい事情も知りたがるよ」

「おれはあんたの新聞のために、こんなことをやってるんじゃないよ」

奥さんのヒサコさんと息子のアキラくんを探しているなどと書かれては、何の役にもたたない。アキラ・ヒサコを探している、と書いてほしいのだ。くわしい事情は明かすわけにはいかない。

「警察の調べだって黙秘権はみとめられてるだろ。おれは何も新聞に喋る気はないよ」

「何か犯罪に関係があるのかな」

「おかしなことを言うと、本気で怒るぞ」

「おたくが黙秘権なんて言いだすからさ」

「弱っちゃうな。察してくれよ」朔次は、芝居のせりふを喋っているような気分になった。——ちょっと、卑屈な線でいってみるか。「恥をしのんで、こんなことやってるんだぜ。名前はかんべんしてよ。このプラカードを、見る人が見ればわかるんだから」

「それじゃ、一枚とっておくかな」

男は、少し離れてカメラをかまえた。

「プラカードの字がわかるようにたのむよ。おれのつらなんか、なるべくかくしてさ」

写真をとり終わった男に、朔次は名刺をくれと言った。

「それじゃ、一方通行じゃないの。おたくの名前も教えてくれたらね」

「新聞にはのせないでくれるかい」

「あんたがどうしてもっていうんなら。でも、おれはあんたの連絡先を知っておいた方が、あんたのためにもいいだろう。記事を見て社の方に何か言ってくるのがいるかもしれない」

「そうだな」

不安は残ったが、朔次は、名前と住所を教え、ひきかえに、〝神奈川日報社会部　本間慶一〟の名刺を手にした。


とみのところでは、地方新聞である神奈川日報はとっていない。翌日、鎌倉まで来てから、駅のそばの立売りスタンドで買った。

「今日もデモかい」新聞売りが、彼のかついだ黄色いプラカードに目をやって、にやにや笑った。

「ああ、孤独でみじめなデモだよ」

「いろんなのがいるよな。おれが知ってるのでは、白だすきをななめにかけてな、世界を平和にしましょうなんてどなってるおせっかいがいたな。そいつは、通行人に誰かれかまわず、握手握手なんてやってな」

「選挙の話かい」

「いや、何でもないときにやるから、おかしいんだ。だが、女房さがしのプラカードってのもな」

「どうして女房と思うんだい」

「ほかに何がある。二人とも子供か？　子供だけで家出するとなったら、少くとも上の子は小学生以上だろ。あんた、そんな大きい子がいるわけないもんな」

朔次は神奈川日報の社会面をひろげたが、彼の記事はのっていなかった。他のページにも目をとおした。

「なんだ、そろそろ新聞種（だね）になるころだってのか？　売名屋か、おまえさん」

鎌倉がよいは五日間の予定だったが、彼はもう少し延ばした。

新聞の囲み記事に彼と彼のプラカードの小さい写真がのったのは、翌日の夕刊だった。

プラカードを大きくあつかい、彼の顔は下の方に、かろうじて首まで入っていた。目の粗い印刷だから、彼の顔の目鼻だちはほとんどわからない。会社の同僚に気づかれることはないだろう。

〝アキラ・ヒサコをさがしています〟という文面は、どうにか読みとれた。

その翌日から、彼を見物する目がふえた。

「ほら、あれじゃない。新聞に出てたの、あのひと」

――地方新聞でも、けっこう読まれているんだな。

朔次が驚いたのは、まねする連中があらわれたらしいことである。夏休みで退屈している高校生たちらしい。青だの赤だの、べたべたに塗りたくったプラカードを持って集まってきた。

ユミコ！　アイシテル!!　だの、オレ、テッペイ、ヨロシク！　だの、エクスクラメーション・マークだらけで、人気まんがのキャラクターの下手（へた）な模写が溢（あふ）れた。

「先輩、がんばりましょう！」と朔次に握手を求め、

「ど根性にあやかります！」

「アキラくんとヒサコさんは、まだめっかりませんか」

「純愛路線貫徹！」

「出発！」と誰かが音頭をとって、隊を組んで歩き出す。

「先輩、何いじけてんですか。まん中に入ってください」

「先輩先輩って、おれ、神奈川の出身じゃないぞ」

「どこですか」

「岩手だ」

「わァ、いいですね。岩手県、最高です。レッツゴー」

まきこまれそうになるのを、「やめろよ」と、朔次はおしのけた。

「あ、あそんでくんないの、このひと」

「だめね、行こ行こ」

「つまんないひとね」

「シラケんだよな、こういうの」

純愛プラカード、目立ちたがりプラカードの一団が、のろくさと立ち去ると、見物人も散った。

三人ほどの女の子のグループが残った。

「ほら、きいてみろっつの」

「やだ。恥ずかしい」

「何よ、今さら」

「どうしてあたしが訊くのよ。おまえ訊けよ」

つつきあったあげく、三人で近寄ってきた。

「あの……アキラさんて、苗字とちがいますか」

「ちがいますよね、名前ですよね」

手ごたえあり！　朔次が顔を輝かして、せきこみながら「そう、苗字なんだけど」とうなずくが早いか、女の子のひとりが、「やったァ！」と、とびあがった。

「さあ、よこせ、千円」と、ほかの二人に手を出す。

「あとで、あとで。こんなところではしたない」

「何とか言ってごまかそうったってだめだからね」

「アキラヒサコ、知ってるのかい」朔次は割りこんだ。

「いるのよね、そういう苗字のひと。ところが、このひとたち、そんなの嘘だって信じないんだから」

「だってねえ」ほかの二人はうなずきあう。

「どうして知ってるの、アキラって苗字」

「いたのよ、そういう人。あたしが入院してた病院に」

「あ、ずるい。あてずっぽじゃなかったの？　千円とりけしだ」

「病院て、どこの病院？　その人の名前は？」たてつづけに朔次は訊いた。

「名前までは知らないわ。名札つけてたの」

「ベッドに？」

「いやだ。入院患者じゃないわよ。看護婦さんよ」

「アキラって苗字の看護婦がその病院にいたんだね。アキラって、どういう字を書いた？」

「明るい楽しいよ。メイラクさんだとばかり思ってたわ。あたし、去年の夏、腸カタルで入院したわけ。そしたら病棟の看護婦さんにいたのよ。明るい楽しいのアキラさんが」

「ヒレッだよね」二人の女の子はうなずきあう。

「こんだけデータひとり占めに持ってて、賭けようっていうんだから」

「ふつう、だれだって名前だと思うよねえ」

「どこの病院だい。この近く？」

「腰越よ。湘南愛泉病院ていうの」

「腰越のどの辺？」

「あたしんちのそば」

「疲れるなあ」

「ちょっと、そのひと、ほんとに明るくて楽しい人だった？」

「根が暗いって感じね。何かけなげなのね。離婚してさあ、子供を郷里のおばあちゃんにあずけて仕送りしてるとか何とか」

「へえ、そんな身の上話まできき出したの」

「あたし、そういうの趣味じゃないよ。二人部屋だったわけ。隣りのベッドが、やたら世間話の好きな小母ちゃんでさ、根ほり葉ほりつっこんで訊くわけ。自分がドラマがなくてさ、退屈な人生なんじゃない。だから、その明るい楽しいさんに、まるでポリの職務訊問だったよ。どうして離婚したの。子供いくつ。郷里ってどこ。あつかましいのよね。隣りに純情な少女が寝てるっていうのにさ、人生の暗ーいお話し、嬉しがってきかせちゃって」

「郷里、どこだった？」朔次はさえぎった。

「おぼえてないわよ」

「那智って言ってなかったか」

「ナチって、どこ？」

「コーヒーでも何でもおごるから、思い出してくれよ」

「このくそ暑いのに、コーヒーですか」

「生ビールにしましょう」

「未成年だろ」

「せこい話はやめましょう」

「そこの店でいいかい」

「あれ、だめ。まずい」

女の子たちは先に立って、小町通りの小さい喫茶店に朔次を連れこんだ。

生ビールとサンドイッチをおごらされたが、聞き出せた話はたいしてなかった。

入院したという女の子は、看護婦の離婚話などに興味津々で耳をそばだてたはずなのだが、一年間記憶にとどめておくほどの重大事ではなかったらしい。

「子供がいるんだね、明楽さんには」

「そうみたいよ。いやだ、探しているくせに、何も知らないのね」

「いつごろ離婚したの」

「知らない」

「明楽っていうのは、離婚してもとの姓にもどったんだね。結婚していたときは、何て苗字だったんだろう」

「知らないわ」

「もっと、思い出したげなよ」友人が横から言う。

「気の毒じゃないさ。ノリが思い出してくれないと、こっち、サンドイッチが食べづらいよ」

「アイスクリームもオーダーしたいと思っているんだから」

離婚した子持ちの看護婦……。久子に重ねあわせてみると、いささか合わない気がした。他人の世話をしなれている看護婦としては、久子は、気がまわらなすぎた。もっとも、あのときはショックの後で、まだぼうっとしていたのかもしれないが。

船室での夜。久子の軀(からだ)は男を知り子を生んだものには思えなかったのではないか。だが、それも久子にたしかめたわけではなく、彼の勘によるだけだ。

明楽という苗字は、そうざらにあるものではない。もし、その看護婦が久子本人ではなくても、何かゆかりのある人物にはちがいない。

少女たちのお喋りに耳をかたむけているあいだに、朔次は、何か人の視線が彼の横顔を這(は)うのを感じた。シートと隣りのシートのあいだは、観葉植物の鉢を置きさらに唐草(からくさ)模様の鉄の桟(さん)に造花の蔦(つた)をからませた仕切りでさえぎられている。その葉群(はむ)ら越しに、彼は、みつめる目を感じたのである。

ふりむくと、視線はそれた。葉かげの横顔は、男であった。三十代にみえた。堅実なサラリーマンといったふうで、濃い色のサングラスがそぐわなかった。色が白く餅肌(もちはだ)でふっくらしている。

この男を、駅前でもみかけたような気がする。朔次がプラカードをかついだ高校生たちにとりかこまれているとき、人待ち顔に改札口の近くに佇んでいたのは、この男ではなかっただろうか。

しかし、その付近で待ちあわせをしている人々の数は多かったし、夏の強い陽をさけてサングラスをかけたものものもざらだった。朔次は、自信をもてなかった。

じろじろとみられるのも、やむを得ない。黄色いプラカードは、朔次の椅子のわきにたてかけてあるのだ。

2

朔次は少女たちと別れると、駐車場にむかった。車のシートは熱く灼けていた。彼は若宮大路を八幡宮とは逆に南に下り、由比ヶ浜沿いの道に出た。稲村ヶ崎、七里ヶ浜、海水浴場はどこも人が群れていた。

——久子には、子供がいるんだろうか……。

明楽という看護婦が、久子本人でないことを朔次は願った。

奥さんではないよ、家の鍵を持っていない。とみはそう言った。主婦だって、持たずに外出することはあるだろうと反駁したものの、独り身であってほしいという願望の方が強く、それ以来、久子を未婚の娘と思ってきた。

——子供をあつかいなれているようなところが、そういえば、あったなあ。久子は子供のところへ帰ったのだろうか。それなら、おれに一言いってくれればいいものを。いや、久子はおれに行方を知られたくなかったのだ。粟田吾郎のことがあるからだ。

絵葉書の文面は、〝家にかえっています。しばらくのんびりしようと思います。近いうち、また上京します。そのとき、いろいろ相談にのっていただきたいのです。〟そうして、住所は書いてなくて、ただ〝那智にて〟とあったということだ。

実家は那智にあり、子供もそこにあずけてあるのだ。腰越の病院ではたらいていたが、やめたのか休職したのか、いったん那智に帰った。そうして上京してきて、粟田のところに何か相談に行った。粟田をよほど信頼していたのだろう。ところが、粟田吾郎は覚醒剤中毒で人格に変化をきたしていた。妄想にかられて、久子に拳銃を向けた……。

絵葉書が、いつ出されたかわからないのだから、正確な推論ではなかったが、まず、まちがいないところだろうと、朔次は思った。

――追求をやめるべきか。姿を消した久子を、このままそっとしておいてやった方が、久子のためにはいいのか。

――おれは久子の味方だよ。正当防衛なら、早く自首した方がいいんだぜ。自首がおくれたのは、ショックで記憶を失なっていたためだ。言葉まで失なってしまっていた。おれが証言してやるよ。不可抗力だったんだと。むこうは覚醒剤中毒だったんだ。起訴されても、おそらく無罪、悪くいって過剰防衛で実刑になっても、執行猶予がつくにきまってるさ。逃げまわっているより、けりをつけちまった方が、ずっと楽だぜ。もし、久子が最初から殺意があって粟田吾郎を射殺したのだとしても、状況としては正当防衛でとおるぜ。おれがそう証言するよ。おそらく古葉さんも、粟田の覚醒剤中毒を強調してくれるよ。殺すには、それだけの理由があったんだろ。なみたいていのことじゃないよ、人間ひとり殺すのは。な、早いところけりをつけて、あとは忘れろよ。おれは……ちっこい子供、きらいじゃないんだ。みんなでごちゃごちゃ暮らすのが好きなんだ。子供連れでいいからよ。

火祭りで、久子はひょっとしたら子供に会ったのではないだろうかと、朔次は思いついた。子供も火祭り見物に来ていた。出会ったとたんに、失なわれていた記憶がよみがえった。

考えながら車を走らせていた朔次は、あわてて急ブレーキを踏んだ。前を行くマイクロバスが急停止したのだ。きわどいところで追突はまぬがれる、と思ったが、バンパーが接触した。前の車から男が下りてきた。

クリーム色のマイクロバスの横腹には〈愛光会〉

と記され、中央に〈光〉という字を図案化したようなマークが描いてあった。

朔次も車を下りた。

男は朔次をにらみ、マイクロバスの接触箇所を点検した。朔次も車をしらべた。バンパーに擦(す)り傷がついていたが、マイクロバスの方は無傷だった。

「全面的にそっちの責任だぞ」

「ああ」朔次はうなずいた。

傷がないと知って、男の表情は少しやわらいだ。

「とどけるほどのこともないな。念のために、名前と住所をきいておこうか」

「おたくの方のもな」朔次が免許証を渡しながら言うと、男はバスの横腹の文字を指でたたいた。

バスから、乗客が二、三人、様子をみに下りてきた。バスの窓から顔を出して眺めているのも、下りてきたものも、七十すぎと思われる年寄りばかりであった。

「愛光会って、老人ホームか?」

「愛光会を知らないのか」男は言い、朔次の免許証に目をやって、「川崎の車か。川崎の人間は愛光会を知らないのか」

「知らないよ」

すると男は、「ちょっと待っていてくれ」と車内にとってかえし、薄いパンフレットをとってきた。

「読んでみてください」と、声の調子がかわった。セールスマンが商売するときのような、決められたセリフを喋る声だ。「こうしてお知りあいになれたのも、ありがたいお導きによるものと思います。ぜひ、お読みになって、私どもの教会にお越しください。そのときは、土方(ひじかた)――土方仙三(せんぞう)というのは、おれだ――土方の紹介で来たと、必ず言ってください。この車は、これからセンターに行くんだが、どうです、いっしょに行きませんか。きっと、満足が得られますよ」

「せっかくだけど、おれはこれから行くところがあるんでね」

「どこへ行くんですか」

「関係ないだろ」

「あんたは追突事故を起こしたんだぜ。それを、警察には届けないでやろうっていうんだ。感謝してもらいたいな」

　届けたってかまわないぜ、と言おうとしたが、事がもつれて営業にさしさわるようになってはと思い、

「ありがたいよ」と頭をさげた。

「教会に一度来てみなさいよ。な？」

「土方さん、御講話におくれますよ」年とった女のひとりが、おろおろと声をかけた。

「わかってるよ。大丈夫だよ」土方は手でおさえる身ぶりをした。

　信号がかわり、後続車が、クラクションを鳴らした。

「それじゃ、読んでくださいよ、それ。そして土方仙三の紹介だと忘れずに言ってくださいよ」

　マイクロバスは、朔次の車の前を走りつづけた。途中で追い抜こうとしたが、そのたびに対向車が来たりして、うまくいかない。

　バスの後ろの窓に、年をとった男や女が顔をならべて、朔次の方を見物していた。

　バスはどこまでも、朔次の行く方向からそれることなく走っていた。橋をわたり、右折する。腰越から西鎌倉の方にむかう道である。中川のバス停の少し手前で朔次は左折し、直進するバスとようやく離れた。

　それから少しのぼり坂になり、山の中腹に白亜の病院の建物があらわれた。

「明楽さんは、やめましたよ」

　受付の女はぶっきらぼうに言った。受付のカウンターは直角に折れ、その折れた先が会計の窓口になっている。二人の受付係と会計係一人のほかに、事務員が数人、奥の机にむかっていた。

　長椅子をおいたロビーをはさんで反対側に薬局の窓口がある。調薬を待つ外来患者たちが長椅子に所在なさそうに腰を下ろしている。

　綜合病院だが、規模はそれほど大きくないようだった。しかし、あとから何度も建て増して継ぎ足し

たらしく、壁にかけられた建物の平面案内図をみると、かなり複雑に、いくつもの棟が廊下で連絡されている。

「いつごろやめたんですか」

「あなた、新聞社のひと?」受付係の表情は、何か警戒するようにそっけなくみえた。

「いえ、ちがいます」

「まさか、あなたじゃないわよね」会計係の女が、回転椅子をまわして軀を朔次の方にむけた。

「新聞に出ていた人」

「ぼくですが」

「あら、やっぱり……。ねえ、あれ、やっぱり明楽さんのことだったんだわ」会計係は、カウンターの奥のみなに、聞こえるように声を少し大きくした。

「何だって、明楽さんを今ごろ探しているの」

カウンターのなかの人々の目が、朔次に集まった。

「何か、明楽さんのことで問題がおきたんですか」

「いえ……。明楽さんの名前は、何というんですか」

「何というって、あなた、知ってるじゃありませんか。プラカードに書いていたでしょ」

「やはり、アキラヒサコは、ここの看護婦さんだったんですね」

「それがどうしたんですか」

「ヒサコは、久しいという字ですか」

「そうですよ。明楽さんに何の用ですか」

朔次が口ごもっていると、受付係の女は入口の方に目をやって、「お帰りなさい」と声をかけた。

「事務局長さん、このひとが明楽さんのことで問いあわせにみえたんですが」

玄関から入ってきたのは、さっき喫茶店でみかけた男だった。サングラスをはずしているので、とっさにはわからなかったが、服装が同じような気がする。肌も餅肌で白い。駅でもみかけた。まるで、おれをみはっているようだ。

「明楽久子に御用ですか」男は話しかけてきた。

「ええ」

「では、こちらへ」男は目で朔次を誘い、先に立って廊下を左の方へみちびいた。朔次はあとにしたがった。

途中、あ、と息をのんで朔次はたちどまった。右手の窓のむこうは中庭で、一面に、ひまわりの花がさかりであった。

がっしりした茎の上に、黄色い巨大な花が、円盤のような花芯（かしん）のまわりに、はなびらを焔（ほのお）のようにひらめかせていた。

ひまわり……ね。

久子の閉ざされた意識を一瞬きりひらいたのは、これだったのか。朔次がプラカードを真黄色にぬったのも、〝ひまわり……ね〟あの久子の初めて声に出した言葉が、意識の底にのこっていたからだ。

男は、朔次を小部屋に連れこんだ。安っぽい応接セットのおいてある部屋だった。

「お名前は？」

「栂野といいます」

「名刺をもらえませんか」

「持ってないんですよ。明楽久子さんの実家の住所でも教えてもらえればと思ってきたんです。こっちでわかるんでしょう？」

「栂野、何さんですか」

「朔次です」

「失礼ですが、御職業は」

「タクシードライバーです」

「免許証をみせていただけませんか」

「何だよ」朔次は思わず声をとがらせた。

「失礼だといわれるんですか」相手はいんぎん無礼だった。「しかし、そちらの方から先に免許証でも何でも身分証明になるものをみせて名のるべきではありませんかね。素性（すじょう）のわからない人に、退職したとはいえ、うちに勤務していたもののことを、軽々しく喋るわけにはいきませんからね」

朔次は写真のついた免許証をテーブルの上におき、相手が目をとおすのを待ってポケットにしまった。

「で、あなたは？」

「当病院の事務局長です」

「さっき鎌倉の駅のそばの喫茶店で会いましたね」

朔次が言うと、

「鎌倉の喫茶店?」相手はとぼけた。「私は今、勤務中ですよ」と冷笑して、「ところで、栂野さん、明楽久子をどうして探しておられるんですか」

「ふられちゃったんですよ」朔次は、できるだけ感じのいい声を出そうとした。「彼女としばらくつきあっていたんですけどね、結婚しようって言ったら、ちょっと考えさせてくれ、郷里に帰って相談してくると言って、それっきり消えちまったんです。まあ、ノーっていう意志表示のつもりだとは思うけど、このままじゃ、おれとしたってすっきりしないからね、一度会って、本当の気持をききたいんです。もちろん、乱暴なんてしやしませんよ。おれだって、男だからね、彼女の口からノーといわれたら、あきらめます。——簡単にはあきらめきれないけどね。彼女が離婚歴があって子供がいるってことも知ってますよ。でも、おれ、それだっていいんですよ。惚れちゃったんだから」

「明楽久子と、いつ、どこでどういうふうにして知りあったんですか」

「そんなプライヴェイトなことまで喋らなくちゃいけないんですか。そんなことまで訊く権利、おたくにはないんじゃないですか。何も厄介なことをたのんではいないんですよ。ただ、明楽久子の実家の住所を教えてくれってことだけなんです。こっちでわかるんでしょ」

「それは、わかります。だが一応、明楽の承諾を得てからでないと、教えるわけにはいきませんのでね。しかし、明楽はずっと郷里に帰っていると思ったんですがね。またこっちに出てきていたんですかね。東京で知りあったんですか」

「ええ」朔次は口数が少なくなった。あまりこまかいところまで嘘を考えてなかった。うかつなことを喋るとぼろがでる。そうかといって、久子と出会った実情をあかすわけにはいかない。

「とにかく、私どもの方で明楽に問いあわせてみます。そうして、かまわないということでしたら、お知らせしますから。免許証をもう一度、ちょっと。おたくの住所をうつさせてもらいます」

「おたくから問いあわせて、久子がノーといったら、教えてもらえないんですか」

「それは、本人の意志を尊重せんとなりませんからね」

「何とか、教えてもらえないかなあ。彼女、おれのこと何か誤解してるのかもしれないんですよ。会って話したら、きっと、おれの気持わかってもらえると思うんだ。おれがわざわざ会いに行ったらさ、その熱意に少しはほだされてくれるんじゃないかなあ。たのむから教えてくださいよ」

「まあまあ、とにかく、今日のところは。あらためて連絡しますから」

一方的にあしらわれて、腹を立てながら、喧嘩腰(けんか)になるわけにもいかず、朔次は小部屋を出た。事務局長は受付にはもどらず、廊下を逆の方に去っていったので、朔次は受付の女にもう一度、明楽久子の郷里の住所を教えてくれとたのんでみた。

「しらべれば、わかるんだろ」

「事務局長さんにきかなかったの?」

「なんか、おれのこと警戒しちゃって、教えてくれないんだよ。おれ、そんなに人相悪いかな」

「ハンサムよ。でも、ハンサムだからって……」

「あれ、ここの病院、〈愛光会〉とかいう教会と関係あるのかい」

このとき気がついたのだが、受付の女は胸にバッジをつけていた。それが、〈光〉という字を図案化したもので、マイクロバスの横腹に描かれたのと同じだったのである。

「愛光会を知っているの?」

「ちょっと名前だけね」

「それでは、ぜひ」と、受付の女は机の下から薄いパンフレットを出して、朔次におしつけた。そうして、マイクロバスの運転手土方と同じような声を出した。「こうしてお知りあいになれたのも、ありがたいおみちびきによるものだと思います。ぜひお読みになって、私どもの教会においでください。そのときは、佐伯(さえき)みち子からの紹介で来たと、必ず言ってくださいね。佐伯って、私の名前よ。おいでになると、道がひらけますよ。あなたはたくさん悩みごとをかかえているでしょう」

3

パンフレットは、二冊とも同じものであった。表紙にはセンターと呼ばれる教会本部の建物の写真、裏にはセンターへの地図がのっていた。腰越と西鎌倉の中間、かなり西鎌倉に寄った丘陵地の一画(いっかく)である。パンフレットによれば、〝愛光会〟は、キリスト教系の教団らしかった。

しかし、うたっている教義は、現世利益と通俗的な倫理道徳のようで、新興宗教に似ていた。入信したおかげで年来の持病がなおったとか、岩佐先生の〝光の手〟をお受けして入試にのぞんだら、実力以上に問題がすらすらとけて、難関を突破できたとかいうような会員の体験談が紹介されていた。

久子は光のバッジは持っていなかったな。持っていたのは、那智大社のお守りだ。

朔次は、車を西鎌倉の方向にむけていた。地図にしたがって左折し、丘陵をのぼってゆくと、鉄筋のビルが目についた。

広々とした車寄せは鉄平石(てっぺいせき)貼りで、建物の入口部分も黒ずんで光沢のある石をはってあり、なかなかいかめしい。

前庭には、みおぼえのあるマイクロバスと、数台の自家用車が駐(と)まっていた。どれも空(から)だった。

朔次は空いたところに車をとめ、下りた。

入口の柱に、〝愛光会センター〟と札がかかげてある。

敷地は奥深く、樹木がかげを作り、建物も奥へとのびているようだった。

敷石の道が右にわかれてつづき、その先の低いフェンスで仕切られた一画に、平家(ひらや)の小さい建物がある。幼稚園のようなものらしかった。フェンスの内側の庭に、砂場やブランコ、すべり台などがあった。誰もあそんではいなかった。ここにも、ひまわりは咲きほこっていた。

ぶきみな花だな、と、朔次は思った。

久子のことをたずねるために、センターのなかに入ろうと思ったが、マイクロバスの土方運転手といい、受付係といい、あの熱烈な折伏ぶりを思うと、うんざりした。うかつに教会に顔を出すのは、ねばっこい蜘蛛の巣にみずから翅をからめとられにゆくようなものだ。

車が入ってきて、右にカーブし、前庭のすみにとまった。小ぶとりの男が下りてきた。朔次に目をとめると、その男は近づいてきて話しかけようとした。

朔次は、自分の車にとびのり、スタートした。

とっさに、どうしてこんな行動をとったのか、自分でもいぶかしんだ。

ひとつには、強引に折伏してくる新興宗教のやり方に、警戒心がはたらいたのだ。いったん獲物をとらえたら、執拗な攻撃をかけてくる。朔次は前に、そういう客をのせてひどいめにあったことがある。かなり名のとおった新興宗教団体のメンバーだった。環八で車が渋滞して、そこをぬけるだけで一時間近くかかったのだが、そのあいだじゅう、折伏されつづけた。よほど、降りてくれよ、とどなりつけようと思ったのだが、あとで会社の方に客から苦情がいくと、叱責を受けた上に減給になるから、がまんした。

とにかく、久子がもと湘南愛泉病院の看護婦だったことはわかったのだ。

朔次は、よしよし、と自分をほめてやった。これだけわかれば、久子の郷里の実家をしらべるてだてはつきそうだ。あの神奈川日報の記者――朔次は、もらった名刺をとり出して眺めた――本間慶一か……彼にたのんでしらべてもらう手もあるな。

いや、まずいかな、と彼は思いかえした。新聞記者というのは、興味を持ったら、よけいなことまで調べまわりそうだ。あまり、久子に関心を持ってほしくないのだ。久子と粟田吾郎のかかわりなど、目をつけられては困る。

七里ヶ浜にむかう途中、朔次は老人ホームをみかけた。さっきの老人たちは、ここから集団でセンターに講話をききに行くところだったのだな。みな会員なのだろうか。このホームは教団で経営しているのだろうか。そんなことを考えながら、通りすぎた。

家に帰りついてから、本間記者にどのように話をもちかけたら、こっちのつごうのよいようにだけ動いてもらえるだろうかと考えあぐねているとき、本間の方から電話で連絡してきた。電話は店と二階で親子式になっている。店にかかってきたのをとみが取り次ぎ、二階に切りかえた。

「やあ、でたらめじゃなかったんだな」

「何が？」

「電話番号さ」

「それをたしかめるために、電話してきたんですか」

「そうじゃないですよ。ちょっと会えないかな」

「これから？」

「ああ」

「今、どこにいるんです」

「横浜だけれど、おたくまで一時間とかからない」

「よほど急な用ですか」

「べつに急を要するわけじゃないが、そちらだって、彼女に関する情報は早く知りたいだろ？」

「電話で話せないのか？」

「話せないことはないけれど、まだ宵の口だから、飲みながらのんびり話しあうのも悪くないだろ」

「それじゃ、渋谷で会おう」『小舟』は密談に適さないし、ちょっと会っただけの新聞記者を自分のねぐらによびいれる気にはならなかった。人なつっこい朔次だけれど、相手はだれでもいいというわけではない。

大和田町の入り組んだ小路の奥にある『つる平』という店を教え、先に行って待っていた。飲むつもりだから車は使わなかった。カウンターのほかに、一部分床を高くあげて畳を敷きこみ、衝立でテーブルのあいだを仕切ってある。

「あとから連れがひとり来るよ」と畳にあがり、隅に陣どった。

鳥のつくねと、削り節をたっぷりかけた冷や奴、青柳と若布と胡瓜のぬたの小鉢などを並べて飲みはじめていると、三十分ほどおくれて本間記者があらわれた。

「先にはじめてましたよ」

「どうぞどうぞ、やってください。おれは水割りがいいな」

「ありますよ」氷とボトルを示すと、

「や」と、いそいそと作りながら、

「ボトルはこっちで新しく一本いれるし、勘定もこっち持ちだから、盛大にやってください。払うのは神奈川日報で、おれのポケットマネーじゃない」

おたくが探している人ね、と、本間はすぐ本題に入った。「ひょっとして、アキラという苗字のヒサコさんとちがう?」

「どうして?」

「図星だな。それで訊きたいんだが、アキラヒサコという女性とどういう関係?」

注文をとりにきた女中に、肉じゃがやら焼き鳥やら五、六品命じ、

「もしかして、きみ、相馬さんの関係の人ですか」

「相馬さん?」朔次はめんくらった。

「ちがいますか。相馬さんの線なら、ぼくらできるだけ協力するつもりなんだが」

「相馬さんの線というのは何ですか」

「ちがったか。中村のやつ、早とちりしたな」

本間は、朔次の皿のつくねを一つ口にいれた。

「あんなところにプラカードを持って立っていたというのは、明楽久子が病院の看護婦だったと、知らなかったわけですか」

「本間さんは知っていたんですか。それなら、教えてくれればよかったのに」

「いや、おれも知らなかったんだよ。全然知らないってわけじゃないが、あまり記憶にとどめていなかったんだ。おれがあつかった事件じゃなかったので。きみが相馬さんの関係の人ではないのなら、呼び出して気の毒したな」

「いや、その話、ぜひ聞かせてください。何なら、勘定こっち持ちでいいですよ」

「いやいや」本間は大きく手を振った。「おれも、ちがうだろうと思ったんだよ。相馬さんの関係者なら、プラカードで探すなんてことはやらないと思ったんだが、念のためたずねてくれと中村に強くたのまれてね。中村というのは、同じ社会部のものなんだが。きみは明楽久子さんから、相馬さんのことは何もきいていない?」

「知りません。どういうことなんですか」

「明楽久子が病院で事故をおこしたのも知らない?」

「知らない。どんな事故を」

「彼女が看護婦をやめてから知りあったのかい」

「そうですよ」

「それじゃ、わりあい最近だな」

「ああ、知りあったあたりの話は、かんべんしてよ。とにかく、おれ、彼女に申しこんだわけ。そしたら、郷里に帰って親と相談してくると言って……」病院の事務局長に話したとおりのでたらめを、本間にも話した。


本間は、全部を信用しているわけではないのだぞという表情で、うなずきながらきいていた。

「こっちの話は、そういうこと。で、そっちのは?明楽久子が病院で事故を起こしたっていったね」

「彼女のつとめていた病院に、夜、救急患者がはこびこまれたんだ。それが、相馬さんだ」

交通事故にあったのである。大阪から所用で単身上京してきていた。救急車ではこばれた。病室があいにく満床だということで、とりあえず、ふだん器材置場に使われている小部屋にベッドをいれ、収容された。ところが、夜勤の医師は、その病室でない部屋に患者がいることを知らず、回診にも行かず放置した。翌朝、始発の新幹線で家族がかけつけたが、そのときは患者は死亡していて、死亡時刻の確認もできないありさまであった。

「うちでそのことをスクープして記事にしようとしたら、上からさしとめられた。紙面にのせるような大きな問題じゃないといわれて」

「本間さんがスクープを?」

「いや。おれがしたんなら、アキラ・ヒサコという名をみたとたんに、ぴんとくるさ。おれじゃない、中村だ。その事件のあったとき、入院していたんだ。ドジなやつで、水虫を掻きすぎたら黴菌が入って、いそがしくて放っておいたら脚が丸太棒みたいにはれあがっちまった。入院中に騒ぎを知って、すぐ社の方に一報入れたんだ。その病院は、ある宗教団体が経営していて、うちの読者に、その教団の会員が多いんだ」

　腹立たしそうに、本間は濃い水割りを流しこみ、

「うちは大規模な全国紙じゃない。ほとんど地元の読者だけが相手だ。うちの重役のやり手が、教団の上層部にコネをつけて、全会員に購読をすすめてもらっている。会員は教団発行の新聞とうちのやつと二紙、ほとんど強制的にとらされている。教団は外郭団体として神奈川文化振興協会というのを持っていて、うちで催しものをやるときバックアップしてくれる。出版部門があって、その出版物の広告もうちに扱わせている。それで圧力がかかったわけだ。よくある話さ」

「で、明楽久子は?」

「彼女はその夜、夜勤だった。臨時の病室にあてられた問題の部屋は、彼女が担当する病棟にあった。ところが、明楽久子は、相馬さんのことを当直医師に連絡するのを忘れたんだ。いや、彼女は他の者が連絡したと思っていたのだそうだ。いろんなゆきちがいがあったらしいんだが、結局、彼女一人に責任がおしつけられてしまった」

「そんないいかげんなものなのかい、病院のやりかたって」

「いや、めったにない事故なんだろうが。中村のしらべたところでは、そんな手ちがいの生じた原因の一つは、彼女の病棟に、その夜手術をした患者がいて、それが麻酔が切れたら痛い痛いと騒ぎっ放しで、彼女は一時間おきに鎮痛剤を射たねばならず、仮眠もとれなくて疲れきっていた。更に、もうひとつ彼女を多忙にすることがかさなった。相馬さんにひきつづいて、その夜もうひとり救急患者がはこびこま

れた。どうやらそれが、教団の重要な関係者らしいんだ。厳重に箝口令がしかれて、よくつきとめられなかったんだが、自殺未遂らしいということもきいたそうだ。しかも、相馬さんは空部屋がないというので物置みたいな部屋に収容されたんだが、その時点で、実は一つだけ部屋はあいていたんだな。自殺未遂の教団関係者は、即、そこにいれられた。その部屋というのが、豪勢な『特別室』というやつなんだ。二部屋つづきの、ホテルのスィートみたいなやつで、差額ベッド料が一日何万円とかいったな。明楽久子は、一晩中、その自殺未遂に付きそった。あいているのに相馬さんをそこにいれなかったのは、あとで勘定のことでもめると困ると思ったんだな。相馬さんの家族は、告訴するといったが、結局示談になったらしい。とにかく、明楽久子看護婦は、責任をとらされ、馘首だ」

「いつのことなんだ?」

本間はメモを見た。

「救急患者がはこびこまれたのは、五月十二日だ。それからごたごたもめて、明楽看護婦が病院をやめたのは、二十日後の六月一日だそうだ。ぼくはその事件のことはあまり知らなかったんだが、中村は腹にすえかねていてね、アキラヒサコを探しているのが、相馬さんの関係の人かどうかたしかめてくれと、おれに言ったんだ」

「病院というのは、湘南愛泉病院だね」

「そうだ」

「そして、宗教団体は、愛光会」

「知っているのか」

「今日、知った。ああ、それでだな。そういう事件があったから、病院の上層部ではおれを警戒したんだな。駅でプラカードを持って立っているときから、変な男がおれに目をつけて、何か監視しているようだった。喫茶店で女の子から話をききだしているときも、隣りのシートでぬすみ聞きしていたし。そいつが、愛泉病院の事務局長だった」

「なるほどね」

「明楽久子の住んでいるところなんて、わからないだろうな」

「郷里の実家の住所ならわかっている」

「え、わかっているのか！」

「明楽久子が責任をとらされてやめるときいて、中村が落ちつき先をたずねたら、実家の住所を教えたんだ。ちょっと待ってくれ。メモしてある」

本間は手帳を出した。朔次は、そこに書かれた住所を、自分の手帳にうつした。

和歌山県東牟婁郡那智勝浦町……。

第五章　遠来の客

1

宮城県白石市は、仙台市の西南三十数キロ、蔵王連峰、阿武隈山地にかこまれた盆地である。昭和二十九年に刈田郡白石町と周辺の六村が合併して市制がしかれるようになった。人口は四万四、五千の小さい町である。伊達藩家老片倉氏の城下町だったところで、小高い城趾は今は公園になり、茶室と井戸が残っている。

藩の産業として奨励された和紙の手漉きは、かつては手漉き農家が三百戸を越すほどだったが、今は衰え、ただ一軒のみが、県の工芸技術に指定され伝統をつたえている。

しかし、元禄年間に創製された温麺製造はますます盛んで、白石の一番の特産品となっている。昔は、白石川からひきいれた掘割りに水車をそなえ動力源として製粉を行なった。現在は機械化がすすみ、大部分の製麺業者は全工程機械に頼って大量生産を行なっている。

しかし、佐藤忠太郎を当主とするマルサ製麺は、家内工業の素朴なやり方を変えず、手作りの味を残している。

工場は納屋のような木造の小屋で、粉と水を捏ねる捏ね機も、それを巻きとって麺帯にする捲き取り機も、細断する切り刃も、動力は電気だが、ごく小規模な簡単なものである。

長いすだれのように細断された麺は、竹の棒にすくいとられ、二階の乾燥室に上げられる。これも以前は人の手ではこばれたのだが、現在はチェーンを使った機械にかわった。この機械にしてからが、あっさり『上げ機械』と呼ばれている。木屑を熱源としたボイラーで暖められた乾燥室は、幾重にもかさなってなだれ落ちる滝のような麺がゆるやかに移動し、モーターの音が騒々しい。

手を触れれば折れるほどに乾ききった麺はまた階下に送られる。一定の長さに切断し、目方をはかって束ね、紙の帯をかけ、ビニール袋につめ、ボール箱におさめる。これらの工程は機械の助けも借りるけれど、熟練した従業員の手作業が主である。

工員は男子七人、女子十人。女子はみな、近所の主婦たちで、朝の八時から夕方五時まで、目方をはかったり包装したりの軽作業についている。そのほかに、事務員とセールスが五人いる。

当主の佐藤忠太郎は五十七歳になる。頭はすっかり禿げあがり、血色がよく、鼻の頭は酒やけでいっそう赤い。小柄で額に皺が多い。従業員たちは章魚とかげで呼んでいる。

その忠太郎がいま、ひどくきげんがいいのは、よろこばしいことが二つ重なったからである。ひとつは、明日出発予定の東南アジアツアーである。市内の商工会メンバーが三十人ほど、団体を組んで行くことになった。忠太郎にとっては生まれてはじめての海外旅行なので、参加すると決めたときから、気もそぞろである。近ごろは長男夫婦が仕事の大半は責任をもってやっているから、家をあけても心配はない。女房は連れてゆかない。最初、荷物を持たせるために同伴しようと思ったが、弁当持ちでレストランに行く馬鹿はいないと同行の仲間に言われ、何のことかわからずきょとんとし、それから大笑いして、そうだそうだと、女房のフジには留守番を命じたのだった。東京まで見送りに連れていってやる。その後は、川崎に嫁にいっている末娘のところに、一、二泊して、東京で遊んで帰ってくればいいと、寛大で思いやりのあるところをみせた。

もうひとつのよろこばしいことは、つい今しがた、その末娘から小包みがとどいたのである。末娘の夫は不動産会社の社員で、結婚した当初は仙台の営業所に勤務していた。

住まいも仙台市内のアパートで、土曜日曜には二人そろって泊まりがけで遊びにくるから、末っ子を溺愛している忠太郎は、婿をとったようなものだと喜んでいたが、一年ほどで川崎営業所に転勤になった。本社は東京にある。これではまるで詐欺だと、忠太郎はそれ以来、憤慨しつづけている。娘が淋しそうな顔もせず、いそいそと夫とともに発っていったのも気にいらない。三年前のはなしである。

しかし、末娘は、父親の誕生日とか、父の日とか、クリスマスとか、ことあるごとにプレゼントを送ってくるようになった。それもデパートなどから既成品を送りつけさせるのではなく、手編みのチョッキ、手作りのクッキー、自分で彫った木彫りの盆といったものを、いかにも心をこめたふうに小包みにして送ってくるのである。

実のところ、彼女はいまだに子供ができず、昼の時間をもてあまし、近ごろはやりの稽古ごとの教室に、あれこれかよっている。父のきげんうかがいに送ってくる製品は、その教室での生産品というわけで、倦きっぽいから、一つのことが長つづきせず、去年は木彫、その前は編物と、めまぐるしくかわる。

こんなものを作っている暇があったら、せっせと子作りにはげめばいいのに、あいつら何をしているんだと、忠太郎は嬉しさと不平が半々である。プレゼントもいいが、ちっとは顔をみせに帰ってこいと言ってやれ。手紙は女房のフジにまかせている忠太郎は、そう命じる。

それでも、誕生日だからと送られてきた小包みの紐をほどく忠太郎の表情は、目尻がさがっている。おそい夕食を終えたところである。長男とその嫁も、いっしょに卓袱台をかこんでいる。次男は高校を出て仙台の食品販売会社に就職し、アパートも仙台市内に一部屋借りて、土曜日でないと帰宅しない。

フジは、忠太郎がとき散らした紐を手にくるくると巻きつけて束ね、包装紙をきちんとたたんだ。

「こんどは何を送ってきたね」長男が少し笑いながら言う。長男も、妹のうつり気を知っている。

段ボールの箱に、古新聞をぎっしり詰めてある。

「割れものだねや」

忠太郎は、詰めものをぽんぽん放り捨て、新聞紙で幾重にもくるんであるものをとり出した。

「何だべあ。徳利か」

首の細長い器があらわれる。

「一輪ざしでねえのかしら」長男の嫁が言う。

「今度は焼きものさはじめたんけ」長男が苦笑する。

「ええな、東京の人は。いろんなことができて」嫁が言う。川崎は神奈川県だけれど、ひっくるめて東京と呼んでいる。

「徳利だな」忠太郎が断言する。

「燗つけたら、割れるんでねえかね」長男が言う。

チョッキは幅が広すぎて丈が足りなかった。盆の木彫りは、ところどころ彫りすぎたり角が欠けたりしていた。

フジは詰めものの新聞紙を手のひらできれいにのばし、たたみなおしている。

「そたらもの、丸めて捨てたらええんでねえの」長男が言う。

「たきつけになりすべ」

風呂も台所もプロパンガスが入っているし、飯もふだんは電気釜を使っているのだが、台所の土間にはまだ竈が据えてあり、大人数が集まるときは、薪で釜の飯を炊く。

「お父さん、眼鏡貸してけさい」背を丸めたフジは、新聞を遠のけたり近づけたりして、眼を細めた。

「何だ、お前（め）、自分のはどうした」

「わたしのは茶箪笥（ちゃだんす）の抽出（ひきだ）しのなかだすけ」

「おっ母さん、これかね」嫁が立って、抽出しから眼鏡を出して、手わたし、「何かおもしろいことがのってるの？」ついでに、フジの手もとをのぞきこむ。

「いや、何もねえけんどね」フジは不自然な笑い声をたて、それからぱたぱたと新聞をかたづけたが、そのあいだにさりげなく、一枚を前かけの下に折りたたんでしのばせた。

2

来客のしらせを、古葉功は受けた。

古葉を名ざして会いに来たわけではなかった。接客カウンターの女子社員が、内線で古葉に連絡してきたのである。

「いま、栗田さんのお骨（こつ）はどこにおさめてあるのかとききにきた人がいるんですよ。うちではわからないから、警察に行きなさいって言ったんだけど、古葉さんならひょっとして知ってるかと思って」

「引きとり手がないから、お骨はまだ警察にあるんじゃないかと思うよ。それとも、どこか寺にでもあずけたのかな。誰？　その問いあわせにきた人って」

「ええと、佐藤さんとかいう女の人。佐藤さんでしたね」客にたしかめている声が、筒抜けにきこえる。

「ちょっと待ってもらっていてくれ。すぐ下りて行く」

　カウンターの前に、心細そうに腰を下ろしているのは、髪の半ば白くなった、小柄な女だった。古葉を見ると、「どうも」と腰を浮かして深々と頭をさげた。

「栗田さんの身寄りのかたですか」

「いえ……。そういうわけではないですが、新聞で名前をみて、昔知っていた人ではないかと思って、もしそうだら、お線香ぐらいあげさせてもらおうと思ったので……」女は口が重かった。東北の訛りがあるのを標準語で喋ろうとして、よけいぎごちなくなるようだった。

「お骨がいまどうなっているか、ぼくも知らないんですがね、警察に問いあわせてあげましょうか」

「いえ……そだにしてもらわなくても……。あの、誰もお骨をひきとりに来なかったですか」

「さあ、どうですかね。ぼくの知っているかぎりでは、誰もきていないようだけれど。粟田さんと、どういうお知りあいなんですか」

「はあ、昔、ちょっととねえ……」

「ちょっと出てくる」と、古葉は女子社員に言った。「こちらと『窓』にいるから、何か用があったら連絡して」

古葉は、女を近くの喫茶店に誘い入れた。初老の女は、くたびれた様子で、椅子に腰をおろすとほっと息をついた。

「田舎に住んでますもんで、にぎやかなとこさ出てくると疲れてねえ」

「どちらに住んでおられるんですか」

「白石です」

「白石？」

「宮城野信夫の仇討ちの話で有名な白石ですが。仙台のそばの」

「そんな遠方からわざわざ、粟田さんにお線香をあげに」

「いえ、主人が海外旅行さ行くというんで、見送りに東京に出てきたもんですから、ついでに」

「成田まで行かれたんですか」

「いえ、成田は遠いですから、箱崎で見送りましたです」佐藤フジは、ぎごちなく喋った。〝ついでに〟と言ったが、フジは、粟田吾郎の消息を知りたい気持をおさえきれなかったのである。昨日見送りをすませ、娘のところに泊まった。娘があちこち案内するというのを、昔の友だちに会うからと口実を作り、ひとりで出てきたのである。娘からの小包みに詰めものに使われた新聞の記事が、たまたまフジの目についた。写真はのっていなかったけれど、粟田吾郎という名が、鮮やかに、まるで目のなかにとびこんできたようだった。年齢も、かぞえてみるとちょうどあっていた。殺されたとあるのが、胸にこたえた。

「警察さ行くのはけうとくてねえ、こちらさんで働いていたと新聞に書いてありましたから、何かわかるかと……。拳銃で殺されたと書いてありましたが、犯人はわかりましたんですか」

「いえ、まだ何も。ただ、粟田さんは覚醒剤中毒だったので、警察では暴力団関係を重点的に洗っているようですが」

「覚醒剤！　覚醒剤ちたら、あの、ヒロポンとか」

「ええ」

「それでは、別人ですかねえ。年のころも名前も同じだから、私の知っている吾郎さんかと思ったんですが。ちがいましたかねえ。ちがってくれた方が嬉しいですけれど。私の知っている粟田吾郎さんは、それはまじめな立派な人で、覚醒剤だの暴力団だの、そたらおそろしいものにかかわりあうような人ではなかったですから」

「ごく最近らしいんですよ、覚醒剤を使うようになったのは。中毒といっても、そうひどく人格が荒廃するほどにはなっていなかったんじゃないでしょうか。少くとも、一目でおかしいとわかるほどではなかったですね」

フジはハンドバッグから黄ばんだ写真を出した。

「昔の写真ですから、わからねかもしれませんけんど、死んだ粟田さんて、この人とちがいますでしょうか」

縁側に数人の男女が並んでいる写真だった。

眼鏡をかけた五十代半ばにみえる男と、セーターにズボンをはいた十七、八の娘。両側に二十七、八の青年と十五ぐらいの少年。そうして、青年のうしろに軀を半ばかくすようにして、やはり二十前にみえる娘。この娘は棒縞のモンペを着ている。

フジが指さしたのは、復員服を着て痩せこけた二十七、八の青年だった。

「ああ、たしかに粟田さんですね。おもかげが残っている」

「やっぱり……」フジは深い吐息をついた。

「粟田さん、殺されて……」眼のふちがじんわりと赤らんだ。それから涙が盛りあがり、溢れこぼれた。

「恥ずかしいわねえ」フジは笑顔をつくろうとしたが、うまくいかなかった。「昔のことだのに、つい……」

フジは、まるで少女のように肩をすぼめ、指の背で目のふちをぬぐって、

「あの……塚本光というものが粟田さんをたずねてきたことはなかったでしょうか」

「塚本光？　男の人ですか」

「はあ、いま……三十……」フジはちょっと指を折り、「三十四になりますか」

「あなたの息子さんですか」

「いえ、甥っ子です。妹の子で……」

「気がつかなかったな。こっちの方に住んでおられるんですか」

「いえ、どこさいるか、わからなくて。名前をかえているかもしれないですが……もしかしたら、ヤカタザワとなのっているかもしれません。三十四くらいの年の男が、粟田さんに会いにきませんでしたかね」

「ぼくもそのくらいの年ですよ」

「あら、まあ、あんたさんは違いますですよ」

「その甥御さんが粟田さんと何か？」

「いえ、よろしいんです、ご存じなければ」

「探しておられるんですか」

「はあ。もう、あきらめていますですが」

フジは口重くだまりこんだ。

古葉は写真を眺めなおした。前に刑事にみせられた写真が脳裏にうかんだ。

庭でとったらしい家族の写真。あの写真の中央にも、眼鏡をかけた男がいた。フジがみせた写真よりは前のものらしく、男はもう少し若かった。あの写真にも粟田らしい青年がいたが、たしか学生服だった。こっちは復員服。七、八年の時のひらきがありそうだ。すると、十五ぐらいにみえる少年は、あの

写真の、七つ八つの男の子が成長した姿だろうか。

　一度見せられただけの写真は、なかなか鮮明な像を結ばない。たしか、あの写真には、もうひとり少年がいた。フジの写真には、その姿がない。二十をちょっと過ぎたくらいの青年になっているはずだが。

　娘は、二人とも、あの写真にはいなかった。あの写真で、眼鏡の男の隣りにいた女は、こっちにいない。

　いや、この、セーターの若い娘は……。卵型のととのった顔。つぶらな黒々とした瞳、少女雑誌の口絵にでもありそうな……。

　恥ずかしそうにそっとはなをかんだフジに、

「この眼鏡の人は、だれですか」古葉は、フジが泣いたことなど、まるで気づかなかったようなふりで、たずねた。

「岩佐先生ですが。岩佐徳衛先生ですがね」フジは言い、その指をモンペ姿の娘の上にずらせた。「これが……」そう言って、フジはまた、恥ずかしそうに肩をすぼめた。今度はいくぶん、しなをつくっているようでもあった。

「あ、このモンペの娘さんは、あなたですか」

「はい、まだ嫁さ行く前で、塚本といっておりましたですけど」

「岩佐先生というのは、どういう人ですか。粟田さんと、どういう関係なんですか」

「岩佐先生は『光の幕屋』の先生で、粟田さんはそのお弟子だったんですわ」

「光の幕屋？　何ですか、それは」

「戦争に行かないという団体で、戦争中は、憲兵にひっぱられて牢屋にいれられたり、ひどいめにあったんです」

「思想団体ですか」

「何というんでしょう。キリスト教みたいでしたけれど……」

「岩佐という人は、戦時中、受刑したんですか」

「はあ、そうですの」

「すると、粟田さん も……粟田吾郎さんも、やはり？」

「ええ、徴兵でねえ、いったん入営したんですけれど、正行さんが鉄砲をお上に返上したときいて栗田さんもそれにならい、刑務所に入れられたんです。ひどい拷問を受けなさったそうですの」

「ちょっと待ってください。マサユキさんというのは？」

「岩佐先生の総領息子です」

「岩佐マサユキさんというんですね」

記憶を刺激される名前であった。

「マサユキは、どういう字を？」

「正しいという字と、行くという字です」

正行。岩佐正行。

賀正　岩佐正行。筆の手描きの鋭い文字があざやかに浮かび、仮表装の軸の文字が重なった。栗田の家の床の間にかけられたものであった。

〝これを書いた男は……実に、愚直なほど一本気ないいやつで、……戦地で両脚を切断し……〟

栗田吾郎は、そう語った。

〝敗戦後、大陸から復員し、街頭で物乞いをしていたのを……みぞれの降る日、彼の父親と私とで迎えに行き……〟

「正行さんは鉄砲を返上したと言われましたね」

「はい」

「つまり、正行さんは兵役につくことを拒否したんですね」

「そうです」

「しかし、ぼくは栗田さんから、その岩佐正行さんが戦場に行き、両脚切断の傷をうけたときいたんですが」

「まあ、正行さんが脚を！　酷いですねえ。それで、今、正行さんは？」

「ぼくは知りません。栗田さんとはつきあいがつづいていたようですが。正行さんが兵役を拒否したので、栗田さんもそれにならったんですね。しかし、正行さんは」

「はあ、正行さんは、あの、転向しなさったんです。拷問に負けたんじゃないでしょうか。吾郎さんも、ずいぶんひどいめにあったときました。岩佐先生も、先生の奥さんも、むごい拷問を受けて、奥さんなんか、そのために牢屋でなくなられたくらいですから」

「正行さんのお母さんは獄死されたんですか」

「いえ、正行さんの生みのお母さんは、早くに離婚して、牢屋で死んだのは先生の二度めの奥さんなんです。伊作さんというのが二度めの奥さんの実子ですけど、今、どうしていなさいますかねえ」

「粟田さんは、正行さんのように転向はせず、兵役拒否をつらぬいたんですか」

「はい。戦争が終わって牢から出されて郷里に帰ってきなさったときは、幽霊みたようでしたわ。それでも、気が狂った人にくらべれば……」

「気が狂った？　拷問で頭がおかしくなった人もいたんですか」

　言わでものことを、口をすべらしてしまったというような狼狽が、フジの表情をかすめた。

「ええ」とうなずいて、「あの……粟田さん、何でまた覚醒剤なんぞ……」

「ぼくもわからないんですよ」

「身寄りがないと新聞に書いてありましたけれど、ずっとひとりで、結婚もしなさらなかったんでしょうか」

「そうらしいですね」

　フジは、立つきっかけを探すように、もじもじしはじめた。

「警察に行かれれば、お骨が今どうなっているかわかると思いますよ。今日はちょっとむりですが、明日なら少しぐらい時間のつごうをつけられると思いますから、ごいっしょしましょうか」

「いえ、めっそうな」

　レジスターのそばの電話が鳴った。応対に出たレジ係は「ちょっと待ってください」と受話器をはなし、「お客さまで、古葉さまいらっしゃいますか。浅井美装社の古葉さま」

「おれだ」

　古葉が受話器をとると、

「古葉くんか。いつまで油を売っているんだ」

課長の声であった。

「何か急用ですか」

「合田ビルから作業員のことでクレームが入っている。合田ビルはきみの担当だろう。早くもどってこい。ほかの者が困っている」

「すぐ帰ります」

「私用の外出はいかんよ」

「栗田吾郎のことで話をきいているところなんです」

「よけいなことをするんじゃない。栗田はうちの正社員ではないんだからな。あの事件は栗田の個人的な事情によるもので、うちとは無関係なんだ。前からそう言っているだろうが」

「はあ。すぐ帰ります」

伝票をつかんで、今夜はどこにお泊まりですか、とフジにたずねた。

「いえ、四時のひばり二一号で帰りますんです。私ももう行きませんと」フジは立ちあがった。

「もう一晩、こちらに泊まられませんか。ホテルに部屋をとりますよ。ゆっくりお話をききたいんです。乗車券は今ならまだ、明日のととりかえられますよ」いささか強引だなと思いながら、古葉は誘った。

「いえ、わたしら、ホテルなんて。それに今夜帰らないと、何でのばしたのだといろいろきかれますですから」

「御主人は海外でしょう」

「はあ、それでも息子たちがうるさいですから」フジは、そわそわし、「あのもう行かないと私も列車におくれますから。娘のところにもう一度寄って荷物をとっていかなくてはなりませんで」手提げから四角い紙包みを出して古葉におしつけた。ずっしり重かった。

「何もなくて。うちで作ったもので、東京の人の口さ、あいますかどうですか……」

3

梅野朔次が古葉のマンションに電話をかけてきた

のは、その夜だった。かなり酒の入った声で、

「わかったんだよ。わかったんですよ、久子の手がかり」

「そりゃあよかったな」

「話したいんです。これから、寄ったら……迷惑だろうな」

「いま、どこにいるんだ」

「渋谷」

「車か」

「いや、最初から飲むつもりだから、足で来た」

「それじゃ、待ってるから来いよ」

「道を教えてください。でも、ほんとにいいのかな。おそいよ」

遠慮したように言いながら、話したくてたまらない気持がつたわってくるので、「かまわないよ、おれの方は」古葉は言った。

朔次はタクシーで乗りつけてきた。

神奈川日報の本間記者の名刺をみせ、「この人から久子のことをきいた。ひどいめにあっているんだ、彼女は」朔次は本間からきいた話を、うっぷんをぶつけるように古葉に告げた。

「おれ、明日の仕事が明けたら那智に行ってみるつもりです。久子は実家に帰ったにちがいないんだ。火祭りを見ているうちに記憶をとりもどしたんだ」

「その本間という人に、おれをひきあわせてくれないか」思いついて、古葉は言った。

「いいですよ。でも、どうして?」

白石の佐藤フジがたずねてきたことを、古葉が朔次に語る番であった。

「その『光の幕屋』という団体や、岩佐先生という人物、その長男の岩佐正行などについて、知りたいんだ」

「本間さんだって、古葉さんと同じくらいの年だから、そんな昔のことは知らないんじゃないかな」

「新聞記者なら、おれたちより昔のことをしらべやすいだろう」

「それじゃ明日にでも、電話で紹介……」と言いかけて、朔次は、「やばいよ。本間さんにひきあわせ

たら、久子と粟田吾郎の関係から話すことになるでしょう。冗談じゃないよ。絶対、新聞記者になんか知られては困るんだ。おれ、本間さんには、久子とのこと、でっちあげを話してあるんだから」

「ああ、そうか……。いや、大丈夫だよ。久子さんの件とは無関係に、話はすすめられるよ。おれときみが、粟田さんの件とは関係なく知りあっていたことにすればいい」

「しかし、相手は新聞記者だからな……」

「きみは、粟田吾郎の事件にかかわったことは、いっさい喋ってないのだろう」

「ああ、久子にプロポーズしたら、姿をかくされてしまったので探している、としか話してない」

「おれが知りたいのは、兵役拒否者を出した『光の幕屋』だ。四十年あまり昔の話だ。粟田さんは、かつては、官憲の拷問に耐えぬいた強靭な精神力の持ち主だった。そのころの粟田さんを、おれは、おれの目によみがえらせたい」

古葉は、不安そうな朔次の目を見て、主張をひっこめた。

「いいよ。ほかのてだてを考える。会社のとくい先などをあたってみたら、マスコミ関係者とコネがつくかもしれない」

「古葉さんを信用して、本間さんに紹介します」朔次は言った。「でも、絶対、久子と結びつかないようにしてくれますね」

「それは大丈夫だ」

翌日、退社後、古葉は本間から指定された横浜駅西口の喫茶店で、本間を待った。朔次が電話で紹介し、その後、古葉が本間に連絡をしたのである。

あらわれた本間に、古葉は好印象を持った。

初対面のあいさつもそこそこに、

「いい資料があるんですよ」本間は言った。

「兵役拒否ときいて、すぐに思いあたったんです」

本間がテーブルの上に置いたのは、『戦時下のキリスト者抵抗運動』というタイトルのおそろしく分厚い本で、『特高資料による』と副題がついていた。

整理番号をうった紙が貼られ、中扉には新聞社の蔵書印がおされてあった。

「社の図書室から借りだしてきたんです。ざっと目をとおしたところ、『光の幕屋』に関する記事もあるようです」

「社外のぼくが借りていいんですか」

「わたしの名で借りてあります。期限は一週間です」

「必要な部分をコピーして、すぐ返却します。どうも、おいそがしいところをお手数かけました」

好意のあるはからいに、古葉は意外な思いがした。これほど、打てばひびくような反応があるとは思わなかった。

「戦争中の出版物の復刻ですか」

「いや、数年前、出版されたものです。記憶に残っていたので、おたくの話をきいて、すぐぴんときたんですよ。たぶん、こいつにのっているんじゃないかと思った。しかし、輝かしい兵役拒否の英雄が、三十数年後には覚醒剤中毒で殺人の被害者ですか。歳月の無惨を感じるな。その事件は、まだ全然解決の曙光もみえてないんでしたよね」

「暴力団の線なんでしょう」古葉は、朔次との約束を守って、とぼけた。

「おそらく、そうでしょうね、覚醒剤がらみなら。しかし、あなたが『光の幕屋』に興味を持ったのは、何か今度の事件に関連があると？」

「いや、まったく無関係です。ぼくは、ただ、国家権力に抵抗しぬいた人が自分の身近に実在したということに、何か……感動をおぼえたんです」

「まったく、棍棒でぶんなぐられるだけだって、なみたいていの痛さではないですからな。どうです、飲みませんか」

本間もデモで逮捕された経験があるのだなと古葉は察したが、そのことは口には出さなかった。

本間が貸してくれた本は、戦時下のキリスト教団体の動向、検挙取締状況などを詳細に記してあった。『光の幕屋』についても、一章をもうけてあった。

それによると、『光の幕屋』の創始者は、岩佐徳衛といい、明治二十三年和歌山県に生まれ、十八歳のとき移民団に加わって渡米した。その地で“God's Kingdom Society”という教団に接し、入信した。

この宗団は、キリスト教ではあるが、独自の過激な思想を持っていた。黙示録に語られている世界の終末が目前にある。それは聖書に記されてある象徴的な数字を基に計算して、一九一四年に起こる。そのときキリストが現身の形で再臨する。世界は滅亡するが、その後に、地上に神の王国が再建されると説くものであった。カトリックもプロテスタントもふくめて、いっさいの教会組織を否定し、神と直接に結びあおうというのであり、一般のキリスト教会からは邪教視されていた。

ことに、世界の終末を一九一四年と限定し、この年第一次世界大戦は勃発したが、世界は壊滅しなかったことから、いっそう風当たりが強くなった。

にもかかわらず、国家制度を悪とする教説に共鳴して入信する若者がふえた。彼らのなかから徴兵拒否者が続出した。

岩佐徳衛は、移民団の仲間の娘と結婚し、一子正行を得たが、その妻は徳衛が熱中する信仰に共感できず、やがて離婚した。徳衛は、ゴッズキングダム・ソサイエティの講演伝道者として日本に派遣されることになり、大正十五年、正行を連れて帰国した。

講演旅行中に共鳴者を得、その資金援助のもとに、東京の神田に本部を作った。体制弾劾に共感する学生の出入りが多くなった。岩佐徳衛はやがて、米国の本部から離れ、独自の活動をはじめ、教団の名も『光の幕屋』とあらためた。再婚したのは、昭和四年、徳衛が三十九歳のときだった。徳衛と結婚した相手は、このとき十九歳だった。

世界の終末とキリスト再臨を来たるべき絶対的な事実とする教義はかなり狂信的なものだが、岩佐徳衛とその新夫人を中心とした『光の幕屋』は、若者の多い会員たちには、きわめて楽しい居心地のよいところだったらしい。家庭的な暖かい雰囲気は、明るい夫人の人柄によるところが大きかったようだ。

新夫人とのあいだに次男が生まれ伊作と名づけられた。

講演活動とパンフレットの配布による宣伝布教活動がつづけられた。徳衛は、資本家の悪を攻撃し、政治家の腐敗を衝き、軍備拡張が戦争につながる脅威を説いた。

満州事変、日中戦争と、日本は第二次大戦への道を進みつつある時期であった。

岩佐徳衛が執筆した『光の幕屋』の宣教パンフレットの一部が転載されているが、そのなかで徳衛は、仮借ない筆致で資本家と政権の癒着を難詰している。

『良心の腐れはてたる資本家は虚偽と巨額のかねをもって政府当局と民衆の投票権を腐敗させている。民衆は単に選挙の形式を踏むといえども、結果は常に資本家の意のままとなる』

『悪法のもとに一般民衆は蹂躙され強奪される。民が怒ってこれを法廷に争っても、正義を行なうべき法廷はこれもまた強欲な資本家の手の下に支配されている』

『戦争を製造するのは少数の富者であって、彼らはこれによって巨利を博している』

『政権者は〝平和〟を叫ぶ商業権者によって支持されつつ、なお莫大巨額の金銭を費して戦備をととのえている。彼らの主張するところは、〝戦争を回避し得る唯一の方法は、たがいに戦備を充実するにあり〟というのである』

『もし一国政府と他の国の政府との間に紛争が生じた場合、その国の人民は強制徴集を受けて武装させられ、他国政府の人民を殺戮する戦争に従事せねばならぬ。愛国の語は民衆をたがいに殺戮せしめあうに用いられるもっとも有力な道具である。むやみに愛国愛国とさわぎまわる連中にかぎって決して戦場に出ることなく、常に後方にあって火事場泥棒的に不義の財宝をかきあつめるのである』

『一国の民衆は他国の民衆と戦うを欲せず、またこれを煽動もしない。戦争の重荷を負うべき肝腎の民衆は決して開戦についての相談にのらない。戦争製造者は自国の安全なる場所にあって、開戦の事情にはいっさい通ぜざる一般民衆のみが戦線に急派され、そこにて苦しみ、死ぬることとなる』

　これらのパンフレットは、昭和初期から満州事変勃発前後のころに発行されている。治安維持法が、最高刑十年の懲役を、死刑または無期懲役と改悪され、特別高等警察（特高）が新設され、憲兵隊にも思想係が設置され、思想取締り、弾圧の体制が拡大強化されつつある時期である。

　よくもこれだけ大胆に国家体制や戦争を批判した文書が発禁処分をまぬがれたものだと、古葉は驚いた。

　岩佐徳衛の攻撃の筆は更に、第一次大戦中のキリスト教会の弾劾に及ぶ。戦争に対し、教会は、これを阻止するどころか、敵国の人間を殺せと奨励したと厳しく非難している。

『光の幕屋』は、会員のなかから三人の兵役拒否者を出している。

　岩佐徳衛の長男、正行。粟田吾郎。館沢高繁（やかたざわたかしげ）。

　まっ先に兵役を拒否したのは、岩佐正行であった。

正行は、父親のもとで徹底した宗教教育を受けた。義務教育を終えた後は、進学せず、父の布教活動に加わっている。小学校に通っているころ、天皇皇后の真影（しんえい）に頭をさげることを拒否し、問題児とみなされた。召集を受け二十歳で入営したが、〝聖書で禁じられているから人殺しはできない〟と、銃器を上官に返上する行動に出た。その場で、重営倉（じゅうえいそう）に入れられた。

　この正行の行為は、仙台の師団に入営中の会員、粟田吾郎、館沢高繁にもつたわった。面会に行った光の幕屋の会員が告げたのである。粟田吾郎、館沢高繁も、殺人を禁じる聖書の教えと兵として武器をとる行為の矛盾（むじゅん）に悩んでいた。彼らは、子供のときから岩佐徳衛の強い影響のもとに育ち他の世界をまるで知らない正行のように単純明快に割りきるには、世間を知りすぎていた。兵役拒否がどれほどおそろしい結果を招くかも承知していた。しかし、正行の思いきった行動が、彼らをも踏みきらせた。粟田吾郎と館沢高繁は、即刻重営倉にいれられ、それから、憲兵隊分所に送られた。

岩佐正行は軍法会議で不敬抗命罪により懲役三年の判決を受け代々木の衛戍監獄に収監された。粟田吾郎と館沢高繁もまた、懲役三年の刑が決まり衛戍監獄に送られた。

この事件がきっかけとなって、光の幕屋は多くの検挙者を出した。

検挙後の拷問の様子は、『光の幕屋事件の弾圧と虐待顛末報告書』という項目で、岩佐徳衛の手記が転載してある。

『一檻房内に十数名雑居、蚤と蚊、虱、南京虫に日夜責め苛まれつつ、連日特高室にて不当きわまる取調べを受け、先方の言葉に一言にても異議を申し立つれば、たちまち殴る、蹴る、投げるという始末にて、調書は彼ら自身の欲するままにかってに作成され、余の意見はいっさい採用されず、取調主任の思いのままを彼自身口述筆記し、余に署名拇印を強制し、拒否すればたちまち暴行、余の手をとらえて強引に署名拇印せしむるに終始した』

『班長はときどき取調状態を監視に来たり、あるときは暴力団のごとき一壮漢を同伴。この男は柔道の達人とかで、「柔道を教えてやる」と余の矮軀を投げとばしたる上、両椅子の中間に余をうつむけに橋渡しし、背の上に靴のままとびのって踏みつけ……』

粟田吾郎に科せられた拷問については、

『粟田を裸体となして後ろ手に縛り上げ、水浸しのコンクリート床上に仰臥せしめ鼻孔よりバケツにて水を注入し、気絶すれば手当てを加えて蘇生せしめ、蘇生すれば再び同一の拷問をくりかえし……昭和二十年秋、連合軍総司令官の軍令によって刑務所出所の際は骸骨のごとく痩せ、疲労し、衰死の一歩手前……』

その他の、光の幕屋会員に対する迫害実例を、手記は更に挙げている。

『朝鮮人青年玉応連は、官憲の長期にわたる拷問の結果発狂、豊多摩刑務所に於て獄死』

『岡田孝助は、檻房生活中、ほとんど連日大小拷問を受け、昭和二十年九月出所のときは完全に衰弱、一ヶ月後死亡。二十一歳。病名は衰弱栄養失調』
『台湾東部海岸の僻地にも、伝道の成果として、高砂族男女二百七十余名の同信者があった。彼らは光の幕屋本部弾圧に関連して、大量検束を受け、男子は南洋諸島へ日本軍飛行場建設用労力として送り出された。若い女子のある者は、警官によって森林内に拉致され、「キリストの洗礼のかわりにおれたちが洗礼してやる」とバケツの水を浴せられ、後、鬼畜的暴行を加えられた事実がある』

一方、率先して兵器を返し兵役を拒否し、後に転向した岩佐正行は、監禁中どのような苛烈な拷問にあったかというと、古葉が驚いたことには、正行は収監中まったく違った扱いを受けたのである。

まず最初、両手を縛された状態で塩と水と麦飯だけしか与えられず閉じこめられる軽屏禁を科せられた。粟田吾郎は独房に監禁されたまま使役にも出されなかったが、正行は使役に出され、やがて、刑務所内図書室の図書係の仕事を与えられた。夜は独房にもどるが、日中は、図書室で貸出しや図書整理の仕事をしながら、本を読んですごすことが許されたのである。

正行の転向手記がのっているが、それによると彼は、この図書館勤務によって、生まれてはじめて、古事記や日本書紀、万葉集、日本浪曼派の諸著などに触れたのである。しかも、それらの貸出書には、二・二六事件の被告たちの書きこみが残っていた。

父親の特殊な教育の中に閉ざされ、いわば純粋培養されて育った正行にとって、これは鮮烈な体験であった。

彼は手記にしるしている。

『自分の信仰は、死に対する恐怖とか社会に対する懐疑とか人間の生に対する煩悶から必然的に生じたものではなかった。まったく白紙であった自分の魂に、父がその手で刻したものなのである。以前から自分は、父の教えに疑義を抱きはじめていた。完全なる神が、人間を罪を犯すものとして創造したのはなぜか。創世記の迷信じみた記録、イエスの奇跡を、現代の科学によって目をひらかれた人間に信ぜよというのか。父は光の幕屋の教えにしたがう者だけが、来たるべき「終末のとき」に救われるというが、幕屋の存在さえ知り得ぬ人間の方が地上には多いのである。それらの人間は、何も知らぬまま、神に撃滅されるのか。しかし、それらの疑問を父に問いただしても、信仰が浅いから疑いが生じるのだと一蹴されていた……』

古葉は、光の幕屋に関する記事をくりかえし読んだ。ふいに、彼は思い出した。佐藤フジの声が耳によみがえったのである。

〝もしかしたら、ヤカタザワと名のっているかもしれません……〟

兵役拒否者のひとり〝館沢高繁〟という文字に、フジの声が重なった。彼はフジの口にした言葉を正確に思い返そうとした。

〝塚本光というものが粟田さんをたずねてきたことはなかったですか〟

〝いま、三十四になります〟

〝甥っ子です。妹の子で……〟

〝ヤカタザワと名のっているかもしれません〟

館沢と名のっているといっても、兵役拒否者の館沢高繁が塚本光と同一人物であるわけはない。しかし、何らかの関係はあるにちがいない。

古葉は、『戦時下のキリスト者抵抗運動』の奥付を見た。キリスト教系の大学の社会科学研究会の編纂によるものであった。末尾に六人の編者の名と簡単な紹介がのっていた。監修者はその大学の教授であり、あとの五人は助教授、及び助手であった。

翌日の昼休み、彼はその大学の事務局に電話し、編纂者に話をききたいと言った。研究室の方に電話はまわされ、助手のひとりが応対に出た。

光の幕屋、及び、兵役拒否者である粟田吾郎、館沢高繁、転向者の岩佐正行らについて、もっとくわしいことを知りたいというと、それは、こちらではわからない、という返事であった。

「あの本は、内務省警保局の編纂で刊行された『社会運動の状況』中のキリスト教関係について扱った部分と、『特高日報』の『宗教運動の状況』、司法省刑事局の『思想月報』などを底本にしたものです。つまり、資料を整理し、まとめたのであって、当事者に会って聞き書きしたものではないんです。とてもフォローしきれませんよ。ちょっと目次を見てごらんなさい。とりあげた宗教団体も数多いし、検挙者の数も厖大です」

日本聖教会、きよめ教会、基督再臨団、黙示録研究会、無教会主義基督者……と、治安維持法違反事件取調状況の項目にずらりとならぶ名前を古葉はながめなおし、納得した。言われてみればたしかに、栗田吾郎も岩佐正行、館沢高繁も、古葉にはきわだった名前であっても、この厖大な資料のなかでは、ささやかな存在にすぎなかった。

「まだ栗田のことにかかずらっているのか」と、電話を小耳にはさんだ課長が、いやな顔をした。

フジに会って、もう少しくわしい話をききたいと思った。フジの夫は海外旅行中だという。夫のいないときの方が、フジも話がしやすいだろう。フジは住所も電話番号も教えなかったが、彼女が律義にくれた土産物から、古葉はそれを知ることができた。白石名産の温麺の箱詰めで、包装紙にも、麺を束ねた紙にも『マルサ製麺所謹製』として、住所が印刷してあったのである。

古葉は三日間の年休を申請した。

第六章　黄泉路めぐり

1

紀伊半島の南端熊野には、古代の神々がいまだに生きつづけている。蒼古(そうこ)の森は山を埋ずめ、海岸線のきわまでせり出し、荒波は岩塊を削り、海神と山神のせめぎあう力が、その地形を造り出している。地を割って流れる川は、二神を宥和(ゆうわ)させようとする力の顕現ともみえる。川は、使者である。山の言葉を海につたえる。

　熊野は、霧につつまれている。そこが黄泉(よみ)の国にかけられた屋根だからである。大和(やまと)の国土を産んだ伊弉冉(いざなみ)が、最後に火神を産みおとしたとき、ほと焼けただれてみまかった、その奥津城(おくつき)は、巨岩『花の窟(いわや)』となって、七里御浜(しちりみはま)に残っている。巨岩にうがたれた洞は、黄泉の国への入口となる女陰である。

　そうして熊野はまた、浄土思想の影響をも強く受けている。紀勢本線の那智駅にほど近い補陀洛山寺(ふだらくさんじ)は、『補陀落渡海(ふだらくとかい)』で知られている。貞観(じょうがん)（八五九—八七七）のころ、この寺の住僧は、母を慕(した)う子のように阿弥陀(あみだ)を慕い、かならず浄土に行きつくと、わずかな食糧を積んで風まかせに、那智の浜から沖にむかって船出していった。

　しかし、さびれはてた補陀洛山寺を右に見て車を走らせている栂野朔次は、そのような死の信仰にはいっこう不案内だった。おかげで、消えた久子をエウリディケに、自分をオルフェウスになぞらえることもなく、いたって現実的に、地図と首っぴきで久子の生家をたずねあてようとしていた。

　道は那智川に沿って次第に上り坂になる。両側は斜面を切りひらいた段々畑で、朔次は細い横道に車を乗りいれたり戻ったり、たまに行きあう人にたずねたり、さすがに迷路をさまよい歩く気分になった。同じ道を幾度行き来したか知れず、腹もへってきた。いったん那智駅の付近まで戻り、かけうどんで腹ごしらえをして、また出直した。

ようやくそれらしい家をたずねあてたのは午後四時に近かった。

崖を背にした農家であった。土留めの積石のすきまから羊歯がのびていた。浴衣の袖を肩までたくしあげてしなびた腕をむき出した老婆が縁先にすわりこんで、庭で遊ぶ幼児を見守っていた。子供は西陽に背を照らされながら、棒で地を叩いている。よくみると、とかげを叩いているのだった。老婆の孫だろう。とすると、この男の子は久子の子供か。縁側には、金属製の玩具の自動車が大きいのや小さいのや五つ六つころがっていた。どれも高価そうな手のこんだものであった。

久子の子供……ということは、おれは久子を受けいれると同時に、この子供をも受けいれることになるのか。一瞬、ちらりとそう考えた。すると、新也の淋しそうな顔が浮かんだ。朔次は、東京を発つ前に離婚届に判を押し、とみにあずけてきたのだった。新也の顔を意識の底に押しこめ、

「すみません、こちら、明楽さんのうちですか」朔次は、できるだけ快活に声をかけた。

家の奥に、久子がひっそりと息を殺しているのではないか。おれの声をきいて、逃げるだろうか。それとも、なつかしそうにとび出してくるか。

――おそらく、久子はおれに会いたくないのではないか。久子は記憶をとりもどし、自分が殺人をおかしたことを認識したのだ。だから、おれから姿を消したのだ……。

どんな理由からにせよ、人を殺したと知ったとき、人間は、何か異様なものに変質してしまうのではないだろうか。

老婆は愛想のない目を朔次にむけた。

「明楽さんですね」朔次がもう一度問いかけると、老婆はうなずいた。子供は棒でとかげを叩いていた手をとめて縁に這いあがり、老婆の背にへばりつき肩越しに朔次を見た。

「久子さん、いますか」

「いま、出とるがの」

「すぐもどりますか」

「やがてもどって来よるがの。久子に何の用かいの」

「東京から会いに来たんですよ。久子さんの知りあいです」

「そんなら少し待っとってもらわんと」

朔次は縁に腰をおろした。そりかえった板は西陽に熱く灼けていた。

「水もらえませんか」

水？　と、老婆はちょっととまどった顔をみせた。

「のどがかわいて」

うなずいて老婆は縁に手をついて立ちあがり奥に行った。子供はその腰にまつわってついて行った。

朔次はのびあがって奥をのぞいたが、人の気配はなかった。ビール会社のマークの入ったコップに水をみたし、子供を腰にまつわりつかせて、老婆がもどってきた。

「火祭りに、久子さんといっしょに来たんだけど、見失なってしまって」老婆がどこまで知っているのか反応をたしかめたくもあって、朔次がそう言うと、老婆はきょとんとした。

「火祭りに？」

「そう。おばあちゃん、久子さんから何もきいてない？　おれ、栂野っていうんだけど」

「へえ、栂野さん？」

「栂野朔次」

「火祭りに久子はこの子を連れて行きよったがいの」

「このあいだの火祭りだよ。久子さん、その日にここに帰ってきたんだろ」

「ここでのうて、どこに帰るんじゃ」

「ふいに帰ってきて、おばあちゃん、驚いただろ」

「ふいに……て、朝出たものが夕方帰って来て、何を驚くんじゃ」

「いや、久子さんはさ……」

このばあさん、もうろくしているのか、それとも、まちがった家をたずねてしまったのか。

「久子に会うんやったら、店に行ってもろた方が早いかもしれんの」

「店？　どこですか」

「駅前のお滝屋ちゅう土産物(みやげもの)屋におるさか、行ってみたらええやろ」

「駅前って那智の駅？」

「そうや」

「土産物屋で働いているの？」

「看護婦の免状持っているのに」

「病院に口がないさか、しょうもない」

2

那智黒(なちぐろ)すずり石、那智黒碁石はたしかにこの地の特産だが、ほかに、どこの観光地にもみられる同工異曲の銘菓のたぐい、それは海産品の乾物などを山積みにした土産物屋の店先で、朔次は若い女店員に、明楽久子さんに会いたいのだがと言った。

「明楽さあん」

呼ばれて、店の奥から二十七、八の女が出てきた。

「何か？」

「あ、すみません、明楽久子さんに用があって」

「わたしですけれど」女は言った。

「あれ、どこでまちがえたかな」同姓同名の別人と、どこかで糸がもつれたのか。「あなたの家の近所に、ほかに明楽久子さんていませんか。前に、神奈川の湘南愛泉病院で看護婦をしていた人なんだけど」

「どういう御用なんですか」女の声は好意的ではなかった。「あなた、どなたですか」

「知ってるんですか、看護婦をしていた明楽久子」

「何の御用なんですか」

朔次は老婆とかわした会話を思い出した。土産物屋で働いているときき、看護婦の免状持っているのに、と彼がいぶかしがると、病院に口があいていないかったからしかたがないと、老婆は言ったのだ。

「……それじゃ、あなたが、愛泉病院で看護婦をしていた明楽久子さん？」

「そうですけど」

「おかしいなあ」

明楽久子は、さぐるような目を彼にむけていたが、他の店員に、「ちょっと出てくるさか」と声をかけ、朔次をうながして外に出た。

那智湾を抱きこむ海岸線は、崖がそそり立ち、丈の低い木に、明るい黄色の花が五弁のはなびらを海風にそよがせていた。

「あなたが本当に明楽久子さんなんですか」朔次は、あきらめきれないで、くどくたしかめた。

「よほど違うふうに、わたしのことをきいてこられたんですか」

「いや……」

「どういう御用なんでしょう」

「いや、おれ、早とちりしていたんだな。あなた、お守り袋をなくすか、人にあげるかしたことないですか」

女は足をとめた。

「緑色の、那智大社のやつです。あなたの名前が書いてあった。袋のなかにも明楽久子と書いた紙が入っていた」

「それがどうしたんですか」

「女が、それを持っていたんです。だから、彼女の名前だと思っちゃった」

「その人に、直接きかなかったんですか」

「口がきけなかったんだ、彼女」

「もっとくわしく話してくださらないと、よくわからないわ、どういうことなのか」

「おれ、タクシーの運転手でね、夜流していたら、その女が車をとめたんだ。何か事故にあったらしいんだね。たぶん、車にはねられて頭でも打って、はねた車は逃げちゃったんじゃないかな。ぼうっとしていて、記憶喪失ってのみたいになっていた。それでうちに連れてかえって、何か身もとはわからないかと思って持物をしらべたら、明楽久子と名前のついた守り袋を持っていたってわけ」殺人容疑の部分はかくして、朔次は語った。「那智大社のお守りだから、那智にくれば何かわかるかもしれないと思って、火祭り見物に来た。ところが、彼女、消えてしまったんだ。それから一生けんめい探し歩いて、ようやく、明楽久子が湘南愛泉病院の看護婦だったことや、病院をやめさせられた事情なんかも知った。実家の住所もわかったので、たずねてきてみたんだけど……」

女は手をのばし、黄色い花を折りとった。

「ハマボウっていうんですよ、これ。東京の方にはないわね」

「あんたが、湘南愛泉病院で働いていた、そうして、相馬さんの死亡したことで責任をとらされて病院をやめた明楽久子さんなんですね」朔次は、もう一度くりかえした。

「そうよ」

「それじゃ、あれは、だれなんですか。あんたの名前のついた守り袋を持っていた女。おれが明楽久子と呼んでいた女」

「どうして、わたしに訊くの」

「だって……。彼女は、那智の火祭りで消えたんだ。あのおばあちゃん――あんたのお母さんだね――あのひとは、あんたもあの日、火祭りに行ったと言っていた。会ったんだろ。親しい友人かい、守り袋をあげるほどの。彼女は誰なんだ。どこに今いるんだ」

女は黙りこんだ。

「彼女、あんたに、どういうふうに話した？　まさか、おれのこと悪く言ってないだろ。おれの名前彼女からきかなかったか。梱野だ。梱野朔次っていうんだ。おれは、どんなことがあっても彼女の味方なんだから、安心して何でも打ち明けてくれていいんだよ」

女が黙っているので、朔次は思わずその肩に手をかけてゆさぶろうとした。気配を察したように、女は身をよけた。

「わたしには、何の話かよくわからないわ」女は言った。「守り袋は、ずっと前になくしてしまったわ。どうしてそのひとが持っていたのかわからない」

朔次は、いきなり女の手首をつかんだ。

「何をするのよ。人を呼ぶわよ」

「粟田吾郎を知っているだろう」

　女は手をひこうとした。

「あんただな。あんたが粟田吾郎を殺したんだな。そのとき、守り袋を落とした。あとから粟田をたずねた彼女——おれが明楽久子という名で呼んでいた彼女——が、粟田の死骸（しがい）を発見した。同時に、あんたの守り袋も。彼女はあんたをかばおうとして、守り袋を自分のバッグにしまった。そうして、外に出て、車にはねられたんだ。頭をうったのとショックとで、一時的な記憶喪失、失語状態におちいった。でも、彼女、そんなふうなときもあんたをかばおうという意識だけは残っていたんだぜ。絶対に、警察に行こうとしなかったもの。その彼女を、どこにかくしたんだ。まさか……まさか、口をふさぐために……」

「何をさっきから、わけのわからないことを並べたてているの。痛いわよ。手を離してよ。粟田吾郎って、だれよ。わたしそんな人知らないわよ」

「しらじらしいな。証拠はあるんだぜ。あんたが粟田吾郎に出した絵葉書が、警察の手にわたっているんだからな。おれは、彼女がやったのではないかと思ったから、今まで警察には何も言わなかった。だが……」

「待ってちょうだい！」

　粟田さんとは、ちょっとした知りあいだったわ、と、明楽久子はみとめた。

「でも、粟田さんが殺されたとか何とか、わたしはまるで無関係よ。ひどい言いがかりだわ」

　女に強く言われ、朔次は少しうろたえた。ふと思いついたことが、絶対確実なことのように思えたのだが、自信がなくなってきた。

「どうしてわたしが粟田さんを殺さんならんの。どうして」女はつめよった。

「あのひとは覚醒剤（かくせいざい）の中毒患者だったから……たずねていったあんたに、何かひどいことをしようとして、あんたは正当防衛で……」

「正当防衛だって、いやよ、してもいない殺人の疑いをかけられるなんて。でも、粟田さんが覚醒剤中毒だったって、本当？」

「警察で遺体をしらべたんだから、まちがいないだろ。あんた、何かあのひとに相談しに上京するって絵葉書に書いただろ。会ったんじゃないのか」

「まさか、覚醒剤中毒だなんて思わなかったわ。病院でちょっと知りあったのよ。入院患者の見舞いにみえたとき。親切そうにみえたの。それで、病院をくびになってこっちに帰ってから、また東京の方で働き口がないか、身のふりかたなんか相談したいと思ったの。でも、結局上京はしなかったわ。わたしは相馬さんの事件で病院をやめさせられてこっちに帰ってきてから、一度も上京していないのよ。那智にいる人間が、どうして川崎の粟田さんを殺せるのよ」

「一度も上京していないって……あんたがそう言っているだけだ……。その、アリバイってやつだよな。それがはっきりしたら、おれ、あんたにあやまるよ。手をついてもいい。だけど……」

「おばあちゃんにでも子供にでもたしかめてごらんなさいよ」

「おれ、刑事みたいな口きくのはいやなんだけどさ。身内の人じゃ嘘をつくかもしれない」

「ああ、そうよね、身内の証言は警察ではとりあげられないのよね。わたしもそのくらいは知っているわ」明楽久子は、何かからかうような笑いをうかべた。「それじゃ、店の人たちならどう？　わたし、毎日、朝の九時から夕方六時まで、あの店で働いているのよ。店のひと、誰にでもたしかめてごらんなさい。わたしはあの店に入って日が浅いのよ。だれも、わたしのために偽証するほどの義理も何もないわ。そりゃあ、夜は家に帰っているから、おばあちゃんと子供しか、アリバイを証言してくれるものはいないわ。でも、那智から名古屋に出るだけだって四時間はかかるのよ。川崎まで一晩で往復できるなんて思わないでしょ。飛行機だって夜中の便はないし、車を使ったら……どのくらい時間がかかるかしら。わたしは免許も持っていないくらいだから見当がつかないけれど、一晩で往復できないことはたしかよね。フェリーは片道だけで夜じゅうかかるのよ。

よ」

「わかったよ」

　店にもどると、明楽久子は同僚の店員に、

「わたし、ここで働くようになってから、一度も欠勤したことないわよね」

「ないよ。どうして」

「この人が、わたしとよく似た人を東京でみかけたんだって」久子はごまかした。

「でも、公休日ってあるんだろ」朔次は気がついて言った。「夜行かフェリーで往復すれば、中一日、川崎にいられる」

「わたしの公休日は水曜日よ。日曜じゃないわ」

「あれ、どうして、日曜日って知っているんだ」他の店員をはばかって、粟田吾郎の殺されたのが、という言葉ははぶいた。

　明楽久子は、目を大きくして朔次をみつめた。

「あなたがそう教えてくれたじゃないの。日曜日だったって」

「おれ、そんなこと言ったか」

「言ったわよ」明楽久子は断言した。それから、朔次はふたたび店の外にひっぱり出した。連れ出されながら、朔次は一心に思い出そうとつとめた。警察でも、粟田吾郎の死亡推定時は六月二十六日土曜の夜から二十八日月曜日あたりと、漠然としているのだ。日曜らしいとはっきり見当をつけているのは朔次と古葉功だけで、それは朔次があの女を拾ったのが二十八日午前二時ごろだったからだ。警察でもその後もっと正確な線をわりだしたのかもしれないが、公表はされていない。

　朔次が店で大声を出さず、久子に連れ出されるにまかせたのは、他の店員に聞かれていい話ではないからだ。明楽久子も、自分の失言に気づいたようだ。

「彼女と会ったんだな」低声（こごえ）ながら、朔次はきめつけた。「会って、話をきいたんだな」

「あなた、あのひとを好きなんでしょう」明楽久子は言いかえした。「だったら、そっとしといてちょうだい」

「そうはいかない。放っといてすむ問題じゃない」

「お願い。もう少し待って。今日はこのまま帰ってちょうだい。かならず連絡するわ。わたしには今、何も言えない。いいえ、だめ」久子は朔次の唇の前に指をたてた。「今はだめ。わたし、何も喋らないわよ。警察につき出すっていうの。いいわよ。あなたのあのひとが苦しい思いをするだけよ。さあ、帰ってちょうだい」

「帰れるかよ、こんな中途半端なままで」

「あのひとを殺したいの？」

「そんな……」

「うかつなことをしたら、あのひと、自殺するわよ」

朔次は、心身ともにもろそうなあの女――これまで明楽久子と呼んでいた女――を思い浮かべた。

「いま、どこにいるんだ」

「言えないわ」

「名前は」

「言えないわ」

「どうして」

「黙秘権を使うわ」

一つだけ、明楽久子は言った。

「あのひとの年だけ教えてあげるわ。あなた、あのひとを幾つだと思っているの」

「女の年はわからないよ。二十五か……六か七か、そのへん……」

「三十三よ。そうと知ったら、追いまわそうという熱もさめるんじゃないの」

さめるものか、と、朔次は言った。

3

夜を徹して那智から東京まで車を走らせ、朔次が『小舟』に帰りついたのは、ようやく空が明るみはじめるころだった。東名高速を無茶なスピードでとばしてきた。とばさずにはいられなかった。とばせば、少しは気が晴れるかと思ったが、着いたときはもう、滅入りこんでいた。『小舟』はのれんがしまわれていた。朔次が鍵をあけて裏口から入ると、

「朔ちゃんかい、お帰り」と、とみが寝巻のまま出てきた。

「飲むかい」

「ああ」

朔次はたてつづけにあおった。急速に酔いがまわるのがわかった。とみは、性急に成果を問いただそうとはせず、自分のために薄めの水割りをゆっくりした手つきで作った。

「おれ、ここへ帰ってくるのはおかしいんだよな」

「どうして」

「だってさ、おれはもう、他人なんだからな」

「離婚届かい。まだ、そこにしまってあるよ」

「役所に出そうが出すまいが、おれは判をついたんだからな」

「最初っから、他人といえば他人だよ。いいじゃないか、どうだって」

「新也だって他人なんだからな」

「そうだよ」あやすように、とみは言った。

酔いが、朔次をむしょうに淋しくした。

「新也と今から養子縁組ってのできるのかな」

「そりゃできるだろうよ。だけど、喬代と離婚しようってのに、ややこしい絆(きずな)をつくることはないよ」

「何か、おれ、羽をむしられた鳥みたいでさ、寒くってしょうがねえよ」

「那智で会えなかったのかい」

「明楽久子に？　会ったんだよ。会ったんだよ、明楽久子さんに。それがさ、別人でやがんの」

「別人？」

「驚いたよな。まるで別の女」

「あのひと、朔ちゃんに会いたくなくて、替玉に会わせたのかねえ」

「いや、違うだろ。違うよ。正真正銘の別人だ。おれが惚(ほ)れた女、いったい何だったのかな」

「明日、ゆっくり話はきくよ。二階でおやすみ」

「おれは判ついたんだからな」と、朔次はくどくなっていた。「おれは新也を捨てたんだからな。あの、名前もわからねえのっぺらぼうの女の方を選んだんだからな」

「新也は他人の子だよ。朔ちゃんが責任感じることはこれっぽっちもないんだよ」

「責任なんてもんじゃねえよ。新也が、つらいじゃないかよ。おれだって、何となくこう家族でさ、そういう家族があったっていいじゃないかよ、みんな他人でもさ、何となくこういっしょになってさ」

「わかったよ。わかったから、もう寝るんだよ」支離滅裂(しめつれつ)になった朔次を、とみは二階に行かせようとしたが、朔次はそのまま横になって寝入った。とみは上掛けをかけてやり、吐息をつき、朔次の髪を撫(な)でかけた手をとめ、自分のからだを腕で抱きしめて、蒲団(ふとん)に入った。

　朔次がめざめたときは、日が暮れていた。客が入りはじめたとみえ、店はにぎやかだった。朔次の傍で、新也がテレビを観(み)ていた。ベニヤ板の壁越しに、店の客の酔った声と、それをあしらうとみの声がきこえた。よほどおもしろい番組なのか、朔次が声をかけても新也はとびついて来ようとはせず、あ、と言っただけでまた画面に見いった。

卓袱台(ちゃぶだい)の上にとみが用意しておいてくれた肉と野菜の炒(いた)めものは、さめていた。

「坊主、もう飯はすんだのか」

「すんだ」

「風呂(ふろ)に行くか」

「行かない」テレビに夢中な新也は首をふった。

　食事をすませてから朔次はひとりで銭湯に行き、湯舟に軀(からだ)をのばした。疲れがいっそうひどくなるような気がした。

　翌日は勤務についたが、朔次はうわの空だった。『明楽久子』の言葉を信用して帰ってきてしまったことを後悔していた。そうかといって、かたくなに口をつぐんだ女に暴力をふるって聞きだすことなど、朔次にはとうていできず、ひとまず引き退(さが)ったのだけれど、――おれは弱腰だなあ――つくづく自分にいやけがさしていた。『明楽久子』を説得するだけの熱意と強さが欠けていたのだ。熱意はありあまるほどなのだけれど、相手に認めさせるに至らなかった。

姿を消したあの女――名前も教えてくれなかった――の承諾を得られたら、必ず朔次に連絡すると『明楽久子』は言ったけれど、それはつまり、承諾が得られなければ、何も教えないということなのだ。これきり、探索の手がかりが切れてしまうのだ。

いつまでも連絡がなかったら、もう一度那智にたずねて行かねば。だが、そのときは、『明楽久子』もその母親も、子供も、みなかき消えてしまっているのではないか。熊野の濃い霧がすべてを包みかくして、その奥に彼女たちは溶けこんでしまっているのではないか。そんな不安を持った。

ようやく、古葉に連絡する気になった。

「那智に行ってきました」

「ああ、どうしたかと思っていた。こっちから電話しようかと思っていたところだ。会えたのかい」

「別人だった」

「何だって」

「明楽久子という女はいたんです。だけど、おれの、あの女じゃなかった」

「偽者か」

「那智にいたのが本物の明楽久子で、おれが早合点していたんです。守り袋の名前をみて、それが彼女の名前だと思いこんでしまった」

「しかし、守り袋を持っていたということは、二人は無関係じゃないんだろう」

「ああ、守り袋をもっていた彼女を、本物の明楽久子は知っていると言った。でも、くわしい事情は、彼女の承諾を得てからでなくては話せないといって……。そうだろうな、殺人がからんでいるんだからな」

「おれは、明後日から、休みがとれるんで、ちょっと旅行してくる」

「どこへ行くんですか」

「白石というところだ」

「ああ、知ってます。行ったことはないけれど。仙台の少し手前でしょう?」

明楽久子からようやく電話が入ったのは、朔次が那智から帰って四日め、明けで家にいるときだった。

その日の朝、古葉は白石に発(た)っている。

「明日、そっちへ行きます。あのひとに会わせるわ」

「彼女がいいって言ったのか」朔次は声をはずませた。

「ええ」

「明日?」明日は出勤の日だ。ふりかえて休みをとろう。営業所長はいい顔をしないだろうが。

「彼女といっしょに来るのかい」

「いいえ、あのひとは鎌倉の方に住んでいるの。私は、明日ひかり一一六号で、十六時三十二分に東京駅に着きますから、迎えに来てください。彼女のいるところに案内するわ」

「わかった。十六時三十二分着のひかりだね」

「朝、九時二十六分の紀州二号に乗って、名古屋でひかりに乗りかえるわ」

「ありがとう」

「それじゃ、ホームにいてくださいね」相手が切りかけるのを、いそいで朔次はおさえた。

「待ってくれ。彼女の名前は何ていうんだ」

「留津」

「ルツ……」

「そうよ」

「おれが決して悪意を持っていないことを、彼女につたえてくれてあるんだろうな。おれは警察の手先として彼女を探しているんじゃないってこと」

「とにかく、明日くわしいことは話します」

電話は切れた。長距離電話で、電話代がかさむからいそいだのかもしれないが、ききたいことはまだ山ほどあるのにと、朔次は苛立(いらだ)たしく、電話のフックを叩いた。

ルツ……と、舌の先にその名をころがしてみた。

第七章　碧い渓谷

1

活気のない町だな、と、新幹線を下り、古葉は思った。人通りも少なかった。在来線の白石駅前の広場にはタクシーがずらりと並んでいるが、利用する観光客はほとんどいない。駅舎に並んで交番、道を一つへだてて小さい観光案内所の看板が目についた。古葉は無意識に交番を避け、案内所に足を向けていた。

たずねる家は、あっけないほど簡単にわかった。案内所のカウンターのなかに、ひとり退屈そうにしているまだ少女のような係員にマルサ製麺所というと、すぐにうなずいて道を教えてくれたのである。ついでに市内地図をもらった。市街地のはしからはしまで歩いても十数分で行けそうな小さな町であった。

通りに面したマルサ製麺所の事務所は、駄菓子屋とまちがえそうな造りであった。『合資会社マルサ製麺所』と記した看板はペンキがまだらにはげてブリキの地があらわれ、柱にかけた『地方発送承ります』の木札は雨ざらしで黒ずんでいた。ガラスのケースに箱詰めの製品をならべ、その奥に事務机を置き、女子事務員が三人雑談していた。

東京から来た古葉という者だが、奥さんに会いたいと言うと、事務員のひとりが事務所の左側のガラス戸を開けて出ていった。まもなく、フジが小走りにあらわれた。

「あれ、まあ、よくこだなとこさ!」

フジはうろたえかけ、それから事務員たちの目を意識したのか、「どうぞ奥へ入ってください」と、案内した。左側のガラス戸のむこうはカーポートを兼ねた空地で、住居と作業所がならんでいた。作業小屋の右端の一部は倉庫で、燃料用の木屑の山が土間を占めていた。ガラス窓越しにベルトのまわる機械が見えた。幅広い帯のようになった捏粉(こねご)がローラーのあいだをぬけるとき細く切断され、竹棒にすくいとられて移動してゆくさまを、ちょっとのあいだ、もの珍しく古葉はながめた。

「さあ、あがってください」

フジは、住まいの広い土間につづく茶の間に古葉を招じ入れた。

「御主人は、いつごろ帰国されるんですか」

フジは壁に貼(は)ってある銀行の広告カレンダーに目をあげた。

「二週間、あちこちまわると言ってたですから、まァだ……」フジはにっこりした。

「お淋(さび)しくはありませんか」

「いいえ、命の洗濯してますすけ」フジはいっそう笑みこぼれた。最初の驚愕(きょうがく)がしずまると、自分の家にいるせいか、初対面のときより、ずっとくつろいだ様子をみせた。

扇風機の首を古葉の方にむけたり、冷えた西瓜(すいか)を切ってきたり、こまめにもてなそうとした。

「かまわないでください。押しかけ客なんだから」

「いえ、よくまあこだな遠いとこさねえ。よく、わたしとこがわかったですね」

「ぼくは超能力者なんです」

「超能力者?」フジは一瞬、きまじめに驚き、それから、はしゃいだような笑い声をたてた。夫の不在が、フジをのびやかにさせていた。

「ミツイ」と、フジは長男の嫁を呼び、温麺(うーめん)をゆでてお客に出すようにいいつけた。

「新幹線で弁当を食べましたから」朝の十時十五分に大宮を発(た)つあおば二〇三号で、白石蔵王(しろいしざおう)に着いたのは十二時十三分である。駅弁を車内販売で買って、朝昼兼用の食事をすませている。

「ところで」と、古葉があらたまると、フジはくつろいでいた表情を固くした。

「このあいだは、途中からあまり話していただけなくなってしまったんですが……。それで、ぼくは思ったんですが、ひょっとしたら奥さんは、戦時中に兵役を拒否したり実刑を受けたりしたことを、恥ずかしい、忌まわしいことと思われたんじゃないでしょうか。いや、ぼくがそんなふうに感じたと思って、話を打ち切られたんじゃないでしょうか。そうだとしたら誤解です。ぼくは、尊敬こそすれ……」

「いえ、そたらことではないのです」

丼に山盛りにした温麺とつけ汁を、嫁が運んできた。

「まず、食べてください」フジは熱心にすすめた。

「何もねえすけど、白石はこれが本場ですけ」

箸をつけると、さっぱりした口当たりにひかれて、思いのほか食がすすんだ。彼が箸をおこうとすると、もっと食べてけさいとフジは熱心にすすめるのだった。

「もう入りませんよ」古葉は笑顔でことわり、「ぼくは、兵役拒否をされた方たちについて、お話をききたくて来たんです。栗田さんや岩佐正行さん、それから館沢高繁さん」と言いかけると、フジはひどく驚き、

「何して高繁さんの名前まで知ってなさるんです」

「あれから、本をしらべたんです。栗田さんはああいう不幸なことになったし、正行さんは戦傷を受けた。館沢高繁さんという人は、奥さん、知っておれますか。奥さんの甥の塚本光という人が、ヤカタザワとなのっているかもしれないと言われましたね。塚本さんというのは、その館沢高繁さんと関係のある人ですか」

「ああ、やはり……光のことさ調べにみえたんですか。栗田さんのことで……」

「え？」

「警察も光のことさうたがっているんでしょうかね」

古葉は、フジが何を心配しているのか直感した。

「奥さんは、その光という人が栗田さんを殺害したと思っておられるんですか」

「いえ、いえ、めっそうな」フジはうろたえて手をふったが、そのあわてぶりが、本心を吐露していた。

「栗田さんの加害者は、だいたい察しがついているんです。ああ、こんなことは誰にもいわないでくだ

さいよ。証拠があるわけではないんだから。ただ、塚本光という人ではないことだけは、たしかです」

絶対確実とはいいきれないのだが、フジをくつろがせ話をひき出すために、古葉はそう言い、いささかうしろめたさをおぼえた。

「そうですか。光ではないのですか」

「光さんは、粟田さんの事件には無関係だと思いますよ」

「まあ、そうですか。ほたら、もう、何でも話しますわ。わたし心配でなんねくて。粟田さんのつとめ先までたずねていったのも、粟田さんのお骨にお線香をあげたいという気持も、もちろん本当にありましたけんど、光のことが案じられてなんねかったんですわ」

フジは、決心したというふうに顔をあげ、

「ミツイ、小原行きのバスの時間さ、みてすけろ」と台所の方に声をかけた。「時刻表、そっちに貼ってあっぺ。今からだら、何時のさ乗れっかね」

「十四時四十分のだら、まにあうんでねえの」嫁は台所から顔を出した。「おっ母さん、小原さ行くの？めずらしわねえ。わァだ。お客さんとデート？　お父っつぁんいねと思ってからに。わたし口止め料もらわねばなんねわねえ」

「ばかたれ。こたら婆っぱが、デートだと」

「わァ、赤くなってる」

「ばか」

「このごろは、爺んつぁんも婆んちゃんもすみにおけねからねえ」

「このお客さんが、昔のことさ知りてえだと。ほだすけ、わたしが案内してくるの。帰りはおそくも最終バスにはまにあうから」

「いやァ。泊まってきたらええんでねえの」

「ばかァ。お父っつぁんにごっしゃがれっぺァ」

「黙ってるすけ」

「何だって、わがらねんだから」フジは手早く身仕度をととのえた。そそくさと髪をなでつけ、手提げに財布をいれると、「まいりましょう」と古葉をうながした。

駅前のバス停留所への道を歩きながら、

「うちでは嫁が聞き耳をたてていますすけ」

「小原といいますと?」

「バスで二十分ぐらいの、温泉場です。わたし、昔、その宿で女中をしていましてね。岩佐先生も、粟田さんも、戦後一時、身を寄せておられたんです。古葉さん、足は強いですか」

「山歩きですか」

「山歩きというほどのことでもないですけど、途中、小久保というところで下りて、谷川沿いの遊歩道を歩きながらだら、だれも聞く人がいねし、ええんでねえかと思って。三十分ほど歩くようになりますけんど」

「けっこうですよ。歩くのは嫌いじゃありません」

バスのなかでは、フジはあたりさわりのないことしか喋らなかった。顔見知りが多く、

「あれ、マルサのおかみさん、どこさ行くの」と何人もの客から声をかけられた。小さい町だ、行動はすぐ知れわたる。東京から来たなじみのない客と温泉宿に行くなどということは、このかなり昔風な女性の評判を悪くするのではないかと古葉は気になり、車内ではあまり話しかけないようにした。しかし、フジの方では案内顔で、車窓の外をさしては、この道を左に曲がると片倉家の廟があるのだが、バスでは寄れないので残念だ、とか、この先のトンネルを工事中に崖くずれがあり、工事人夫が七人生き埋めになったのだとか、説明した。

バスの行く道の右は深い谷で、底を渓流が岩を嚙み奔り、切り立った両側の崖の緑をうつしていた。虫害で枯れた針葉樹の赤茶けた葉も醜くはなく、緑の色調にアクセントを添えていた。

「紅葉のころがええんですよ」うしろの席の中年の女が、古葉に教えた。フジと顔見知りの女であった。更に、その隣席の女が、このあたりは碧玉渓といって、小原渓谷でも一番景色の美しいところなのだと言った。地元の人々は、遠来の客に何かと教えたがっていた。フジとの仲を変にうたがわれるような心配はなさそうだった。

前の男がふりむいて、「徳富蘇峰先生が」と、これも古葉に教える口ぶりであった。「ここにみえたとき、この美景に感嘆し漢詩をよまれ、碧玉渓と命名されたんですと」男の口調は、教師じみていた。「碧という字は、白、石、王の三字からできていましょうが。そこに、詩碑がみえましょう。おーい、運転手さん、ちっとゆっくり走ってけろや。東京の人に詩碑を見せるだから」

バスは速度を落とし、漢詩を刻んだ石碑の前で、ちょっと停まり、また走り出した。

「夏木陰々翠葉斉」と、男はそらんじている蘇峰の詩を朗詠した。「乱山挟水路高低　懸崖相対一千尺　白石城西碧水渓」

温泉の入口より一停留所手前で、フジは古葉をうながし、下車した。足もとに気をつけるようにと注意して、細い急な路を渓谷の底にむかって下りはじめた。

道は一応ついているものの、幅はせまく、ところどころくずれていたりした。揺れる吊橋を対岸に渡ると、川沿いに細い遊歩道はつづいた。

翡翠のような碧色の水の底に、岩塊が透けてみえた。遊歩道は、岩と岩のあいだをコンクリートでつないであった。コンクリートがくずれ、道幅が五十センチもない箇所もあったが、フジは危げなく歩いた。

「わたしは、さっきバスを下りた小久保という村で生まれ育ったんです」

フジは、歩きながら、少しずつ話した。

2

高等小学校を卒業すると、フジは近くの小原温泉の宿の女中になった。

小原は、峡谷の底に数軒の宿が点在する湯治場であった。現在は旅館も近代的に改築され、道路も舗装されて大型バスが通るが、そのころは、けわしい山肌にきざまれた、一方は数百メートルの断崖がきり立つ細い道を、十人内外の客をのせたマッチ箱と俗称される小さいバスが喘息病みのような音をたててのぼってくるのだった。自炊の湯治客は、馬の背に米や蒲団を積み、一夏、一冬をすごしに来た。その自炊客たちを相手に、近くの農家の人々は、宿の軒下に青菜や根菜を笊にいれて並べ露店をひろげた。

やがて、二つ年下の妹のキヌも、フジと同じ宿で働くようになった。

その宿は、館沢という大地主が所有していた。館沢家は、十ヘクタールの山林を持ち、さらに刈田郡一帯の珪藻土の採掘権を所有していた。

珪藻土は、単細胞の微細な藻、珪藻の遺体が湖沼や温泉、ため池などの底に沈積してできた堆積岩で、ダイナマイト製造のさいのニトログリセリン吸収剤、脱脂剤、吸着剤、濾過剤と用途は幅広い。

当主の代に『館沢珪藻土』という採掘と卸販売の会社を設立し、白石町に本社と営業所を置いた。本社とか営業所とかいっても、館沢の本宅の一部をあてたもので、当主夫妻とその長男が経営にあたっていた。

館沢の当主には息子が二人、娘が一人いた。

長男は旧制中学を出ただけで父の事業に加わったが、次男の高繁は哲学書に興味を持ったり詩作を試みたりする、当時の文学青年肌の若者で、東京の大学への遊学を熱心に希望した。珪藻土会社は国策会社ということで軍部からも優遇され、館沢家は景気がよかったから、当主は、軟弱（と当主には思えた）な次男の希望をかなえた。

栗田吾郎は、この館沢の遠い縁戚にあたる。血はつながっていない。学業成績がよく、中学の教師も進学をすすめたが、貧農である親には、学資を出す力がなかった。

館沢の当主が援助をひきうけ、息子の高繁といっしょに東京に行かせた。誠実で醇朴な栗田吾郎の人柄を信頼し、息子の目付役を兼ねさせる意図があった。

「昔はこたら道はついていなかったですけれど」

フジは立ち止まって、首すじの汗を拭った。

渓流をわたる風は快かった。激しい勢いで瀧が落下するところに、朱塗りの手摺りをつけた太鼓橋がかかっていた。瀧は岩壁に沿って流れ落ちるには勢いがよすぎて、崖の上から抛物線を描いてとびはねていた。

古葉は、青葉のかげを頰にうつして傾斜の急な太鼓橋をわたるフジに、ふとなまめいたものを感じた。

瀧を過ぎて少し行くと砂地がひろがり、その一箇所から湯が湧き出して、湯気をたちのぼらせながら冷たい川に流れこんでいた。

どちらからともなく、足をとめた。断崖をおおう樹々の梢が陽をさえぎり、足もとはやわらかい砂地で、たたずんで話をかわすにはかっこうな場所であった。

フジはしゃがみこんで川の流れに指をひたした。古葉もまねた。指先から冷気がつたわり、全身をこころよく冷やした。対岸の崖の鮮やかな緑が、目をやすませた。

「塚本光は、高繁さんとわたしの妹のあいだの子供ですけ」フジはうつむいて言った。

館沢高繁は、敗戦後、なかば廃人となって帰郷した。苛酷な拷問で頭部に傷を受け、脳に障害を生じたのである。時折、激烈な頭痛発作に襲われ、また突然凶暴になって、手のつけられぬほど荒れ狂った。時には、押入れのすみにもぐりこんで人を寄せつけず、そういうときは拷問者に襲われる妄想にとらえられているのか、みじめな悲鳴をあげた。

「戦争が激しくなると」と、フジは話を少し前の時期にもどした。

人々は湯治どころではなくなった。しかし、小原の宿には子供がみちあふれた。

昭和十九年七月、大都市の大空襲が必至とあって、政府は学童疎開を決定した。八月から、農村や地方小都市に、国民学校（小学校）三年から六年までの子供たちが教師に引率され、集団で移住してきた。宿舎には、寺や集会場、旅館があてられた。

宮城県には一万二千人の東京方面の学童受け入れが割当てられ、白石地区、刈田地区はそのうち浅草地区の学童三千五百人を引き受けた。小原の温泉宿数軒が収容した学童は六百人ほどいた。

　フジとキヌは、作業員という名目で、学童の世話の手助けをした。引率の教師だけでは食事の仕度や寝具の始末までの手がまわりかねた。二十五歳以下の未婚の女子はすべて、挺身隊員として工場などに動員されるきまりなのだが、疎開学童の作業員であれば、動員令をまぬがれることができるという利点もあった。

　子供たちは東京を恋しがって泣いた。小原には病院がないので、病気や怪我をした子供たちは、白石まで連れて行かねばならなかった。フジもキヌも、ときどき、急性盲腸の子供を背負ったり、怪我をした子供の手をひいたりして、白石まで八キロの道を歩いた。

　白石の町に着くと、子供たちは停車場に行きたがった。のびた線路の先に東京があり、運がよければその上を走る汽車が見られるのだった。

　二十年三月、六年生は中学入試のため、東京に帰っていった。帰京したその日、三月九日の下町大空襲に会い、六年生はほとんど全員焼死、爆死した。そのなかには、フジやキヌが白石の病院への送り迎えをした子供たちも大勢いた。何のために、雪のなかを歩かせて病院まで連れていき、怪我や病気の手あてをしたのかと、フジたちはそのときは床をたたいて泣いた。

　敗戦。疎開学童はひきあげていった。空虚になった宿に、入れかわるように、粟田吾郎が釈放された岩佐徳衛と伊作を連れて帰ってきた。

　戦争のあいだ、岩佐と彼のひきいる光の幕屋は、館沢家にとって、禍々しい、憎悪の的であった。一家から兵役拒否者が出たということは、館沢一族にとっては天災にひとしかった。国賊一家と、かげでののしられながら、おおっぴらに村八分のめにあわずにすんだのは、大地主の権勢と、代々、町の発展に資金の面でもおおいに貢献した実績によるものであった。町の財政は裕福ではなく、学校の増改築や新築、新規の事業、すべて素封家の協力、寄付が必要であった。

それでも、人目を避け、ひたすら逼塞して過さねばならなかったのである。ところが、敗戦のおかげで、事情が一変した。戦争中公職について羽振りのよかったものたちは、パージにひっかかり、公の活動はできなくなった。館沢の当主や長男は、その空いたポストを楽々と手にいれることができた。町会議員に選出され、やがては県会議員にうって出ることも不可能ではなくなりそうな勢いだった。

また、戦争に反対し兵役を拒んだ行動は、急激に〝民主主義〟が謳われるようになった世間に、高く評価された。もっとも、地方の保守的な人々にとって、いったん貼られた国賊のレッテルは、それがはがされた後にも、何か不気味な影を残したのではあったけれど。

〝民主主義〟の英雄と目されるようになった岩佐徳衛たちを、館沢家では、表面たいせつにとりあつかった。小原の旅館は、まだ営業を再開していなかったので、空いている部屋を自由に使ってくれと提供し、フジとキヌは身のまわりの世話をした。

「冬は冷えますでねえ、朝、わたしは一番に起きて、火をおこした炭さ十能にいれて、先生たちの部屋さはこんで、囲炉裏さくべますの。それから、里芋の皮さ剝いて、こだな大きな鍋に味噌汁をいっぱい作って、吾郎さんがこの味噌汁好きでねえ」

のどがかわいたなと、古葉は思った。フジの話が、味噌汁のかおりをたちのぼらせた。彼は手のひらをくぼめて川の水をすくい、口にふくんだ。それから、話はまだ長びきそうだと思い、ハンカチを砂地の上に敷き、しゃがみこんでいるフジを坐らせ、自分もそのわきにあぐらをかいた。

やがて、高繁が帰されてきた、と、フジはつづけた。キヌが、高繁の世話をまかされた。はじめ、同じ建物の空き部屋にいたのだが、発作時の狼藉がはなはだしく、そのころから、米持参の客を相手に旅館の営業もそろそろ再開しはじめていたので、少し離れたところに小屋を用意し、高繁はそこに監禁同様になった。キヌは、そこにいっしょに住まわされた。

フジは妹の身を案じた。高繁の性欲の処理の対象にも、キヌは、されていると思われた。しかし、代償として、インフレが昂進中の時代に、生活が困らないだけの手当てをキヌたちの実家は館沢家から受けた。代々、館沢の小作であったから、キヌたちの父や兄はさからわなかった。

岩佐徳衛は、何か人を惹きつける力があったようだ、とフジは言った。

「わたしは、たいした人には思えなかったすけどね、館沢のお嬢さんが――美弥子さんといいましたけど――岩佐先生に惚れこみなさってね」

「美弥子さんというのは、この前みせてもらった写真の人ですね。高繁さんの妹にあたるわけですね」

「そうです。岩佐先生も若え娘が好きだったでねえ。美弥子さん、先生の子を生して」

「何ですって！　ひどい話じゃないですか。岩佐徳衛という男、まるで色魔だな」

「いえ……そんなふうでもねかったですけれど」

「だって、最初がアメリカで結婚したんでしょ。そうして正行さんが生まれ、そのひととは離婚したんでしたよね。それから日本に帰ってから、また若い娘さんと結婚して、伊作さんができた。その伊作さんのお母さんにあたる人は獄死したんですよね」

「そうです。戦争中に。憲兵にひっぱられたりして、一番苦労しなさったでしょうね」

「それで、敗戦後小原に来て、また若い娘をひっかけたのか。許せないなあ」

「ひっかけた、って、そんなふうではないんです。先生は、やさしくて剽軽で、少しもいばってなくて、それでもお話しなさることは、たいそういいお話ばかりだったからして、みな、好いてましたんです」

「それにしても、親娘ほども年はちがっていたわけでしょう」

「あのころ、男が少なかっただからねえ」

「粟田吾郎という青年がいたじゃないですか。その美弥子さんというひと、粟田さんと結ばれる方が自然でしょう」

「吾郎さんとは、身分が違うでねえ」

「戦後の、〝民主主義〟の世の中ですよ」

「それでもねえ。こっち、田舎だすけ。吾郎さんの方では、美弥子さんさ好きでなんねかったけれど、美弥子さんは、先生のほかの男は目に入らねてふうだったわねえ」

「それで、岩佐と美弥子さんは結婚したんですか」

「はい」

　結婚するとすぐ、岩佐徳衛は東京にひきあげると言いだした。昭和二十二年だった。東京で布教活動を開始するというのである。美弥子が流産したので、静養のため少し時間がのびたが、その年の秋、岩佐徳衛と、その娘のように年若い妻美弥子、亡妻の子伊作の三人は、東京に帰っていった。粟田吾郎は一足先に上京して、住まいなどの準備をととのえるべく奔走していたのであった。

　フジの話をききながら、古葉は、岩佐徳衛という男にすぐれた宗教家のイメージを重ねかねた。どうしても、女たらしの好々爺といった、妙な人物像しか浮かんでこないのである。おそらく、フジの主観ではとらえきれない、別の面が岩佐にはあったのだろう。粟田吾郎が傾倒しきった人物である。その全体像がわからないことに、古葉はいささか歯がゆい思いがした。

　キヌは、高繁の子を生んだ。産婆のかわりをつとめたのは、フジであった。ちょうど高繁が意識が清明な状態にあるときだった。男の子だとフジが告げると、光だ、光だ、光と名づけろと高繁は叫ぶように言った。

　高繁は、廃嫡されていた。相続権をいっさい剥奪されたのである。館沢家は長男がすでに妻をむかえ、男子も出生し、高繁は不用な存在であった。光はキヌの私生児として届けられた。館沢家からは光に対しては何の援助もなかった。館沢では血のつながりを認めなかったのである。キヌはふしだらだと責められただけであった。

　東京に行った美弥子が岩佐徳衛の子を生んだという知らせがきたのは、その翌々年であった。女子で、留津と名づけられた。

館沢の当主が生きているあいだは、東京と多少の交流はあった。食糧難の時代だったから、闇米をとどけたりしていた。しかし、当主が没し長男の代になると、接触はとぎれた。

フジは白石に嫁いだが、小原のはずれの小屋に打ち捨てられたような高繁とキヌ、光の三人が気がかりでならなかった。光は、高繁が凶暴な発作を起しキヌを打ちたたいたり、髪をつかんでひきずりまわしたり、激しい頭痛にのたうちまわって苦しんだりするのを目にして育った。

光が学齢に達したとき、フジは光を白石にひきとろうと申し出た。しかし、高繁が光を手離さなかった。フジが、さぞ辛いだろうとキヌに言うと、それでも倖せなときもあるのだと、キヌは何かぼうっと妖しい目の色になって微笑した。

たとえ狂っていようと、それは悪い病気によるものではない、高繁さんの血はきれいなのだ、そうして狂っていようと高繁さんは館沢さまの血すじなのだ、と、キヌは、姉さんの亭主とは身分がちがうと誇らかに言いたげであった。そればかりではない、キヌと高繁のあいだには、はりつめた感情による結びつきがあり、それは愛と情欲の混交としか呼びようのないものなのだと、フジにも察しられた。

光が十歳のとき、高繁は縊死した。フジは妹に、光を連れて白石に来いと、強くすすめた。しかし、キヌは、高繁の体臭と苦悶のしみついた小屋から離れようとしなかった。キヌは蓬髪に破れ衣、紐のようになった長襦袢の裾が着物の下からのぞくだらしないかっこうですごしているかと思うと、急に厚化粧をして、そのころはもう湯治場として人の出入りが多くなった小原の宿に姿をみせたりした。男客を誘っているという噂もフジの耳にとどいた。

光が中学に入るのを機に、フジは半ば強制的に光をひきとった。キヌをもいっしょに呼び寄せたかったのだが、色情狂のようなふるまいに出ることのあるキヌを婚家におくことは、夫の手前できなかった。キヌは、ひとり小屋に住み、男たちになぶられて日を送り、光はときどきフジのもとをとび出して母のところへ帰り、また、フジの家に戻ってきた。そういうとき、光はフジに何も言わなかったが、なみの大人が一生のあいだに味わうほどの苦しみと絶望を、味わいつくしてしまっているのではないかと、フジは感じた。母をひとり置き去りにする自分自身を光は責め、そうかといって、小屋に戻ってみれば、とても共に棲める状態ではなかったのだ。

　光が中学を卒業した年、キヌは死んだ。酔って白石川に落ち、溺死したのであった。光は三年間、フジの家から高校にかよった。かなり荒んだ時間を持っているらしいのだが、フジにはそれをみせなかった。卒業免状を取得すると、フジの金を盗って家出した。それきり、消息は知らない。

「それで、どうして、光さんが粟田さんを殺したのではと思ったのですか」古葉はたずねた。

「光の幕屋を、憎んでいましたすけ。ほかに恨みや憎しみのぶつけどころがねえすもの。……」

「憎むなら、まず、冷酷なしうちをした館沢家じゃないですか」

「光は館沢さんにはあまり関心がねえようでしたわ」

「岩佐徳衛という人は、今どうしているんですか。光の幕屋は？」

「岩佐先生は死んだんでねえすか。生きとられたら、九十を越えていますから。光の幕屋もどうなりましたかねえ。何もわからねえのすわ」

　フジは立ち上がり、ふいに思いつめたような顔で歩き出した。古葉が敷いてやったハンカチをたたんで返すことも気づかないふうであった。

　道はまた、細い岩場の道になった。

　フジは足をとめると、ふりかえって古葉の腕をつかんだ。

「見てけさい」対岸の上の方を指さした。崖の傾斜がゆるく、一部は平らになっていた。

「あそこに、小屋があったんですわ。高繁さんの小屋です」

　そこは、ただの窪地であった。しかし、古葉は、一瞬、幻の小屋を見た。顔も知らぬキヌと、写真でわずかに俤を知る高繁が抱きあっているのを、ありありと見た。幻はすぐに消え、脳裏に思い描いただけなのだと、古葉は自分に言いきかせた。

その後は、フジは黙って歩きつづけ、古葉がのどのかわきが耐えがたくなったころ、鉄の部分を赤く塗った吊橋のたもとに着いた。橋のむこうに、洋風建築の旅館が数軒、距離をおいて建っていた。

揺れる橋を渡った。一歩踏み出すごとに揺れは強まり、立ち止まっても鎮まらないのだった。

第八章　荒寥の館

1

ひかり一一六号が、ゆったりとホームに入ってきた。停止すると、乗客たちは一刻を争うような気ぜわしさで降り立ち、ふくれあがった団塊となって階段の方に流れてゆく。

朔次はベンチの上に立ち上がり、見渡した。他人の目にどううつるかなど、気にかけてはいられない。

やがて、人の群れが階段に吸いこまれ、ホームがしずかになると、うしろの方から歩いてくる明楽久子が目に入った。朔次はベンチからとび下りて走り出そうとし、何もあわてることはないのだと思いなおした。あまりそわそわしたら、久子に軽くみられる。こっちが上手に出なくては。

「やあ」彼は、せいぜい落ちついた態度をつくって声をかけた。

　久子は軽装だった。白地に小花模様のブラウスにスカートの、おとなしい、いくらか野暮ったいみなりで、大型のショルダー・バッグ一つを肩からさげていた。

「西鎌倉なのよ。大船でモノレールに乗りかえね」

「車で来ている」

「西鎌倉への道はわかる？」

「行ったことはないけれど、ロード・マップを見ればわかる。西鎌倉の、どのへんだい」

「津西一丁目。近くまで行ったら、道を指示するわ」

「何という家？」

「岩佐。あのひとの名は、岩佐留津」

　国道一号に入ると、

「留津さんは、気の毒な人なの」

　そんなふうに、久子は語りはじめた。

「わたしが留津さんを知ったのは、今年の五月、そう、五月十二日、わたしが夜勤の夜だったわ。自殺未遂で、わたしが勤務していた湘南愛泉病院にはこびこまれてきたの。いいえ、救急車じゃなかった。人目をはばかるように自家用車でこっそり連れこまれたの。睡眠剤の誤飲だと、はじめわたしはきかされたけれど、後になって、自殺未遂、それも三度めだと知ったわ。差額ベッド料が三万円もする、次の間つきの特別室に入れられて、会長先生の妹さんだから十分気をつけて一晩じゅう付きそっているようにと、わたしは命じられたの」

「会長先生？」

「あなた、いろいろ調べたそうだから、病院が愛光会という宗教団体の経営しているものだということ知っているでしょう」

「ああ」

「一晩じゅう、わたしは昏睡している留津さんにつきそっていたわ」

「家族はだれも、そばについていてやらなかったのかい」

「家族といっても、会長先生ひとりなのよ。お父さんもお母さんもなくなられていて。その、お母さんがなくなったことが、留津さんの自殺願望に関係があるのだけれど……」

　順を追って話すわね、と、久子は言った。このときまでに、話す内容を十分に頭の中で順序だててあるらしく、わりあいよどみなく喋った。

「その、付き添っていたときなの、わたしが守り袋を留津さんに貸してあげたのは」

　あなたは、迷信と笑うかもしれないけれど……と、久子はつづけた。

　幼いとき、久子は大病をわずらった。高熱がつづいた。母親が地元の熊野那智大社を信心していて、お守りを久子の額にのせてやった。

「ちょうど、熱がさがる時期になっていたんでしょうけどね、そして、気のせいなんでしょうけれど」と、久子は弁解がましく前置きし、「頭がすーっと冷えるようで、とても気持がよかったのを忘れられないわ。そうして、そのときから恢復にむかったの。もちろん、おかしいわよね。でも、子供のときのそういう体験て、理屈ではどうにもできない力があるのよ。わたしだって、理性では、おかしい、おかしいと思うわよ。でも、いざというときは、ついお守りに頼ってしまうの。おなかが痛いとか頭が痛いとかいうとき、お守りをあててしまうの。必ず効くと思うだけでも、三〇パーセントぐらいは本当に効きめがあるんですってね。わたしの名前を書いた紙を袋の中にいれたのは母なのよ。その方が効きめが強いような気がしたのね。お札とわたしの名前を密着させておいた方が。いつも身につけるようにしていたんだけれど、学校の身体検査で服をぬいだときだったわ、なくしかけたことがあったの。それで、袋の外にも名前を書いたの。特別なお守りで、ほかのお守りでは代用にならないんですもの」

「それを、留津さんに貸したんだね」

「会長先生の妹だから大事にするようにと言われたこともあったけれど、深夜、だれも身内の人がそばにいなくて、ひとりきりで昏睡している女のひとが気の毒でならなかったのね。それで、少しでも楽になるようにと、枕の下にいれてあげたの。留津さんは、吐いたものが気管から肺に入って肺炎をおこして、一時危篤状態に陥ったけれど、どうにか助かったの。わたしは、そのころ、ごたごたがあって、お守りを返してもらいそびれているうちに、病院をやめることになって……」

「相馬という人のことだね」

「ええ。あの夜は、私、疲れていたの。それで……。私のせいだけではないと思うのだけれど……。馘首になったわ」

「留津さんの、自殺未遂の事情というのを話してくれよ」

「あのひとは、お母さんを殺したと思いつめていたの」

「殺した?」

「お母さんて、きれいな人だったらしいのよ」

「……本当じゃないんだろ。彼女の思いちがいなんだろ。あるいは過失とか。だって、まさか……」

「留津さんが十四のとき、公園の池で、お母さんと男の人と三人でボートに乗っていたの。留津さんが立ちあがったものだから、ボートがひっくりかえって、三人とも水に落ちて、留津さんはいっしょに乗っていた男の人に助けられたけれど、お母さんは救助がまにあわなくて溺死したの。留津さんはそれで罪悪感から逃がれられなくなってしまったんだわ」

「それは、つらいな。でも……過失だったんだから……」

「いいえ、留津さんはね……、そのとき、賭けたんだって言ったわ。どうしてそんな怖ろしいことを思いついてしまったのかと、話しながら泣いていたけれど、留津さんは、その男の人に恋していたの、強く。でも、男の人からみれば、十四の留津さんは子供よね。お母さんの方を愛していたの、男の人は。お母さんはそのとき、もう未亡人だったのだけれど、男の人はたいそう自制心が強くて、人目にたつようなふるまいはしなかったんですって。それでも、留津さんには、男の人のほんのちょっとした表情の動き、しぐさの一つ一つから、どんなにお母さんにやさしい感情を持っているか、はっきりみてとれたのね。

男の人は、留津さんにもそれはやさしかったの。留津さんは、知りたかったのよ。自分とお母さんと、彼にとって、どっちがより大切なのか。ボートに乗っていたとき、ふいに考えが閃いたの。このボートがひっくり返ったら、彼は、どちらを先に助けようとするだろうか。……そう思った瞬間、立ち上がっていた。理性が働くより先に、躯が行動していた。そう留津さんは言ったわ。どちらかが死ぬことになる、そう思ったのはボートがひっくりかえる瞬間で、そのとき頭をボートのへりか何かに強く打ちつけ、気がついたら水の中にいたんですって。息苦しさにもがきながら、ああ、とりかえしのつかないことをした……と、そのおそろしさといったら、なかったそうよ」

「そうして、留津さんは助けられた」

「ええ」

「お母さんは死んだ」

「そうなの。そのときから、留津さんは精神状態が不安定になったの。もともと、いわゆる情緒不安定な……脆い、ノイローゼになりやすいようなたちだったんでしょうね。思いつめると抑制がきかなくなったり、いくら男のひとのことを恋い慕っているからといって、そんな行動に出るのは、少しおかしいわ。自分を統御する箍が、ふっとはずれてしまうのね。ときどき、短い時間、意識がなくなるという発作が起きるようになったのは、その事件以後なの。はたから見るとふつうに行動しているけれど、本人はそのあいだの記憶がない。たぶん外傷性癲癇ではないかしら」

「外傷性……何だって？」

「脳に傷がつくと、そういう病気が出ることがあるのよ。薬でおさえられるんだけど」

「薬はいつも服んでいたのかい」

「さあ、知らないわ。外傷性癲癇というのも、発作があるときいて、ボートから落ちたとき頭を打ったのがもとで、その持病をもつようになったのではないかと、わたしが思っただけで、たしかめたわけではないから」

「留津さんが恋した男って、どういう人なんだ」

久子は、口ごもった。それから、

「粟田さんよ」と言った。

「粟田吾郎？」

「ええ」

「親娘ほども年が違うじゃないか」

「父親に対するような気持といっしょだったんでしょうね、たぶん」

「あんたの話、どこまで信用していいのかな」

「信じたいだけ信じたらいいわ」そっけなく久子は言った。「信じようと信じまいと、あなたのかってだわ」

「自殺未遂を三度やっていると言ったね」

「ええ」

「原因は何だい」

「だから、お母さんのことで、しじゅう罪業意識に苦しめられていたと言ったでしょう。どんなちょっとしたことだって、自殺へのきっかけになり得るのよ。いえ、わたしの考えだけれど、きっかけは、男のひとのことね。粟田さんではなく、その後、他の男性を好きになったり、あるいはむこうからプロポーズされたりしているの。そういうことがあるたびに、留津さんは、男の人によって倖せになりたいという願望と、倖せになってはいけないという贖罪意識にひき裂かれ、その苦しさから逃げるために自殺を図る、そんなふうだったようよ。留津さんが、そこまで自分を分析して語ってくれたわけではないけれど、わたしにはわかるわ。本当に死にたいというより、男の人への救助信号ではなかったのかしら。苦しい、苦しい、助けてくださいと悲鳴をあげるかわりに、睡眠剤をのんでしまうのよ。そうして、ぼろぼろになった軀と心を男の人にゆだね、助けてください、さもなければ、このまま安楽に死なせてくださいと、その意識のない軀が訴えているのよ。でも、男の人は、逃げてしまうわ。そんなこわれやすい、危っかしい軀や魂をひきうけるのは、ふつうの男の人には、わずらわしすぎるわ。恋人にするのは、明るくて健康で、たのしい女性がのぞましいもの。

わざわざ半病人とわかっているものをひきうける物好きな男はいないわ。あなただって、どう、いやけがさしてきたんじゃないの。彼女はあなたの生涯のお荷物になるわよ、もしいっしょに暮らしたら」

「彼女からきいたのか、粟田さんの殺人事件のこと」

久子は曖昧に首をふり、それからきっぱり、「いいえ」と言った。

「後になって知ったのよ」久子はちょっと黙り、くちびるを舐めて湿した。

「火祭りの日、わたしは子供を連れて見物に来ていて、留津さんに出会ったの。あなたとはぐれたのね、留津さんはひとりだったわ」

久しぶりですね！　久子は驚いて叫んだ。火祭りを見に来たんですか？　誰といっしょ？

留津は子供のようにかぶりを振り、いきなり久子にしがみついてきた。久子は、何か事情がありそうだと、とにかく留津を家に連れ帰った。冷たいジュースなど用意していると、留津は久子にしがみつき、堰が切れたように激しく泣きだした。泣ききってしまうと、留津はまた黙りこんだ。

ひとりなんですか。どうしたんです。家出でもしたんですか。

何も答えようとしないので、久子はもてあまし、留津の兄である愛光会会長、岩佐伊作に電話で連絡した。伊作もたいそう驚き、実は半月ほど前から留津は行方不明になり、警察にも捜索願いを出していたのだ、すぐ引き取りに行くと言った。

久子が兄に連絡したことを知った留津は逆上し、久子のすきをみて、縊死をはかろうとした。久子はあわてて止め、伊作が迎えに来るまで、見張りをするのに神経をすりへらした。

翌日、急遽、伊作がひとりで那智に来た。そうして留津を連れ帰ったのだが、その際、留津のことはめったに口外しないようにと口止めした。

「だから、あなたに最初たずねられたとき、わたしはすぐには返事できなかったの。会長先生にまず連絡して、指示を受けなくてはならなかったのよ。あなたの話をきいて、なぜ、留津さんがあんな状態になっていたのか、なぜ、会長先生がわたしに口止めしたのか、ようやくわかったわ。あなたは、わたしが粟田さんを殺したろうと言ったけれど、留津さんだったのよね、粟田さんを殺したのは」

「……たぶん、な」

「その推測は、あたっていたのよ」

はっとしたはずみに、ハンドルをとられ、朔次はあわててハンドルを握りなおした。

「わたし、あなたが来たことを会長先生に電話で報告したの。留津さんがあなたに助けられた事情や、粟田さんをわたしが殺し、そのあとに留津さんが行ってショックを受けたのだろうとあなたが責めたこと、わたしにはアリバイがあること、みんな話したの。そうして、どうもあなたは留津さんが粟田さんを殺したと思っているらしいということも」

「それで？」久子が話をとぎらせたので、朔次は、ハンドルを叩くようにしてうながした。

「あなただから、言うわ。……いえ、わたしの一存ではないのよ、会長先生も、あなたには事実を打ち明けて、留津さんにとって一番よい方法をとることに協力してくれるよう頼もうと言われたの。留津さんは、先生に告白したんですって、粟田さんを殺したって」

最初から、朔次もそう思っていたことではあった。しかし、あらためてはっきり言われると、やはり、軀が深い奈落（ならく）に沈みこむような感覚におそわれた。

「彼女、記憶をとりもどしたのか」

「……ええ」

「彼女は、何のために、粟田さんの家に行ったんだ」

「べつに特別な目的はないわ。ただ、会いに行ったのよ。粟田さんとは、ずっと会っていなかったのね。ところが、あの三度めの自殺未遂で入院していると き、粟田さんが見舞いに来たの。そうして、元気になったら遊びに来なさいと、ありあわせの紙に地図を書いて渡してくれたの。それで、退院して軀も恢復してから、ふと会いに行く気になったんですって。それからどういうふうになったのか、留津さんはずっと思い出せなかったそうよ。でも、ようやく、記憶がよみがえってきて……」

留津さんは、栗田さんを信頼しきっていたのよね、だから、一晩栗田さんのところに泊まることも、何とも思わなかったの。栗田さんは六十過ぎた老人なんだし……。

もしかしたらね、と、久子は低い声になった。

「栗田さんに抱かれることを、留津さんは心の奥で願っていたのかもしれないわ。でも、それは、やさしく包みこむような愛し方でよ。いきなり暴力的に襲われたら……信頼しきっていた相手が、凶暴な野獣に変貌して、拳銃をつきつけて迫ってきたりしたら……。栗田さんは、そんなふうに迫る必要はまるで無かったのに。かなしいことね」

畜生、と呻いて、朔次はハンドルを平手で叩いた。

2

大船駅に近づくと、山のむこうに観音像が巨大な上半身をあらわす。どうにも不気味で醜悪だなと思いながら朔次は走り過ぎた。

宙に架せられたモノレールを、銀色の魚が走るように電車が行く。

モノレールとほぼ平行したバス通りを朔次の車は走り、やがて古館橋から道が南に直下すると、鎖大師、西ヶ谷と抜け、バスの津村停留所がモノレールの西鎌倉駅と合致する。モノレールは更に南西の江の島にむかってのびるが、バス道路は江の電で一駅前の腰越につらなる。その間の扇形の地域は、小高い丘陵地で、低地を走っていた朔次の車は、久子の指示で右折し、山頂にむかってのぼりはじめた。

欅や楠の巨木、そうして橅、楢、栃と雑木が山肌を埋めた梢の葉越しにそびえる白亜の建物が見えはじめた。

門を過ぎてから玄関まで、しばらく小砂利を敷きつめたのぼり坂がつづく。両側は手入れのゆきとどいた植え込みで、楓の一種だろう、夏なのに紅葉した樹が、濃緑の樹々のあいだに鮮やかに細い梢をのばす。

山ひとつをまるごと敷地にしているのではないかと思われるほど、奥行きの知れぬ広さであった。道がくねくねと蛇行しているので、いっそう果て遠く感じられる。そう感じさせる効果をわざわざ狙ってつけられたような道であった。

ようやく目前にあらわれた二層の建物は、威圧するようにいかめしく大きかった。留津に会うということで昂ぶり、他の感情が麻痺してしまっているのでなかったら、とうてい足を踏みいれる気にはならなかっただろう。

玄関前は磨きこんだ黒い御影石を敷いて車寄せとし、一段高いポーチも、御影石である。そそり立つ壁は白く、住宅というには冷ややかすぎる造りだと、朔次は思った。

はじめて出会ったときの、留津のみなりを思い浮かべた。この大邸宅の住人にはふさわしくない、野暮ったい服装だった。物は上等なのかもしれないが、バッグなど、手ずれがしていたんでいた。この家での、留津のありようが、いくらかのぞけるような気がした。

久子が壁のドアフォーンに手をのばした。

「はい」と女の声で返事があった。

「明楽です」

「ちょっとお待ちください」と答えがあって、まもなく扉が開いた。

取次ぎに出たのは、夏なのに和服を着た女であった。応対の物腰から女中と知れた。お小間使いふうによそおわせるのは、この館の主の好みなのだろう。

招じ入れられた応接室は、思いのほか狭かった。八畳そこそこだろう。毛足の長い絨緞に、朔次はスリッパを脱ぎかけ、女中は「そのままでどうぞ」と中に招き入れた。

明楽久子とならんで革張りの長椅子に腰かけた。

「先生はまだお戻りになりませんので、おそれいりますが、少々お待ちください」

「今日、私たちがまいることは、先生は御承知ですわね」久子は、たしかめた。

「はい、もちろん御承知ですが、御講話の会がござ

いまして」女中は飾り棚の時計に目をやり、

「もう、まもなく、会は終わる予定ですが、その後、会員の方たちの個人的な相談ごとなどお受けになると、少しのびるかもしれません。お夕食の用意はこちらでいたしますから、ゆっくりなさってくださいまし」

「留津さんは……」朔次は口をはさんだ。

「お嬢さまですか。二階においでになります。お声をかけてまいりましょう」

おれと留津のことを、どのていど知っているのだろう、と、部屋を出て行く女中の後姿に朔次は思った。

「豪勢な部屋だけど、意外とせまいな」久子に話しかけた。余裕のあるふりをしたが、声がかすれた。

「もっと大きい部屋があるのよ」久子は、窓をさした。建物は鉤の手にのびていた。「お客のていどとか人数によって、とおす部屋がちがうらしいわよ」

窓の外にはテラスがひろがり、そのむこうは黒い木立でさえぎられ、二階のバルコニーが梢のあいだからのぞかれた。

足音が近づき、ドアが開いた。

朔次は、留津に走り寄ろうとして立ちすくんだ。

留津の表情は、異様にしずかであった。

しずかではあるが、平静なのではなかった。薄い皮膚の下で、何か不安定なものがゆらめいていた。そのゆらめきは、彼をみつめる眸にのぞかれた。

憎しみであるはずがない。怒りではない。留津がおれを怒り憎む理由がない。ふと浮かんだ疑念を、朔次は打ち消した。

「お嬢さん」と、久子はとりなすようなやさしい声をかけようとし、やはり息をのんだ。

「二階に……私の部屋に、来てください」

かたい声で、留津は言い、手をのばして朔次の腕をつかんだ。爪がくいこんだ。朔次はぞくっとした。留津は、おれが彼女の秘密を知っていることを許さないつもりか。

留津の全身のふるえが、つかんだ指先から朔次につたわった。留津にひかれるままに、朔次は歩きだ

した。久子がついてこようとするのを、

「いいえ、朔次さんだけ」と、留津はさえぎった。

部屋を出て、朔次は留津の肩に手をかけ、ひきよせて唇をあわせようとした。

「待って」

留津はあえいでいた。もう一押し強く出たら、胸にくずれこんできそうな脆さを、かろうじて意志の力でささえているように、朔次は感じた。

留津が招じ入れた二階の一室は、彼女の自室らしかった。ベッドのカヴァーがピンクなのが唯一の女らしい色彩で、人形とか花とか絵とかいった雰囲気をやわらげるようなものは置かれてなかった。留津はドアを閉めると、ノブの中央のボタンを押してロックした。

「探したんだぞ。なぜ、逃げたんだ」

留津の緊張をいっきに突きくずすように、朔次は留津を抱き寄せた。

「待って。まだ、だめ」

「どうしてだ。粟田さんのことを、おれが密告するとでも思っているのか」

朔次の腕のなかで、留津は身をよじり、目でナイトテーブルをさした。その上には、ワインのデカンターとグラスが二つ用意してあった。

「酒は、あとだ」

彼は強引に留津を抱きすくめようとした。留津のこわばった表情を溶かしこむ力を、彼の抱擁は持っているはずであった。

留津は、彼がたじろぐほど激しく抗い、朔次は留津を傷つけるつもりはなかったから、手をはなした。このとき、彼は情欲よりも、何とか留津と心をかよわせたいという気持に強くとらわれていた。

留津は、欠かすことのできない重大な儀式なのだというように、二つのグラスにデカンターのワインを注ぎわけた。デカンターには、きっちり二杯ぶんのワインしか入っていなかった。留津は几帳面に、両方が同じ分量になるように注ぎ、デカンターをさかさにして最後の一滴まで注ぎいれた。そうして、一つを朔次にさし出した。

朔次はすなおに受けとり、目の高さにちょっとあげた。留津はようやく表情を少しやわらげ、ベッドに腰を下ろすと、となりに腰かけるように誘った。

そのとき、ほんのわずかな疑念が、彼の心にきざした。男によって倖せになりたいという願望と、倖せになってはいけないという贖罪意識にひき裂かれ……と語った久子の言葉を、はっきり思い出したわけではなかった。その言葉は意識の底からあらわれず、彼はただ、何か気がかりだ、というふうにしか感じなかった。

自殺未遂を三度……と、久子の声が意識にのぼり、はっとしたとき、留津は、服を脱ぎかけているところだった。

本当に死にたいというより、男の人への救助信号ではなかったのかしら。苦しい、苦しい、助けてくださいと悲鳴をあげるかわりに、睡眠剤をのんでしまうのよ。

やめてくれよな、と、朔次は心のなかでつぶやいた。自殺未遂なんてな。

ワンピースを脱ぐと、その下に、留津は何もつけていなかった。彼を部屋に迎え入れる前から、行動を決めていたのだ。

ひどく唐突（とうとつ）な、つつしみのないやり方で、留津にはそぐわなかった。

「船のなかのときのよう……」

留津は、ほとんど声を出さずに言った。語尾が消えたので、船のなかのときのように愛してくれというのか、あのときのような気分だと言ったのか、朔次にはわからなかった。

階下で、久子が待っているのだ。女中もいる、と、頭のすみに浮かんだのをおし殺し、朔次はTシャツを脱いだ。腕のなかに抱きいれ、抱きしめると、いとおしさが増した。

みちたりた後も軀をひとつにしたまま、朔次は、ふっと意識が遠のきそうになり、脳貧血でも起こしたのかと思った。みっともない話だ。相手に気づかれないよう、しいて元気にふるまおうとした。

留津は朔次の首に腕をからめ、頬(ほお)を朔次の胸に埋めていた。

「はなれないで、このままでいて」

「ああ」

「こんなに好きなのに、男と女と、からだが別々なの、かなしいわ」

「いっしょじゃないか」

「もっと、本当にひとつに溶けあってしまいたい」

「好きなら、どうして逃げたんだ」

「怕(こわ)くなったから。久子さんが話したでしょう、私のこと。思い出さなければよかった。何もかも忘れたままでいたら……。名前も何も全部……」

「粟田さんのことか。でも、あれは正当防衛だったんだろう。おそらく、実刑になることはない。怕がることなんか、ないんだ」

「わからない。思い出せないの。どんなふうだったのか。それに、正当防衛にしろ何にしろ……殺したなんて……私の手が人を殺したなんて……。耐えられないの。耐えられないのよ。どうしても。母のこともあるわ。私は母を……」

「忘れろよ、そんな昔のことは。お母さんを殺したというのは、考えすぎだよ。事故だったんだ。粟田さんの場合は正当防衛だ。必要以上に自分を苦しめることはないよ。おれは、自首しちまった方が、さっぱりしていいと思うよ。いや、無理強(じ)いしてるんじゃない。ただ、もしその気になったら、おれが力になるから。自首はいやだというのなら、もちろん、死ぬまでだって秘密にする。でも、どうして、明楽久子さんには話したんだい。彼女の方が、おれより信頼できるっていうのか」

「そうよ。だって、あなたは私をだましたわ。今もだましているわ」

そのはげしい言葉を、留津は、朔次の胸に顔を埋めたまま、何かうっとりしたような口調で言った。

「おれが？　おれが久子をだましたって？」

「私は留津よ。久子じゃないわ」

「ああ、留津だ。でも、おれは……」

久子と呼びなれていたから……と、喋っているつもりが、唇も舌も、ほとんど動いていなかった。夢のなかに半ば入りこんでいるような心地で、思考が混乱しはじめていた。

留津の声は、耳もとでつづいていた。

「あなたは私をだましたわ。あなたは結婚しているのに、だまっていた」

朔次は弁明しようとした。だましたんじゃない。離婚したも同様な状態だったんだから……。いや、やはりだましたことになるのだろうか。決して、そんなつもりじゃなかった。留津が、ふいに姿を消したりしなければ、あの後、きちんと手続きをして……。今日まで、留津を探すのに夢中で、離婚届を出すことなど念頭になかった……。

「それを知ったとき、私がどんなにつらかったか、あなたにはわからなくてもいいの。もう、いいの。いっしょに睡(ねむ)りましょう。私、疲れたの。あなたといっしょだから、楽に眠れる。淋(さび)しくも怕くもないわ。もう、醒(さ)めないの。私たち二人とも」ものうい声で、留津はつづけた。

冗談はよせよ、と彼は笑おうとした。意識はまだ眠りこんではいないのに、手足の神経は麻痺しはじめているのに気づいた。胸の上にのった留津の頭が、ふいに彼の理解を越えた不気味なものに変わった。それは、重くのしかかり、彼の動きを封じていた。吐かなくてはいけないな、と、彼は必死に思った。眠るまいとした。階下には、久子も女中もいるのだ。早く、様子をみに上ってきてくれ。何か物音をたてて注意をひくことはできないだろうか。

留津は、すでに眠りにおちこんだ。朔次もやがて、瞼(まぶた)が閉じ、意識の抗いも次第に弱まり、やがて、消滅した。

第九章　タンホイザー序曲

1

朔次(さくじ)は、めざめた。

いつものように、とみの家の二階でめざめたつもりであった。部屋の壁がまっ白なのに気づいた。とみの、ひどくきまじめな顔が近々と目の上にあった。短いあいだに、朔次は思い出し、理解した。まるで、彼自身が自殺を試みて失敗したかのように、何かてれくさく、にやっと笑った。

「ばかだね」と、とみも泣き笑いのような顔をみせた。

「久子は?」と言いかけて、「留津(るつ)は?」と問いなおした。

看護婦がドアを開けるのを、目のはしにとらえた。と、すぐに、男が二人入ってきた。遠慮のない闖(ちん)入(にゅう)ぶりから、刑事だな、と直感した。

刑事らしい男たちは、とみと看護婦に部屋を出るようにうながし、とみは露骨に不服そうな顔をした。

スツールをベッドのそばに引き寄せ、男たちは大船署のものだと名のり、事情聴取がはじまった。

「それでは、無理心中ということですね。あなたには、まったく自殺の意志はなかったのですね」

朔次の供述をきいて、刑事は言い、それから、留津との最初の出会いにさかのぼって、くわしく話させた。粟田吾郎の件は、すでに岩佐伊作などからきき出したとみえ、承知していた。

「それで、留津は? 留津も助かったんですか」朔次の問いに、刑事は「気の毒でしたな」と頭をふり、出ていった。

そのあと、とみが入ってきて、いったいどういうことだったのだ、と詰(なじ)る口調になり、つづいて明楽久子と、見知らぬ男があらわれた。

男は、留津の異母兄、愛光会会長の岩佐伊作であった。朔次は、三人に、刑事に語ったのと同じことをもう一度くりかえさねばならなかった。

「たいへんな御迷惑をおかけした」伊作は丁重に謝罪した。「私がもっと早く帰宅しておればよかったのだが」

「いいえ、私がうかつだったんです」と、明楽久子が「一つ屋根の下にいて、上で人が死のうとしているのに気がつかなかったなんて……。つらいわ。いろいろ話があるのだろうと思って遠慮していたんですけれど。二時間もたったころかしら、お手伝いさんが二階にお茶を持っていって、戻ってきて、ドアに内側から鍵がかかっているし、ノックしても返事がない、と心配そうに私に言ったの。私も、まさか無理心中とは思わない、きっと、あの……愛しあっているのだと思って……邪魔をしたらいけないと、気をきかせたつもりで……そのままにしていたの。岩佐先生が帰宅されたのは、十時ごろだったかしら。お手伝いさんがまた留津さんを呼びにいったのだけれど、やはり返事がない。岩佐先生は、すぐに、これは何か起こったと思われたのね。それから皆で二階にあがって、ドアを叩いたり呼びかけたり大騒ぎになったの」

「それで、どうやってドアを開けたんですか」とみが口をはさんだ。

「あのドアは、ロックしてあっても、外から簡単に開くのを、私たちうろたえて、とっさに思いつかなかったんです。さすがに、岩佐先生がすぐに気づかれて開けたんですけれど。トイレなどによくあるでしょう。外からは、ノブの中央の細いみぞに、硬貨などをはさんでまわせばロックがはずれるの」

裸体で留津と抱きあったまま昏睡しているところを発見されたのだ、と、朔次は明楽久子から目をそらせた。

これは殺人未遂だ、おれは留津に殺されかけたのだ、と、刑事の尋問を受けているときは思い、留津に対する感情が冷え冷えとしたのだが、死んでゆく軀がおれの腕のなかにゆだねられていたのだ……と思いかえし、ふたたびいとおしさがよみがえった。

そうはいっても、以前のようにかげりのない愛はかえってこなかった。一抹の不気味さが、ないまぜられていた。

「さあ、ゆっくりおやすみ。わたしも一眠りするよ」とみが言った。

「いま、何時ごろなんだい」

「まっ昼間だよ」

「午後一時十五分」と、明楽久子が腕時計を見て言った。

「留津は……」

「剖検にまわされました」岩佐伊作が言った。

ふいに、朔次は泪があふれた。

伊作は、費用は全部負担するから十分に静養していってくれ、仕事を欠勤する損害の賠償、そうして慰藉料も、そちらの要求どおりに払うという意味のことを、きわめてへりくだった、礼を失しない態度で言った。

「必要なことがあったら、看護婦になり事務局長になり、遠慮なく申しつけてください。何でも御要望にそうよう、私から命じてありますから」

なかなか立派な人だね、と、伊作が出ていった後で、とみは言った。「やはり、宗教団体の会長さんともなると、腰が低いんだね」

「なるべく内輪にすませたいってこともあるんだろう」

「それもそうだね」

病院は、朔次がおとずれたことのある湘南愛泉病院であった。伊作の意向がゆきわたっているのだろう、待遇はゆきとどき、医師が面会謝絶にしてくれたので、マスコミ関係者が病室におしかけてくることもなかった。朔次はひどく昂奮しているということで鎮静剤を投与され、うつらうつらして時をすごした。

昼食のとき、事務局長が顔をみせ、会長から命じられているから、何でも希望があったら言ってくれ、と申し出た。見おぼえのある男だった。以前、明楽久子をたずねてここに来たとき応対にあたった男だと気がついた。塚本、と男は名のった。古葉がいれば、あ、と思うところだが、このとき朔次はまだ、塚本という名に気をとめることはなかった。

その古葉から連絡が入ったのは、午後三時ごろである。電話がかかっていると、とみが受付に呼ばれた。

「古葉さんからだったよ」

朔次からきかされて、とみも古葉の名は知っていた。

「白石とかいうところに行って、今日帰ってきたんだって」

「どうして、おれがここにいるってわかったんだろう」

「新也をあずかってくれた隣りの人が、ちょうど、うちに来ていてね、そこに古葉さんから電話があったの。お隣りさんには、何かあったら連絡してくれるように、ここの病院にいることを教えておいたから。古葉さん、すぐ、こっちに来るってよ」

「受付に話しておかないと、面会謝絶で追いかえされる」

「私が受付の人にたのんでおいたよ。古葉って人が来たら、通してくれって」

とみはひとまず家に帰り、朔次が病院の早い夕食を終えたころ、古葉があらわれた。思いがけないことに、本間もいっしょだった。

「会おうと思っても、病院のガードがかたくてね」と、本間は、「あまりガードをかためられると、何かあるのではないかと、かんぐりたくなってしまう。いや、実際は、仕事をはなれ友人の一人といたしましても、気になってね。一度追いかえされたけれど、また来てみたら、運よく病院の入口で古葉さんとゆきあった。古葉さんの同伴者の顔をして、いっしょに入った」

「思ったより元気そうじゃないか」

「まいったよ。死にかけたなんて、あまり実感がわかない」

「どういうことだったのか、くわしく話してくれよ」古葉が言うと、

「おれもききたい」と、本間がのりだした。

朔次は、刑事に話し、とみや岩佐伊作に話したこ

とを、三度くりかえした。

「悪運の強い人だな」本間が言った。「睡眠剤というのは効力に個人差があるときいたけれど、やはり女は男より弱いんだな。女の方がしぶとく生き残りそうな感じがするんだが」

「いったい、留津は、いつ、どうしておれが結婚していることを知ったのか……」朔次はつぶやいた。

「興信所にでもたのんだんじゃないのか」と本間。

「しかし、なあ……」

「栂野くんが結婚していると知って、いきなり無理心中とまで思いつめるというのも、ずいぶん短絡した話だな」古葉が言った。「もっとも、粟田さんを射殺したということがあるから……無理もないというべきか……」

耐えられないの。耐えられないのよ。留津の声が耳によみがえった。しかし、鎮静剤の作用で鈍くなっている朔次の思考力は、留津の言葉を、そのとき、それだけしか思い出さなかった。

「留津が、自分で興信所にたのんでしらべさせるなんて……ちょっと考えられない」

「もしかしたら、岩佐会長が調査させたんじゃないかな」本間が言った。「自分の妹が若い男性に助けられて、いっしょに暮らしていたとなれば、どんな人物か気になるだろう」

「留津が、おれのことを会長に話したとしてだね。でも、それなら、会長はうちに挨拶にくるんじゃないかな。今日会ったけれど、礼儀正しいきちんとした人だった」

「いや、粟田さんのことがあるだろう。だから、きみとこれ以上接触は持たない方がいいと思って、だまっていた。ところが、きみは紀州の久子さんのところまで、たどりついた」

留津は朔次を恋しく思っている。その想いを断ち切らせるために、伊作は朔次に妻があることを留津に告げた。

「そうであれば、会長は、栂野くんと留津さんを自分の留守中に会わせるようなことはしないと思うよ」古葉が反対した。

しばらく沈黙がつづいた。

「古葉さんは白石に行かれたんでしたね。何か収穫はありましたか」本間は話題をかえた。

「ええ、豊富にね」

「きかせてほしいな」

長い話になりますが、と古葉は前置きした。


「その光の幕屋というのが、愛光会の前身なんだな」

聞き終えると、すぐ、本間は言った。

「おそらく、ね」

「塚本……といいましたね」朔次が、「この病院の事務局長、塚本というんですよ。受付で会いませんでしたか」

「いや、会わなかったけれど。塚本、光というのか?」

「名前までは知らない」

「事務局長なら、おれも会っている」本間が言った。

「面会謝絶だといって、受付で昼間おれたちを追っ払った男だ。そうか、あれが塚本光か」

「同姓の別人かもしれないよ」

「年齢が三十四、五。ぴったりだ」

「たしかめるのは簡単ですよ」と、朔次が、「あとで本人に直接聞いてみる。ここに呼びましょうか。会長の口添えがあるんでね、事務局長は、何でもおれの望みをきかなくちゃならないことになっている」

「待て、待て。そうあわてることはない」と、本間はおさえ、「その佐藤フジという人は」と、古葉にむかって、「栗田吾郎が射殺されたという記事を読んだだけで、塚本光がやったのではと心配したんですね」

「父親と母親の悲惨の根元として、塚本光は『光の幕屋』とその関係者を憎悪していた。フジさんの考えは、そういうことでした。実際は、特高が直接の加害者なんだし、冷酷な仕打ちをした館沢（やかたざわ）家をこそ怨（うら）むべきなんでしょうが」

「その復讐（ふくしゅう）のために、愛光会の組織のなかにもぐりこみ、十何年チャンスをうかがっていた、なんてことになると、ずいぶん大時代だな。復讐する気があれば、とっくにしているだろう」

「塚本事務局長が塚本光と同一人物かどうかたしかめる方が先ですね」

古葉は言った。

やがて、古葉と本間は病室を出た。

受付はしまっていたが、急患のためにあけてある窓口で事務局長に会いたいと古葉が言うと、もう帰ったかもしれないが、念のため事務室をのぞいてみろといわれた。

「ぼくは遠慮しよう」本間は言った。「あとで、話の模様を教えてください」

本間は、昼間、朔次に面会して談話をとろうとして塚本事務局長に拒絶されている。新聞記者と知られているから、同席すると相手の口がかたくなるかもしれない。そういう本間の配慮だった。

本間とわかれ、古葉は事務室とプレートの出た部屋のドアをノックした。


古葉が去ってから、うとうと眠りかけて、朔次は奇妙な錯覚(さっかく)を持った。

彼のかたわらに、女のからだがあった。留津を抱いている、と思った。助けて、と耳もとにささやきがきこえ、女のやわらかい息が耳たぶにかかる。軀は呪縛(じゅばく)されたように動かない。

それと同時に、ワインをきっちりと等分してグラスに注ぎいれている女の姿がまざまざと見え、夢なんだ、と思いながら、恐怖は現実に殺されかけていると知ったときより強かった。

あなたといっしょだから、楽に眠れる。淋(さび)しくも怕(こわ)くもないわ。もう醒(さ)めないの。私たち二人とも。

そのとき、もう一つの女の声が重なった。

本当に死にたいというより、男の人への救助信号ではなかったのかしら。苦しい、苦しい、助けてくださいと悲鳴をあげるかわりに、睡眠剤をのんでしまうのよ。

車のなかで、そう語ったのは、久子だった。

彼はもがき、泥沼から軀がすっぽり抜けたように呼吸が楽になり、はっきりめざめた。

ベッドに、もちろん彼はひとりだった。

同じように薬をのんで、よく、おれ一人が助かったなと、彼は妙に淋しくなった。


塚本光さんですか、とたずねた古葉に、帰り仕度をしていた事務局長は、そうです、とうなずいたが、フジの話から漠然と想像していたイメージは裏切られた。両親の悲惨を心にきざみつけ、憎しみと怨みを身の養いにして過してきたようにはみえなかった。

しかし、フジの名を古葉が口にしても、いっこうなつかしがらぬ冷ややかさに、古葉は塚本光の幼時の傷をのぞき見たように思った。フジは幼い光のただひとりの味方であったはずだが。

「十八のときに郷里を出られて、その後一度も連絡もしておられないんですか」

「過去とはきっぱり訣別するつもりでしたから」

「フジさんは、ずいぶん、あなたのことを心配しておられましたよ」

「伯母は伯母で、自分の生活があることですし、私がおとずれて騒がせることもないですよ。いつか、何かついででもあれば顔を出してみてもいいですが」

「上京して、すぐに愛光会に入られたんですか」

「ぼくの私生活がそんなに気になりますか」

「いや、たちいった質問で、失礼だったらおわびします。フジさんからいろいろうかがって、何かぼくの方で一方的に親近感を持ってしまったんですね、あなたがたに」

「すぐにというわけではありません。あのころはまだ、光の幕屋といっていた。上京して探したんですよ。最初から、岩佐徳衛をたずねる心づもりではあったんです。光の幕屋とはどういうものなのか、知りたかった。たずねあてたら、なかなか居心地のよいところでね」

「そんなものですか。岩佐徳衛氏や光の幕屋の関係者を、憎いとは思わなかったんですか」

「光の幕屋を憎んでいたのは、伯母ですよ。ぼくは子供のころ伯母にふきこまれたけれど、どうもすじが違うんじゃないかと思うようになったんです。それに、岩佐前会長――徳衛氏――の説を奉じたおかげで父はああいうことになったんだから、光の幕屋はぼくの一身をひきうける道義上の責任がある、と、十八歳のぼくはそんなふうに考えて上京したわけです」

「わりあい……」

「そう、ちゃっかりしていたというか、計算ずくというか、ね」

「正行さんの消息はご存じないですか」

塚本光は、ちょっと口をつぐみ、

「なぜ、正行さんのことを?」と聞きかえした。

「あなたに関心を持ったのと同様、正行さんにもぼくは惹かれているんです。たぶん、その生きかたが凄絶だったからじゃないでしょうか」

「ぼくは、正行氏に関しては何も話せません」

「それは、どういう意味ですか」

「何も話せない。それだけです。ところで、そろそろ失礼したいんですがね」

「留津さんの遺体は、まだ……?」

「警察病院で剖検中です」

「正行さんは、ひょっとして、この病院におられるのでは」

「ずいぶん奇妙なことを」

「軀が不自由だから」

「病人ではありませんよ、あの人は。死者です」

「それは、比喩ですね」

塚本光は答えず、会話を打ち切るように立ち上がった。

「正行さんの存在は、秘密なんですか」

「そんなことはありません」塚本光は眉をひそめた。

「どこに行けば会えますか」

「死んだのです、正行さんは」

それ以上の質問を避けるように、塚本光は出ていった。

古葉は、朔次の部屋にもどった。

「どうでした」

「塚本光その人だったよ。しかし、光の幕屋を憎んでいるというのは、フジさんの思いこみらしい。自分の思いを投影させていたんだな。塚本光は、もっとドライにわりきっているようだった。ところで、岩佐会長の家に行く道を教えてくれないか」

「これから行くんですか」

「ああ。とりこみ中に、いささか非常識だが」

　塚本光が正行について言葉をにごしたのは、岩佐伊作の意向をおもんぱかったのではないか。直接伊作にあたってみれば、案外あっさり教えてくれるかもしれない。そう、古葉は思ったのである。

2

　岩佐の屋敷の敷地の宏大さに、古葉は驚いた。病院を経営したりしていることからも、伊作が父や兄と異なり事業家としての才能を持っていることは察しないではなかったのだが。

　愛光会の前身である光の幕屋は、ごく質朴なものであったはずだ。岩佐伊作という男は、おれ以上に、いっさいを信じていないのではないか、と古葉は思った。宗教への不信ももちろんだが、物をもまた信じていないのだろう。不信が、このような贅沢な物の寄せ集めを招くのだろう。岩佐正行、粟田吾郎、塚本光と並べたとき、岩佐伊作は、その抱える虚無の深さは一番なのではないか、そう思うと、からっと明るい男の顔が浮かぶ気がした。

　玄関前の車寄せに車をとめ、豪壮な邸宅を仰ぎ見たとき、その思いはいっそう強まった。

　ドアフォーンのボタンを押すのに、いささか気おくれをおぼえ、建物に沿って彼は歩いた。槙や柘植の深い植え込みのかげに、目立たない細い径がのびているのに気づいたとき、ふとそちらに足をむける気になった。径ともいえぬ。雨のときなど歩きやすくするためだろう、自然石が、それとなく埋めこまれ配置してある。見すごしてしまう方がふつうだろう。その、あまりにひそやかなさまが、かえって彼の注意をひいた。

石づたいに行くと、蔦におおわれたコンクリートの万年塀に行きあたった。蔦のかげに木戸があり、閂がさしてあった。ここが敷地のはずれなのかと思った。閂をひきぬき、戸をおしあけると、塀のむこうは低い窪地で、石段が荒れた赤土につづいていた。その一隅に、椎や櫟の大樹にかくされ、小さい平屋が建っていた。ここもまた、岩佐邸の敷地の一部らしい。

離れ屋は、母屋にそぐわない粗末な造りであった。縁側のガラス戸は開け放されていた。音楽が流れていた。ワグナーのタンホイザー序曲であった。古葉は縁先に近づいた。和室が二間並んでいるらしい。一方は障子が閉まり、もう一方は開いていた。音楽はそこから流れていた。障子の開いた部屋に、床柱を背に、前に座卓を置き、男が座椅子に背をもたせかけて坐り、大福を食っていた。かたわらにプレイヤーがあった。

男は肥えていた。それも、つややかな肥えかたではなく、弾力を失なった黄ばんだ皮膚が、汚れた脂肪をつつんでいるというふうだった。三重に袋をつくった下瞼と、力なく垂れた上瞼のあいだから古葉の方を見た目は、にごってはいなかった。

腰のあたりで断ち切った形の和服を着、下半身は縮みのステテコ様のものをつけている。膝から先は厚みがなく、折りたたまれて膝の下に敷きこまれていた。

もちろん、古葉は、その醜く肥えた男が岩佐正行以外の何者でもないと、すぐに気づきはした。しかし、彼はそうと認めたくはなかった。彼の心のなかには、志をつらぬきすがすがしく老いた古武士のような男の像ができあがっていたのである。

初対面のころの粟田吾郎と、それは重なりあっていた。岩佐正行が転向したのは、拷問に屈したのではなかった。彼自身がえらびとったのである。そうして、敗戦後、父たちの庇護のもとに戻ろうとせず、廃疾の身で物乞いをしていたと粟田からきいた話は、古葉の心にくいこんでいたのであった。

父のもとに戻ろうとしなかったのは、志が異る以上、その庇護を受けるのをいさぎよしとしなかったゆえであろう。古葉は、いわば、闘争的な生から半ば下りてしまっている男であった。それでいて、熾烈に生きるものに対して、讃嘆の気持は十分に強かったのである。身動きのならぬ軀を父と粟田に吊し上げるようにしてはこび去られながら、一つ、人間の尊厳は、と叫んでいたという姿は、あまりにみじめで、こっけいですらあったろう。人間の尊厳などと、口に出されてはたまらない。黙ってはこばれてゆく方が、はるかに誇りは保てるのだ。あれは、岩佐正行の切羽つまった悲鳴であったのだ。その悲鳴は、古葉の耳に、彼自身が耳にしたもののように、残りつづけていた。

加えて、烈しく鋭い書があった。あの書の書き手が、だらしなくくずれた皮袋であってよいものか。毅然と、乱れずに酒をのんでいてほしかった。いや、酒なら、多少の酔態もよい。大福をほおばっているとは、何事か。

正面の鴨居の上に、写真をおさめた額がかかっていた。衣冠束帯をつけた男と、十二単を着た面長な女の、時代離れした写真であった。セピア色に褪色したそれは、どうやら天皇と皇后の若いときの写真であるらしい。

古葉は、ふたたび男に目をむけた。少くとも、卑しい目はしていない。まったく運動をすることのない暮らしだろうから、肥えるのは無理もない、と、古葉は、男の醜い肥えように、いくらか馴れてきた。そうして、相手の衣服がきわめて清潔であることに、あらためて気づいた。

「正行さん、岩佐正行さんですね」

「刑事か?」相手は言った。

「ちがいます。すみません、突然ことわりもなく。私は、古葉功といいます」

何の用だ、とたずねるように、正行は古葉をみつめた。

「初対面で、ずいぶん無躾だとお思いでしょうが、ぼくは、あなたの転向手記を読んだんです。ぼくは……あなたを尊敬しているんです。いや……むしろ、親近感を持っているんです。失礼な言いかたで、すみません」

　立ったままで、古葉は一気に喋(しゃべ)った。相手も、あがれとすすめもせず、まっすぐな目を古葉にむけている。

「あなたが、兵役拒否をしながら転向されたということを、ぼくはいろいろな資料から知りました。それも、拷問の苦痛に負けたということではなかった。あなたはそれまで、お父さんに、岩佐徳衛氏に、純粋培養のように育てられ、光の幕屋以外の世界をほとんど知らずに過してきた。刑務所内で、日本書紀や古事記、万葉、そうして国粋(こくすい)主義者の国体論に関する書物などにはじめて接した。あなたにとっては、実に衝撃的な新鮮な知識だった。栗田さんは、すでにそういう、当時の日本人として常識的なことは知りつくした上で、光の幕屋にふれて開眼した。あなたは逆に、国粋主義にむかって目が開いた。あなたは、銃をとった」

　正行の目が、やわらかみを帯びたように古葉は感じた。

「栗田さんは、あなたのことを、愚直なほど一本気ないいやつだと言っていました」

「きみは、栗田を知っているのか」

「あなたの書も、栗田さんのところで見ました。それで、ぼくはあなたに会う前から、一つのイメージを持っていた。敗戦で、日本人はいっせいに――戦争中、国粋主義、軍国主義を標榜(ひょうぼう)していたものほど率先して――民主主義をふりまわすようになった。あなたは、二度の変節は拒んだ。あなたは、戦傷の身をお父さんのところに寄せることはしなかった。他人に喜捨(きしゃ)は乞(こ)うても。栗田さんからその話をきいて、ぼくは……口にするのはいささか恥ずかしいんですが、敢(あ)えて言います。感動しました。ぼくは、国粋主義者ではありません。むしろ、反対の立場です。ただ、節を曲げない勁(つよ)さというのは……ぼく自身がぐうたらな人間だから……」

　古葉の話は、妨(さまた)げられた。女が食器をのせた盆を持って、庭を横切って近づいてきたのである。

「どなたですか」女は、きびしい目でとがめた。

「母屋の女中だ」と、正行は古葉に言った。

「失礼しています。正行さんに以前からお会いしたいと思っていた者です」

「かってに入ってこられては困ります」

「どうも。しかし……」正行に会うのに、一々、許可を得る必要があるのか、と言いかえしたくなったが、こらえた。

「岩佐伊作先生にもお会いするつもりなんです。御在宅でしょう?」

「マスコミの関係の方ですか」

「いえ、ちがいます。栂野朔次くんを知っていますね。留津さんと……。ぼくは栂野くんの友人です」

あら、と女中は声をあげた。

「でも、先生に何の御用ですか。栂野さんのお友だちなら、こちらがとりこんでいることは御承知でしょう。先生は、どなたにもお会いになりませんよ」

「とりこんでいる? 何があったのだ」正行がたずねた。

「お嬢さまがなくなられたんです」女中はそっけなく答えた。

「留津が? どうしたんだ」

「また、お薬をのまれて、今度はだめだったんです」

「御存じなかったんですか」古葉は驚いて口をはさんだ。いくら、母屋から離れたところに暮しているといっても、女中がこうやって食事をはこんでくるのだ。掃除、洗濯など、身のまわりの世話もしているのだろう。

「何もきいておられないんですか」古葉の口調は、正行に問いかけながら、女中を詰っていた。

「急なことで、大変だったんですわ」よけいな差出(さしで)口(ぐち)はするなという気持をこめて女中は言い、部屋にあがって手早く食器を並べた。

「留津はとうとう自殺したのか。ふびんにな」

「会長先生にお会いになりたいのでしたら、一応おとりつぎしますから、こちらへどうぞ」

女中は古葉をうながし、母屋の方へもどりはじめた。

「また、あとでうかがいます」

かってなことはなさらないでください、と、木戸の方に歩いて行きながら、女中は言った。

「まるで、幽閉じゃないですか。人にも会わせない、留津さんが死んだことも知らせてない」

「あなたから、かれこれ言われるすじのことじゃありませんでしょう」

女中にしては、強気な語調だ、伊作の手がついているのではあるまいかと、古葉はかってな想像をした。

「幽閉だなんて、人聞きの悪いことはおっしゃらないでください。知らない人は本気にします。だいたい、よそのうちにかってに入りこんで、非常識じゃありませんか」

あの方は、少し頭がおかしくなっておられるので、と、女中は口調をやわらげた。「ご自分でも他人にあまり会いたがらないんですよ。家庭には、それぞれ、いろんな事情があるんです」

「頭がおかしいというのは」

「お年ですからね」

「まだ、もうろくしたりぼけたりする年じゃないのでしょう」

「人によっていろいろですよ」

「あの部屋、テレビもおいてないようだったな」

「テレビも新聞も、外のことにいっさい関心がないんです」

そうして、甘いものだけを十分に与えられているのか、口腹をみたす以外に、何の欲望もないというのか。古葉は、正行の目を思い浮かべた。敗戦によって変節した外界と、自らの意志で接触を断ったのなら、悲惨というよりは、いさぎよい生というべきなのかもしれない。

勝手口に近い、小さい内玄関に通され、そこで立ったまま少し待たされた。ついで、女中は古葉を書斎めいた部屋に案内した。廊下を通るあいだ、何人もの人に行きあった。何かざわめいた雰囲気であった。会長の異母妹の急死――それもややスキャンダラスな――に、会の主（おも）だった者たちが善後策を講じに集まっているらしい。

　岩佐伊作はほどなくあらわれた。

「栂野さんの御友人だそうですな」

「そうです。古葉といいます。おとりこみのところにお邪魔しまして」

「離れにおられたそうだが、兄に何か御用ですか」

「いえ……」とっさに、古葉は言いつくろった。

「栂野くんの事件について、先生からもう少し事情をうかがいたいと思って、まいったのです」

「それを、なぜ、離れに？」

「実は……玄関があまりりっぱなので、もう少し気楽に案内を乞える入口はないかとうろうろしているうちに、あの木戸をみつけて、何の気なしに。まさか、正行さんにあそこでお会いできるとは思いませんでした」

「兄をどうして知っておられる？」

「私は、粟田吾郎さんと同じ会社におりまして」古葉は名刺をわたした。

「粟田さんのところで、正行さんの書を見たことがあるのです」

「粟田から、何か聞いたのですか、兄のことを」

　フジの話まで持ちだしては長くなると判断し、古葉は、

「はあ、兵役拒否や転向のことなど」

「今はもう世捨て人のようにしておるのです。そっとしておいてほしいのだが。それで、兄はどんな話を？」

「いえ、まだ何も。今度またゆっくりお目にかかり、お話をうかがいたいと思っています」

「いや、おことわりしよう。実は、言いにくいことだが、兄は年のせいか、いくぶん精神に変調をきたしている。平静なときは常人とかわらないが、ときどき平衡（へいこう）を失することがある。今後、無断で離れに立ちいったりはせんでください。何かあった場合、おたがいに迷惑だ」

「乱暴でもされるんですか」

「そういうときもある」

「留津さんの死を、正行さんにはまったく知らせておられなかったのですね」

「昨日の今日だからね。機会をみて告げるつもりでいた。きみが話したのだそうだね」

「ええ……そうですが、いけなかったでしょうか」

「あまりかってなことをされるのは、好ましくないね。ところで、栂野くんのことだが、妹の不始末は、どのようにもつぐなわせていただく。栂野くんにも私の意向はすでにつたえてあります。金銭でかたのつく問題ではないと重々承知しているが、さしあたって、ほかに誠意のあらわしようがない」

「ひとつうかがいたいのですが、留津さんに栂野くんが妻帯していることを告げたのは、先生ですか」

「そうです」と、岩佐伊作は古葉が拍子ぬけするほどあっさりと認めた。

「いつ、おしらべになったんですか」

「まるで、私が訊問されているようですね」と、岩佐伊作はゆったり微笑した。

「いえ、つまり……」

「私がそのことを留津に告げなければ、あんな事件は起きなかった。私に責任があるといいたいわけですか」

「いえ、そういうわけでは……」

「いや、私自身がそう思い、責任を感じておるのですよ。栂野さんに十分な償いをすると申し出たのも、その点をふくめてです。もちろん、私は栂野くんが留津をだまして肉体関係を持ったなどと、責任を減殺するようなことをいうつもりは、いっさいありません」

　否定しながら、そっちにも責任の一半はあるのだぞと釘をさしているのだろうか。

「留津は、この家に戻ってから、自分のしたことをすっかり打ち明けました。もう公になったので御承知だろうが、粟田のことです。正当防衛とはいえ、留津の殺人の告白は、私にとってもたいへんな衝撃でした。しかし、自首する決心がつくまで、そっとしておいてやりたいと思った。栂野くんのところに世話になり、彼と船中で軀の関係を持ったことも留津は話した。私は気がかりだったので、興信所に梅野くんについて調べさせたのです。留津には知らせずに」

古葉が口をはさみかけるのを手にあげて制し、

「梅野くんが結婚し、奥さんと別居していることは報告でわかったが、留津にはだまっていました。ところが、明楽くんから連絡があって、梅野くんが留津を探しまわっているという。私は、へたにかくしだてするよりは、梅野くんに事情を打ち明けて、留津にとってもっとも好ましいやり方で解決する手助けをしてもらおうと思った。留津に話すと、留津も梅野くんに会うことを切望した。梅野くんの家庭事情まで留津に告げる気はなかった。ところが、梅野くんがそれほど熱心に探してくれたと知って、嬉しかったんでしょうな。できたら結婚したいというようなことを、ちらりと洩らした。それで私は、これはいかんと、奥さんのいることを告げた。留津はすぐには信じない様子をみせたので、興信所の報告につけられた戸籍抄本のうつしを示した。留津はそれで納得したようだったのです」

「しかし、二人だけで会わせたら、今度のようなことになるおそれがあると予想されませんでしたか」

「私の不明を恥じておる。弁解がましいが、留津は私の前では意外なほど平静だったのです。心をさだめたための平静さだと見ぬくべきでした。更に弁明をかさねると、私はきわめて多忙で、なかなか時間がとれない。かといって、暇ができるまでいつまでも放っておくわけにもいかない。辛うじて、昨日の夕方、からだをあけたのです。そうはいっても講話の集まりがあり、それを中止するわけにはいかない。早めに切りあげて帰宅するつもりではいたのだが、なかなかそうもいかず……。ふびんなことをしました」

岩佐伊作は、なおも丁重に詫び、古葉を送り出した。女中が車にのるところまで見送った。

3

　その夜、本間が電話で岩佐伊作と会見の模様をたずねた。

　留津に朔次のことを知らせたのは、やはり岩佐伊作であった、病院の事務局長が塚本光であったと告げてから、もうひとり、岩佐正行に会ったことを告げた。

「そんなじいさんがあの家にいたとは、我々も気がつかなかったな。昨日、岩佐会長が記者たちに会ったときも、そんな人物の話はひとことも出なかった。事件に関係ないから話さなかったといわれれば、まあ、当然かもしれないが」

「でも、家族構成なんか、一応たしかめたんでしょう」

「家族といったら、会長と留津の二人だけ、あとは使用人ばかりという話だったですよ。あの事件は、悪質な犯罪というわけではないので、これ以上つつかないことになったんです。しかし……」

「ぼくも、どうも釈然としないところがある。どこがどうと、はっきり言えないんだが……。明日は栂野くんも退院してくるから、三人で会いませんか」

「そうですね。夜ならばぼくも時間がとれる」

　翌日の夜、三人が顔をあわせたのは『小舟』の二階であった。とみは、疲れたといって店を臨時休業にした。

「何かひっかかるのは、岩佐伊作が、どういう本性の人物かということなんですよ」と、古葉は、「兄の正行の扱いかたからみて、どうも、みかけほど篤実な男ではないのではないかという気がした。正行自身が狷介で人づきあいを好まず、人目をさけて隠棲しているのかもしれないが……」

「あれだけの大組織を作りあげた宗教家が、篤実な人物であるわけがないさ」本間は簡単に断言した。

「妹には冷たかったと思うな」朔次が言った。「なぜって、明楽久子の話では、留津が自殺未遂で病院にはこばれた夜、伊作は付き添っていないで、妹をひとり病室に残してさっさと帰ってしまっている。いくら完全看護だといっても、冷たいよね」

「どうもすっきりしないことがあったんだが、いま、思い出した」と、古葉が、「正行さんとはじめて顔をあわせたとたんに、むこうはいきなり、刑事か、と訊いたんだ」何か凄みのある声だった、と古葉は思いかえした。

「留津さんと栂野くんの事件のことで、聞きこみに来たと思ったんだろう」

「ぼくも、そのときはそう思って気にとめなかった。ところが、正行さんは、ぼくが口にするまであの事件を知らなかったんですよ。留津さんが死んだことすら知らされていなかった。それなのに、いきなり『刑事か』は……」

「おれも、何かすっきりしないことがあったんだ」

朔次が言った。

そのとき、とみがビールと水割りのセットをはこんで上ってきた。

「おなかはすいていないんですか。ごはんはこれから炊くんで時間がかかるけれど、素麵ぐらいならすぐできますよ」

「素麵、いいですな」本間が嬉しそうな顔をした。

「麵類、好きですか。そういえば、温麵というのを知っていますか」古葉がいうと、

「白石の名産でしょう」とみが口をはさんだ。「こっちでも売っていますよ」

活気のない白石の町を、古葉は思い浮かべた。新幹線が通るようになって、これからはあのあたりも賑やかにひらけるのだろうなと思ったとき、口もとにビールのコップをはこびかけた手がとまった。

「本間さん、人が死んだ場合、それによって利益を得るのは誰か、ということは、重大ですよね」

「そりゃあ、他殺の場合、まず、考えますね」

「岩佐留津は、たいへんな資産家だったんじゃないかと思うんです」

「ほう?」

「岩佐留津の母親美弥子の実家、館沢家は、白石の

近くの大地主、それも山林地主だから農地改革で没落することもなく、その上、珪藻土の採掘権を持っているとかで、その資産は莫大なものらしいです」

「あの辺に土地を持っていたら、すごいものだな。新幹線のおかげで地価も暴騰したでしょう」

本間もすぐその点に気づいた。

「長男があとをつぎ、次男の高繁は廃嫡されたが、美弥子は、そうとうなものを相続したはずです。その美弥子も死に——留津が死なせたといっても、刑事事件になったわけではないし、いわば未必の故意、相続には問題ありませんよね」

「ちょっと待ってください。何か、そのへんの血族関係は、ややこしいんだな」

「こういうふうです」と、古葉は、図に書いてみせた。

「なるほど」本間は朔次にも図がみえるように置きなおしてながめ、とみが少し遠慮がちに、肩越しにのぞいた。

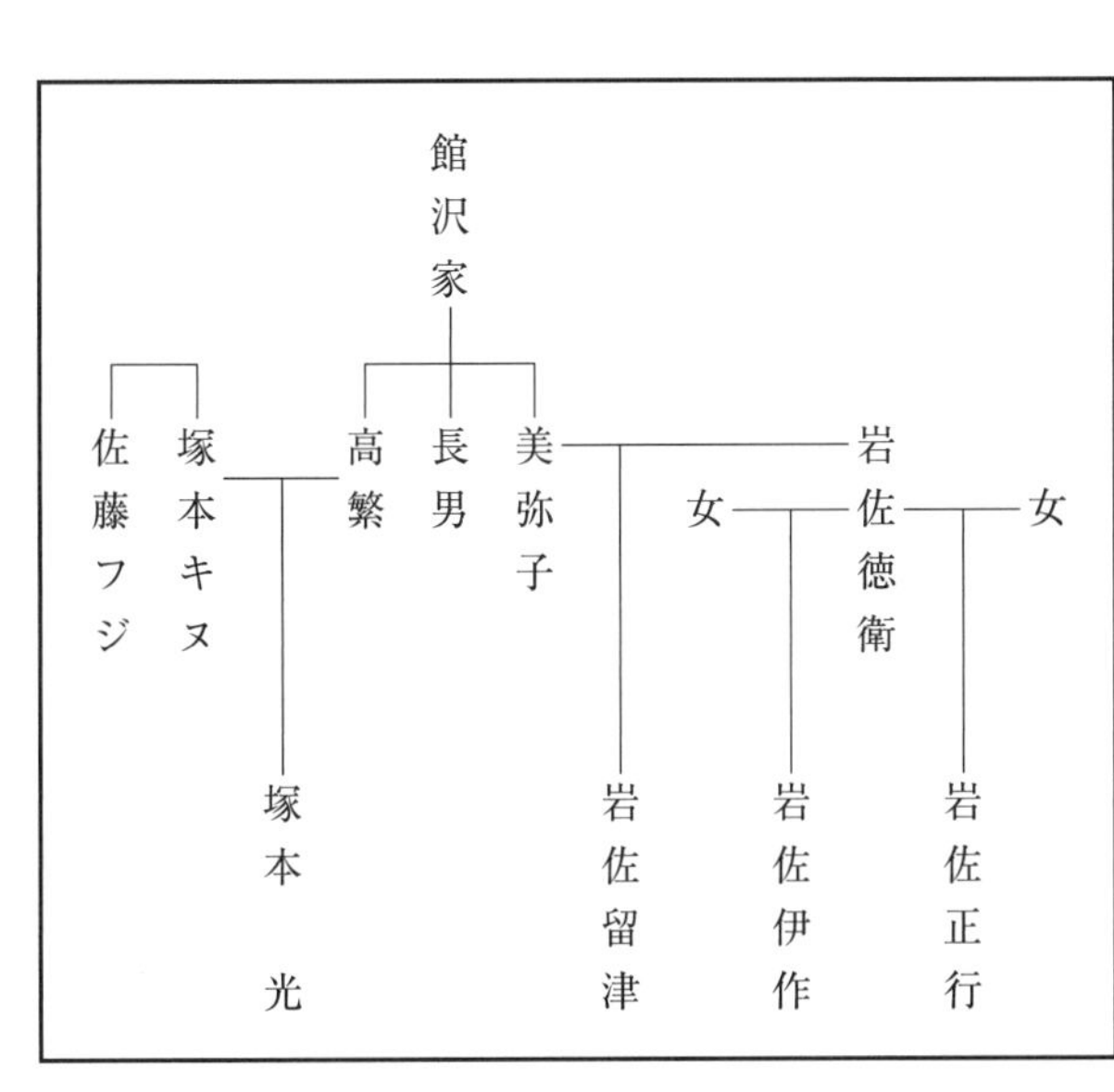

「美弥子の遺産は、留津と伊作と正行、三人が相続している……いや、待てよ。留津がひとりで全財産を相続したわけか。明楽久子からきいた話によると、美弥子が溺死したとき、美弥子はすでに未亡人だった。すると、伊作と正行が、美弥子と養子縁組の手つづきをしてあったかどうかが、問題だな」

「それが何か？」

「その手続きをしてないと、法律上は、伊作、正行と美弥子は、赤の他人なんですよ。いくら親子としていっしょの家に暮らしていても。たしか、そんなケースを前に扱ったことがあった」

「ああ、そうなんだ」と朔次が、「おれと新也の場合がそうだ」

とみが、ちょっと目を伏せてうなずいた。淋しそうだなと、朔次は目をそらせた。

「すると、問題を整理すると、こういうことになる」と本間は荒っぽいなぐり書きで、
① 養子縁組してあった場合。三人とも相続できる。
② 養子縁組をしてなかった場合。伊作、正行は、美弥子の遺産に対して、まったく相続権を持たない。
「美弥子が徳衛より先に死んだのなら、徳衛の相続分を、徳衛の死後、伊作、正行も相続できるのだが、あいにく、徳衛の方が先に死んでいる」

「養子縁組がしてなければ、留津が死んでも、その遺産が正行、伊作、二人の異母兄の方にゆくというわけにはいかないのですね」

「養子手続きの有無をしらべてみましょう」

「古葉さん」と朔次が、「古葉さんは、腹ちがいの二人の兄貴が、留津に何かたくらんだと思うわけ？」

「何ともいえないけれど、莫大な遺産のからんでいる点が、どうも気にかかる」

「でも、留津さんは自分の意志で……」と本間。

「伊作にふきこまれ、あやつられたということは……」古葉は、考えながら、「栂野くんの戸籍抄本を留津さんにみせたことは、伊作もみとめている。伊作に相続権があり、妹の財産をねらっていると仮

定しての話だが、留津さんが絶望するように話をもっていって、栂野くんとの心中を教唆（きょうさ）した。自殺教唆なら、実際に手をくだして殺人をおかすわけではないから、安全だ。うまいやりかただ」

「しかし」と本間が反論した。「睡眠剤による無理心中が成功したとしますね。変死だから、警察は厳重にしらべますよ。留津さんの死によって伊作が莫大な利益を得るとわかる。当然、疑われます。ワインに伊作が致死量の睡眠剤を混入しておいたと疑われてもしかたがない。幸い、栂野くんが助かったから、留津さんのしかけた無理心中だと立証されたたが」

「それもそうですね」

「正行さんの言葉も気になるなあ」

「共謀していたのだろうか」

「それなら、留津の死を知らされてあれほど驚きはしないと思う」

「驚いたふりをしたんじゃないですか」

「かね欲しさに妹の殺害に手を貸すような俗（ぞく）っ気（け）があるなら、もっとちがう暮らしかたをしていると思うんですよ」

「とにかく、養子縁組の手続きの有無をしらべるのが先決だな。さっそく、明日にでもしらべてみますよ」

第十章　霧は消えて

1

本間から連絡がきたのは、中三日ほどおいてからだった。そのあいだ、古葉は出社してはいたが、仕事に気分を集中できなかったし、朔次は休暇をとって家でやすんでいた。不安定な気分で車にのったら事故を起こしそうだった。

本間の連絡を受け、朔次も古葉のマンションに来て待ちうけた。

本間は、来るなりすぐ本題に入った。

「正行、伊作は美弥子と養子縁組はしていませんよ。だから、美弥子の遺産は留津が全部ひきついだ」

「それじゃ、留津と伊作たちは、法律上は他人ですね。留津が死んだからといって、異母兄たちは利益を受けることはないんだな」

「血縁からいえば、留津の遺産は館沢の方に還元されるわけです」

ところで、と本間はおもしろそうに笑い、

「遺言のやり方を知っていますか」

「いや、全然知識はないですよ。遺言が必要になるような財産なんて、まるで関係がなくてね」古葉は苦笑し、朔次も、右に同じ、と笑った。

本間はポケットから新書版の薄い本をとり出した。『入門シリーズ　遺産相続』という表題であった。

「一番簡単でわかりやすそうなやつを買って、ざっと目をとおしてみたんです。おもしろいことがわかった。アンチョコを見ながら説明します」と、本間は小さい本を横にひろげ、

「ふつう、遺言は、自筆証書遺書、公正証書遺書、秘密証書遺書の、三通りの方法があって、必ず、このどれかによらなくてはならないんです。自筆遺言書というのは、遺言者が本文全文を自書し、作成の日付と自己の氏名も自書し、捺印（なついん）する。用いる用語や用紙、様式、筆記用具、すべて自由です。外国語

や速記記号でも、自書なら有効です」

「速記記号で遺言書を書く人間なんているんですか」

「めったにいないでしょうがね。そうして封筒にいれて保管する。封筒は封印しなくてもいいんです。保管は遺言者自身でも、相続人になる者、あるいは第三者に委託してもいい。遺言者が死んで相続が開始されたら、遺言書は家庭裁判所に提出して、『検認』の手つづきを請求します。検認を受けないで遺言を執行すると、行政的な処罰を受けることになります」

「検認というのは？」

「遺言書の偽造や変造を防止するための措置ですね。自筆証書による遺言というのは、後になって、有効性が問題になることが多いんですよ。それで、若干手数がかかるが、公正証書による遺言の方が望ましいわけです」

「公正証書というと、公証人に嘱託（しょくたく）して作成してもらう？」

「そうです。遺言者が公証人に遺言の趣旨をのべて、筆記してもらう。このときは、成人の証人二人が立ち会うことが必要です。遺言者の真意で作成されたことを証明し、公証人が職権を濫用（らんよう）したりするのを防ぐためです。したがって、推定相続人、遺言で贈与を受ける者、およびその配偶者、直系血族など、遺言に利害関係を持つ可能性のあるものは証人になれないし、未成年者、禁治産（きんちさん）者、準禁治産者も資格を欠きます。公証人は遺言者の口述を筆記した上で、遺言者と証人に読みきかせる、遺言者と証人は記載が正確なことを確認した上で、署名捺印する。こうして作られた公正証書の正本は遺言者が所持し、原本は公証人役場に保管されます。この公正証書遺言は、自筆遺言とちがって、家庭裁判所の検認手続きはいらないんです。自筆証書のように、偽造の疑いが生じるおそれもありませんからね」

そこまで喋（しゃべ）るあいだに、古葉が冷蔵庫から出したビールは三本からになった。

「もうひとつ、秘密遺言書というのがある。これは、自筆と公正証書の中間的なやり方で、遺言者が遺言証書に署名捺印した上封筒にいれ印鑑で封印し、公証人一人、証人二人の前に提出して、公証人、証人の署名捺印を受けるやりかたです。遺言の内容を他人に知られない利点がある。しかし、日本ではあまり行なわれてはいないそうです。ところがですね」と、本間は話の効果を高めるように、ちょっと言葉を切った。

「こういう通常一般の遺言方式がとれない場合があるんです。そのために、特別方式が許されている。たとえば、刑務所に入れられている者とか伝染病で隔離されている者などです。自筆証書は作れても、公正証書、秘密証書は作成できない。これに代わる方法として、警察官一人と証人一人以上が立会って遺言書を作ることができる。

それから、船で航海中の者。これは船長または乗務員一人、証人二人の立会で作成できます。ただし、遺言者が隔離状態から解放された後六箇月間生存したときは、効力を失ないます。新たに普通方式で作成しなおせということです。

船舶が遭難して死が迫ったときは、証人二人以上の立会いのもとに口頭で遺言できます。証人は趣旨を筆記して署名捺印し、危難が去った後、すみやかに家庭裁判所に確認の請求をしなければなりません。この請求を怠ると、無効になります。これも、有効期間は、上陸後六箇月です」

「すると、留津が……」と朔次が言いかけるのを、本間は手で制し、

「ちょっと待ってくださいよ。即席漬けで頭にいれた知識だからね、一気に喋っちまわないと、こんがらがって何を喋ったかわからなくなるんですよ。もうひとつ、特別方式が許される場合があるんです。これが、今度の事件に関係があるんだから、よくきいてください。病気や交通事故などで、死期の迫ったものが遺言をしたいと思ったときですね。自筆で遺言書を書ける状態じゃない。まして、公正証書や秘密証書を作っている余裕もない。こういう場合、遺言者は、証人三人以上立会いのもとに、口頭で遺

言することができるんです。三人の立会人のうち一人は、遺言者の口述を筆記し、遺言者と他の証人に読みきかせます。各証人はその筆記の正確なことを承認した上で、署名捺印します。これをもって遺言書とします。遺言者の署名捺印は不要とされている、つまり、署名できないほど重態であっても、意識がはっきりしていて口述ができさえすれば遺言は可能ということです。

この場合、公正証書作成の証人と同様、推定相続人など、利害関係の生じる可能性のあるもの、禁治産者、準禁治産者は、証人になれません。この方式による遺言書は、遺言の日から二十日以内に、家庭裁判所に、証人または利害関係者が『確認』の申し立てをしなくてはいけません。そうして、この確認手続きをした後でも、遺言者が普通方式で遺言することができるようになったときから六箇月生存した場合は、効力を失なうんです」

これにてレクチュアは終わり、と、本間は笑顔をみせた。本間にとっては、自分とは直接かかわりのない事件だから、野次馬(やじうま)的なゆとりがある。

「岩佐留津が自殺未遂で入院したときに、そういう口述筆記の遺言書が作られた可能性がある、本間さんは、そう思ったんですね」

「事実、作られているんですよ」

「え？」

「うちの新聞の家庭欄で、一時、ある家裁の調停委員にコラムを連載してもらったことがあるんです。ぼくの同期入社で、高校、大学といっしょだったやつが、文化部で家庭欄を担当していて、その委員と親しいんです。そいつに、岩佐留津の特別方式の遺言書が、家裁に確認のため提出されたことはなかったか、問いあわさせたんです。もちろん、遺言書の内容なんかは、こっちだってたずねやしません。しかし、確認の申請があったかどうかということは、べつに秘密ではないから、教えてくれました。しかも、三人の立会人は、ですね、誰だと思いますか」

「岩佐伊作？」

「いや、伊作は証人にはなっていないんです。ということは、岩佐伊作が留津の遺言書による受益人であることを示していますね」

「岩佐正行……」

「いいえ。粟田吾郎、明楽久子、塚本光、の三人です。調停委員から聞き出せたのは、それだけです」

古葉は、立って冷蔵庫からビールをもう一本とってきた。何か落ちついて坐っていられない気分になったのである。

「それで……それで、遺言書は、家裁によって確認されているんですね。つまり、有効なんですね」

「そうです。ただし、有効期間六箇月でね」

本間は、古葉の手からビールびんをとり、栓をぬいた。

「退院してから、ふつうの遺言書に書きかえてないんですね」

「特別方式のままなんですよ」

「つまり……留津が危篤状態で、判断力もにぶっているときに、なかば強制的に遺言書を口述させた。しかし、常態に復した留津は、正式な遺言状を書くことを拒んだ?」

「そういうことであれば、留津は、特別方式の口述遺言書を、当然、破棄していると思いませんか」

古葉は、コップを持った自分の手が少しふるえているのに気づき、おれは珍しく昂奮しているな、と思った。

「それじゃ、遺言書は留津の知らないまに偽造された……?」

「そう考えられませんか」

「粟田吾郎、明楽久子、塚本光、三人を抱きこんで?」

「殺人とちがいます。死にかけている人間の遺言書の偽造なら、それほどだいそれた罪をおかすような怖れを持たなくてすむ。しかも口述筆記ということになっているのだから、偽筆がばれるという心配もない」

「なるほど……」

「伊作とすれば、たとえばこんなふうに説得するわけです。『妹は以前から、自分の資産は愛光会のために役立てたいと言っていた。しかし、まだ若いので遺言書を作ることなど考えていなかった。このまま妹が死に、遺産が会ったこともない館沢の親類の方にいってしまうのは、妹の本意にそむこう。いま、留津は口述ができる状態ではないが、意識がしっかりしていれば必ず言うであろうことを、私がかわって言う。証人になって証書を作るのに協力してもらいたい』」

「そうですね」古葉が話をひきとった。「更にひとりひとりに、各人に応じた誘いと強制の言葉を、ひそかにつけ加えた。たとえば、粟田吾郎。以前の粟田さんなら、伊作の提案に耳もかさなかったことだろう。粟田が教団を離れたのは、おそらく、伊作の事業家としての辣腕ぶりが心にそぐわなかったからだ。粟田の心には、徳衛の素朴でファナティックな布教活動がきざみこまれていた。だが覚醒剤は彼を変質させた。覚醒剤をたえず手に入れるためには、浅井美装社のわずかな給料ではまかないきれなかった。伊作のみせた餌を拒否する潔癖さは、粟田から失なわれていた……」

「明楽久子の場合は」朔次がつづけた。「彼女はそのとき窮地にあったわけですよね。救急患者を死なせた責任を問われ、馘首されそうになっていた。おそらく馘首処分が決定して悲惨な気分になっていたときに、伊作が誘いをかけたんですね。小さい子供を母親にあずけて仕送りをしている久子には、失職は死活の問題だ。伊作は援助を約束することで彼女を味方につけた。病院にとどめておくことはできないが、一時金をやって、遺産が手に入ったら更に莫大な礼金を与えると確約した」久子の子供が持っていた、高価そうな乗物の玩具……。

「塚本光の場合は」と、古葉が、「高校を卒業すると家出して上京した。おそらく、光と伊作はうまがあったんですね。光はたしかに『光の幕屋』には憎悪を抱いていただろうが、その理想主義に泥水をひっかけるような、俗物性に徹した伊作のやり方に共鳴し、内心快哉を叫んだほどではなかったのだろうか。『光の幕屋』の精神的堕落と現世での繁栄。父館沢高繁に宗教の理想に徹することであれほどの悲惨を味わわせた岩佐徳衛に対する痛快な復讐ではなかったろうか、光にとって、伊作への協力は」

「伊作としては、せっかく確認まで受けた貴重な遺言書を発効させるためには、六箇月の有効期間内に、留津に死んでもらわなくてはならないという事情があったわけだ。しかも、伊作が絶対うたがわれることのない状況でね」

「そうして、実にうまいぐあいに死んでくれたものだな。これは、伊作の教唆だね」

「留津は、本当に死ぬ気は……」朔次はつぶやいた。

「狂言心中？」

「狂言というわけではないけれど、死ぬかよみがえるか、ぎりぎりのところで賭けるような……。だから、おれは助かったのかも……。なぜって、伊作が心中や自殺を教唆したとしても、留津が必ずその気になるとはかぎらないでしょう。おれはうまく言えないんだけれど……」

「つまり、こういうことか？」本間が、「伊作は、留津に栂野くんと本当に気持が結ばれるためには、一度いっしょに死んでみろ、というふうに言う。『もちろん、本当に死んでしまっては何もならない。致死量より少ない量を服用し、朔次くんには、これでいっしょに死ぬのだと告げる。よみがえったとき、二人で死と再生の体験をともにしたという事実は、朔次くんの気持を留津からはなれがたくする』と」

「いや、心中に失敗した二人は、必ず別れるというようにきいたおぼえがありますよ。残るのは憎しみばかりとか」古葉が言った。

「おれだって、留津に睡眠剤をのまされ、死ぬのか、と思ったとき、ぞっとした。許せねえと思った。薬がききはじめてもうろうとしかけていたから、強烈な憎悪にはならなかったけれど。でも、留津は、そこまで男の気持はわからず、伊作に言いふくめられて」

「信じこんだのかもしれないね」

「伊作は、留津は必ず死に、栂野くんは必ず助かるというふうにしなければならなかったわけだ。栂野くんに、留津のしかけた無理心中だと証言させなければ、自分がうたがわれるから」

「それは、むずかしいことではないと思うな」古葉は言った。「留津には前もって薬をのませておけばいいんじゃないか。後から栂野くんと服む量とあわせて致死量に達するように」

「どうやってのませる?」

「口実をもうけられるだろう。精神安定剤だから、会う直前にのんでおけとか」

「留津とおれが同量ずつのんだだけなら、おれが助かるってのは、たしかにおかしいんですよね。おれは睡眠剤は使ったことがないから、耐性がまるでない。留津はわりあいなじんでいたようだから、おれより薬に強いはずなんだ」

「致死量を服んだにしては、栂野くんは元気だよな」本間が言い、思いついたように、「そうだ。自殺未遂者から話をきいたことがあったな。その女は、薬の量が多すぎて吐いてしまったため助かったんだが、覚醒した後、腹のなかが灼けただれるように熱くて、もう二度と睡眠剤自殺はごめんだというくらい苦しい思いをしたと言っていた。薬の作用で胃や腸の内壁がただれるんだな」

「おれはそんなことはなかった」

「かくて、留津殺害は完成せり、か」と本間が、「たいせつな証人となる栂野くんは生還。計画どおりだ」

「しかし、憶測にすぎないね。まるで証拠はありゃしない。伊作は、情況的にうたがわしい、動機が濃厚にあるというだけだ。遺言状にしたって、証人の誰かが口を割らないかぎり、伊作が偽造したという証拠はないんだし」

「おれたちのかんぐり過ぎかもしれないんだよなあ」

「かんぐり過ぎってことはないと思うよ。だって、あまりに伊作につごうよくはこびすぎているもの」

「岩佐正行さんが古葉さんを見たとたんに、刑事かと詰問したのは、そのへんのいきさつを承知していたからだろうか」

「いや、そうではありませんね。正行さんは留津の死を知らなかった。知らないふりをする必要はまったくないにもかかわらず。むしろ、聞かされていて当然なんですよ。正行さんが何も知らされていなかったというのは、伊作の冷淡さを実証するようなものだ」

「あの心中事件でないとしたら、なぜ……」

「もうひとつ、事件はあったわけだけれど」と、古葉が、「粟田さんの死。しかし、あれは留津さんと粟田さん、二人の問題であって、正行さんにはまったく関係ない……」

「ああ、それだ！」朔次が声をあげた。「何だか、ひっかかっていたんだ。その粟田さんのことだ」

おれはあのとき、すでに薬をのまされていて、と、朔次はつづけた。

かなり、ぼうっとなっていた。留津はおれの首に腕をからめ、頬を胸にうずめ、

はなれないで、このままでいて。

こんなに好きなのに、男と女と、からだが別々なの、かなしいわ。

いっしょじゃないか、と、おれは言った。

もっと、本当にひとつに溶けあってしまいたい。

好きなら、どうして逃げたんだ。おれは詰った。

怕くなったから。久子さんが話したでしょう、私のこと。思い出さなければよかった。何もかも忘れたままでいたら……名前も何も全部……。

「粟田さんのことか。おれは言った。あれは正当防衛だったんだろう。おそらく、実刑になることはない。怕がることなんかないんだ。すると、留津は、『わからない』って言ったんだ。『わからない。思い出せない、どんなふうだったのか』そうだ、そう言ったんだ。そう言ったんだったよ。そのときは、おれも深く考えなかった。すぐに眠ってしまったし」

「しかし、伊作はぼくに、留津さんが正当防衛で粟田さんを殺したことを告白したと言ったよ」古葉がいい、

「おかしいね」

三人はしばらく黙りこんだ。

「留津が告白したと言っているのは、伊作だけだ」と、朔次は気がついた。「明楽久子も、伊作からそうきかされたんだ。留津の口から直接きいたわけじゃない。留津は、わからない、思い出せない……と……」

「ちょっと待ってくれ。黙っていてくれ」と本間が、「何かわかりかけてきたぞ」

「おれも」と朔次が、「留津には外傷性癲癇という持病があった。明楽久子からきいたんだ。ふっと意識が消失して、その間の行動の自覚がないというやつ」

「犯行を押しつけるにはもってこいだな」本間はうなずいた。「栗田吾郎を射殺したのは、岩佐伊作。その殺人罪を、留津におっかぶせた」

「どうやって」

「留津を麻酔剤なり睡眠剤なりで意識を失なわせ、栗田吾郎の射殺死体のそばにおき、手に拳銃を持たせておく」

「それで、留津に発作中に自分がやったのではと錯覚させるんですか。そううまくいくかな」古葉が言った。

「とにかく、錯乱はするでしょう。そうしたら、おまえがやったのだと言いくるめ、それから留津を自殺にみせかけて殺す」

「留津を偽装自殺で殺す動機づけに、栗田をまず射殺したということですか。しかし、もう少し自然なやり方はないかな。栗田さんをその目的だけで殺すというのは、いかにも荒っぽすぎる」古葉は慎重だった。

「脅迫したんじゃないのか、栗田吾郎が伊作を。偽証したことをばらすといって」

「栗田さんは脅迫する必要はないだろう。おそらく偽遺言書を作る段階で、あるていどまとまった金はもらっているだろうし、あとは留津が死ねば分け前を十分にもらう約束だったろうから」

「しかし、留津は死ななかった。六箇月たってしまえば遺言書は無効になる。それで栗田吾郎は、計画は失敗したが約束のかねは支払え、さもないと偽証をばらすと」

「相続完了前に、粟田を変死させるのは、伊作は非常に困るんじゃないだろうか。特別方式の遺言書の立会人、証人のひとりだ。それが変死したとなったら、遺言書に何か不正があり、証人の口をふさごうとしたのではないかと、遺言書が発効するとき警察が不審を持つでしょう。脅迫されようとどうしようと、留津が死に遺産を手にいれるまでは、伊作はこらえなければならなかった。そう思いますね」

2

木戸の閂には、錠がかかっていた。この前はなかったものだ。闖入者を拒んでいる。

留津の葬儀の日であった。告別式は伊作の私邸ではなく、愛光会本部の大教会で行なわれているので、邸内はひっそりしていた。朔次と本間も同行すると言ったのだが、古葉はひとりで正行に会うことにした。その方が、正行が心をひらくと思ったのである。朔次と本間は留津の葬儀におもむいた。

蔦におおわれた塀の高さは、古葉の背丈を少し越えた。二メートルほどだろう。腕をのばして上端に手をかけ軀をひきあげ、門に足をかけてよじのぼった。服に蔦の汁がにじんだ。

乗り越えると、反対側には足がかりがない。とび下りた勢いで、石段を踏みはずした。しばらくうずくまって痛みをこらえたが幸い足をくじいたふうでもなかった。

離れは雨戸がしまっていた。古葉は、粟田吾郎の骸がこのような平家の一室に放置されていたことを思いだした。雨戸を叩き声をかけたが、応じる声はなかった。雨戸のあわせめに目をあててみたが、のぞき見えるようなすきまはない。光も洩れてはこない。古葉は離れの周囲をひとまわりした。便所の窓らしい格子のはまった高窓を背のびしてのぞいたが、この窓も鍵がしまっていた。

「正行さん、正行さん、古葉です。この前お目にかかった古葉です。正行さん、古葉です。正行さん、そこにおられますか」

彼は幾度も呼んだ。まだ雨戸を閉ざすには早すぎる。まさか、正行の骸がこのなかに放置されているなどということはあるまい。あの不自由な軀で、留津の葬儀に列席しているのだろうか。いや、伊作は正行が他人と接触することを望まないはずだ。

ようやくあきらめ、彼は引き返した。足がかりのない塀を乗り越えるのは困難で、彼はズボンに小さいかぎ裂きをつくり、手のひらをすりむいた。

母屋の玄関でインターフォンのチャイムを鳴らすと、どなたですか、と女の声がかえってきた。

「大船署のものです」

古葉は、とっさに言った。名を告げて正行に会いたいと言ったら、ドアも開けずに門前払いだろうと判断した。

ドアを開けた女中が、あ、とたじろいだとき、古葉はすばやく中に入りこんだ。

「あなたは、この前の……」

「正行さんにお目にかかりたいんです」

「出ていってください。警察の人だなんて嘘をついて」

「正行さんは、こちらですね」

「家宅侵入ですよ。警察を呼びますよ」

「どうぞ。正行さんに会うのは、警官立ち会いでもけっこうです。でも、会長さんが非常に困る結果になりますよ。ぼくはいっこうかまいません。どうぞ一一〇番なり何なりしてください」

「正行さんはここにはおられません」

「それじゃ、どこですか」

「病院です」

「湘南愛泉病院ですか」

「ええ。でも面会はできませんよ」

「どうして正行さんに会わせたがらないんです。何かぐあいの悪いことでもあるんですか」

「精神状態がおかしくなっての入院ですから」

「失礼だが、家のなかを探させてもらいます」

「冗談じゃないわ。それこそ本当に家宅侵入罪ですよ」

「かまいません。訴えてください。会長にぼくと正行さんを会わせるなと命令されているんですか」言いながら古葉は、強引に女中の制止をふりきり、靴をぬいで式台にあがった。彼の耳は、いくつものドアを通してかすかにひびいてくるタンホイザーの巡礼の合唱をとらえていた。

「あまり会わせまいとするのは、かえって疑いを増させるだけですよ」

「何の疑いですか。帰ってくださいよ」

「どうぞ、警察に電話してください。そのあいだに、ぼくは正行さんを探す」

この女中は、どこまで真相を知っているのだろう。秘密を知るものや共犯者は少ないにかぎる。おそらく、正行を隔離しておくことだけを命じられているのだろう、と思いめぐらしながら、巡礼の合唱をたよりに部屋をたずねてまわる。女中は、やめてくださいと騒ぎながら、伊作に電話で通報しようとしないのは、古葉が正行に会うことが葬儀の進行を妨(さまた)げるほどの大事だとは想像していないからだろう。そうかといって警察を呼ぼうともしないのは、伊作が困ることになるという古葉の脅(おど)しにいくぶんの効きめがあったためか。

「正行さんはいないんです」

騒ぎたてていたのが、ふいに口をつぐみ、無言で古葉をあるドアの前からひきたてようとした。

「正行さん」

古葉の呼びかけに、

「誰だ」

声が応じた。

ドアをひき開けると、急にシンフォニーが古葉を包みこんだ。

「粟田さんを射殺したのは、あなたですね」

古葉は、女中の腕を背にまわして動きを封じたまま、正行にむかって言った。女中が誰か救援を呼んでは、正行と話すじゃまになる。あばれかけた女中の動きが、古葉の言葉を耳にして、とまった。古葉を見上げた女中の顔には、驚きと好奇心、不審、といった表情しか浮かんでいなかった。

　正行は、断ち切られた膝の下にステテコの裾を折りたたみ、座椅子に背をもたせかけていた。

「あなたは、ぼくを見たとたんに、刑事か、と言われた。留津さんの心中事件の直後だから、ぼくはあやしまなかったのですが、あなたはそのときはまだ、留津さんの死を知らなかった。粟田さんのことで刑事が調べに来た、と思ったのですね」

「なぜ、私が粟田を殺す?」表情はかわらないが、いくぶん興がっているように、正行は逆に問いかけた。

「一言で言って、幻滅です。あなたと粟田さんは、思想は正反対だが、信念を貫きとおすという点では、いわば同志だった。あなたは世間と妥協することを拒み、積極的に自分を生かす道もとらず、すべてを抛棄し、あえて強い言葉を使えば、生ける屍とでもいいたい暮らしざまです。脚が不自由だろうと、もっとはりのある生きかたもできたはずです。一時は書に打ちこまれたようですね。みごとな手蹟でした。それも棄てた。あなたを裏切った世間の賞讃を受けることをいさぎよしとしなかったのですね。粟田さんにも、あなたは、毅然と生きとおしてほしかった。拷問にも屈せず信念をとおしぬいた、そういう男が現実に存在するということは、ぼくみたいな者にとっても、何か、すごいなあと……人間は、やればやるものだなあと……。ところが、粟田吾郎は戦後の長い歳月に負けた。いつ、どうやって覚醒剤に触れたのか、まだわかりませんが、粟田さんも孤独で……覚醒剤の与えてくれる昂揚感を一度知ってしまったら逃れられなくなった。その乱れた姿を粟田さんはあなたに見せてしまった。

　ぼくは、こんな情景を想像します。粟田さんがふらふらと木戸を開け、石段を下り、あなたの離れに歩いてゆく。あなたは戦地からひそかに持ち帰った拳銃を手入れしている。手のひらにずしんと重い銃の手ざわりは、あなたに力を与える」

　正行は手をのばして、プレイヤーのスイッチを切った。余韻ものこさず音は消えた。重い静寂が肩にのしかかってくるようで、古葉はいそいで言葉をついだ。

「粟田さんは、あなたに、薬害で乱れた姿をみせたばかりでなく、遺言の偽造のことまで喋ってしまったのではありませんか」

正行の表情がはっきり動いた。

「あなたは、堕落しはてた粟田さんを射殺した」

「おまえはさがっていろ」正行は女中に命じた。古葉の手の力はとうにゆるんでいたのだが、女中は腰がぬけたように動こうとしなかったのだ。

「いや、このひとは無視しましょう」古葉は言った。

「だって、粟田さんは……」女中は掠れた声で、

「正行さんは……」脈絡なくつぶやきながら、青ざめた。

「伊作会長は、あなたをかばわざるを得なくなった。違いますか。あなたが遺言偽造のことを知らないのなら、伊作は、粟田さん殺害の犯人として、さっさとあなたを警察にひきわたすことができる。粟田さんは伊作にとって遺言書の大切な証人だ。それを殺されて伊作は怒り狂ったでしょう。しかし、伊作はあなたをかばいとおさねばならなかった」

「あいつには、告げたければ警察に告げろと、私は言った。あいつは、処理は自分にまかせろと言った。私は、まかせた。どうでもよかったのだ」

「どういうふうに処理したのか、あなたはご存じなかったのですね」

「知らん」

「その後の成りゆきには、まるで関心をもたれなかった」

「そうだ」

「その直後、留津さんが姿を消したことも知らなかった?」

「留津は、ここ何年、離れに顔をみせたことはなかった。幼いころは、愛らしかった。私はあれに書を教えた。すじはいいと思ったが、やがて来なくなった。私の相手は気ぶっせいだったのだろう。ことに、母親をなくしてからは、ほとんど顔をみせなくなった」

「いま言われたことを、文書にしたためていただけ

ますか」

「栗田を射殺したことをか。何のために。私は、問われれば嘘をついてかくしとおす気はない。だが、自らわずらわしさを招こうとも思わぬ。あんたが問うたから、私は答えた。それ以上、何を望む」

「伊作が、どのように処理したか。留津さんにすべてをかぶせたのです」

「留津に?」正行の眉(まゆ)が動いた。

「留津さんを眠らせ、栗田さんの遺体といっしょに栗田さんの家に車ではこんだのです。手に拳銃を持たせ、骸のそばに放置した。あなたの指紋をぬぐい、栗田さんと留津さんの指紋をつけなおした拳銃です」

「何のために、留津に」

「留津さんを錯乱させ、自殺させるためです。実際に自殺しなくても、殺して自殺にみせかけることもできます。伊作は、留津さんをかばうふりをして騒ぎを逆に大きくし、留津さんが栗田を殺害したことを公(おおやけ)にするつもりだったのでしょう」

「そんなことを、先生が!」女中が叫んだ。「なさるわけがありません」

「では、どうして、正行さんの射殺した骸が栗田さんの家で発見されたんですか」

「いいえ、いいえ、先生はりっぱな方ですもの」

「財産を横領するために遺書を偽造する人間が、りっぱですか」

女中は畳をたたいて泣きだした。「そんな、そんな……」

「留津さんは、ショックで一時記憶を失なったほどでした。やがて、自分が発作中に射殺したのだろうかと、悩んだのです。伊作は、留津さんに自分が殺したと思いこませるよう画策したでしょう。そうして、ついに、留津さんは自殺をはかった。梻野朔次くんと無理心中をはかり、梻野くんだけが助かったことは、今はもう、ご存じですね」

「ああ、きいた」

「それも、伊作の手が加わっているのではないかと思われるのです。こっちは立証が不可能です。伊作が自白しないかぎり。とにかく伊作は、証書作成日から六箇月以内に、留津さんに死んでもらわなくてはならなかったのです。自分が絶対うたがわれない方法で。証言を、文書にしたためていただけますか」

ぼくは、と古葉はつづけた。「カセット・レコーダーを持参して、ひそかにあなたの言葉をおさめるつもりでいたのです。しかし、ぼくは、あなたに対して姑息なだまし討ちのようなやり方はしたくなかった。あなたは、そうしたければ、警官の前で否定しとおすこともできます。ぼくとこの女中さんが証言しても、言葉の上だけです。決定的な証拠にはなりません。留津さんも死んでいます。あなたが真犯人であると名のり出ても、留津さんがすくわれるわけではない。自分が殺人者だったのかという留津さんの脅え、苦しみが今さらつぐなわれるわけでもない。このままだっていいのです。ただ、ぼくは……」

「伊作の断罪が、きみの希望か」

「あなたの断罪を代償にすることになります。しかも、あなたは殺人罪だが、伊作はあなたの殺人を隠蔽しただけ。罪はかるいでしょう。留津さんの死に伊作の作意があったかどうかは、立証が困難です」

「愛光会は崩壊する。それで十分だ」そう言って正行は乾いた声で笑った。

みごとな筆蹟の文書を持ち、古葉は車を愛光会の本部にむけた。

礼拝堂に弔問客が群れていた。正面の祭壇に留津の写真がかざられ、伊作はその右脇に立っていた。パイプオルガンをバックに、聖歌隊が讃美歌をうたい、弔問客は入口でわたされた百合の花を一輪ずつ、焼香のかわりに祭壇にそなえていた。百合の濃厚な香りがドーム型の天井にまでみちていた。

古葉も、白百合の一輪をわたされた。正行の文書を持った手に、百合の花粉がこぼれた。

弔問客の列のなかに、朔次と本間もいた。二人は古葉に気づき、目で合図した。古葉は二人にちょっとうなずくと、行列を無視し、右手に正行の文書を握りしめ、左手に百合をかざして、伊作の方に進み寄った。

◎霧の悲劇

〔著者注〕

『戦時下のキリスト教運動』同志社大学人文科学研究所・キリスト教社会問題研究会編（新教出版社刊）『兵役を拒否した日本人』稲垣真美著（岩波書店刊）を参考にし、一部引用させていただきました。

あとがき

日下三蔵さんのひとかたならぬご尽力と柏書房さんのご協力によって、古い作が復活することになりました。ありがとうございます。

書いたのは四十年に垂んとする昔のことで、内容をほとんど忘れていました。

日下さんは拙作の詳細なリストも作ってくださっているので――少し宣伝しますと『辺境薔薇館』（河出書房新社）という〈皆川博子読本〉に掲載されています――それを頼りに当時をふり返ってみます。

思いがけない成り行きで、四十を過ぎてから大人の小説を書くことになり、何をどう書いたらいいのかわからず、あれこれ試行錯誤しているとき、徳間書店の編集の方から、徳間ノベルズにミステリーを書き下ろすよう、お誘いを受けました。刊行されたのが一九八二年一月ですから、書いたのはその前年になります。

編集の方は、私の初期の作「トマト・ゲーム」を読まれ、革ジャンにジーンズの女性が颯爽と現れると期待なさったようです。「トマト・ゲーム」は、バイクを飛ばす若者たちを素材にした短篇です。自転車にも乗れない五十過ぎの作者に唖然としておられました。

『虹の悲劇』は、初めて書いたノベルス版でした。『霧の悲劇』は、間に少年小説を一本はさんで、それに続くノベルス版です。

今回、校正刷りを読み直して、重い素材を扱っていたことに驚きました。生まれた翌年に満州事変、そして長い戦争。十五歳で敗戦。その後の数年は、食を得るのも大変な時期でした。

神武景気だの、昭和元禄だのと謳われる好景気の時代が続きます（家計はいっこう好景気ではなかったのですが）。

六〇年代末、安保闘争が起こり、その後学生運動が過激化し、その果てが七二年の悲惨な浅間山荘事件です。私は学生たちの母親に等しい年齢であり、全くの傍観者でしたが、強い衝撃を受けました。既成秩序を破壊し尽くそうとする力は、地下演劇にもあらわれていました。新宿の花園神社に紅テントを張った唐十郎の状況劇場は、〈新宿見るなら　いま見ておきゃれ　じきに新宿　灰になる〉と歌っていました。戊辰戦争の頃に巷で歌われた〈お江戸見るなら　いま見ておきゃれ　じきにお江戸が原になる〉の替え歌ですね。新宿は灰にはならず、闘争は沈静します。

『虹の悲劇』『霧の悲劇』は、こういう時代を経てきたことが物語の芯になっていると思います。

『虹の悲劇』で舞台に佐世保を選んだのは、かつて、ここで開かれた井上光晴先生の〈文学伝習所〉で学んだ思い出があるからです。

『地の群れ』を初めとする井上光晴の小説に魅了されていました。一九七七年、新聞記事で知り、佐世保に泊まり込みで受講しました。前記したように、小説誌で書き始めたものの何もわからず迷っていたときでした。

講義で、日記を書くようにとミッちゃん先生は仰いました。見開きの一ページに事実をそのまま、もう一ページには、嘘を書け、というのでした。嘘を書くのは難しい。ついに実行できないままです。講義の後、飲み屋の二階に集まって先生を囲み雑談するのが楽しかったな。グーチョキパーのほかに親指と小指も使うジャンケンを教わりました。親指はすべてに勝つが、小指にだけ負ける。小指はすべてに負けるが、親指にだけ勝つ、というルールでした。昭和の風景だなと、思い返しています。

皆川博子

二〇二〇年三月

編者解説

日下三蔵(くさかさんぞう)

一九七二（昭和四十七）年に最初の著書となる児童向け時代小説『海と十字架』を刊行して以来、皆川博子(みながわひろこ)はミステリ、時代小説、幻想小説、歴史ロマンと多彩な分野で質の高い作品を書き続け、その著作は、ついに百冊を超えた。

だが、なぜか文庫化されないまま取り残された作品が二十冊近くもあったことから、出版芸術社で《皆川博子コレクション》という愛蔵版の企画を立て、二〇一三年から一七年にかけて、二期十巻を刊行することが出来た。これによって、文庫になっていなかった長篇八作、連作を含む短篇集八作、文庫化・単行本化されていなかった短篇五十四篇、同じくエッセイ三十八篇が、普通に読めるようになったのである。

コレクションに入れきれなかった短篇作品については、KADOKAWAから幻想系を中心にした『夜のリフレーン』、早川書房からミステリ系を中心とした『夜のアポロン』を刊行して、大半を単行本化することが出来たし、未刊行のエッセイについては河出書房新社からエッセイ集を出す予定で編集作業を進めている。

リアルタイムの刊行時に一度は文庫化されたものの、長く品切れとなっていた作品も復刊が進んできた。角川文庫から幻想小説集『ゆめこ縮緬(ちりめん)』『愛と髑髏(どくろ)と』、ハヤカワ文庫から第一作品集『トマト・ゲーム』の完全版、中公文庫から初期犯罪小説集『鎖と罠』（『水底の祭り』の増補復刊）、河出文庫から時代小説『花闇』『みだら英泉』『妖櫻記』上・下、実業之日本社文庫から幻想ミステリ『薔薇忌』が、それぞれ出ている。平成以降、皆川博子の旧作が、これほど書店で買えた時期は、なかったといっていいだろう。

　時代小説、幻想小説集、初期の犯罪小説集が、じわじわと復刊されているのに対して、ほぼ手つかずのまま入手困難な状態が続いているのが長篇ミステリのジャンルである。自他ともに認める代表作『死の泉』（97年10月／早川書房→ハヤカワ文庫JA）以前に十八作の長篇ミステリがあり、《皆川博子コレクション》に収めた『ライダーは闇に消えた』『冬の雅歌』を除いた十六作は、新刊として読むことが出来ない。このうち十一作が新書判（ノベルス）書下しとして、一作が文庫書下しとして刊行されたものであった。

　こうした状況を受けて、二冊ずつの合本で長篇ミステリを一挙に復刊しようと考えたのが、この《皆川博子長篇推理コレクション》である。実は皆川さんからは、かねがね「ノベルス時代の作品は気に入っていない」と聞いていたので、企画の打診も恐る恐る行なった。すると、やはり「『死の泉』でファンになってくれた読者はガッカリしちゃうんじゃないかしら」とのお返事が。

　枚数を気にせず——千枚を超えるものも多い——自由に物語を構築している『死の泉』以降の一連の歴史ミステリをフルコースだとすれば、三百五十枚から五百枚と分量を制限された書下しノベルスは一品料理に当たるだろう。ましてノベルス時代には編集者から、とにかく内容が薄くて誰にでも分かるものを、と需められたとあっては、作者が心配する気持ちも充分に理解できる。

　ただ、読者の立場からは、お気に入りのフルコースを作ったシェフの一品料理なら、ぜひ食べてみたいと思うのは人情だし、一品料理を食べて「フルコースほどの味わいがない」と不満を感じる人もいないだろう。どっちも食べたい。読者は欲張りなものです。

皆川さんもお好きな山田風太郎で言うなら、後期の明治小説が格調高い傑作ぞろいであることは衆目の一致するところでも、忍法帖は明治ものに比べて俗悪だから要らない、と考えるファンは、ほとんどいないはずだ。その忍法帖も風太郎さんはランク付けしていたが、A級の『甲賀忍法帖』『柳生忍法帖』『魔界転生』が読めれば、B級の『忍法八犬伝』『風来忍法帖』は絶版でもかまわない、などということは絶対にない。

といった例を出して説得（？）を行なったところ、「日下さんの判断でAに該当するものなら」という条件で、何冊かのお許しをいただくことが出来た次第である。第一弾の本書には、ノベルス書下し長篇の第一作『虹の悲劇』と第二作『霧の悲劇』を収めた。

『虹の悲劇』徳間ノベルズ版カバー

『虹の悲劇』徳間文庫版カバー

『虹の悲劇』は八二年一月に徳間書店の徳間ノベルズ（正式な表記は「TOKUMA NOVELS」）から刊行され、八七年一月に徳間文庫に収められた。

初刊本の帯には、こう書かれていた。

私が殺した女は蘇生したのか?!
異色女流、初の本格的エンタテインメントに挑戦！

現在、小説のみならず、マンガ、アニメ、ゲームなど、あらゆる分野で女性クリエイターが活躍するようになり、「女流作家」という言葉自体が死語になった観があるが、八二年の段階では、普通に使用されていたことが分かる。
新書ノベルスの表4（裏表紙）には「内容紹介」か「作者のことば」が入っているものが多いが、徳間ノベルズでは「編集者のコメント」が入っているのが特徴である。『虹の悲劇』の場合は、こうであった（改行は原文のまま）。

皆川博子の筆力に対する高い評価は、二度直木賞候補になったことからもうかがえる。
ここ数年、人間の内面を抉り、突き刺す作品を発表してきたが、あたためてきた
素材を生かすために、本格的エンタテインメントに初めて挑戦したのが、本書である。
読者は、きめ細かい描写力と、心理の奥深い襞を見透す洞察力に
驚かされるばかりでなく、ストーリイの〝怖さ〟も存分に味あわされることだろう。

皆川博子は短篇「トマト・ゲーム」で七三年下期の第七十回直木賞、長篇『夏至祭の果て』で七六年下期の第七十六回直木賞の候補になっている。七九年には『冬の雅歌』で第七回泉鏡花文学賞、八〇年には「蛙」で第三十三回日本推理作家協会賞短編部門の候補にもなっており、これらの賞を受賞し始めるのは八五年からであるから、『虹の悲劇』は作者にとって文学賞受賞前夜の作品ということになる。
それ以前に、長篇『海と十字架』（72年10月／偕成社）、『ライダーは闇に消えた』（75年3月／講談社）、『夏至祭の果て』（76年10月／講談社）、『光の廃墟』（78年4月／文藝春秋）、『冬の雅歌』（78年11月／徳間書

店）、『花の旅 夜の旅』（79年12月／講談社）、『彼方の微笑』（80年1月／集英社）、短篇集『トマト・ゲーム』（74年3月／講談社）、『水底の祭り』（76年6月／文藝春秋）、『祝婚歌』（77年5月／立風書房）、『薔薇の血を流して』（77年12月／講談社）を刊行しており、『虹の悲劇』は第八長篇に当たる。

若者向けの長篇『炎のように鳥のように』（82年5月／偕成社）を挟んだ第十長篇が『霧の悲劇』である。八二年九月に徳間ノベルズから刊行され、八九年八月に徳間文庫に収められた。初刊本の帯は、以下の通り。

那智（なち）の火祭りの祭場で女は霧となって消えたのか？
期待の異色女流の筆が冴（さ）えわたる心理推理・悲劇シリーズ第2弾!!

続いて表4。こちらは改行なし。

皆川博子の一日は、午後、二子玉川（ふたこたまがわ）のコーヒー店に通うことから始まる。取材で地方に出かけない限り、このパターンは絶対に変らない。執筆は、したがって深夜から払暁（ふつぎょう）にかけてである。本書で描かれている繊細（せんさい）な推理世界は、闇が淡い光の中に溶ける時間と関係しているのかもしれない。東京女子大学中退。

『虹の悲劇』では長崎くんち、『霧の悲劇』では那智の火祭りと、いわゆるトラベル・ミステリとして

『霧の悲劇』
徳間ノベルズ版カバー

『霧の悲劇』
徳間文庫版カバー

の要素を盛り込んである上に、計画殺人の死体が別人と入れ替わっていたり、記憶を喪った女性の過去を探し歩いたり、といったサスペンスものの枠組みは、きっちりと守られている。

確かにジャンルの「定形」を超越したような『死の泉』以降の作品を読み慣れた読者には、かえって意外に感じるかもしれないが、これは話が逆で、定形を踏まえた作品をきちんと書けるからこそ、定形を超越した作品も自在に書けるのである。奔放な絵で知られるピカソが、デッサンにおいては写真と見紛うような細密な絵を残しているようなもので、ピカソともなれば、そのデッサン画にも価値が生ずるのは道理である。

さらに言うなら、どちらの作品もジャンルの定形を踏まえただけの量産品では、決してないことにも注目すべきだろう。ミステリである以上、探偵役の捜査によって、事件の真相が明らかになる訳だが、そこには戦争が生み出した悲劇が横たわっており、気軽なエンターテインメントとしてのノベルスの器には不釣り合いなほどに、そのドラマは暗く、重い。

本書所収の二作が刊行された一九八二年は昭和五十七年であるから、終戦の三十七年後に当たる。かなりの年月が経っているとは言え、刊行時点で四十代、五十代以上の人は、戦争を直接経験しているのだから、実感が湧かないほど遠い過去でもなかったはずだ。

本書が刊行される二〇二〇年は、元版から三十八年後、終戦からは七十五年後に当たり、人口比では終戦後に生まれた人の方が圧倒的に多い。だが、既に歴史になっている、として戦時中の愚行・蛮行の記録が風化してよいはずがない。まして、この国の為政者には国民の生命や財産を守る気はさらさらなく、「御国のために」犠牲を強いることが当然とでも思っているかのような昨今においては、エンターテインメントという形で戦争の記憶を伝えてくれる本書のような作品の存在は、まことに貴重と言わざるを得ないのである。

底本
『虹の悲劇』（一九八七年・徳間文庫）
『霧の悲劇』（一九八九年・徳間文庫）

皆川博子長篇推理コレクション1
虹の悲劇
霧の悲劇

二〇二〇年五月一〇日　第一刷発行

著者　皆川博子
編者　日下三蔵
発行者　富澤凡子
発行所　柏書房株式会社
東京都文京区本郷二－一五－一三（〒一一三－〇〇三三）
電話（〇三）三八三〇－一八九一［営業］
（〇三）三八三〇－一八九四［編集］
組版　株式会社キャップス
印刷　壮光舎印刷株式会社
製本　株式会社ブックアート

ISBN978-4-7601-5228-5